ハヤカワ文庫 NV

〈NV1525〉

恐怖を失った男

M・W・クレイヴン

山中朝晶訳

早川書房

9070

FEARLESS

by

M. W. Craven

Translated by
Tomoaki Yamanaka
First published 2024 in Japan by
HAYAKAWA PUBLISHING, INC.
This book is published in Japan by
arrangement with
D H H LITERARY AGENCY LTD.
through TUTTLE-MORI AGENCY, INC., TOKYO.

この本をジョアンに捧げる。そうしなさいと彼女に言われた。

恐怖を失った男

登場人物

ベンジャミン（ベン）
・ケーニグ……連邦保安官局特殊作戦群（ＳＯＧ）の元指揮官

ミッチェル（ミッチ）
・バリッジ……連邦保安官局長官

マーサ・バリッジ……………………ミッチの娘

ジェン・ドレイパー…………………ＳＯＧの元隊員

サミュエル・オズボーン……………偽造犯

ダイアン・ロング……………………ウェイン郡保安官

ロビン・マーストン…………………ジョージタウン大学教授

フレヤ・ジャクソン…………………同学生

ヤロスラフ・ザミャーチン……ロシアマフィア〈ソルンツェフスカヤ・ブラトヴァ〉の幹部

ボグダン・ザミャーチン……………ヤロスラフの息子

ガンナー・ウーリッヒ………………ジョージタウン大学の学生。故人

スペンサー・クイン…………………ウーリッヒの友人。〈ＧＵソーラーエナジーシステムズ〉ＣＥＯ

ペイトン・ノース……………………同広報代表

アンドリューズ………………………ノースの用心棒

Ｊ．Ｔ．………………………………床屋。本名ジョン・トラヴィス

アール・ブライソン…………………ガントレットの保安官補

ネッド・アラン………………………トラック運転手

第一部　はるかなる壮大な街（ワシントンDCの異名）

1

たった六人とは、おれもずいぶんなめられたものだ。そんな人数ではとても足りない。連中はもっと大きな船を呼んだほうがいい。おれはそう思った。『ジョーズ』のセリフだ。映画に出てきた保安官が巨大な白いサメを初めて見たとき、あまりの大きさにそう言ったのだ。いまは、相手に圧倒されたときの慣用句になっている。「月を超える（オーバー・ザ・ムーン）」が「幸せ」を意味するようなものだ。それになぜか、「片脚を折れ（ブレイク・ア・レッグ）」という言いまわしは「幸運を祈る」という意味に使われる。ともあれ、目の前に現われたのがたった六人だったとき、おれはそう思った。連中はもっと大きな船を呼んだほうがいい、と。

とはいえ、ここは小さな町だ。割ける人員が六人しかいないのかもしれない。六人で警官隊全員という可能性もある。しかもこれは緊急出動だ。さぞ慌てふためいたことだろう。

そうに違いない。そもそも緊急でなければ、ウェイン郡保安官事務所の連中にこの役目はまわってこなかった。こいつらは交通規制にまわされていただろう。おおかた誰かが急いで通報し、さらに大急ぎで指令が出たのだ。「やつが動き出す前にやれ。援護を待っている余裕はない。とにかく、かき集められる全員で急行しろ」とでも。

おれの体格はそう大きくない。身長五フィート十一インチ、体重一九〇ポンドだ。それでも連中は、まるで不審物を扱うようにこわごわ近づいてくる。見るからに怯えた表情だ。びくついている。きっといままで一度もこうした仕事をせずにすんできたのだろう。ウェイン郡のようなところに住めば、こんな仕事は回避できるに違いない。眉間の皺に冷や汗が浮かび、顔は緊張でこわばっている。一人は右目の隅がひくひくしていた。神経が張りつめているのだろう。

それでも、連中はまだうまくやっている。おれに飛びかかろうとはしなかったからだ。大声で威嚇してくるわけでもなければ、口々に矛盾した指図を出してくるわけでもない。そもそもバーに踏みこんできたときにも、無用な物音はたてなかった。静けさがさざなみのように、あとに続いた。バーテンダーがBGMを消したほどだ。店内の全員がおれに注目している。こんなことは久しくなかったのだが。連中はおれのボックス席の周囲に扇形に散開し、互いの邪魔をしない陣形で待機している。そこに敵意は窺えなかった。義務を遂行している警官そのものだ。先ほどテレビで見ていなければ、おれには連中が何をしに来たのかわからなかっただろう。

よい警官と悪い警官がいるというのは、単純化しすぎた言いまわしだ。警官は勇敢になることもあれば臆病になることもあり、誠実になることも腐敗することもある。賢明にもなり愚かにもなる。いま挙げたことがすべてあてはまる警官もいれば、何ひとつあてはまらない警官もいる。いちいち見極めるのは面倒なので、おれは警官を信じない。おれは誰も信じない。だからこそ、こうして生き延びているのだ。

連中の姿を見る前から、おれは何通りかのシナリオを検討してみた。どれひとつ、いいシナリオはない。おれにいい結果をもたらすシナリオはひとつもなく、連中にいい結果をもたらすシナリオもまずない。結局のところは、算数の問題になる。どの選択肢も悪ければ、いずれ改めて反撃を期す選択肢を採ることだ。それは賭けでもある。

おれはどこか見知らぬ土地へ向かう前には、『ランボー』第一作に出てくるような町に足を踏み入れないよう気をつけている。よそ者を嫌う保安官がいる町に。

ウェイン郡保安官事務所は広大な区域を受け持っており、保安官はダイアン・ロングという女性だ。彼らの評判はよい。おれの前にいる集団は、道路パトロール部門の保安官補たちだ。がっしりした体格のきまじめな警官たち。ニューヨーク市警(NYPD)ほど注目度は高くないものの、ウェイン郡のような小所帯では、多岐にわたる日々の業務で彼らは鍛えられ、どんな状況でも柔軟に対処できるようになる。

　いまのところ、誰一人口をひらいていない。武器は手にしているが、床に向けたままだ。膠着（こうちゃく）状態に陥っているわけではない。リーダーの指示を待っているのだ。巡査部長を示す標章をつけた男が、彼らの背後を固めている。その男が「構え」と言うのと同時に、警官たちはいっせいに銃を構えた。

　二人が構えているのはX26テーザー銃だ。黄色と黒の銃身がいかにも禍々（まがまが）しい。引き金を引くと、二本のとげが発射されて標的の服や肌に突き刺さり、電流を流す。恐ろしく痛い。完全に麻痺（まひ）してしまう。射程は十五フィートで、警官二人は八フィートのところに立っている。理想的な距離だ。おれはテーザー銃で撃たれるのはご免だった。

　警官隊の中でただ一人の女性は、おれの胸に散弾銃を向けている。装塡している弾薬がなんなのかはわからないが、おれの勘では殺傷力はない。たぶんビーンバッグ弾だ。撃たれればひどい痣（あざ）ができ、おれが立っていたら地面に倒されるだろう。おれがかつて、〝きんたま破壊兵器（ナッツバスター）〟と呼んでいた代物だ。凶暴な気分に駆られ、誰かの柔らかくてぶらぶらするところを狙うのでないかぎり、使い道はない。ステロイドを使いすぎて筋肉お化けになった六フィート五インチの大男、しかも超人ハルクのように逆上した単細胞が相手だったら、身体の中心に命中してもちょっとくすぐられた程度にしか感じないだろう。ただし、きんたまに当たれば……。

連中はおれを生け捕りにするよう命じられているに違いない。

それは吉兆だ。

だが巡査部長は制式拳銃のグロックを携帯している。本物の拳銃を持った本物の男。装塡しているのは九ミリパラベラム弾だ。こんなのが一発でも身体の中心に命中したら、おれは二度と立ち上がれないだろう。〝パラベラム〟はラテン語の格言「戦争に備えよ(パラ・ベルム)」に由来している。おれはいつも、銃弾にふさわしい名前だと思っていた。巡査部長は分厚い胸板、角張った肩、角張った顎の持ち主だ。口元を固く引き結び、しかめ面をしている。青みがかった灰色の目を、一瞬たりともおれから逸らさない。グロックを抜いてはいないが、その手は銃把に置かれ、ホルスターの留め金は外れている。おれの印象では、銃を向けないように指示されているのだろうが、少しでも危険な徴候があれば、その手はリモートで操作されたようにおれを撃つだろう。そいつの怒りが伝わってきた――連中は誰かの汚れ仕事をやらされているのだ。連邦政府の命令であろうがなかろうが、三十分前まで聞いたこともなかったどこぞのくそったれのために、部下を負傷させたくないに違いない。

巡査部長が口をひらいた。「よろしければ、ご同行願えませんか？」

おれは言った。

「あんたらは、もっと大きな船を呼んだほうがいい」

2

事態がこじれる一時間前、おれはホテルのバーに座り、ポット一杯の紅茶を嗜(たしな)んでいた。うまい紅茶だ。たっぷりしたタンニンの渋み。スプーンを入れたら立ちそうなほど濃い。おれの姓はドイツ系だ。祖父が四十のときにアメリカに移住し、一九四六年に市民権を取得したが、ドイツ人は不人気だったのでケーニグ（König）からウムラウト（¨）を外した。だが母親はイギリス人なので、おれは紅茶をこよなく愛するようになったのだろう。コーヒーもいいが、紅茶のほうが好きだ。

　おれは自分のやるべきことに集中してきた。気づかれないこと。それこそがやるべきことだ。おれは自分のやるべきことに集中し、気づかれないようにしている。たいがい、小さな田舎町は避けることが多い。見知らぬ人間は住民の記憶に残るからだ。しかしいまは、この町で損害保険調査の業界イベントがひらかれていた。そうしたイベントがあれば、事情は変わる。期間中は、誰もが見知らぬ人間だ。町には人混みができ、それは実に都合がいい。群衆は味方だ。おれは群衆に溶けこめる。

　これまでおれは、ニューヨーク州のあちこちを移動してきた。チッテナンゴの町を訪ねるつもりだった。『オズの魔法使い』の作者L・フランク・ボームの生まれ故郷だ。聞いた話では、町の歩道は黄色に塗ってあり、移動しつづけるしかない人間には一見の価値があるという。それでもおれは先を急いでいるわけではなかったので、その晩はウェイン郡ゴスフォースという町に泊まることにした。温かい食事にありつき、できれば安い部屋に一泊したかったのだ。この一週間はずっと野宿だった。暖かい時季で、一人用のバックパッカー用テントも持っていたが、たまにはちょっと贅沢（ぜいたく）しても罰は当たらないだろう。たとえ、おれが尋常な人間ではなくとも。

　おれは〈フォー・パインズ・ホテル〉のロビーバーにいた。どこにでもありそうなバーだ。馬蹄（ばてい）形のボックス席、赤い革張りの肘掛け椅子、カウンターに並んだ丸いスツール。甲高い笑い声が響き、男たちが女たちに言い寄る。客に無関心な、にきびの浮いたバーテンダーがグラスを拭いているふきんは、さっきテーブルを拭いていたのと同じものだ。音を消した七台のテレビは、どれも同じ野球の試合を中継している。フェンウェイ・パークでのレッドソックス対ヤンキース戦だ。おれはボックス席に座っていた。赤い合成皮革（プラスチック・レザー）を張ってある。確か〝プレザー〟という製品名だ。量産品で、拭き掃除もしやすい。おれは紅茶を飲み終えるまで、メニューを見ていた。

間違いのきっかけは、バーテンダーがおれのテーブルにボウル入りのピーナッツを持ってきたことだ。

以前どこかで、標準的なバーで出されるナッツには、ボウル一杯につき百種類以上の尿が付着しているという記事を読んだことがある。男も女も、トイレから手を洗わずに戻ってくるからだ。異論はあるものの、さらに悪い研究結果も存在する。アイスキューブの四〇パーセント以上に大腸菌が含まれているというものだ。人間の糞便に由来するバクテリアである。そんなわけでおれは、もう十年近くバーでナッツを食べていない。同じぐらい長いこと、生ぬるいコークを飲んでいる。

おれはバーテンダーのほうへピーナッツを押し戻した。「ありがたいが結構だ」と言ったとたん、しまったと思った。ふつう、無料サービスを断わる客はいない。相手の記憶に残ってしまう。

バーテンダーはうろんな目つきをしたが、よくあることだというように肩をすくめた。そして首の横のにきびをいじくりながら言った。「お食事はいかがです?」

「ハンバーガーを」おれは答えた。「ベーコンとモンテレージャック・チーズの入ったアメリカン・クラシックを頼む。パテは二枚、レアにしてくれ。付け合わせはフライドポテトと、チョコレート・ミルクシェイクだ」

「お客さん、お目が高い」バーテンダーは言った。「ぼくも大好物です」

怪しいものだ。十分足らず前、こいつはマッケンチーズ（マカロニにチーズソースを絡めたグラタンの一種）を注文した二人の女性客にも同じことを言っていた。

「三十分ほどかかります」注文を伝票に書いてから、バーテンダーはそう付け足した。「ご注文が混み合っておりまして」

三十分は長すぎる。夕方になる前に路上に引き返したかった。どこかで〈フォー・パインズ〉より人目につかない宿を見つけ、ひと晩姿を隠したかったのだ。おれは手持ちの現金から二十ドル札を抜き出した。「これで急げるか？」

「それはもちろん」バーテンダーは答え、エプロンのポケットに札を滑りこませた。「十五分でよろしいですか？」


二十ドルでバーテンダーがどんな便宜を図ってくれたのかよくわからないが、注文したハンバーガーとシェイクは、約束されていた十五分より長くかかった。最初に言われていた三十分を過ぎても来なかった。ようやく注文の品を運んできたのは、さっきと同じバーテンダーだ。そいつは詫びひとつ言わなかった。無言でテーブルに料理を置き、ナイフやフォークを並べる。それからカウンターに戻り、グラス拭きを再開した。そうしてときおり、こっちをちらちら見ている。まるで見てはならないものを見るかのように。

相手の立居振る舞いが変わったというのは、おれの世界では明白な危険信号を意味する。

おれは店を出なければならない。何が起きたのかは知らないが、自分が正しいかどうかを確かめるためにじっと座っているようでは、この六年を生き延びることはできなかっただろう。せっかくの食事にありつけないのは残念だが、バーテンダーはもう憚ることなく、おれを凝視している。それを隠そうとさえしていない。ここを出る潮時だ。おれはバックパックを摑んだ。持ち物はすべてバックパックひとつに収めてあり、つねに手の届くところに置いている。

そのとき、おれはテレビに目を向けた。

画面はニュースになっている。回が変わる合間に一、二分流すやつだ。たとえここがニューヨーク州で、ヤンキースの試合であっても、逐一見ている客はほとんどいなかった。おれもときおり、スコアを確かめていただけだ。

髪を脱色してブロンドにしたニュースアンカーが、消音された画面で、野球中継に戻る前に最新のニュースを読み上げている。画面の下には字幕も流れている。その日のニュースの見出し本文と、フリーダイヤルの電話番号だ。画面が遠くて文字ははっきり見えなかったが、映像は一目瞭然だった。

写真が映し出されている。もう何年も見ていなかったが、よく知っている写真だ。

おれは画面に釘づけになった。

おれの顔がこっちを見つめ返している。

3

そいつはいわば、おれの前世の写真だ。ほぼ十五年前の顔写真だが、現存している中では最も新しい。姿を消すとき、やらなければならないことには、自分の写真をすべて廃棄する作業も含まれる。おれには丸一日しか猶予がなかったが、それだけの作業をする時間は工面できた。その結果、おれの写真はほとんどなきに等しい。すべて焼却されたか、消去されている。だが、おれがアクセスできない写真が残っていた。連邦政府のデータベースに登録された写真だ。

テレビ局に写真を提供したのは、写真を撮影したのと同じ国家機関だ——合衆国連邦保安官局。おれはとうとう、十五人の最重要指名手配犯の仲間入りを果たしたらしい。つまりそれは、国中(じゅう)で最も厳重に捜索される逃亡犯になったことを意味する。

だがそれはおかしい。おれ自身は自らが姿を消した理由を知っているが、連邦保安官局は知らないからだ。仮に知っていたとしても、こんな方法で捜索しようとは思わないはずだ。もっと目立たない別の方法で捜そうとするだろう。それがこれほどなりふり構わず、一刻の猶予も惜しんで最重要指名手配犯リストにおれを載せるとは。

永遠にも思える時間がようやく終わり、チャンネルは野球中継に戻った。店の奥から、かすかな歓声が聞こえる。少なくとも一人は試合を見ていた客がいるようだ。おれは丸裸にされたような気分で、周囲を見わたした。バーテンダーはまだこっちを見ている。

まずい状況になった。おれの顔が映されたのは全国ネットで、ローカル局ではない。それに見たところ、いま入ったばかりのニュースでもなさそうだ。何日も前か、もしかしたら何週間も前から流されていたに違いない。この六年間、おれに近づこうとしてきた人間は一人もいなかった。おれはまわりから、自分が死んだと思われたかった。どこかの田舎町で死んだものと。身元不明の遺体となって。しかしいまになって、連邦政府は国中の一般人や利益優先の連中に、おれは生きてぴんぴんしていると知らせている。

狩りの季節がふたたび始まったというわけだ。

そうすると、事はいささか面倒になる。

おれには、いかなる事態が進行しているのか把握する必要があった。しかしその答えは、ここゴスフォースにはないだろう。答えが見つかるとしたら、バージニア州アーリントンだ。連邦保安官局の本部がある。そこの誰かが、何が起きているのかを知っているだろう。

おれにはまだ、アーリントンにつてがある。

おれはハンバーガーを摑み、がぶりと食いついた。ひどい味だ。牛肉は缶詰レベルで、ぺらぺらのトマトにしなびて黒ずんだレタス。生焼けのバンズはバターを塗っておらず、通常サイズの二倍はある。それでもおれは、もうひと口食べた。朝が来るまでにはここから五十マイル遠ざかっていたいし、今度いつ食べられるのかはわからない。カロリーを摂れるときに摂り、眠れるときに眠れと教わってきた。

すでに手遅れだと気づいたのは、通りの様子を見て、無人だとわかったときだ。おれのボックス席は窓際で、カーテンが引いてあるものの、ときおりカーテンを寄せて外を覗いた。別に胸騒ぎがしたわけではないが――ニュースの映像を見るまで、何か不都合な事態が起きているとはつゆほども疑っていなかった――誰だって窓際に座ったときは外を眺めるだろう。さっき見たときは、通りには車が行き交い、人も大勢出ていた。

しかしいまは、無人の映画セットさながら、人っ子ひとりいない。

これは偶然ではない。いかなる外的要因もなく、町の中心部の通りが無人になるというのは驚くべきことだ。数学的にはほぼありえない。

それは交通規制がなされたからだ。非常線が張られたに違いない。ここから見えないどこかで。柵の向こうでは野次馬がたむろし、携帯電話のカメラを準備して、何かが起きるのを待っているだろう。

フリーダイヤルの番号に通報したのは、おそらくバーテンダーだ。おおかた、丸一日おれの写真を見ていたところに、おれが足を踏み入れてきたのでわが目を疑っただろう。ボウルにピーナッツを盛って近づいてきたのは、本物かどうかを確かめるためだ。うろんな目つきだったのは、おれが尿にまみれたピーナッツを断わったからではなく、やつの見違いではないとわかったからだ。バーに入ってきた客は、連邦保安官局の最重要指名手配犯だと。おれがハンバーガーを注文したことで、やつには厨房に入って通報する口実ができた。たぶん応対した警官から、何げなく振る舞い、できるだけ時間を稼ぐように言われたのだろう。緊急出動を手配するまでの時間を稼ぐよう。おれの食事ができるまでこんなに長くかかったのは、そのためにほかならない。

本能と経験から、おれがもうすぐ逮捕されるのはわかっていた。警官隊がすでに外を固めていると。彼らの許可なく、ホテルの建物には誰一人出入りできない。そして警官隊がすでに戸口に立っているのであれば、逮捕されるのは時間の問題だ。

おれはテーブルに両手を置き、ミーアキャットのように背筋を伸ばした。

誰一人、怪我をさせたくはない。

4

「あんたらは、もっと大きな船を呼んだほうがいい」おれはグロックを提げた巡査部長に言った。

相手は眉を上げた。おれのテーブルに来たときになんと言おうか予行演習していたに違いないが、おれは相手の筋書きに従うつもりはなかった。向こうは同行するよう求め、おれが立ち上がるものと思っていた。ところがおれは、もっと大きな船を呼べと言っている。脈絡がわからなければ、おれの返答はナンセンスだと思われるだろう。ばかげていると。

おれはフライドポテトを皿から手に取り、口に放りこんだ。油っぽくべたべたしている。揚げるときにオイルを充分予熱しなかったのだろう。おれはもう一個を手に取ってかざした。

「知っているか？　フランス人とベルギー人は、誰がこのフライを発明したのかいつも議論しているんだ」おれは言った。「ベルギー人はフランス料理の覇権主義を示す一例だと言っている。ベルギー人が好きなベルギー料理はフランス料理に組みこまれ、いつの間にかフランス料理ということにされてしまうのだと」

「知りませんでした」巡査部長は言った。困惑しているのが手に取るようにわかる。おれは大きな船の話をしたかと思えば、今度はフレンチフライの話をしているのだから。

おれは肩をすくめた。「個人的には、スペインで発明された可能性が高いと思っている。アメリカ大陸からじゃがいもが入ってきたヨーロッパ最初の国だからだ。それにスペイン人にはすでに、食い物を油で揚げる伝統があった」

巡査部長は両方の眉を上げている。

「おれはテレビ番組をたくさん見てきた。それに本もたくさん読んできた」

「それで?」

「まあ、これぐらいにしておこう。とにかくおれがフライの起源を例に挙げて言いたかったのは、巡査部長、物事はつねに見かけどおりとはかぎらないということだ。フレンチという名前がつくからといって、フランスが起源ということにはならない」おれはフライドポテトを皿に放って戻した。「それに、最重要指名手配犯だからといって、つねに犯罪者ということにもならない」

「頭に入れておきましょう」

「おれは逮捕されるのかな?」

「いいえ。ですが、お話を伺いたいのです」

「あんたらは六人もいるじゃないか。話なら、仲間内でできるだろう」

巡査部長はにこりともしなかった。そんなジョークはもう聞き飽きたのだろう。「保安官事務所までご同行願います」

「あんたらは過ちを犯した。もう気づいているんじゃないのか?」

「それはあなたの言い分です」巡査部長は言った。「真偽はすぐ明らかになるでしょう。ただし、ここではない場所で」

おれはハンバーガーをもうひと口嚙んだが、やめておけばよかったと思った。「いや、おれが言いたいのは、あんたらが戦術的な過ちを犯したということだ」

「本当ですか?」

「本当だとも。そのわけを聞かせようか、巡査部長?」

相手は返事をしなかった。グロックに置いた指が曲がる。警告のサインだ。

「あんたらはいま困った状況に陥っているから、戦術的な過ちを犯したと言っているんだ」おれはなおも言った。「あんたらはおれがホテルを出るまで待つべきだった。あるいはカウンターで勘定を支払うまで待つべきだった。どこであれ、ここよりはましだ」

「なぜでしょうか？」巡査部長は言った。

「そいつは冗談か、巡査部長？」

「わたしはこの騒ぎを最小限ですませたいのです。そうすれば、ほかのお客さんは引きつづき楽しい夕方を過ごせるでしょう」

「あんたらは決して、ボックス席に座っている客を拘束しようとすべきではない、巡査部長」おれは言った。「どうしてもそうする必要に迫られないかぎりは」

おれはハンバーガーの上のバンズを持ち上げ、パテを取り除いた。レタスとトマトのサンドイッチにしたのだ。もうひと口嚙んでみる。ましにはなったが、ほんの少しだけだ。

「このボックス席は狭苦しいし、テーブルは床にボルトで固定されている」おれは言った。「おれはテーブルの真ん中の柱に、両脚を巻きつけることができる。両手も伸ばして柱を摑めば、引き離すことはできない。もちろん、あんたらがおれを引きずり出そうとすることはできるが、せいぜい保安官補をおれの両側にかがみこませるのが関の山だ。二人ではとても足りない。おれの臀筋は、あんたら二人の上腕二頭筋より強いぞ。それにあんたらは、武器を使うことができない。おれは丸腰だからだ。命の危険はない。さらに重要なのは、いまここで少なくとも十人の客がこの光景を携帯電話で撮影していて、その全員が市民ジャーナリストになりうることだ。だからおれが自発的にボックス席を離れることを拒んだ場合、あんたらはおれを引きずり出すしか選択肢がなくなる。その方法がうまくいかないのはすでに話したとおりだが、それでもやってみるしかないだろう？　こんなふうにあんたらの権威に刃向かわせるわけにはいかないからな」

　おれは食べるのをやめたハンバーガーを指さした。

「こいつには三十ドルかかっている。あんたらが誰かを逮捕したいんなら、厨房のコックを逮捕するんだな」おれは言った。「ともあれ、あんたは賢明な男のように見える。戦略的にものを考えられる人間に。そしていまあんたは、おれが本気で勝負を挑んでいるのだろうかと考えている。おれをここから引きずり出せるかどうかの勝負を。いまのところ、あんたらはうまくやっている。充分な距離を保っているからだ。しかし、あんたの部下がこのボックス席に入ろうとしてきたら、状況は一変する。まさかあんたは、武器を持った部下にそれを命じるようなばかではあるまいが、このハンバーガーはジャーキーより固いんで、コックはご親切に鋸(のこぎり)状のナイフをつけてくれた。一秒足らずで、おれは部下の頸(けい)動脈にこのナイフを突き刺すことができるだろう。それにいま、おれには人質がいる。散弾銃を構えたそこの女性は、あんたの照準線を妨げている。あんたが動くときには、おれはこのボックス席を出てあんたの部下を防弾用の盾代わりに使うだろう。あんたは胆力がある男に見えるが、盾にされた部下を撃ってまでおれを止めるという厳しい決断を下せるかどうかは疑わしい。そうするとおれには、いくつか選択肢ができる。人質に取った部下を歩かせて連れ出し、一か八か、あんたが外に配置している連中がへまをすることに賭けるかもしれない。あるいは、あんたの部下をバーの奥の厨房へ連れこむ手もある。揚げ物用の油をいくらか拝借して、火をつけるかもしれない。ホテルの客は逃げ惑うだろう。パニックが起こる。そして、おれは混乱に乗じて逃げ出す」おれは間を置き、慇懃（いんぎん）な笑みを浮かべた。「そういうわけで、あんたらは過ちを犯したんだ、巡査部長」

見上げたことに、巡査部長の挙措はほとんど変わらなかった。背骨がかすかにこわばり、人差指が無意識に引きつったぐらいだ。彼は一ヤード左に移動した。散弾銃を構えた部下が、彼の照準線を妨げないように。

「安心してくれ、巡査部長。あんたがどう思っているか知らないが、おれは善良な一市民だ。同行するよ。だがその前に、ミルクシェイクを飲み干したい」おれはグラスを取り上げた。

「いますぐご同行願います」巡査部長は険しく抑揚のない声で言い、じっとおれをねめつけている。

「ミルクシェイクを飲み干したいんだ」おれは飲みながら、グラスの縁越しに相手を見た。

ハンバーガーはひどい代物だったが、シェイクは冷たく濃厚で、クリーミーだ。吸いこむのに骨が折れるが、それでもよかった。ストローから少しずつ吸い上げる。おれはいったん吸いこむのをやめた。無理に急いだら、口蓋(こうがい)の血管が瞬く間に収縮するだろう。あまりの冷たさに頭痛を引き起こすに違いない。刺すような頭痛を。

「うーん、こいつは厄介だ」おれは言った。

巡査部長は顔を朱に染めた。一分以内に冷静さを失い、状況を掌握できなくなるだろう。ボックス席を取り囲む警官全員が、それを承知していた。女性の保安官補が身じろぎしはじめる。彼女は貧乏くじを引いた。おれが話しているあいだ中、ずっと散弾銃を構えており、両腕は疲労しはじめている。その体勢で銃を構えつづけるというのは、一本か二本の筋肉で重い銃を支えることを意味する。彼女が戦争捕虜であれば、こうした姿勢はストレスポジションと呼ばれるだろう。ジュネーヴ条約で明確に禁止されている姿勢だ。巡査部長はどうするだろうか。おれが巡査部長の立場だったら、全員順番に交替させるだろう。そもそも、ボックス席に陣取っている客を逮捕しようとはしなかっただろうが。

最後は、巡査部長の困惑よりも女性保安官補のつらそうな様子に押される形で、おれは決着をつけた。

「それじゃあ、行こうか」おれは両手を前に出した。新米の警官に、年季の入った犯罪者が使うおなじみのトリックだ。警官は犯罪者が抵抗しないのに安堵するあまり、後ろ手に手錠をかけたほうがいいのではないかとは考えもしない。驚いたことに、巡査部長は異を唱えなかった。両手を前にして手錠をかけられるのも、確かに不便だ。釣った魚の大きさを自慢できなくなる。だが、相手を摑んだり武器を使ったりすることはできる。かつてのおれなら、こんなミスは犯さなかっただろう。とはいえ、かつてのおれだったらイベント期間中のバーで追い詰められ、捕まることもなかったはずだ。おれは立ち上がった。「準備はいいかな?」

「行きましょう」巡査部長は言った。

おれはボックス席を、蟹のように横歩きで出た。巡査部長の隣に立つ。

彼はおれを値踏みするように見た。「あなたは、多少のことには動じない方のようですね?」

「さあ、どうかな」おれは答えた。

5

　二分後、おれは白いクラウン・ヴィクトリアの後部座席にいた。後部座席は鉄格子で囲われ、おれは拘束されて、非武装の警官二人に両脇を固められた。二人とも大男で、焦げ茶の制服の袖は、がっしりした上腕にいかにもきつそうだ。おれの引きしまった腕には大きすぎるだろう。自然についた筋肉ではなく、ジムで鍛えたようだ。

　おれが手錠をかけられていても、二人はこわばった表情だった。どちらもおれに一瞥もくれないのは奇妙だ。この国で最優先の捜索対象とされる逃亡者を捕まえたのだから、人情のつねとして、おれがどんなことをしたのか知りたいはずなのだが。それなのに二人はただ、じっと前を見据えている。おれの両隣にいるのは類い稀なほど想像力に欠けた人間なのかもしれないが、おれといっさい関わらないよう指示されている可能性のほうが高い。試してみるのは簡単だ。

　グロックを携えた巡査部長が最初に話しかけて以来、誰もおれにミランダ権利（黙秘権や弁護士の立ち会いなど、被疑者に認められている権利）を読み上げていない。つまりおれは逮捕されたわけではない。だが、彼らに拘束されているのは明らかだ。その徴候は至るところにあった。おれは警察車輌の後部に乗せられている。それに手錠を嵌(は)められている。さっき警官隊は、おれに銃を向けてきた。

保安官事務所までは車で十分足らずだったが、そのあいだにおれは地勢を観察した。もしかしたら、あとでここを通って逃げ出すことになるかもしれない。まったくの片田舎だ。農場がいくつも広がっている。大木の林が見える。かつては鬱蒼(うっそう)とした森だったのだろう。春は真っ盛りで、木の葉はブロッコリーよりみっしり生えている。緑陰(りょくいん)がどこまでも続いている。

保安官事務所はライオンズという町にあった。きのう歩いて通りすぎたばかりだ。これ見よがしの派手さはないものの、裕福な地域だった。たいがいのアメリカの町の例に漏れず、ここも創建当初は幹線道路の両側に連なる何軒かの集落だったものが、直線状に町域を広げて発展したのだ。町の端から端まで一マイルだが、幅はわずか百ヤードにすぎない。田舎町にありがちな孤立した地勢だ。住民は新たな着想をめぐって議論するよりも、人のことを議論するほうが好きだろう。自宅前の選挙ポスターにはお目にかからなかったが、地元でひとたび選挙が始まれば、たとえ野犬捕獲員の選挙であっても、候補者をめぐる論争が熱を帯びるはずだ。ようやく、選挙ポスターが見つかった。デイヴィッド・レイジンガーとかいう男が、農地・水資源保全管理官に立候補しているようだ。ポスターには、この町の農地を守れるのは彼だけだと書かれている。

「休耕地をめぐる論争では、レイジンガーはどっち側に加担するだろうね？」おれは訊いてみた。二人がおれに構うなと指示されているのかどうか、確かめてみたくなったのだ。どちらの保安官補も答えなかったので、推測どおりだと思われた。「おれは休耕地をそのまま放っておいたほうがいいと思うね。野生動物にはそのほうがいいじゃないか」おれはかまをかけてみた。「あんたらはどう思うね？」

やはり無言だ。二人とも、おれをちらりと見ようともしない。意見を言うつもりはなさそうだ。

「ともかく、おれは彼に一票入れるだろう」そう言うと、おれはシートにもたれた。保安官補は二人ともおれに取り合わず、到着まで車内は沈黙が続いた。

保安官事務所は大きくて白い、六角形の建物だった。裕福な田舎町にある警察機関の建物は、処理能力こそ大都市の警察に及ばないものの、手入れははるかに行き届いていることが多い。

おれは公式に逮捕されたわけではなかったが、路上から留置場に被疑者を移す手続きでは、どうしても会話をしなければならない。

「名前は？」巡査部長が机の向こうから訊いた。

おれは無言だった。警察官に偽名を告げるのは犯罪行為だ。ただし、何も答えなくても罪にはならない。おれは自分の名前を答えて向こうの見立てが正しいと教えてやるつもりはなかった。いかなる事態が起きているのか把握するまでは。

「身体検査をさせていただきます」それは要請ではなかった。あたりには大勢の保安官補が控え、おれが断わったときには取り押さえようと待ちかまえている。おれのようなよそ者には、町に来てほしくないのだろう。

おれは巧みに身体検査された。被疑者に手錠が嵌められている場合は、容易な仕事ではないが、おれが持っていたのはマネークリップだけだったので長くはかからなかった。それ以外の持ち物はすべてバックパックに収めてあり、そっちの中身はゴスフォースを出る前に、すでに検められている。目の前でおれの金が数えられた。三百十二ドル。

巡査部長は言った。「これから髪に手を触れます。おかしなことをするつもりはないでしょうね？」

おれはないと答えた。囚人の髪を検査して、武器を隠していないかどうか調べるのはごく一般的な手続きだ。針や小型ナイフなら髪に隠せる。ポニーテールに銃を隠していたやつがいたと聞いたことさえある。だが巡査部長はおれの髪の中に何があるかではなく、髪の下に何があるか確かめたかったようだ。手を伸ばし、おれの額を覆っている髪を上げ、傷痕を見て、うんとつぶやく。目の前のカウンターにはおれと向かい合わせに書類が載っており、その書類の〈留置者名〉の欄に巡査部長は「ベン・ケーニグ」と記入した。

テレビに映された顔写真に、傷痕はなかった。おれはその写真が撮影されたあとで負傷したからだ。しかし連中は、そこを確かめればいいとわかっていた。ごく一部の人間しか知らないはずだが、おれの傷痕は身分証より確実な身元証明なのだ。

「ウェイン郡保安官事務所へようこそ、ミスター・ケーニグ」巡査部長は言った。「できるだけ快適に過ごせるよう努めます」彼はおれの現金をボール紙の証拠保管箱に入れ、封印テープに署名して事務所の金庫に納めた。

連中は捜している男を捕まえた。誰一人負傷させることなく。

やつらには好結果だが、おれには悪い結果だ。

6

おれが入った独房は、いままで見てきた中でも断然清潔だった。便所の臭いもしない。便器さえ、便所臭くなかった。壁には落書きもない。体液はフィンガーペインティングに使われていなかった。

本まで置いてある。ページの端が折れたスタンリー・キューブリックの伝記だ。キューブリック監督の映画には、おれのお気に入りもある。おれのいわば前世では、スティーヴン・キングの『シャイニング』のサイン入り初版本を持っていた。ほぼ一万ドルかかったが、公正な取引で得たもので、盗んだわけではない。

この建物にキューブリックのファンがいるのだろうか。もっと楽しいときなら、映画談義で盛り上がりたいところだ。ビールを何杯か飲みながら、彼の作品の魅力を語り合うのも悪くない。そこでおれはふと、この独房にキューブリックの本が置いてあるのは、果たして偶然だろうかと思った。おれは偶然が好きではない。そいつは怠惰な人間の説明だ。

そいつはマットレスの下にあったエンドウマメのようなものだ。どうも引っかかる。最重要指名手配犯のリストを改竄できる影響力を持った人間は？　おれは現場を離れてもう六年にもなるので、誰にそんな権限があるのかはわからない。ライオンズの警官は気づいていないだろうが、どこかで誰かが、そうした力を行使したに違いないのだ。

おれはキューブリックの本を手に取り、読みはじめた。当初はキューブリックが技術顧問として呼んでいた海兵隊訓練教官のロバート・リー・アーメイが、最終的にハートマン一等軍曹として映画に出演した経緯をまとめた『フルメタル・ジャケット』の章を読み終えたあたりで、保安官補がおれを見に来た。おおかた安否確認だろう。

連中は決められたスケジュールを守っているのだろうか。おれは本に目をやった。十八ページ読んだところだ。おれはだいたい一時間で七十ページ読む。十八というのは七十の二五パーセントだ。一時間の二五パーセントは十五分になる。おれは本に戻った。さらに十七ページ読んだところで、扉に取りつけられた開口部がひらき、さっきと同じ顔が覗いた。おれは手を振ったが、反応はなかった。『時計じかけのオレンジ』の章を読んだところで、やはり時間きっかりにハッチがひらいた。おれには時間を計測する方法ができた。

二時間後、メニューが扉から差し入れられた。ボールペンや鉛筆はない。扉越しに叫んで注文を知らせてくれということか。メニューに目を走らせると、チーズバーガーがあった。フライドポテトも、チョコレート・ミルクシェイクも紅茶もある。おれがゴスフォースでテーブルに残してきた食事とほぼ同じだ。おれは扉に近づき、鉄格子越しに注文を口にした。

カロリーは摂れるときに摂れ。

扉の向こうからガサゴソ音がしたので、おれの注文が聞こえたのがわかった。おれがめしを食う気になったから、連中は安堵しているだろう。VIP待遇を受けているのは間違いない。

さらに二度の安否確認のあと、独房扉のハッチがひらいた。分厚い防弾ガラス越しに、顔が覗く。ガラス窓が下向きにひらき、こっちに突き出した。蝶番の動きは滑らかだ。こっち側の棚に、プラスチックのトレイが置かれる。おれがベッドから立ち上がる前に、ハッチは閉じた。

おれは扉に近づき、トレイに載った食事を見た。国中の刑務所を見てきたが、一貫しているのは食事だけだ。油がぎとぎとで、冷たく塩辛い。ほとんど食べられたものではない。だが、このハンバーガーは本物だ。十オンスの極上の牛肉、本物のチーズ、フライドオニオンに、食欲をそそる適度なチリの辛み。ベーコンはカリカリで、塩味のフォーチュンクッキーを食べているようだ。フライドポテトは揚げたてで熱く、ミルクシェイクは冷たくて、本物のアイスクリームで作られていた。焦げ茶色の紅茶は、ミルクでごまかしていない。

おれはもう一度、メニューを手に取ってみた。おれの好物しか載っていない。ニューヨーク・ストリップステーキ、ペコス・リバー・チリ。だがなんと言っても、ミルクシェイクが秀逸だ。どこまでもチョコレートの味しかしない。おれはチョコレートが好きだ。これはただのメニューではない。キューブリックの本もたまたま置いてあったのではない。どちらもメッセージだ。「われわれはあなたのことを知っている」という。

しかし、誰がそのメッセージを送ってきた？

ちょうど食べ終わったときに独房の扉がひらいた。女性が一人、足を踏み入れてきた。ジーンズ穿きで、ヒールの低い革のブーツを履き、格子縞のシャツを着ている。髪は流行を取り入れているものの、手入れは簡単そうだ。朝に短時間で整えられる髪型だ。おそらく五十代だろう。にこやかな顔は実に友好的で、目まで笑っている。どうやら彼女がこの保安官で、事務所に詰めているのはひとえに、おれが拘束されたからに違いない。決して愚かな人間には見えなかった。これが異例の事態だと認識している。彼女の独房におれを留置することになったのをうれしく思ってはいないだろうが、現にそうなってしまった以上、公正な手続きを重視したいのではないか。

「こんばんは、ミスター・ケーニグ」

おれは何も言わなかった。

「わたしはロング保安官」彼女は構わず続けた。「あなたは、ベン・ケーニグね」そしてこちらの居心地が悪くなるぐらいじっと見つめ、これからどうしようか決めようとしているようだ。彼女はおれと並んでベッドの縁に腰かけた。おれは身動きし、いくらか場所を空けた。「どうしてあなたのことがわかったのか、知りたい?」

7

ロング保安官はさらに言った。「ゴスフォースにいるのが間違いなくあなただとわかったとき、わたしたちは連邦保安官局のウェブサイトから、あなたの捕縛命令書をプリントアウトしたわ」尻ポケットに手を伸ばし、折りたたんだ紙を取り出す。「読み上げてほしい？」

おれはずっとしゃべっていなかったので、自分でも苛立ちはじめていた。「お願いする」と答える。

「箇条書きなので、そのまま読み上げるわね。その一。『この男はきわめて危険になりうるが、それは本人が生命を脅かされたと感じた場合のみにかぎられる』最後の〝のみにかぎられる〟が太字で、下線を引いてあるわ」用紙の縁から、おれの様子を窺う。「そのとおりなの？　あなたは危険な男なのかしら、ミスター・ケーニグ？」

おれは無言の行に戻った。

『その二。ここはすごいわよ。　『貴官はこの男を逮捕してはいけない。　身柄を拘束するだけだ』」

おれは立ち上がった。「だったら、ここを出ていいんだな？」

「お座りなさい、ミスター・ケーニグ」

おれは座った。

ロング保安官はプリントアウトに戻った。「箇条書き、その三。『ベン・ケーニグは別人名義の正規の身分証明書を所持している可能性がある。そうした身分証の名前がどうあれ、ベン・ケーニグの右目の上には、魚の骨の色をした一インチの傷痕がある』」

彼女はおれをじっと見た。おれは根負けし、長すぎる髪をかき上げて傷痕を見せた。彼女はうなずき、続きを読み上げた。「その四。貴官がベン・ケーニグの身柄を拘束したら、連邦政府のある番号に連絡し、ある人物と話されたしという指示。でもわたしにその番号を読み上げる権限はなく、その人物の名前も口外無用とされているの」彼女は言った。

「どうしてこんなスパイ小説めいたことをするのかと思うけど、でもたぶん、あなたはひと言も話すつもりはないんでしょう？」

「なんのことか、おれにもわからない」それは本当だ。

「わたしはまだ、この番号には連絡していないわ、ミスター・ケーニグ。それに、連絡したいとも思わない。誰かがわたしの事務所を利用して、正当な法の手続きを迂回しようとしているみたいだけど、わたしはそんなことの片棒を担ぎたくはない」

もし賛同を求められているのであれば、おれは賛同する。それでもおれは、無言のままだった。

「最後の要請がいちばん奇妙ね。わたしが法執行機関に入ってからこのかた、こんな命令は見たことがない。FBIにいたあいだもなかったし、保安官事務所に入ってからの二十三年間にも一度もなかったわ。あなたを拘束したら、あなたの身の安全を確保し、保安官局のリストに挙げられた本や雑誌を置くように、という命令よ。幸い、この建物に一人、スタンリー・キューブリックのファンがいたわ。さもなければ、わたしたちは書店主の憩いの夕刻を台無しにするしかなかったでしょうね」

「食事はどうなんだ？　それも最後の要請の中に書かれていたのか？」

彼女はうなずいた。「そのとおり。ダウンロードしたPDFのメニューから用意するようにと」

なんと手回しのいい連中だ。

「あんたが読み上げていない箇条書きもあるんだろう？」おれは訊いた。「きっと、二番目あたりだ」彼女が用紙を確かめようとしなかったので、おれは図星だと思った。「いかなる事項であれ、おれに事情聴取してはならないと書いてあるはずだ」

彼女は間を置いた。「それは三番目ね」ややあって、そう答えた。「あなたを逮捕してはならないという命令と、傷痕があるという箇条書きのあいだ」そして両腕を広げた。隠し事は何もしていないという万国共通のサインだ。

「だったらあんたはなぜ、こうしておれに話している？」

彼女は顔を紅潮させ、唇を引き結んだ。「なぜなら、ミスター・ケーニグ、あなたが何をしたのかには関心がないからよ。でもわたしは理由も知らされないまま、あなたを誰にも引き渡すつもりはない」彼女は言った。「あなたに感謝される以前に、わたしは保安官事務所の評判を守らねばならない。最近は誰も憲法を真剣に受け止めていないけど、わたしたちは真剣に受け止めているわ。誰かにそうしろと言われたからといって、憲法違反をするつもりはない」

おれには彼女の怒りが伝わってきた。もうこれ以上、黙秘を続ける理由はない。

おれがためらっているのを察し、彼女は言った。「わけを聞かせて」

8

姿をくらますために必要な暗黙のルールがいくつかある。最も初歩的なルールは、クレジットカード、銀行の預金口座、携帯電話など、自分の名義で登録されているものを使わないことだ。古いメールアドレスやソーシャルメディアのアカウントを使わないのも常識に属する。紙であれ電子媒体であれ、自分の痕跡が残るものとはきっぱり縁を切らなければならない。

騒ぎにならないように姿を消すには、徐々に減らしていくべきものもある。たとえば、いままでソーシャルメディアをひんぱんに使っていたのなら、あまり使わないようにすることだ。そのうちまったく更新しなくなったとしても、さほど不審を招かずにすむ。お気に入りのレストランやバーがあるなら、毎週通うのをやめることだ。そうすればいまの暮らしを離れて立ち去るときにも、誰かが自分のことを気にして周囲に尋ねるまではしばらく時間が稼げる。

国中のあちこちをめまぐるしく移動するのは難しいだろう。空港のセキュリティをかいくぐれるほど強固な偽の身分証がなければ、飛行機に乗るのは論外だ。同じ理由で、レンタカーを借りるのも危険だ。鉄道は安全だ。バスならなおよい。歩くのがいちばんだ。どれも常識の範疇に属する警戒措置だ。この程度のことは、一定の知性を備えた人間なら気づくだろう。

だが、いま挙げたほど明白ではないルールも存在する。それらに従うかどうかで、長期的な成功と失敗が分かれるだろう。本当に姿を消すには、必ずやらねばならないことがいくつかある。そのひとつは、自分が写っている写真を可能なかぎり廃棄処分することだ。現像された写真もデジタル写真も。人間という生き物は、他人の顔を思い出す記憶力が驚くほど悪い。わかりやすい外見的な特徴がなければ、人がどんな顔をしていたかなどすぐに忘れてしまう。

おれも自分の写真をあらかた処分しておいた。だから、今晩のニュースで映された写真はあれほど古いものだったのだ。それでも現存している中では最も新しい。ほかに残っているおれの写真はマサチューセッツ州の運転免許証だけだが、十六歳のときに撮影されたものだ。当時のおれはパンクロックにはまっていたので、その証にハリネズミのような髪型にしていた。連中がテレビにさらした写真がいまだに残っていたのは、その写真データを保存しているコンピュータにアクセスする管理者権限をおれが持っていなかったからだ。おれがその権限を持っていたら、別人の写真と入れ替えていただろう。

「わけを聞かせて」ロング保安官が言った。それでもおれが無言だったので、彼女は語を継いだ。その言葉で、彼女が愚か者ではないことがわかった。「ミスター・ケーニグ、わたしたちが受けた命令から判断して、あなたが逃亡者だとは思えない――仮にそうだとしても、ありきたりの逃亡者ではなさそうね。テロの線も考えてみたけれど、そうだとしたら連邦保安官局ではなく、国土安全保障省が出てくるはず。けれども誰かがなんらかの理由であなたを捜しているのは間違いない」

「おれはテロリストではない」

「ではWITSEC？」

「おれは証人保護プログラムの対象者でもない」

「犯罪行為に手を染めたことは？」

「さっき捕まりそうになったときに、抵抗したくなったけどね」

彼女は最初から知っていたような表情でうなずいた。「あなたのバックパックから、連邦政府が支給した手錠が出てきたわ。登録番号を調べたら、連邦保安官局に支給されていたものだった。なぜあなたがその手錠を持っているのか、説明してみたくない？」

おれは説明したくなかった。その手錠を持っているのには相応の理由があるのだが、その理由を知っている人数が増えるほど、利用価値はなくなる。

ロング保安官は肩をすくめ、続けた。「あなたがそれを盗んだわけでないと思う、ミスター・ケーニグ。いまわたしたちが置かれている特殊な状況からして、きっと手錠は、いずれかの時点であなたに支給されたものだったんでしょう。あなたは逃亡しているようだけど、自分がかつて何者だったのかを記憶にとどめるために、手錠を持ち歩いているんだと思う」彼女は正解を期待するまなざしで、おれを見た。「そんなところかしら？」

ここまで来たら、少しは答えを明かさないといけない。

「ロング保安官」おれは言った。「いかにも、おれの名前はベン・ケーニグだが、あんたらがなぜおれを拘束するよう命令されたのかは、まるで見当がつかない。あんたの言うとおり、六年前までおれは保安官局の一員だった。特殊作戦群（SOG）にいたんだ。悪人を追う部隊だ。本当の極悪人を」おれは間を置いた。「それにおれは退職したわけではないから、表向きはいまなおSOGの一員だとも言える」

おれが彼女にした説明は、自分が姿を消さなければならなくなるまで何をしていたのかという簡略化した要約だ。だがそれがすべてではない。ふたつの重要な出来事を省いている――ゲッコ・クリークでの事件と、その三年前、おれが負傷したあとで何が起きたのかだ。それはごくひと握りの人間しか知らない話だ。
それは国家機密だ。

9

「わたしたちが逮捕――ごめんなさい、拘束ね――する前、わたしはＦＢＩの友人に電話してみたの」ロング保安官は言った。「その友人に、あなたの記録がないかどうか訊いたわ。彼はアーカイブにアクセスして、そこに保管されていた合衆国連邦保安官局の元局員ベンジャミン・ケーニグのファイルを見つけてくれた」

「そんなよけいなことをしたのか」だったら何も話すのではなかった。

「その友人によると、あなたの記録はいままで見たこともないぐらい奇妙だったそうよ」少し焦らしてから、彼女は先を続けた。「彼の話では、あなたの経歴は連邦保安官局人事部の規定を遵守して記載されていた。あなたが採用された年月日、特殊作戦群の訓練を修了した年月日、あなたが関わった任務。休暇や病欠を取った日まで記録されていたわ」そこで間を置いた。「ただし、あなたが撃たれてからは――」

「厳密には撃たれたのではない」おれは遮った。「銃弾の破片がおれのヘル――」

「──頭に銃弾を受けたということね」彼女はおれの異議に取り合わず、続けた。「とにかくそれ以降、あなたに関する記録は一変した」

おれは反応しなかった。

「一変したというのは、ほとんど記録がなきに等しかったからよ。まるでブラックホールみたいに。あなたが銃弾を受けてから姿を消すまでの三年間、あなたの勤務記録には大きな空白があるの。記録には〝その他の任務〟としか書かれていない。それが具体的にどういう任務をさすのか、いっさい説明されていない。わたしの友人は、あなたがいわゆる〝その他の任務〟に従事していた期間を合算してみた。それはほぼ二年になるそうよ。三年のうち二年間、あなたはどこで何をしていたのか説明されていないの。彼によると、こうした記載が見られるのは、たいがい特殊部隊に属する兵士の勤務記録らしいわ。〝その他の任務〟というのは、ありていに言えば海外での任務をさすんですって。表向き、わたしたちがいてはならない地域での」

彼女はおれの反応を待った。おれは反応しなかった。

「これはすべて機密事項のようね？」

「高度な機密事項だ」

「でも違法行為ではない？」

たのね」

「そのとおりだ」

「つまりわたしの事務所は、いかなる違法行為も犯していない人間を拘束しろと命令されたのね」

「だったらおれはここから出ていっていいんだな」おれは軽い口調で言った。

しかし今度は思いがけないことに、彼女はお座りなさいと言わなかった。「ミスター・ケーニグ、あなたがこの国の法律をいっさい破っていないことと、指名手配される根拠がないことがよくわかりました。これ以上あなたを拘束しつづけるのは、違法な命令に従うことを意味します。わたしには保安官として、連邦法執行機関の同僚全員と同じく、憲法を遵守する責任があります。わたしはあなたを釈放し、ウェイン郡保安官事務所を代表して、心より謝罪します」

すぐにここを出られるというのは実に魅力的だ。ここから遠いどこかの幹線道路に行き着くまで、あたりの山道を歩こうか。そこからは誰かの車に乗せてもらい、そのあとどうするか考えよう。おれはそうしたい誘惑に駆られた。しかし安易な道を選択していたら、おれはこの六年間を生き延びられなかっただろう。ここへ向かってくるものがなんであれ、おれはそいつと真っ向から向き合う必要がある。というのは、たとえロング保安官が指示された電話番号に連絡しなくとも、彼らは間違いなくこちらへ向かっているからだ。

「お気持ちはありがたいが辞退する、ロング保安官」おれは言った。「誰かが労苦を厭わずおれを捜そうとしているんだ。そいつが何を所望しているのかぐらいは確かめないと、失礼に当たる」

「けれども、その人たちはあなたにひどいことを——」

おれは片手を上げた。「確かに連中が取った手段は不公正だったし、いくつもの法を破っているだろうが、それは守らねばならないものがあるからだ。あんたたちだって、そういう機微はわかるだろう。その次は——おれが今回の事態を解決しなければ、きっとその次に来るべき事態があるはずだ——今回よりさらに厄介になるかもしれない」

「やろうと思えば、あなたを退去させることもできるのよ」彼女は言った。

「確かにできるだろうが」おれは答えた。「あんたはそうしないはずだ」

「なぜそう思うの？」

「なぜならあんたも、おれと同様、誰が来るのか好奇心があるからさ」

「オーケー。あなたがそこまで言うのなら、わたしから連絡するわ」

おれはにやりとした。彼女は良心的な保安官だ。だが、逃亡者を追跡するさまざまな手練手管を知らない。

「それには及ばない」おれは言った。「連中はすでにこっちへ向かっている」

10

「どうして、すでにこちらへ向かっているとわかるの？」ロング保安官は言った。「断言してもいいけど、この事務所からその電話番号に連絡した人は誰もいないのに」

「メニューはダウンロードしなければならなかったのか？　そうしなければ読めない仕組みだったのか？」

「そういう指示だったわ」彼女は答えた。

「それがＳＯＧの罠（わな）なんだ。メニューのファイルがひらかれたらすぐ、チームに通知が入る。いつ、どこで、誰がそれをひらいたのか。チームは裏づけ確認を行ない、どこかの暇な警官が退屈しのぎにやったんじゃないことを――」

「うちの事務所に裏づけ確認の連絡はなかったわよ、ミスター・ケーニグ」

「そりゃ、あんたの事務所には連絡がなかっただろうさ。裏取りはひそかに行なわれるんだ。標準的な手続きだよ」

「SOGは警察機関を信用していないの？」

「マフィアのボスを追跡するのも業務の一環なんだ、ロング保安官。彼らは誰一人、信用していない」

「では、具体的にどうやって？」

「おれの見立てでは、チョコレート・ミルクシェイクが鍵だ。ハンバーガーはバーからでも簡単に取り寄せられる。誰かが家で作って、持ってくることだって可能だ。ところがミルクシェイクは、そう簡単にはいかない。チョコレート・ミルクシェイクにはソースをかけないといけないし、この町だったら、ダイナーでしか作れないだろう。それなら誰かがダイナーに電話をかけ、ミルクシェイクを含んだ注文をこの建物まで配達したかどうか確認したはずだ。たぶん電話をかけた人間は、シフトを終えた保安官補を装い、伝票にきちんと支払いがなされたかどうか確認したかったとでも言ったんだろう。そうすれば、不審を招かずにすむ」

「あなたもそういう仕事に慣れていたの？」彼女は訝しげに言った。

おれはうなずいた。「間違いない。彼らはこっちへ向かっている」

尋常一様な事態ではないと最初に感じたのは、ヘリコプターの音が聞こえたときだ。一般通念と裏腹に、連邦保安官局には捜査官を即座に運べる専用機がごまんとあるわけではない。予算には制約がある。移動しなければならないときは民間の旅客機を使い、ほかの公務員すべてと同じくエコノミークラスだ。

それなのに今回はヘリコプターが飛んできて、たったいま着陸したところだ。おれはうぬぼれが強い男ではないが、いま着陸したのが保安官局の局員であれば、そいつは副長官以上の人間だと考えざるを得ない。蹄(ひづめ)の音が聞こえたら、シマウマではなくまず馬だと考えるように。

尋常ならざる事態だと次に感じたのは、特徴のある足音が近づいてきたときだ。

左足、右足、コツン。

左足、右足、コツン。

杖を突いた男。

ヘリコプターを飛ばせる権限の持ち主で、杖を使う人物をおれは一人しか知らない。独房の扉がひらき、予想どおりの男が足を踏み入れてきた——アメリカ合衆国連邦保安官局長官にしておれの友人、ミッチェル・バリッジその人だ。

ミッチは単刀直入に話す人間だ。人使いは荒いものの、ルールには従う。そしておれたちにも、そうするよう念を押す。

しかしそのミッチが、なりふり構わぬ方法に訴え、最重要指名手配犯のリストを改竄してまでおれを見つけ出した。それはただならぬ事態を意味する。

悪い事態を。

11

ミッチは保安官局長官に就任した最初の黒人だ。二十年前に財務省秘密検察局（シークレット・サービス）（偽造摘発、大統領護衛などが任務）から転任し、妥協を許さず職務をあくまでまっとうする男として名声を博した。その前任者は新聞の見出しになるようなスタンドプレーを好んだ。自分の写真が《ワシントン・ポスト》の二面記事に載るような。自己アピールの機会はまず逃さなかった。射撃訓練用の家で、人質役を演じるのも好きだった。隊員たちが室内に突入し、悪人どもをすばやい二連射（ダブルタップ）で倒すところを見て悦に入っていた。屈強な男たちの熱気に満ちたアクションを。しかし特殊作戦群（SOG）の任務の九九パーセントは、そんなことではない。

確かにSOGは四十エーカーに及ぶ広大な戦術訓練場、高度な射撃訓練施設、懸垂下降用の塔、ヘリコプターの離着陸場、市街地作戦訓練センターを所有している。訓練の内容に合わせて壁を動かし、内部の配置を変えられる倉庫もあった。うちの訓練施設が軍の大半のエリート部隊より優れているのは確かだろう。SOGの隊員を海兵隊武装偵察部隊（マリーン・リーコン）に送りこみ、狙撃手としての訓練を施すこともあった。だが、とどのつまり、おれたちは警察官であって、兵士ではない。そしておれたちが警察官であるがゆえにこそ、特殊作戦群が必要だったのだ。海軍特殊部隊（ネイビー・シールズ）や陸軍のデルタフォースにも、おれたちと同じことはできるだろう――ただしおれたちのほうが任務の頻度が高いので、向こうは認めないだろうが彼らより熟達している――が、わが国の憲法では兵士に市民を逮捕する権限を認めていない。戒厳令が発令されないかぎりは。そして、犯罪者やテロリストや民兵（ミリティア）が武装しているがゆえに、ＳＯＧの存在が必要なのだ。おれはその点に疑問を抱いたことはない。場合によっては、圧倒的な火力が誰にとっても最も安全な選択肢になる。

しかし、ミッチは前任者と違った。確かにおれたちに何ができるのかを見極めたがったが、それは彼自身のエゴを満足させるためではなかった。おれたちに何ができ、何ができないのかを理解したかったのだ。おれたちの限界がどこにあるのかを。おれは初めて会ったときから、彼に尊敬の念を抱いた。おれは彼を信頼し、彼もおれを信頼していた。そして、父親同然に彼を慕うようになった。おれたち全員がそうだった。トップの男が自分たちの味方をしてくれると確信できれば、仕事はずっとやりやすくなる。ミッチがやるべきことをきちんと果たしていたのも重要だ。彼は決してのうのうと安楽椅子に座り、現場に出ることなく部下に辛辣（しんらつ）な批評をするような人間ではなかった。彼は決して、腰に受けた銃弾の痛みをこぼすようなことはなかった。国務長官の子息の誘拐未遂事件のときに、子息を守って受けた傷だ。しかしおれたちはみな、そのことを知っていた。樹木に巣食うゾウムシのように、銃弾の破片が彼の骨に食いこんでいることを。自分たちの仕事は必要とあらば人間の盾になることだと言うのは簡単だが、実行するのは至難の業だ。

おれが頭に銃弾の破片を受けたときも、ミッチが医師の勧告を退けてくれた。おれが現場に復帰することを許可してくれたのだ。あらゆるつてを使い、おれが事務職をやらずにすむよう力を尽くしてくれた。

そのミッチが、おれを見つけるためだけに十五人の最重要指名手配犯リストを改竄するとは、いったいどんな重大事件が起きているんだ？　彼が法を破ったのは、ほぼ間違いなく生涯で初めてのことだ。

彼はおれの友人であり、おれはその理由を知りたかった。

ミッチは足を引きずって独房に入り、杖を壁に立てかけて椅子に座った。そしてロング保安官と、彼を案内した保安官補のほうを向いた。「すまないが、ベンと二人きりで話をさせてもらえないか？」

ロング保安官は振り返らずに独房を出た。その後おれは、二度と彼女に会っていない。

「どうしたんです、ミッチ?」おれは言った。「踏み倒したコーヒー代がありましたっけ?」

おれはいささか戸惑っていた。彼に何も言わずに職場を去ったからだ。ある日までそこにいたおれが、翌日にはいなくなっていた。彼がしてくれたことを考えると、何か連絡してもよかったはずだ。メールなり、電話なり、はがき一枚でも。彼は鋭い洞察力を備えた男だ。おれが姿を消した背後に誰がいたのか、もしかしたら知っていたかもしれない。あるいは、おれを捜していたかもしれない。至るところに情報網を張りめぐらせていた可能性もある。そして海岸に水死体が打ち上げられたり、湖からコンクリートを重りにつけられた遺体が発見されたりするたびに、万が一に備えておれの顔写真を送っていたかもしれない。

おれは彼に、自分が生きていると知らせておくべきだった。それはむしろやるべきことだったのだ。しかしおれは、そうしなかった。おれは誰にも知らせていなかった。

ミッチは答えず、ただおれをじっと見ていた。彼はそうすることに長けていた。長年の経験で培ってきた技巧だ。その技巧を駆使されると、相手は居心地が悪くなる。ようやく彼が沈黙を破ってくれたとき、相手は心からほっとして感謝の念を覚えるだろう。わかっていても、おれにはいまだに免疫ができない。

「ミッチ、お願いです、教えてください」

「なぜわたしのところに来なかった、ベン?」彼はようやく言った。

12

六年前、コロラド州ゲッコ・クリーク

ほかの強制捜査となんら変わらなかった。満足感などなかった。特殊作戦群（ＳＯＧ）が独りよがりな満足感に浸ることはない。おれたちが追っていたやつらは、いかなる満足感にも値しなかった。

　おれたちは二日間、その家を監視していた。チームの監視専門家は窓に盗聴器を仕掛けていた。相手を欺くため、鳥の糞に見せかけた盗聴器を。外から監視し、内部の様子も聴ければ、充分な情報収集ができる。それより悪い条件で出動する場合もままあるのだ。

　強制捜査は目立たないように実行する手筈（てはず）になっていた。その家にひそむ地下組織のやつらが逮捕を逃れてきたのは、これまで慎重に立ちまわっていたからだ。ＦＢＩと、その時点ではＳＯＧ以外、大半の法執行関係者は彼らの存在すら知らなかった。

おれたちが提供されてきた情報は、知る必要がある最小限(ニード・トゥ・ノウ)の事項のみだった。たいがい、そうした厳重な秘密保全が適用されるのはテロリズムだが、やつらはテロリストではない。ただし、人道に対するテロであることは確かだ。おれたちのような仕事を長くやっていると、人間が人間に対して行ないそうなことには免疫ができる。しかしこの地下組織には、その免疫も効かなかった。

子どもたちを誘拐してセックス産業に売り払う地下組織の話は聞いたことがある。人身売買だ。小児性愛者の好みを満足させるやつらもいる。それから、動物を闘わせて見世物にする輩(やから)もいる。犬と雄鶏の闘い。アナグマと熊の殺し合い。ある動物に、別の動物をけしかけようとするやつがどこかに必ずいるのだ。

しかしおれはそれまで、子どもに犬をけしかけようとする輩の話は聞いたことがなかった。それも子どもが死ぬまで。そんなことを考えつくのは、特殊な範疇の病にかかった連中だ。そいつらは〝スペシャル・イベンツ・カンパニー〟と自称していた。この闘いは一般公開されなかった。犯罪者や兄弟分の地下組織にも公開されなかった。たいがいは犯罪者といえども——闘犬を見世物にしている組織の人間でさえ——ピットブルに喰いちぎられる子どもを見れば尻込みしただろう。

すこぶる特殊な趣味の顧客に向けて提供される限定サービスだった。その闘い——五歳ぐらいの幼児に飢えた犬がけしかけられるのを闘いと呼べたらの話だが——はネット上の有料生配信イベントでしか観覧できなかった。夕方のボクシングの試合に三十ドル払うのとはわけが違う。料金は三十万ドルに近かった。おれの想像では、一分も続かなかったであろう見世物のために。

ＦＢＩがこうした連中の動きに気づいた最初のきっかけは、別の投資詐欺事件だった。詐欺グループを運営していた病的に自己中心的な被告が刑務所に入るのを恐れ、ＦＢＩの興味を惹きそうな情報を提供したのだ。その男は、そうした地下組織があるのを聞いたことがある程度だったが、より詳しい情報を提供できる人間を知っていた。ＦＢＩは半年にわたって捜査した結果、堕落のブラックホールに行き着いた——いかなる規制も及ばないダークウェブの世界だ。自殺志願者のサイト、児童ポルノ、銃器、ドラッグ、契約殺人に続いて、今度はとうとう、子どもが殺されるところを見世物にする有料視聴制のサイトまで登場したようだ。

興味があるふりを装ってそのサイトに連絡してみた主任捜査官は、サンプル映像を見せられた。仮設の闘犬場で犬が歯を剝き出してうなり、怯えた子どもが闘犬場に投げこまれる寸前だ。ＦＢＩ捜査官にとって慈悲深いことに、映像はそこまでで終わっていた。その地下組織は、単なる悪ふざけだと言い逃れできる範囲以上はいっさい見せようとしなかった。いや、言い逃れ以上に重要なのは、客になりそうな人間を焦らし、下劣な欲求を煽って購買意欲をそそることだろう。次回のライブ配信イベントにアクセスできるキーコードは、支払いが確認された後に送信されるという。ライブ配信なので、どのコンピュータにも犯罪行為を裏づける証拠は残らない。誰かが捕まったとしても、FBIの技術者が証明できるのは、何かが閲覧され、それには高額の料金がかかっていたということだけだ。何が閲覧され、いかなる映像のために料金が支払われていたのかを証明する方法はなかった。起訴するには、地下組織が見世物を提供している現場に踏みこむしかなかった。

ようやく捜査は特別大陪審に情報を提供し、いくつもの起訴状が手渡され、連邦政府の逮捕状が発行された。それからさらに三ヵ月に及ぶ捜査は実を結ばず、おれの机にSOGの出動を要請する文書が届いた。

驚くことではなかったが、地下組織はそう長いこと一定の場所にとどまっていなかった。ひとつのイベントが終わるたびに移動していた。おれたちはこのとき初めて、連中と同じ時期に同じ町に居合わせることができた。それまではいつも、突き止めたと思った場所はひとつ前のイベント会場だったのだ。

デイヴィッド・ブラックと呼ばれる男が主犯と目されていた。その男はノックスと称される腕っ節の強い粗暴な男とともに、国中を移動していた。ＦＢＩの見るところ、どちらも本名ではなかった。おれたちはさらに三人の声を屋内から聴き取った。最低でも五人の男がいることになる。うち二人はきのう到着したばかりだ。あらゆる情報が、その週にイベントが行なわれることを示唆していた。建設作業をする音が確認されていた。闘犬場を設置しているのだろう。常識的に考えて、連中はなるべく準備に時間をかけたくないはずだ——長引けばそれだけ、露見する危険を冒すことになる。準備ができ次第、イベントが行なわれるだろう。終わったら闘犬場を解体し、子どもの残骸を処分して、別の都市に移動する。もしかしたら国外かもしれない。

しかし、子どもはどこだ？　連中が〝パッケージ〟と隠語で呼んでいる子どもは、いつ到着するのか？　やつらの準備が完了した段階で、ＦＢＩはあらゆる罪状で有罪にできると考えていた。開催中の現場を押さえる必要はないと。だが、建物のどこかに子どもがいるのであれば、突入する前にその子の安全を確認しておきたかった。子どもが人質にされるような事態は避けたかったのだ。

おれたちは四十八時間にわたって聴取を続けてきたが、確認できたのは五人の成人男性の声だけだ。それと犬の。犬はもう何時間も惨めな状態に置かれ、実に哀れだ。暴力を振るわれ、餌を与えられず飢餓に追いこまれている。ときどきうなり声が聞こえた。

盗聴担当の隊員は、ジェン・ドレイパーという女性だった。配属されてほぼ三年になる。おれが銃弾の破片を受けて間もなかったころだ。

おれはジェンを好きになれなかった。好感を持ったためしは一度もない。この女にはどこか、形容しがたい違和感があった。デイヴィッド・アッテンボロー（イギリスの著名動植物学者、プロデューサー）ではない誰かのナレーションで自然ドキュメンタリー番組を見ているような。まあ、それでも別に構わなかった。向こうもおれに好感を持っていなかったからだ。おれはいつも不機嫌でよそよそしい女だと思っていたし、あの女もおれのことをうぬぼれが強く傲慢だと思っていた。初めて会ってからこのかた、笑顔を見たことがない。ただの一度も。チームの親睦会に彼女が出席したためしはなく、ほとんど人づきあいを避けていた。SOGのような緊密な連携を要するチームでそんな振る舞いをしていたら、チームの一員としてうまく動けるのか疑問視される。あの女はおれたちを見下している節があった。おれは何度も彼女を転属させてほしいとかけあったが、ミッチは聞く耳を持たなかった。そうした理由で動くわけにはいかないと。

それでも、彼女の能力や技倆に疑問の余地はなかった。洞察力に富み、武器の扱いに長け、おれが知っているどの男よりも機敏に動いた。彼女はまた、おれが会った中で最も勇敢な保安官局員だった。恐れを知らなかった。

それでも、あの女はくそったれだといまだに思う。

なんの前触れもなく、ジェンは手を振って全員の注目を促し、静かにするよう合図した。目を閉じ、ヘッドホンの音に集中する。

誰もが静止し、息をひそめた。

その目がかっととひらいた。そして、おれを見て言った。「子どもはすでにいるわ」

おれは頭を振った。そんなことはありえない。だったら声や物音が聞こえたはずだ。丸二日間もじっと黙っていられる子どもなどいるはずがない。

ジェンは言った。「たったいま、準備完了という声が聞こえた。カールと呼ばれる男が、パッケージを起こすように命じられたわ。女の子は薬で眠らされていたんだと思う。いま、アドレナリンを注射しろと誰かが言った」

おれは唇を噛んだ。「くそっ！」

捜査チームは中間準備地域におり、建物の見取り図に基づいて造った実寸大の模型を使ってシミュレーションをしていた。壁は木枠と黄麻布（おうまふ）で造った間に合わせだ。理想的ではないにせよ、建物の間取りを把握することはできる。部屋の配置や距離感も。おれは急ぎ、全員に集合をかけた。

一同がまわりに集まる。

「いまから突入する」おれは言った。

大半のエリート部隊と同じく、おれたちの突入法もイギリスの陸軍特殊空挺部隊(SAS)から直接導入したものだ。いまなお、世界の特殊部隊で彼らの練度が最も高い。ミッチがおれを三カ月にわたって彼らの下へ派遣し、訓練させた。SASのモットーは〝スピード、攻撃性、奇襲〟だ。迅速に突入し、大きな音をたて、敵に知られる前に急襲する。

おれの知るかぎり、地下組織の連中は、やつらの血も凍るようなもくろみが露見した時点で意気阻喪(いきそそう)し、憲法修正第四条を盾に理由のない捜索は不法だと言い立てることはしないだろう。おれたちの作戦は無断立ち入りによる逮捕が可能な要件を満たし、ミッチは閃光手榴弾(スタングレネード)の使用を許可した。

扉は二カ所あり、おれはそれぞれに四人のチームを配置した。隊員の一人が扉の蝶番――決して鍵ではない――をブリーチング弾で吹き飛ばす。鉄粉を蠟(ろう)で接着した四十グラムの発射体で、蝶番を破壊するのに特化した弾薬であり、そのあとは鉄粉や蠟が飛び散るだけなので、誰も危険にさらすことはない。扉がひらくや、残り三人の隊員が屋内に突入する。扉を開けた一人は散弾銃を捨て、ヘッケラー&コッホMP5K短機関銃をスリングから外して三人に続き、四人の襲撃チームとして活動する。

さらに二人の隊員が両側の窓を固める。最初のブリーチング弾が発射されたら、二人とも窓ガラスを割り、スタングレネードを投げ入れる。耳をつんざく大音響で相手を動揺させるのが狙いだ。建物は平屋建ての住居なので、突入用の梯子(はしご)は必要なかった。

おれは無線チェックを瞬時に完了し、全員が配置に就いたのを確認して、正面玄関から突入するチームに合流した。全員が密集隊形でうずくまる。しんがりを務めるおれの右膝が、前にいる男の膝裏に押しつけられる。ジェンは先頭で配置に就いていた。いつも突入するのは彼女が最初だ。これほど密集するのは戦術上、理にかなっているからだ。おれたちが占有するスペースは、可能なかぎり狭いほうがいい。さらに重要なのは、そうすることでいっさいの懸念を排除できるからだ。扉がひらくのと同時に、運動エネルギーの法則で、おれが前進したら全員が前進することになる。誰一人、ためらう余地はない。好むと好まざるとにかかわらず、全員が室内に一斉突入するのだ。

前にいる隊員の緊張感が伝わってくる。アルという男で、いいやつだ。彼は決しておれを失望させないだろう。こうした状況で緊張するのは当然のことだ。

おれは完全に平静を保っている。それもまた、おれにとっては当然のことだ。

無線をカチリと鳴らして最終確認し、決められた回数のカチリという音が返ってきた。

準備完了。

建物に突入する際に重要なことは、外で待機する時間が長ければ長いほど、敵に発見される確率が上がることだ。おれはガスマスクとヘルメットを装着し、内蔵マイクにささやいた。「各扉、行動開始」

散弾銃を携えた男たちが三秒で配置に就く。おれの前で扉を担当する隊員が、モスバーグ590戦闘用散弾銃を構える。そして、上端の蝶番があると見当をつけた場所を狙い、扉に向かって銃口を強く押しつけた。裏口の隊員もまったく同じことをしているに違いない。

「三つ数える。一、二、三、撃て」

バーン！

バーン！

バーン！

さらに六発が続いた。合計九発。上の蝶番に三発、真ん中に三発、下に三発だ。いかに頑丈な扉でも持ちこたえられない。

ガスマスクに内蔵されたイヤーピース越しに、突入音と衝撃が聞こえる。怒号と悲鳴が、ガラスの割れる音に混じり合う。窓が割られたのだ。

散弾銃を撃った隊員が扉を蹴り開け、一歩下がって場所を空けた。そこですかさず、ジェンがスタングレネードを投げ入れる。おれは目を閉じ、腕で顔を覆った。M84スタングレネードは二千万燭光以上の閃光を放射する。目を閉じるだけでは防げない。いまだに、炸裂したときのまばゆい閃光が目に見えるようだ。それだけで度肝を抜かれるが、爆音に比べればものの数ではない――なんと百八十デシベルだ。おれたち全員が遮音用のイヤーディフェンダーを装着しているのは、それ相応の理由があるのだ。そこまでしても、頭の中から聞こえてくるような気がする。

だが、それでもまだ耐えられる範囲だ。おれは立ったままで、思考力も鈍っていない。おれは窓からさらに投げ入れられる手榴弾が炸裂するのを待った。

合計六発のスタングレネード。やりすぎだろうか？　そうかもしれない。それでも、おれは構わなかった。

閉めきった屋内で、スタングレネードは相手を麻痺させる。屋内にいる全員の目が眩み、混乱し、内耳に障害を来たして平衡感覚を失うだろう。午前一時の酔っ払いさながら、足下がふらつくに違いない。

少なくとも五秒はそうなる。おれたちがついていれば十五秒。

「突入！　突入！　突入！」おれはマイクに向かって叫んだ。

ジェンを先頭に、おれたちは屋内になだれ込んだ。戸口――おれたちが最も無防備な瞬間を狙われるので、〝命取りのじょうご〟という別名がある——の危険はただちに除去された。最初の部屋に入るや、おれたちは油をたっぷり差した機械さながら、おのおのの射界の重複を厭わず室内を制圧できる配置に就いた。

おれたちは「連邦保安官局だ！」と叫んだが、スタングレネードの轟音で屋内の人間に聞こえたかどうかは疑わしい。最初の部屋はもぬけの殻だ。

ジェンは左に、二番目の隊員は右にまわった。三番目の隊員とおれは銃を肩に構えて前進した。地下組織の男が一人、ふらふらとよろめいて入ってくる。向こうにはおれたちが見えていない。何も見えていないのだ。おれはそいつをむんずと摑み、身体をくるくるまわしてさらに方向感覚を失わせてから、外に叩き出した。周囲で待機しているチームが身柄を確保するだろう。室内の敵はふたたびいなくなった。

「居間の障害を除去、敵一人を無力化」おれはマイクに向かって叫んだ。「引きつづき屋内を移動する」

同時に、耳元で雑音混じりの声が響いた。「キッチンの障害除去！」

屋内にはまだ四人がいるはずだ。

爆音が聞こえた。銃声だ。おれが状況報告を求めようとしたとき、窓を固めていた隊員が無線に呼びかけた。「第二寝室の標的を制圧」地下組織の人間が入ってきたら、窓を見張っている隊員は殺傷力のない弾薬で撃つことを許可されていた。第二寝室はおれのチームの守備範囲だった。

「ジェン、アル、寝室に入って標的を確保しろ」おれは言った。

二人はすでに廊下に出ていたので、おれからは見えなかったが、二人がただちに第二寝室に向かい、プラスチック製の手錠で標的の身柄を確保するのはわかっていた。窓際を見張っている隊員は屋内に入ることができない。屋内には八人の隊員がおり、おれたち全員が刻々と変わる状況の中で何をするか共有している。動きの予測できない九人目の隊員は混乱の原因になりかねない。そうしたときに味方同士で誤射が起きるのだ。

十秒後、ジェンの声がイヤーピース越しに聞こえた。「第二寝室、標的を確保。ブラックではない」

敵は残り三人。ブラックはまだどこかにいる。

散弾銃を撃った隊員とおれで、第一寝室に入った。誰もいない。「第一寝室、安全を確保」おれは全員に告げた。

残りは三人で、あとひと部屋を残すのみだ。おれたちが巣窟と呼んでいた部屋だ。台所の奥にあり、窓はなかった。

襲撃チームが二班とも、その扉の前に集結した。

「おれのチームが突入する。チーム2は入口の安全を確保せよ」おれは命じた。

指示を受けるまでもなく、ジェンとアルは正面玄関から突入したときとまったく同じ配置に就いた。さっきと同じ手順だ。チーム2はおれたちに必要なスペースを空けた。

通常はふたたび散弾銃を持った隊員の出番だが、いまは室内に子どもがいて、扉はもろいようだ。こうした状況で、他の誰かに先頭に立つよう命じることはしない。向こう側に武装した犯罪者が待っているのがわかっていて、扉を開けるのだ。これはおれたちの仕事でも、最も危険な場面だった。

おれは一歩下がり、突進した。肩で扉にぶつかると、蝶番が外れた。その勢いで、おれは部屋に倒れこんだ。続いてスタングレネードが投げこまれる。目を腕で覆う余裕はなく、閃光で目が眩んだ。チームがおれを踏み越えて突入する。おれには音しか聞こえなかった。

二発の銃声が立てつづけに響く。

「敵のナンバースリーを制圧！　ノックスよ」

またもジェンだ。なかなかの活躍ぶりだ。

ノックスは腹心の用心棒だ。一人減った。残るはあと二人。

拳銃の銃声に続き、隊員の一人がうめき声をあげた。撃たれたのだ。彼が倒れ、床が震動する。防弾チョッキが役割を果たしてくれれば、紫の痣と語りぐさができるだけですむだろう。チームは練度が高く、負傷者が発生しても全員が動きを止めて手当てするようなことはしない。室内の危険を除去するまでは。

乱闘の音がした。おれのイヤーピース越しに、男たちのうなり声が聞こえる。ようやく一人が告げた。「敵のナンバーワンを制圧。武器を奪いました」アルがやってくれた。敵のナンバーワンはプラックだ。拘束されたのか射殺されたのかは不明だが、どちらでもよかった。

まだ終わっていない。

あと一人、敵が残っている。

そしてまだ子どもも見つかっていない。

おれは目を開けてみた。視界はあまりよくないが、あたりの様子は充分にわかる。室内には煙が立ちこめていた。スタングレネードの副産物だ。最後に残った敵を捜す。ＦＢＩもそいつの身元は特定できなかった。

おれはまだ床に倒れたままだが、仮設の闘犬場が見えた。犬がジャンプし、ときおり頭だけが覗く。怯えて吠えていた。イヌ科の精神病質者（サイコパス）のようだ。

そのとき周辺視野で動きがあり、おれの注意を惹いた。

若者だ。まだ十代に見える。スタングレネードが炸裂したとき、すぐそばに立っていたに違いない。耳元から血が流れ、目を固く閉じている。ひどくよろめいていた。

若者は子どもを抱きかかえている。

幼いブロンドの女の子を。

あと二歩歩けば、闘犬場を囲む壁にぶつかるだろう。ベニヤ板の壁は高さ三フィートほどだ。頭から中に落ちるかもしれないし、そうならないかもしれない。しかし彼は、間違いなく女の子を落とすだろう。おそらく闘犬場に。

ジェンがおれと同時に事態に気づいた。ジェンはMP5を構えたが、アルが彼女の射線に入りこんだ。アルには敵が見えておらず、まだ室内の探索をしているところだったのだ。

ジェンが伏せろと叫んだが、これでは手遅れになってしまう。

扉の際にいる隊員たちからは撃てない角度だ。

人生では何度か、時間が止まることがある。その後何カ月もかけて精査される行動が、一秒足らずの本能的判断で下される。

子どもを救えるのはおれしかいない。

ほかには誰もいないのだ。

身体に刻みこまれた記憶が反応した。おれはヘッケラー&コッホを構え、息を吸って止め、構えを安定させた。保安官局では、標的の身体の中心部を狙えと教わるが、おれは無意識に、そのあと受けた訓練の教えを優先させた。高度な専門訓練だ。おれは高い位置を狙って引き金を引き、反動に抗わず、一秒おいてさらに一発撃った。二発の九ミリパラベラム弾が標的に命中した。一発は男の右目の下、もう一発は鼻梁（びりょう）に。赤黒い鮮血が背後の床に飛沫を上げる。教科書のような頭部へのダブルタップだ。相手は即死だった。

若者は床に倒れた。幼女の身体が彼の上に落ちる。幼女の悲鳴があがった。彼女は無事だ。

ようやく終わった。

いや、すべて終わったわけではない。

ＦＢＩが現場を引き継いだあと――いまは彼らの犯行現場だ――おれはごく短時間、屋内全体を見わたす機会を得られた。隊員の一人が犬を引き取り、まず獣医を探して、トラウマを負った犬を回復させてペットにすることが可能であれば、いっしょに暮らしたいと言ってくれた。山間部に住んでいるので、場所はいくらでもあるという。おれはうれしかった。おれはいつだって犬が好きだ。

闘犬場は室内の仕切られた一角にあった。四台のカメラが設置され、まだ動作している。おれたちが突入してきたのは、間一髪のタイミングだったのだ。技術者がすでにリンクを追跡しはじめている。ＩＰアドレスを特定できれば、金を払って閲覧していた人間を特定できるかもしれない。おれは技術者の幸運を祈った。

主任捜査官がおれの手を握った。「きみの隊員は大丈夫そうだと聞いたが？」

おれはうなずいた。撃たれた隊員はすでに起き上がり、バイキングよろしく診察を断わったという。おれはすぐにもここを出て、ばかなことをするなとたしなめるつもりだ。だがいまは、犯行現場のすべてをしっかり記憶しておきたい。あの若者を殺したせいで悪夢にうなされることがあれば、心に刻みつけたこの現場を思い出すのだ。やつらは金のために幼い子どもたちを殺してきた。若気の至りという言い訳はとても通用しない。

今夜、おれはよく眠れるだろう。

「よくやってくれた」捜査官がそう言ったとき、別のＦＢＩ局員が彼を呼びに来た。

「ボス、すぐこちらに来ていただきたいのですが」

彼は犯行現場の撮影をしており、おれが射殺した若者の遺体も写真に収めていた。

おれはそちらに近づいた。若者の顔を見ておきたかった。正当な理由があったとはいえ、それが当然だという顔をしてすませたくはなかったのだ。今回の事件にまつわるあらゆることは恐ろしく異常だ。人間はそもそも、ほかの人間を殺すように生まれついてはいない。

若者はおれが思っていたより年若だった。二カ所の射入口は一インチ足らずしか離れていない。どちらからも赤黒い血が滲み出ている。

「きみは床に倒れていたんだね？」主任捜査官が訊いた。「横向きに？」

おれはうなずいた。

「しかも相手は動いていた」

ふたたびうなずく。

「なんてこった、相当な腕前だな」

おれは人命を奪ったのだ。なんら誇るべきことではない。

そのとき現場を記録していた捜査官が、おれの人生を決定づける言葉を告げた。

「ボス、この死んだ若者が誰なのか、きっと信じられないと思いますが……」

13

もちろんそのときには、その言葉がおれの人生を決定づけることになるとは思わなかった。それがわかったのはあとになってからだ。三日後のことだった。あの若者を射殺した三日後、おれは選択を迫られた。そしてそれまでと同じく、実質的に選択の余地はなかった。

「なぜわたしのところに来なかった、ベン？」ミッチが繰り返した。

おれははっとわれに返り、目をしばたたいた。「申し訳ありませんでした」おれは言った。あれからずいぶん遠くへ来てしまった。時間と空間が、一気にあのころに戻ったかのようだ。おれは頭を振った。しっかりしなければ。「ご存じだったんですか？」

「わたしは連邦政府機関の長官だ」彼は答えた。「もちろん知っていた」

「では、なぜおれがあなたのところに行けなかったかもご存じのはずです。なぜおれが誰のところにも行けなかったのかを」

ミッチは首を振った。「それは違うぞ。あれはSOGの問題であって、ベン・ケーニグの問題ではなかった。きみが一人で抱えこむことはなかったんだ。きみは何も、ジャック・リーチャー（リー・チャイルドによるアクション小説シリーズの主人公。元陸軍憲兵隊捜査官だが、放浪生活をしている）のような流れ者になることはなかった」

「問題はSOGで共有されていたんですか？」

ミッチはしばし沈黙した。ややあって、彼は言った。「わたしはずっときみを捜していた、ベン。それはきみもわかっているだろう？」

おれは返事をしなかった。どうも釈然としない。とはいえ、ミッチがおれを捜していたことを疑っているのではない。それはむしろ当然だと思う。おれの部下に同じことが起きていたら、おれだってずっと捜しつづけるだろう。釈然としないのは、なぜミッチが最重要指名手配犯リストにおれを載せるという手段を選んだのかだ。なぜ、六年も待って最終手段に踏み切ったのか？　いかなる変化があったのか？

答え——何か異常事態が発生したに違いない。とてつもなく異常な事態が。ミッチは冷静さを保とうとしていたが、おれは長年のつきあいなので、彼が何かに苛（さいな）まれているのがわかった。彼の右足は、独房内に蟻（あり）でもいるかのように、忙しなく上下している。ミッチは杖を摑み、柄を強く握りしめていた。ほかにも不審な徴候はあった。最重要指名手配犯のリストはつねに十五人だ。十六人でも、十四人でもない。つまりおれがそのリストに追加されたのなら、ほかの誰かがリストから除外されたということになる。

それもまたおかしい。どう考えても筋が通らない。

国家の緊急事態ではないだろう。もしそうだったら、ミッチが自らここへ来ることはなかったはずだ。そんな時間はなかったに違いない。副長官あたりが来て、おれを長官のところまで連れていくはずだ。国家を揺るがす非常事態のために、いかなる手段に訴えてもおれを連行しなければならないのであれば、ミッチは執務室の机の前から動けなかっただろう。

つまりこれは、ミッチの抱えている個人的な案件であることを意味する。彼自身に関わることか、近親者に関わることだ。

おれはミッチの顔をじっと見た。表情を読もうとしたのだ。トレードマークの涙袋は、いままで見たことがないほど大きい。シャツの襟は緩く、スーツはロンドンのサヴィル・ローで誂えたのに、体型に合っていない。彼は憔悴のあまり、痩せていた。病気を患っているのかと思えるほど。体重は二五〇ポンドあり、腰に銃弾の破片が食いこんでいるにもかかわらず、週末にはボクシングを欠かさなかった。いまは見るからにやつれている。

「何かあったんですね、ミッチ？」

その目の隅に涙が滲んだ。それを拭おうともしない。ミッチはうつむき、気持ちを落ち着かせて目を上げた。

「ベン、マーサが行方不明になった」

14

黄色のスーツを着た男は六台の携帯電話を持っており、一瞬、どの電話が鳴っているのかわからなかった。鳴っている電話には、ひとつの番号しか登録されていない。その電話が鳴ることはめったにないので、すぐにわからなかったのも驚きではなかった。眉を上げ、受信ボタンを押す。この電話が鳴ったとき、いい知らせだったためしはない。

無言のまま、電話に耳を押し当てる。

「やつはヘリコプターで、ニューヨーク州のどこぞの田舎町に飛びました」相手の声が言った。

だしぬけに事件を切り出されても、黄色のスーツの男は構わず言った。「目的はわかっているのか？」

「わかりません。フライトプランを入手できたのは幸運でした。パイロットは金を摑ませてこちらに抱きこんでいますが、そいつにも何が起きているのかはわかっていません」

「監視を続行できるか？」

「状況によるでしょう。こっちが現地に着くころには、すでに離陸しているかもしれません。町は僻地にあって、役に立つ情報源がいないんです。家族経営の店が多くて、裕福な町のようですが」

「わかった。いますぐ誰かを向かわせろ。やつが動いたのなら、多少は手がかりが残っているはずだ」

「そうしましょう。われわれに関わることだと思いますか？」

「おまえ、子どもはいないんだろう？」黄色のスーツの男が訊いた。

「ええ、いません」

「もしおまえに子どもがいたらわかるはずだ。やつは決してあきらめない。何があろうとあきらめないだろう。だから、この動きはわれわれに関わることだと思う。やつは必死だ」

「なるほど。しかしわかっているかぎり、あの女はその町となんの関係もないはずです」

「そこが心配なところだ。未知の要素は気に入らん」

「やつだって、ただの男です。ワシントンでは重要人物かもしれませんが、ここではそんなことはなんの役にも立ちませんよ」

わずか二分の通話で、黄色のスーツの男が眉を上げたのはこれで二度目だ。いかにささいな内容に思えたとしても、そうしたことを迂闊に電話で話すべきではない。きょうびは誰が携帯電話の通話を傍受しているかわからないのだ。ほんの数百ドルで、誰でもかなり高性能の装置を入手できる。

男は返事もせずに通話を切り、両手の指先を合わせた。あの若い女の件は間違いだった。いまにして、まざまざとそう感じる。

それでも、わたしの下で働いているのは、この道で最高の技能の持ち主ばかりだ。脅威があるのなら、彼らがそいつを無力化してくれる。

男は心配していなかった。

15

捜査網をすり抜けて生きるために、現金は不可欠だ。必要なのは折りたたみ式歯ブラシだけではない。隠し場所が必要であり、追っ手に気づかれることなくそこへ出入りできる方法を確保しておかなければならない。幸運なことに、単純な答えが見つかった。それまでの生活から離れたとき、おれは国際ビジネス企業（IBC）を立ち上げた。受益者の秘密を守るオフショア会社（域内で営業しないのを条件に非課税法人として設立される会社）だ。株主はおれ一人だけだった。おれは、さほど多額ではない自己資産を全額ＩＢＣへ移し、法人用のキャッシュカードを自分自身に発行した。株主や役員の名前は公開していなかったので、調査のすべはなく、したがっておれは必要なときにいつでも自分の現金を引き出すことができた。おれはＡＴＭに行くたびに限度額一杯まで下ろし、それが終わるとその町を離れた。どのＡＴＭにも監視カメラがある。おれが現金を引き出した町には、二度と戻らないことにしていた。

おれの立ち上げたＩＢＣは貸金庫も所有していた。そこにおれの運転免許証とパスポートを保管していた。出生証明書や、どうしても処分できない数枚の写真も。両親と妹の写真だ。おれがまだベンジャミン・ケーニグであることを証明する最後のよりどころとも言える。いま、ミッチとおれはその貸金庫がある場所へ向かっていた。ミッチの娘を捜索するのなら、飛行機に乗る選択肢もほしい。それには写真入りの身分証が必要になる。

マーサ・バリッジとは何度か顔を合わせていた。彼女はミッチとともに、学校の課外授業〝わたしのパパのお仕事見学〟でSOGの宿舎を訪ねてきたことがあった。ときおり、おれは立場上しかたなく、ワシントンで複数の捜査機関が開催する交流会に出たことがあるが、ミッチは妻に先立たれてから、ときおりマーサを交流会に連れてきた。おれが撃たれたときには、彼女が病院に見舞いに来てくれたこともある。

マーサは快活な女の子で、おれは好感を持っていた。隊員全員がそうだった。魅力的で機知に富み、父親が重要人物であることを微塵も鼻にかけていなかった。まだ十代前半のうちから、しっかりして大人びていた。幼いころに親を亡くした子どもは、そうなることがある。ミッチと同様、彼女にも洞察力があり、こうと決めたら退かないところがあった。いまはジョージタウン大学に進学し、法廷会計学を専攻、父親の足跡を辿ってシークレット・サービスへの入局を希望していたという。彼女が成功することにおれは疑念を抱いていなかった。出藍（しゅつらん）の誉れと言おうか。

　そのマーサが行方不明になった。ミッチによると、もうすぐ二カ月になるという。そして連邦機関の長官の娘が行方不明になったら、誰もが驚き注目する。「規定により、一定期間が経たないと捜索に動き出すことはできません。捜索願を提出してから、順番をお待ちください」というお決まりの対応をされることはない。事は深刻に受け止められる。

「これまでの対応は？」おれは訊いた。おれたちはヘリコプターの機内にいる。低空飛行し、機体は揺れていた。ミッチはおれに経過を話した。

「きみの予想どおりだ」彼は答えた。「三文字の捜査機関はどこも関心を抱いている。首都警察（MPD）は公式に捜索願を受理し、ＦＢＩは誘拐や証人保護プログラム（WITSEC）に関連する可能性を考慮して事態を注視している。それ以外の捜査機関も情報を共有している。身内の中に内通者がいないことを願うばかりだ」

　おれはうなずいた。理にかなっている。万一マーサがなんらかの暴力犯罪の犠牲になっていたとしたら、まずは警察の出番になる。地元レベルで、彼らに匹敵する情報を持つ機関はない。同様に、ＦＢＩはより広域での犯罪捜査に長けている。誘拐や強奪の捜査は彼らにとって日常だ。マーサが州境を越えて誘拐されていたら、それはどのみちＦＢＩの案件になる。最初からＦＢＩが動き出してもいいぐらいだ。

「司法長官（ＡＧ）には話したんですね」おれは言った。質問ではなく断定だった。おれの居場所を突き止めた方法と、おれが頭部に銃弾の一部を受けたあと彼がどんな手配をしたのかを除いては、ミッチはつねに正直な行動を取ってきた。連邦保安官局の一員が危険にさらされた場合は、長官に報告する義務がある。長官のミッチがそうなった場合、報告する相手は司法長官だ。そのあとただちに、ミッチが機密情報にアクセスする権限の範囲は制限される。まるっきりアクセスできなくなるわけではないが、ミッチがアクセスしたら、周囲の人々にそのことが知らされる仕組みだ。それは機関全体を守るのと同様、ミッチを守るためでもあった。

　ミッチはうなずき、ＡＧに報告したことを認めた。

「では」おれは続けた。「マーサを誘拐した人間は、あなたが上に報告したことを知らなかったか、さもなければ報告しても構わなかったということになります」

　ミッチにはおれの話がどこへ向かっているのかわかった。だがおれは、まだそこまで踏みこむ気になれなかった。それで、もっと無難な話題に方向転換した。「あなたの部下は何をしていますか？」

　これもまた興味深い質問ではある。表向き、ＳＯＧは逃亡犯を追うのが任務だ。捜査自体に携わる役割はあまり大きくない。誘拐事件を捜査するのはＦＢＩと警察の仕事だ。公式には、SOGの担うべき役割はないことになる。

公式には。

だが非公式には、できることがある。SOGには独自の情報網がある。心あたりに情報提供を求めることもできる。垂れこみするよう圧力をかけることも。噂を追いかけることも。しかも彼らは監視の専門家だ。ときには何カ月も、逃亡犯が隠れ家に使いそうな建物に張りこむこともある。

しかし、こうしたことには何ひとつ、おれの専門技能は必要ない。

SOGの任務が単独行動によってなされたためしはないし、今後もないだろう。チームであるというのは、バケツ一杯の水に手を入れているようなものだ。バケツに手を入れているとき、手にはつねに水の感触があり、意識はそのことだけに向けられるが、いったん手を引き抜けば、まるでバケツなど最初からなかったかのようになる。おれが姿をくらましたら、二番目だった人間が指揮を執るだけの話だ。おれのような特異な訓練は受けていないにせよ、同じぐらい有能な人間が。

そして彼らは、信じがたいほど忠誠心が高い一団だ。忠誠心も誇りも高い。どこかのくず野郎にボスの娘を連れ去られるなど、言語道断だ。彼らはその話を聞いた瞬間から、非公式の捜査に着手していただろう。

「みんな、できることをやってくれた」ミッチは慎重に言った。「だが、きみにもわかるだろう。たとえわたしのような立場の人間であっても、彼らにできることには限界がある。特権的なサービスというものはないんだ。誰もが平等な扱いを受ける」

おれはうなずいた。それは事実だ。いかなる人間であっても、誰かが行方不明になったら、同じ捜査機関が同じことをする。唯一の違いは、メディアの注目度だ。

「これまでにわかっていることを教えてください」すでにミッチからはファイルを手渡されていたが、おれはまだ膝に載せたまま、ひらいていなかった。

彼はため息をつき、そのとき初めて六十歳という年波がのしかかっているように見えた。

「それが何もないんだ、ベン。まさしくそれが問題でね。まったく手がかりなしだ。マーサから電話があり、春休みには帰ってこられないということだった。執筆中の論文のために、調べ物があると言っていた。それが二カ月前のことだ。そのときにはなんとも思わなかった。独立心旺盛な娘だ。お母さんが死んだときからずっと」

「通報したのは誰ですか？」おれは訊いた。

「わたしだ。たわけた指導教官がわたしに電話してきて、なぜ彼女が大学に戻ってこないのかと訊いてきた。そのときにはすでに一カ月が経っていて、手がかりは失われていた」

ミッチの言うとおりだ。一カ月は長すぎる。目撃者がいてもあらかた忘れてしまう。金でアリバイ工作したり、口裏を合わせたりすることだって可能だ。科学捜査で得られる証拠も失われる。おれはファイルをひらき、びっしり記された名前や日付を目で追った。マーサが出席していた授業科目。彼女が所属していたクラブ。ルームメイトや教官の名前。どれも間違いのない情報だが、ジョージタウン大学の教務課で得られるものばかりだ。それでも、五分間でかなりの情報が得られた。おれはファイルを熟読し、内容を記憶に刻みつけた。

それが終わると、ファイルを返した。「それで、おれに何をしてほしいんです、ミッチ？」

おれにはわかっていたが、彼の口から聞きたかった。

ミッチの呼吸が速くなり、鼻腔(びこう)が膨らんだ。「娘を見つけ出してくれ、ベン！」そう言うと拳でヘリコプターの壁を強打し、その音に驚いたパイロットが思わず振り向いた。おれがそいつを睨(にら)みつけると、パイロットは元どおり前を向いて東への飛行を続けた。おれが与えたのは、ただ東へ向かえという指示だけだった。近づいたところで、初めて本当の目的地を教えるつもりだ。

「きみは頂点に立つ捕食者だ、ベン」ミッチは言った。「わたしがきみを地獄に三年も送りこんだのは、まさしく今回のような事態に備えてのことだった。きみが法執行官であることはしばし忘れてくれ」

おれはうなずいた。思っていたとおりの言葉だ。

「わたしはきみに、FBIの事情聴取に応じない人間の口を割らせてほしいし、FBIにはできないことをやってほしい」彼は言った。「娘がまだ生きていたら、きみが唯一の命綱になるだろう」

おれは腹の底で、マーサは死んでいると確信していた。ミッチもそれはわかっているに違いない。おれたちが保安官局で積んできた経験では、誘拐されて二ヵ月後に生還した被害者はいない。交渉期間が引き延ばされた場合は別だが。ミッチが「娘を見つけ出してくれ」と言ったとき、それは遺体を取り戻してほしいという意味なのだ。彼はマーサを、母親の隣に埋葬したいと思っている。

ミッチは語を継いだ。「わたしの娘を奪ったやつらを見つけ出したら、ベン、ためらうことはない。やらねばならないことをやってくれ。いいな？」

「わかりました、ミッチ」彼もやはり、娘が生きているとは思っていない。

彼はおれをじっと見つめた。おれの目の奥底まで見ている。彼はいつもおれの心を読むことができ、おれの決意のほどを確かめているのがわかった。ややあって、ミッチは満足してうなずいた。「だったら、やつらは哀れなことになる」

まだ暗いうちに、おれたちはボッテスフォードに着いた。ベル206ジェットレンジャーが舞い降りると、隣の牧草地で眠っていた牛たちが驚いていっせいに目を覚ました。おれがパイロットに着陸地点を指示したのは、ほんの一分前だ。

「ここの農家は、けさはチーズの取れ高が少ないでしょうね」おれは雰囲気を明るくしようと、降り立つときに冗談を言った。

ミッチは聞き取りづらい声で何やらうなった。

パイロットはヘリコプターの機内に残りたいようだ。ミッチはそのまま歩きだそうとした。おれは動かなかった。ミッチが戻ってくる。

「どうかしたのか、ベン？」

パイロットに親指を突きつけ、おれは言った。「こいつを信用していますか？」

「おい、何を言いだすんだ。それはないだろう」パイロットが抗弁する。

おれは相手をねめつけ、黙らせた。小柄で太い腕の男だ。頭頂部がはげている。一日中ヘルメットをつけていたらこうなるのだろう。まるでタック修道士（ロビン・フッドの伝説に登場する陽気な修道士）のようだ。

「何度かわたしを乗せて操縦してくれた」ミッチは答えた。「ああ、わたしは彼を信用している」

おれは信用していなかった。

「携帯電話を渡してもらおう」おれはパイロットに言った。

「いったいなんのまねだ？」

ミッチは凄みのある笑みを浮かべた。「わたしがきみの立場なら、言われたとおりにするがね」

パイロットは青ざめ、無言で携帯電話を手渡した。「バリッジ長官がＤＣに戻るときに返してやる」おれは言った。「心配するな、中身を調べるようなことはしないから」

おれはミッチに向きなおった。「帰りの飛行日程は届け出ていますか？」

彼はうなずいた。

「よかった」おれは言い、コクピットに乗りこんだ。「だったら、もうこいつは必要ないだろう」おれは緊急脱出用のハンマーを手にし、無線装置を粉々に叩き割った。

そして地上に戻った。

ミッチが怪訝そうに目を見張った。「いったいどうしたんだ、ベン？」

おれたちはまだ薄暗い牧草地をおぼつかない足取りで横切り、道路へ向かった。着陸地点はボッテスフォードの町境近くなので、歩けばすぐに着く。まだ午前六時前で、おれが契約している銀行は九時開店だが、その前に立ち寄れる店はある。

ボッテスフォードはアメリカの〝錆び地帯(ラスト・ベルト)〟の町々に似ている。重工業がとっくになくなっても、住民がいまなお〝鉄の町〟とか〝鉱業の町〟とか〝自動車の町〟などと呼んでいる町々に……。好景気に沸いた歳月が去ったあと、アメリカの工業を担っていた中西部や北東部は人口が減少して衰退した。大半の若者は東海岸や西海岸や国際色豊かな都会に逃れ、企業も操業停止するか移転した。住民は置き去りにされ、町は忘れ去られて、やがて抜け殻と化した。ブルース・スプリングスティーンが歌っているような町だ。かつては誇り高かったが、いまは人影もまばらな。だが、どんな時代でもダイナーは必ず店を開けてきた。

この十二時間で、腹が減っていないのに食事を摂ろうとするのは二度目だ。ウェイン郡保安官事務所では、ほかにやることがなかったからだが、いまはこのあと何が起きるのかわからないからだ。おれの経験から予想しうるのは、マーサの遺体がジョギングや犬の散歩をしている誰かに発見される可能性だ。どこかの浅く掘った穴に埋められているか、ゴミ容器の陰に押しこまれているかして。だが遺体が見つかるまでは、おれは捜しつづけなければならないし、そのためにはエネルギーが必要だ。人体は精密機械のようなもので、これが終わるまで、おれはチャンスがあればいつでも燃料を補給するつもりだ。

おれたちは目抜き通りの〈クリプキーズ〉に入り、カウンターの前で回転椅子に座った。昔ながらのダイナーはがらんとしている。大きな窓から蛍光灯の明かりが寂れた通りに漏れ、車道や歩道をくっきりと照らしている。エドワード・ホッパーの『ナイトホークス』に描かれた、孤独とわびしさを思い出した。

それでも、こんがり焼けるベーコンの音と香りに食欲をそそられた。おれはベーコンが大好きだ。いつでも、初めて食べたときと同じくうまい。腹が鳴る。注文を取りに来るまで、おれは椅子をぐるりとまわして周囲を見わたした。

おれが寄りかかっているカウンターの表面は、どこか懐かしくて耐久性のあるフォーマイカのラミネートだ。腐食から保護され、掃除しやすいラミネート加工のカウンターは、金属で縁取られている。パイやドーナツを載せた皿に、透明プラスチックの覆いがかぶせられていた。昨夜からこのままなのだろう。ボックス席にはゴスフォースのバーと同じ、赤い合成皮革を張ってある。床のタイルは白と黒の菱形が交互に並んでいた。クロム合金で覆われ、光沢を放っている。カウンターの上に鉄板が出ていたら、一九五〇年代と錯覚するかもしれない。

ヘルメットをかぶり、安全靴を履いた三人の男たちが、ボックス席に座っている。顔は煤で汚れ、見るからに疲れている。三人とも同年代だ――五十代後半から六十代前半だろう。夜勤のシフトを上がったところと見受けられた。奥さんを起こさないよう、ダイナーでコーヒーと食事を摂って帰るのだろう。

厨房からウェイトレスが出てきた。伝票の帳面をひらき、疲れた笑みを向ける。

「おはようございます、ご注文は？」と訊き、ラミネート加工されたメニューを二枚手渡す。マグカップを二個置き、ブラックコーヒーを注いだ。

ミッチはカウンターにメニューを置いた。「コーヒーだけで結構」

「お腹は空いてないんですね、お客さん？」がっかりした顔は見せなかった。疲れ切っているか、不機嫌な顔をしてもチップが減るだけだと長年の経験でわかっているのだろう。

彼女はおれのほうを向いた。「お客さんもコーヒーだけで？」

おれは首を振り、言った。「スクランブルエッグ、ベーコン、ソーセージ、ハッシュポテト、パンケーキの三枚重ねに、食べ放題のトーストをお願いする。それからティーポットの紅茶を。できればイングリッシュ・ブレックファストで淹れてほしい」

「すぐにご用意します」彼女は答え、伝票にすべて書き入れた。それからミッチを見て、声をかけた。「最後のチャンスですよ、お客さん。本当に何もお持ちしなくてよろしいですか？」

ミッチはメニューを手にした。「ちくしょう、ベン。腹が減ってきたじゃないか。では卵白のオムレツを頼む。チーズはなしで」

おれたちはメニューをカウンター越しに返し、ウェイトレスは厨房に戻っていった。おれは砂糖の包みを手に取り、振ってから破って開けた。「まだコレステロールを気にしているんですか、ミッチ?」おれはコーヒーに砂糖を入れながら訊いた。

「きみもそうなるさ、いつか」ミッチは答え、こぼれたコーヒーがつけた円い跡を指でなぞった。

おれたちはそれきり押し黙り、食事が届くまで口をひらかなかった。

おれは完璧な焼き加減のカリカリのベーコンをひと切れフォークに突き刺し、口に放りこんで、弾けるように広がる塩味を味わった。ミッチが別の世界で懊悩（おうのう）するあいだ、おれは食べながら潮時を待った。ウェイトレスがコーヒーポットを片手に歩きまわり、おれたちのマグカップに注ぎ足す。

「ほかにご入り用は?」彼女が訊いた。完全におれに向けられた質問だ。そのときのミッチは何も聞こえず、何も目に入らないようだった。

「チョコレート・ミルクシェイクを頼む」おれは答えた。彼女が厨房に戻ると、おれは椅子をまわしてミッチと向き合った。「ここからおれたちは、別行動をすることになります」

その言葉が彼の注意を引き戻した。ミッチはこちらを向くと、反駁しはじめた。「だが――」

おれは片手を上げて制した。いまこそ、これまで避けてきた話題を切り出す潮時だ。

「考えられるシナリオは三通りしかないと思いますが？」

指を一本立てる。

「その一。マーサを誘拐した犯人は、彼女の身元を知らなかったし、突き止められなかった。率直に言えば、ミッチ、これはよくない可能性です」おれはパンケーキを頬張り、嚙んで飲みこむと、続けて言った。「ですが、彼女が行方不明になって経過した時間からすると、この可能性は低いと思います」

「なぜだ？」

「なぜならこれが通り魔殺人や、強盗殺人のような凶悪犯罪だった場合、マーサの遺体がどこかに隠されたまま見つからないということは考えにくいからです。いまごろには見つかっていないとおかしい。浅く掘った穴に埋まっているとしたら、出てくるまでそう長くはかかりません。何かのきっかけで掘り起こされるはずです」

ミッチはうなり、うなずいた。おれが言ったような可能性はすべて、すでに考えていたに違いない。

おれは指をもう一本立てた。「その二。彼女を誘拐した犯人は、彼女の身元を知っており、それなりの理由があった。あなたが過去にしたことへの復讐か、あなたからなんらかの利益を引き出そうとする雑な計画を立てたという線です」

「ではその三は？」ミッチは訊いた。

おれは自分の皿にこびりついてぎらつく油を見つめた。「その三は、その一とその二を少しずつ組み合わせたものです。彼女を誘拐した犯人は、連れ去ったそのあとで彼女の身元に気づいた」

「マーサはためらわずにその情報を伝えただろう」ミッチがあとを引き取った。

おれの考えでは、シナリオその三は、シナリオその一と同じぐらい悪い事態だ。

「では、シナリオその二であることを祈るとしよう」ミッチは言った。マグを手にし、コーヒーを飲む。そして顔をゆがめ、マグを見下ろした。「なぜわれわれが別行動をすることになるのか、よくわからない。わたしの考えでは、きみはワシントンDCから始め、ジョージタウン大学に行って、見逃していた手がかりを探りたいのではないかな」

「もちろんそうしたいし、そうするつもりです」おれは答えた。「ですが、仮におれが誘拐犯で、マーサの父親が何者か知っていたか、もしくはあとで知った場合、おれだったら父親の動静に目を光らせたいでしょう。四六時中、父親がどこにいて何をしているのか知りたいところだと思います。おれたちはゴスフォースでひと休みしました。あそこは地の果てにあるような田舎町で、あなたはヘリを使いました。連中があんな辺鄙な場所へ行き着く方法はなく、しかもおれたちは長居しませんでしたから、やつらに追いつかれる前に立ち去ることができました。しかし、もし内通者がいた場合——そんなことはありえないと言うのはなしですよ、だってそうなる可能性があることはおれたち二人とも承知しているんですから——やつらはあなたのフライトプランを入手するはずです。入手できないとしても、連中は鷹のようにあなたをつねに見張っているでしょう。だからおれは、監視の目をおれに向けたくないんです。おれはあなたと別行動で現地に向かいます」

ウェイトレスがおれのミルクシェイクを運んできた。背の高いグラスに入り、氷のように冷たいのでグラスを水滴が流れ落ちている。おれはストローの紙包みを破り、差しこんだ。ひと口飲み、恍惚のため息をつく。初めて飲んだときのおいしさは、色褪せることがない。

銀行の開店まであと一時間あるので、おれはメモ帳を取り出し、ミッチが思い出せるかぎりの背景情報を尋ねた。捜査ファイルには載っていないような情報だ。ミッチやほかの誰かが抱いていた考え、疑念、推理。驚くべきことではないが、元財務省秘密検察官にして、現職の連邦保安官局長官であるミッチからは、おびただしい情報が得られた。ページの半分ほどがすぐに埋まった。その大半は役に立たないだろうが、手がかりになる情報が多いに越したことはない。ミッチが無意識のうちに、解決の糸口を与えてくれる可能性はつねにあった。一時間後、情報は枯渇しはじめた。ミッチにはしんどい時間だったろう。おれはメモ帳をパタンと閉じた。

「いまのところはこれで充分です。ほかに必要なものは、自力で調達できます」

うなずいて同意すると、彼はカップの中身を飲み干し、腕時計を見て言った。「もう銀行は開いているはずだ」

おれたちはチップを置いて席を立った。支払いはミッチがした。銀行へ向かいながら、おれは必要なものを話した。多すぎも少なすぎもしない額だ。店員の記憶に残るようなことはしたくなかった。おれのはインターネットに接続できる機種であることが絶対条件です。「通話無制限の携帯電話を二台、おれとあなたに一台ずつ必要です。どちらにも番号はいっさい登録せず、あなたからは決しておれを呼び出さないようにしてください」

ミッチは小ぶりながら凝ったデザインのメモ帳を内ポケットから取り出し、書き留めた。

「ほかには？」

「現金が必要です。この口座に一万ドル入金してください」おれは自分の口座番号を渡した。「乗り物での移動が必要になったとき、自分のクレジットカードの限度額を心配している余裕はありません。残った金額は、終わったらお返しします」

「終わるとは、何がだ？」

おれは肩をすくめた。「なんであれ、いずれ終わるでしょう」

「ほかにはないか？」

「最後にひとつだけ、ミッチ」おれは慎重に言った。「あなたとマーサは、おれにとって家族のようなものです。それはご存じでしょう？　あなたに頼まれたら、おれはなんだってします」

「それはわかっている、ベン」

「犯人と対峙したとき、あなたがおれにどこまでやってほしいのか、知る必要があります」おれは言った。「あなたがおれに、どこまでさせる心づもりがあるのか」

ミッチはメモ帳をポケットに戻した。「すぐ手配にかかろう。きみが銀行から必要なものを取り出すころには、現金はきみの口座に入金され、きみの携帯電話も用意できるはずだ」

「ミッチ」

彼はおれを見据えた。「きみが入院していたときに話したことを覚えているか？」

「おれがどん底にいたときのことですね？　おれのキャリアは終わったと思っていたころの？」

彼はうなずいた。

「おれが失意のあまり、選択肢はふたつしかないと思っていたころですね――事務職に異動するか、拳銃をくわえて自殺するか？」

彼はふたたびうなずいた。

「あのときのことは決して忘れません、ミッチ」おれは言った。「生きているかぎり、おれたちが話したことは決して忘れないでしょう」

16

ゲッコ・クリークの三年前、おれが携わった強制捜査は禍をもたらした。いったん制圧した部屋に犯人が駆けこんできて、ベビーベッドに隠してあったケルーテックを取り出し、おれに一発撃ちかけてきたところでほかの隊員に射殺された。外れた銃弾は、扉の上にある鉄製の梁に当たって跳ね返った。そしておれの頭に当たった。ヘルメットが守ってくれたのでほとんどは食い止められたが、微細な破片が縁の下に飛び、おれの頭蓋骨に食いこんだ。

外科医がいとも簡単に破片を摘出してくれたが、神経科の女医が脳をスキャンして不穏な影を見つけた。彼女はおれの脳を精密検査し、診断結果を告げた——ウルバッハ－ビーテ病と呼ばれる稀な常染色体潜性（劣性）遺伝障害だという。たぶん銃弾の破片を受ける前からすでにあったものだ。おれの右脳の扁桃体が石灰化し、衰弱しているらしい。ウルバッハ－ビーテ病の症例は、これまでに四百ほどしかないという。

その神経科医はミッチに、おれのキャリアは終わったと告げた。ウルバッハ－ビーテ病は死に至る病ではないが、右脳の扁桃体の役割のひとつは、危険な状況に対する肉体的反応を司(つかさど)ることだ。それゆえ少なからぬウルバッハ－ビーテ病の患者は、恐怖に過敏になる。あらゆることに怯えるのだ。とどのつまり、社会生活を送ることができなくなってしまう。扁桃体全体が石灰化したら、恐怖のあまり家から一歩も出られなくなる。過剰な恐怖心で動けなくなるのだ。

しかし一方で、きわめて稀にその正反対の現象が起こる。ウルバッハ－ビーテ病の患者の中には、恐怖に過敏になるのではなく、恐怖という反応を示さない人間がいるのだ。彼らはまるっきり恐怖心を感じなくなる。

おれの勤務記録を読んだあと、神経科医はミッチに、おれの恐怖を感じる能力は、以前から衰えていたと考えられると言った。それは徐々に進行していたので、おれを含む誰もが気づいていなかった。彼女にも時期はわからないが、いずれおれの恐怖を感じる能力は完全に麻痺するだろうと言った。

これはまさしく終わりを意味して当然だった。恐怖を感じることができない人間はチームの足手まといであって、貢献することはない。おれはミッチに退職を願い出たが、彼はおれに、彼の在職中は、任務による負傷者は誰一人辞めさせはしないと言った。現場での日々は終わりを告げるだろうが、どこかでおれの仕事を探すと。

机に向かって座ることを考えただけでぞっとした。どんな書類であろうと、じっと座って読みつづけることなどできないだろう。おれはミッチに感謝したが、職場を去る潮時だと言った。ミッチはよくしてくれたが、負担になりたくなかったのだ。おれの病は彼の責任ではない。

「病気に負けるな、ベン」彼はそう答えた。「決断を下す前に、わたしに一週間くれ。心あたりにかけあってみる。何か方法が見つかるかもしれん」

ミッチの言葉どおりだった。

驚いたことに、おれの症状が不明確であるかぎり、職務を続行できない理由はないとミッチは言った。彼はワシントンで要職に就いている誰かと話し、なんらかの合意に達したらしい。おれが安全措置を受け入れるのであれば――おれは指揮官にとどまるが、これまで行なってきたリスク評価の任務は他の者に代行させるという措置だ――現場での任務を続行できるという。

「リスク評価はすべて、隊員の誰かと協議します」

「わたしが指名する」彼は答えた。「これまできみとあまり関わりのなかった人間を。きみが聞く必要があるときにノーと言える人間でなければならん」

「ジャッコがいいでしょう。昇進できるチャンスに感謝するはずです」

「わたしが指名すると言ったんだ。きみの仲間が、きみの決めたことを追認するのでは意味がない。きみの考えに異を唱えられる人間が必要なんだ。チームの隊員全員に、仕事量の適正分担に関わる措置だというメールを送信する」

「わかりました」おれはため息をついた。「彼らがチームプレーヤーとして役割を果たしてくれるなら」

「それから、きみには特別訓練を受けてもらうことになる。これはわたしのためだけではないぞ、ベン。きみのためでもあるんだ。恐れを感じることがない人間は、他人にとって危険であるのみならず、自分自身にとっても危険なんだ。きみが何者で、何を代表している人間かを忘れてしまうリスクがつきまとう」彼はそこで間を置いた。

「どういうことですか？」おれは訊いた。

「重要なのはきみが、自分の症状には利点とともに限界もあると自覚することだ」彼は言った。「医師たちは異口同音に、きみにはしばらく前から、青信号しか見えていなかったと言っている。だがわたしはきみに、きみ以外の誰もが赤信号と見る場合がありうることを理解してほしいんだ。そうした場合の大半、九九パーセントは、実際に赤信号だと認めることを学ぶ必要がある」

「残りの一パーセントは？」

「いつかわれわれに、それを見極めるスキルが必要になるときが来るかもしれない。青信号の場合は、きみにもわかるはずだ。これはセットでの取引だ、ベン。現場で監督下に置かれることを承諾し、なおかつ特別訓練を受けてもらう。それを受けるか、さもなければ退職するかだ」

おれは受けた。

それからの三年間のうち、ほぼ二年は戦術作戦センターから離れて過ごした。おれはさまざまな組織に派遣されていたのだ。そこで彼らとともに生活し、訓練を受け、任務に就いた。マリン・リーコンでは近接目標偵察を学んだ。ネイビー・シールズでは敵に絶えず監視された地域での作戦を。デルタフォースでは高度破壊、解錠法、白兵戦での射撃術を。イギリスSASのセイバースカッドでは、専門技能を駆使した突入法と人質救出に必要な技能を。デトロイトの緊急治療室でも二カ月を過ごした。それまで教わってきた戦場医療ではなく、傷の程度を調べ、縫合する方法を学んだ。イスラエルにまで、一カ月赴いた。諜報機関モサドの中でもとくに秘密に包まれた秘密作戦部隊キドンで、戦闘時に照準器を使わない射撃（コンバット・ポイント・シューティング）の訓練を受けた。思うに、それを学ぶことでおれは、標的殺害、ありていに言えば暗殺に対して警戒すべき要点も知ったのだ。

それから定期的に、ウォルター・リード国立軍事医療センターへ通い、健康診断と心理テストを受けなければならなかった。どの項目も結果はつねに良好で、おれはそのまま帰された。

こうした訓練や診断はどれひとつとして楽しいものではなかったが、デスクワークにまわされるよりははるかにましだった。

「いまがそのときだ、ベン」ミッチの言葉で、おれは回想から醒めた。「いまこそ、これまでしてきたことの成果を発揮するときだ。相当な金額を費やし、さまざまなつてをたどって受けてきた訓練の成果を」

ミッチはまだ、おれの質問に答えていない。彼は答えを避けているのだろうか。おれはそう思った。だが、ミッチがおれにどこまでやらせる気があるのかわかるまで、おれはここを立ち去るつもりはなかった。おれのような訓練を受けてきた人間にとって、どこから先がやりすぎなのだろう?

「ミッチ?」おれが訊きたいことは、相手も承知だ。そのことはよくわかった。

答えたのは父親としてのミッチであり、国家機関の長官としてのミッチではなかった。

「やつらが一線を越え、わたしのかわいい娘が死んでいたら、そのときには執行猶予などありえない。更生のチャンスはない。事故死などという言い訳は通用しない。わかるな？きみは挑発するんだ。やつらがきみに銃を向けるよう仕向けろ、ベン」おれの目を見据える。まじろぎもせず。「やつらが挑発に乗ってきたら、くそったれどもを射殺してくれ」

17

おれは貸金庫室へ案内してくれた女性に礼を言った。おれが貸金庫の中身を残らずバックパックに移すあいだ、彼女は外で待っていた。キャッシュカード、パスポート、現金、写真。おれがベン・ケーニグであることを証明する、ほかのわずかな断片。おれは彼女に口座の解約を依頼しようかと思ったが、ふたつの理由で思いとどまった。貸金庫のリース契約の終了までは、まだあと四年ある。十年契約のリースが、おれの予算と用途に最適だったからだ。そしてさらに重要なことに、もしミッチの動きがずっと監視されていて、やつらがなんらかのきっかけでおれの存在に気づいたとしたら、おれはやつらの目を銀行の監視に向けさせることで、少しでも人的資源を消耗させたかった。だとすれば、口座を解約してもおれには何ひとつ得るところがない。戦術的な状況に鑑みて、有利になることはすべてやるべきだ。

おれは通りに戻り、一ブロック歩いてミッチと待ち合わせしている場所へ向かった。彼はおれより先に手配をすべて終わらせると請け合っていたが、一万ドルを振りこむのにささいな問題が生じ、予想より時間がかかったらしい。ようやく彼が出てきて、携帯電話とともに、もうひとつの端末の番号を書いた紙片を手渡した。おれは番号を暗記し、紙を処分した。

おれは姿をくらまして以来、携帯電話を持たなかったし、新しい電話を持つのもうれしくなかった。六年前までは、おれも平均的なアメリカ人と同じだったのだが。おれの世界はあの小さな黒いスクリーン越しに存在していた。就寝前に最後に見るのは携帯のスクリーンだったし、起きて最初に見るのも同じだった。携帯はおれの個人秘書だった。カレンダーでもあり、百科事典でもあると同時に、メール端末でもあった。おれはすべての連絡に携帯を使っていたし、二十四時間いつでも連絡を取れるようにしていた。

ミッチはおれの表情に気づいたに違いない。彼は手を伸ばし、おれの肩を強く摑むと、目を見てうなずいた。無言で「すまない」と言ったのだ。それからマニラ封筒を手渡して言った。「きみの銀行口座に一万を入金して、いつでも使えるようにしておいた。それとは別に、当座の費用に現金で五千を用意しておいた」

おれはうなずき、彼の手を握って言った。「いまからおれは潜伏します。あなたに連絡するのは、マーサが見つかったときか、あなたの助けが必要なときだけです。連絡がなければ、おれが捜索を続けていると思ってください。では、あなたはDCに戻り、本来の業務に戻ってください。油断して疑惑を招かないことです」

ミッチの目が涙で一杯になっている。彼はそれを拭おうともしなかった。

「きみにこんなことを頼む権利がないのはわかっている、ベン。あのときみに言ったこと矛盾しているからだ。あのときわたしはきみに、きみが何者で、何を代表している人間かを忘れてしまうリスクを警告した。それなのにいまになって、そうした警告をすべて無視してほしいと言っているのだ。わたしはきみに、決してそんな人間になってほしくなかったのに、いまはそうなれと言っているに等しい。わたしはきみを地獄に送りこもうとしている」

おれは間を置いて答えた。「ミッチ、マーサを見つけるためにおれが行かなければならない場所が地獄なら、悪魔自身もケブラー繊維の防弾服を着けたほうが身のためでしょう。おれはそいつに襲いかかるからです」ふたたび間を置く。「おれはやつら全員に襲いかかります」

18

おれはバスに乗ってピッツバーグへ向かう計画だった。至るところに停まって通勤客を乗せるので、一時間ほどかかる。そしてそこから、グレイハウンドの長距離バスでDCへ向かうのだ。ピッツバーグからさらに六時間かかるので、着くのは夕方以降になるだろう。おれにはむしろ、そのほうが好都合だ。その時間には大勢の通勤者が家路に就き、逆に首都の誇る権勢や快楽に与ろう(あずか)と都心へ向かう人々もいるだろう。この六年間、おれは群衆を味方につけて紛れこんできた。停留所で時刻表を見る。始発のバスが来るまであと三十分。待ち時間におれは、ミッチと朝食を摂りながら聞いた話を再検討しはじめた。それにしてもおびただしい情報だ。マーサの専攻科目、ミッチが会ったことのある彼女の友人、会ったことのない友人、恋人。たいがいはこのあたりから始めるのがいい。さらに彼女が出席してきた講義、教官、趣味や社交上のつきあい。要するに、たいがいの若い女性が人生の船出にあたってすることだ。何ひとつ不審な点はなかった。ジョージタウンは全米でトップクラスの大学であり、彼女は大学生活から得られるものを精一杯享受していた。

バスが来ると、おれは携帯でマーサのソーシャルメディアを調べてみた。FBIや首都警察が念入りに調べただろうが、それでも自分の目でひととおり確かめてみたかったのだ。彼女の人となりを。マーサは勤勉な学生に思えた。午前三時にぼんやりした目で、ワシントンのバーで撮ったような写真は一枚もなかった。フェイスブックで表示される彼女の友人たちに、そんな写真がいくらでもあったのとは対照的だ。まじめな話題のページに、仲間内でしかわからないようなコメントはあったものの、パーティ三昧の生活を送っていたことを示唆するものはない。おかげで捜索はいくらか楽になるかもしれない。おれが最も避けたいのは、顔写真を持って何週間もDCのバーやクラブに訊きこみをするようなことだ。そうした単純作業は、首都警察がやってくれるだろうが。それに社交生活が派手でなければ、性犯罪目的の男が無作為に彼女を連れ去ったという線も低くなる。

おれが乗って一時間後、バスはピッツバーグ市に入った。おれは市内で最初の停留所で降りた。とはいえ、ボッテスフォードから出ていく人間に対して、そんなに迅速に監視の網を張れる人間がいるとは思えない。そもそもおれの見立てでは、やつらはまだライオンズに向かっているところで、ヘリがボッテスフォードに行った情報は摑んでもいないだろう。だとしても、わざわざリスクを冒す必要がどこにある？　おれは、やつらの監視員が張りこんでいそうなバスターミナルで降りるつもりはなかった。おれのような警戒措置を取る人間を追跡するのがいかに難しいかはわかっている。長年の経験で、おれは監視を欺こうとする術策をいくらでも目にしてきた。いちいち思い出せないぐらいだ。

ピッツバーグ市十一番街五十五番地にあるグレイハウンド・バスステーションまで、十五ブロック歩いた。四十五分ほどかかった。バスターミナルは大きな建物だ。クロムめっきとガラスを使った現代的な建物で、どういう理由かは判然としないが、モスクの尖塔を思わせるガラス張りの塔がそびえている。おれはホワイトソックスの野球帽を目深にかぶり、乗車券売り場でいちばん長い列に並んだ。これも昔ながらの監視を欺く技術だ――売り場の係員が忙しいほど、乗客の顔は覚えていないものだ。

乗車券は二十ドルで、最初はミッチに渡された現金を使おうとした。ピンとした新札だ。おれはその札を戻し、もっとよれた自分の金を出して、係員に渡した。とにかく目立たないようにするのだ。新札は目立つ。

グレイハウンドのサスペンションは、ボストンで過ごした幼少時代の夏、古いリンゴの木箱で妹のゾーイと作ったゴーカートよりひどかった。道のわずかな凹凸でも、バスの座席は揺れ、窓は軋んだ。ディーゼルエンジンはうるさくて灯油臭く、運転士はさらにうるさくて臭かった。バスはほぼ無人で、おれは後部座席に座った。シートは積年の脂や汗で薄汚い。座ると、おれの体重でたわんだ。

ほかの三人の乗客をさりげなく見ると、老夫婦がひと組に、おかしな縞模様のズボンを穿いた流行に敏感な若者が一人だ。おれはメモを見なおした。最初から最後まで読んだ。また最初に戻り、もう一度見なおす。バスがオールド・スタントンとニュー・スタントンのあいだを走るころには、三回読んでいた。ボールド・ノブで停車したときには、五回目に入っていたが、それでもこれといった手がかりは見つからない。そこで今度は、手当たり次第にページをめくって読んでみた。時系列ではない視点ですべてを見なおしてみれば、何か見えてくるかもしれない。

それでも、手がかりはなかった。

バスはもうひとつの町を通りすぎた。町名の看板にはマンズ・チョイス(Manns Choice)と書かれている。人口三百人だ。グレイハウンドは停まらなかった。停まるバスもあるのかもしれない。だが、このバスは停まらなかった。マンズ・チョイスというのは、町にしては奇妙な名前だ。マンというのは誰のことだろう。それに、なぜ彼が選択(チョイス)をしたのか。所有格の符号(アポストロフィ)がない理由も気になる。そこまでおれは埒(らち)もない疑問を抱くのをやめ、なぜこの名前に聞き覚えがあるのか考えてみた。このあたりに来たことは一度もない。おれは土地の名前にこだわりがあるので、マンズ・チョイスという名前を聞いたことがあれば思い出したはずだ。

いや、もっと最近の記憶と重なっているのかもしれない。最近というより、ここ二、三時間の記憶と。つまり、おれのメモ帳に書かれたことだ。ぱらぱらめくってみたら、やはり見つかった。マンズ・チョイスではない。〝わたしの選択〟だ。首都警察の事情聴取に非協力的な関係者が言った言葉だった。刑事が事情聴取を試みたが、その男は質問に答えるのを拒否し、「わたしの選択ですから」と言ったのだ。別の女性刑事が翌週に訪れたときにも、答えは同じく「わたしの選択ですから」だった。おれはメモ帳をめくり、三度目の事情聴取がなされたのか確かめた。三度目はなかった。

もしかしたら、ミッチがおれを捜査に投入したのはこのためだろうか。他の捜査員では口を割らせることのできない関係者に〝三度目〟の事情聴取をさせたいのか。その関係者に面と向かい、そうか、それがあんたの選択かと凄みを利かせてほしいのか。確かにあんたには選択の自由がある、だが自分の選択の結果と向き合う覚悟はできているんだろうな、と。

バスがヘイガーズタウンに着くまでに、おれは計画を練り上げた。そこから始めるのだ。

しかしその前に、訪ねておきたい人間がいる。

19

計画が固まったので、あとの道中は寝て過ごした。どこでも寝られるのも、長年培ってきた特技だ。監視任務では休めるときに、食いだめと寝だめをしなければならなかった。まるでジンベエザメのように。ジンベエザメは大半のサメと異なり、ほとんどじっとしている。プランクトンなどを食べるとき以外は寝ている。五千万年以上も前から存在していたらしい。樹木の中にさえ、それより起源の新しいものがある。おれはこういう役に立たない知識をたくさん持っている。

目が覚めるころには、ワシントンDCの市内に入っていた。六年ぶりに見る大都市の景色が車窓を流れていく。夜が近く、あたりは薄暗い。無味乾燥なビル群がそびえ立ち、ビルの窓には曇り空の陰鬱(いんうつ)な灰色が反射している。

おれはDCを好きだったためしがなかった。もともと、沼沢地の上に建てられた街だ。まことしやかな嘘がつかれ、おびただしい数の約束が破られてきた。ワシントンDCの一人あたりのワイン消費量が全米トップなのも驚きではない。良心の呵責を紛らわすには、そうするしかないのだろう。

保安官局にいたころは、黒っぽいスーツに黒い靴、控えめなネクタイが日常の服装だった。目立たない恰好だ。もちろん場合によっては、難燃性の炭素繊維の下着、つなぎのノーメックスⅢ突入用スーツ、膝と肘に装着する防火パッド、エネルギー吸収構造の防弾ベスト、身体の正面と背中と股間を守るセラミック装甲、九ミリパラベラム弾を至近距離から撃たれてもほぼ防げる防弾ヘルメットで身を固めることもあった。

しかしいまは周囲に合わせる必要がなくなった。六年前に生活が激変してからは、身だしなみを考えなくなったのだ。いまは着たい服を着たいときに着ている。鏡の前を通りすぎるたびに自分をちらりと見ることはなくなった。ホームレスと間違えられることもあるが、そんなことは気にしない。髪は伸び放題で、仕事はなく、町から町を放浪している。勘違いされるのも無理はない。いや、もしかしたら勘違いではないのかもしれない。実際、おれはホームレスなのではないか。だったらそれで結構。おれを捜している連中は、排水溝の中を調べようとは思わないだろう。社会のぎりぎりの片隅を。おれがまだこうして生きているということが、おれの主張の正しさを示す何よりの証だ。ホームレスの顔を覚えている人間はいない。それに、いまおれが向かっている場所柄を考えれば、ぼうぼうの髪と五日分の無精髭はかえって有利だ。

バスを降り、広大な歴史ある建物を早々に立ち去って、タクシー待ちの列に並ぶ。ポトマック川から凍てつくような風が吹きつけ、おれはコートの襟をかき合わせた。それでもあまり待つことなく、黄色のクラウン・ヴィクトリアの後部座席に乗りこんだ。「お客さん、どちらまで？」運転手が訊いた。

「メドウウェル」

運転手が思わず振り向いた。眉間に皺を寄せている。「本気かい、お客さん？　気が進まないね、こんな夜にウェルまで行くなんて。お客さん、うさんくさい商売に関わっているんじゃないだろうね」

「大丈夫だ」おれは答えた。時と場合によっては、メドウウェルのような場所でこそ、求めているものが手に入る。おれはその場所に用があった。ただし、向かう先の相手はまだそのことを知らないが。

サミュエルに会うときが来たのだ。

メドウウェルに向かう途中、タクシーはこの国でも羨望（せんぼう）の的となっている高級住宅街を通りすぎた。百万ドルでもワンベッドルームのアパートメントさえ買えないような通りだ。ワシントンDCの象徴でもある桜並木に縁取られている。

それでもやがては必然的に、テレビドラマ『スキャンダル 託された秘密』に出てくるようなワシントンの華やかな表の顔はバックミラーを遠ざかり、はるかに不吉で、誰もが見て見ぬふりをするような一角が見えてくる。コーヒーとシナモンの匂いは、何カ月も経ったごみや犬の糞便の臭いに変わった。高級ブティックやレストランが連なっていた街並みは、保釈保証人や質屋や酒の安売り店が軒を連ねるショッピングセンターに取って代わった。

メドウウェルは誰もが見て見ぬふりをしてきた街の典型だ。歩道はひび割れ、雑草が生い茂っている。荒廃した赤煉瓦(れんが)の建物の庭には、廃棄された物品が山積みだ。どの家の正面も有刺鉄線で囲われている。住人はそれでなけなしの財産を守っているのだ。至るところに〈立入禁止〉の看板が見え、野良犬がうろついている。

終末ものの映画のセットそっくりだ。

タクシーはビドル通りでおれを降ろし、すぐに戻りたいので帰りの客待ちもせず、そそくさと走り去った。おれの目的地であるフレモント通りは二ブロック先だが、おれは用心を怠らなかった。フレモント通りは悪名高いので、首都警察が絶えず監視している。おれは自分がタクシーを降りる映像を監視カメラに残したくなかった。タクシーでは、乗客が車内にいるあいだの映像がすべて録画されている。歩いていくほうが安全だ。

メドウウェルのこの界隈では、誰でも見える場所に身を隠すのが最善の策だ。おれはなりふり構わず麻薬をほしがっている依存者の歩きぶりを装った。その歩きかたとおれの服装で、充分に溶けこめる。ただし問題もある。フレモント通りで盗み出せるものなど何ひとつないので、依存者がこの時間帯に出歩く目的はただひとつ、売人から麻薬を買うことだけだ。麻薬を買う金をなんとかかき集めた依存者は、強盗の恰好の餌食になる。

おれが数ヤード歩いたところで、早くも足音が聞こえてきた。

20

足音を無視すればかえって不審を招く。この界隈で足音を耳にしたら、たいがいの者は振り返るだろう。それが通常の反応だ。背後に迫ってくる人間から逃げなければならないかもしれない。振り向いて相手を確かめようともしないのは、尋常な振る舞いではない。

それでおれは、そうした。振り返ったのだ。

死体のように痩せ細った、三十代後半ぐらいの男が近づいてくる。あと数カ月しか生きられないように見えた。肌には黄疸(おうだん)ができ、饐(す)えた臭いがした。血色の悪い顔に、長くつやのない髪が伸びている。あばたで覆われた口の隅に、白くべとついたものが溜まっていた。顔には痣があり、眼窩(がんか)はくぼんで、鼻孔のあたりは麻薬の吸引のしすぎで赤くなっている。額は汗で光っていた。毎日獲物から三百ドルぶんどって麻薬に注ぎこんでいる男の顔だ、とおれは思った。

「おい、おっさん。火を貸してくれないか?」男は甲高い声で言い、脇の下に手を入れて見えない腫れ物をかいた。おれにタバコを見せる芝居さえしない。くたびれたジャケットの右ポケットを片手で押さえたままだ。男はおれから斜めに立ち、ポケットの中身を見せまいとしているようだ。おれがかつていた世界では、銃を保持するための行動と呼ばれている。しかし相手は麻薬依存者で、おれはおれだ。相手が銃を持っていようが、心配することは何もない。

「喉をほっとひと休み、か？」おれは言った。

「なんだって？」

「〝喉をほっとひと休み〟。昔のキャメルの広告だよ。一九三〇年代から四〇年代にかけて、医者がタバコを処方していた時代があったんだ」

「いったいなんの話をしている？」

「もしかしたらあんたは、当時の医者が間違っていたことをわかっていないのかなと思ってね。つまりいまは、喫煙は身体に悪いということだ」

「知ったことか」男は言った。右手のポケットに手を入れ、銃を取り出す。錆びついたセミオートだ。そいつは銃を斜めに向けた。ばか丸出しだ。

「いままでに人を撃ったことは？」おれは訊いた。

麻薬依存者は答えなかった。

「どう見てもなさそうだな。おれは数年前、イギリス陸軍にいたことがある。あんたが知っているかどうかわからないが、九ミリのブローニングで新兵の訓練をするときには、二ヤードの距離から始めるんだ。ところが、大半の新兵はその距離でも的を外す」おれは間を置いた。「おれがそう言ったのは、あんたが五ヤード離れたところに立っているからだ。何より、あんたは銃を斜めに向けている。その構えで撃って的を外すと――あんたはきっと外すだろうが――反動でくるりと一回転するだろう」

相手はどうしていいかわからないようだ。おれの振る舞いが予想と違っていたからだろう。やつはおれがパニックに陥るものと思いこんでいた。そして持ち物をすべて渡すものとばかり思っていた。まさかおれから、銃の持ちかたを講釈されるとは思っていなかっただろう。男には新たなプランが必要になった。新たな、もっと効果的な脅しが。それで男は、まさしくおれの予測どおりの行動に出た。おれに近づき、額に銃を押しつけてきたのだ。

「これならどうだ、くそ野郎?」男は言った。「これでも外すと思うか?」

「たぶん外さないだろう」おれは認めた。「だが、今度は近すぎる」

おれはひょいとかがみ、同時に左手で相手の銃を掴んでひねった。男の前腕の尺骨神経を、おれの右手の拳で強打する。相手の手の筋肉が麻痺した。おれの左手は銃をひねりつづけ、引き金にかけた男の指がポキリと折れて、手根骨(しゅこんこつ)も折れたのがわかった。男はもう、銃を持っていられなくなった。

これぐらいは造作なく、たやすいことだ。三つ数えるのと同じぐらい。ときおり、おれをカモにしようとする酔っ払いや犯罪者や悪人がいる。そいつらが愚かにも銃を向けてきたら、おれはそれを使って逆襲する。たいがい、致命傷は与えない。地域の治安は多少よくなるだろう。この麻薬依存者には、いまここで身をもって教訓を学んでもらおうかと思ったが、銃を発射したくはなかった。ワシントンDCには、〝銃声探知機(ショットスポッター)〟と呼ばれるセンサーが至るところに設置されている。首都警察はそれを使い、銃声があった場所をピンポイントで探知できるのだ。もちろんこの男は、それを知らない。

おれは銃を相手の顔に向けて言った。「いいか、これが正しい銃の持ちかただ」

男は泣きだした。

「ほかに何か、おれに危害を加えるようなものを持っているか？」おれは訊いた。身についた習慣はそう簡単には消えないが、いまおれが両手を男のポケットに突っこんで身体検査するのは論外だ。注射針が突き刺さって怪我をするリスクが大きすぎる。

「ピン・クッションはしていない」

つまり、麻薬の静脈注射はしていないという意味だ。

「クラックは？」

男がうなずこうとしたとき、おれは相手の首筋を摑んだ。そしておれの膝を上げ、そいつの顔を叩きつけた。鼻と口から血が噴き出す。男は路上に伸びてぐったりしているが、少なくともそいつにとって重要なのは、まだ死んでいないことだ。男はいびきをかきはじめた。おれが応急診断したところ、差し迫った生命の危険はない。かつてその目安は「呼吸、出血、骨折と火傷(やけど)」と呼ばれていたが、やがてABCと言われるようになった——気道(Airways)、呼吸(Breathing)、血液循環(Circulation)だ。いまはどう呼ばれているだろう？　ともあれ、この男は回復するだろうが、数カ月は恐喝行為をできなくなる。

おれはそいつを回復体位（救急措置が取られるまでのあいだ、窒息を防ぐ姿勢）にさせ、歩き去った。急いで歩くことはしなかった。人目を惹くようなことはすべきではない。あの麻薬依存者は、恐喝しても引き合わないと思い知ったはずだ。人を脅して金品を巻き上げるのを生業(なりわい)にしていたら、自分自身がひどい目に遭うこともある、と。警察や病院に被害届は出ないだろう。今晩起きたのは、拳銃の持ち主が変わったことだけだ。

おれは充分に遠ざかったところで、手にしたものを確かめてみた。ベレッタだ。ろくに手入れもされていない。弾倉を開けてみた。空っぽだ。薬室も同じだった。

よくあることだ。

21

一日のうちでも奇妙な時間帯だ。遵法精神に富んだ市民はバリケードで守られた屋内にこもり、夜を好む連中はまだ出歩いていない。麻薬の売人がちらほら街路に出て仕事をしているが、堅気の商売はもう終わっている。あと一時間もすれば、通りにはふたたび人がひしめくだろう。そうなるまでに、めざす場所に入りたかった。

おれは先を急いだが、足早になりすぎないように気をつけた。さもないと、本来ここにいるべきではない人間のように見られる。そうしてフレモントへ向かった。

ビドル通りより賑わっているものの、スラム街であることに変わりはなかった。荒廃した二階建てアパートや低層住宅を、金網のフェンスが守っている。中には煉瓦が黒ずんだ家もあった――最近、火事があったのだ。空気は重苦しく、見捨てられた街の臭いが漂う。ここは忘れ去られた街区なのだ。おれは前にもここへ来たことがあるが、そのときとなんら変わっていなかった。

めざす家は、くたびれた二階建てアパートに挟まれていた。その家も二階建てだが、どれほど注意力散漫な人間でも、玄関へ向かう道に設置された監視カメラには気づくだろう。そうした人間は気づかないかもしれないが、一階の窓は防弾ガラスで、軒下に設置された二台の小型カメラは三六〇度を見張り、庭には人感センサーがあって、金属製の扉には保安用の鉄格子が入っている。全米有数の治安が悪い地域として知られるシカゴのサウスサイドでも、警察署にこれほど厳重な防備は施していないだろう。

サミュエルの家に明かりはついていなかったが、おれは構わずに門を開け、庭に足を踏み入れた。おれが入ってきたら、相手にはおれの姿が見えるだろう。三台のカメラに映り、少なくとも一台の人感センサーが反応しているのだから。

彼におれの姿を見てほしかった。

サミュエルがまだ生きているのかどうかはわからない。彼の生業からして、せいぜい五分五分だろう。それでももし生きていたら、まだこの家にいるに違いない。メドウウェルにはふた通りの住人がいる――ここにとどまりたい者と、一刻も早く出ていきたい者だ。サミュエルは前者だった。ほんの一ブロック向こうの実家で、当時十五歳だった母親から生まれ、彼はあがき、苦闘して、少なくとも彼の世界では一目置かれるようになり、名声を博しつつあった。どこかの時点で、麻薬の売買にも関与していたに違いないが、おれが彼に注目したのはそのためではない。

サミュエルは麻薬以外の分野で、他人にはまねのできないことをして抜きん出た存在になった。

それこそが、おれの必要としていることだ。


前に来たときと、何もかもが同じように見えた。ポーチの日よけは以前と違っている。かつては赤だったのが、いまは緑と白の縞だ。日よけの下には数脚の椅子と小さなテーブルがあった。日中の陽差しや雨から逃れられる場所だ。吉兆だ。サミュエルは晴れた日に屋外で座るのが好きだった。灰皿は安い紙巻きタバコの吸い殻で一杯だ。おれはその銘柄を見て笑みを浮かべた。

正面玄関から五ヤードのところで立ち止まり、おれは両腕を広げた。メッセージは明快だ——おれがここに来たのは、あんたに危害を加えるためではない。

おれは三百回、心の中で「ミシシッピ」と唱えた。「ミシシッピ」一回で一秒なので、五分だ。

反応はない。

扉を叩いてみるか。

指関節で金属扉を、すばやくラッタッタッタッタと叩く。モールス信号か何かを送っているようだ。その音が通りにまで反響した。カメラを見上げてみる。何か聞こえるのではないかと耳を澄ます。家に誰かいることを示す音が。しかし、そうした音は何も聞こえなかった。遠くで犬が一匹、吠えている。向こうの通りから、男が聞き取れない声で何やら叫んでいた。

空振りだったとあきらめかけたときに、扉がひらいた。

22

黄色のスーツを着た男の電話が、ふたたび鳴った。今回は電話を待っていたので、男はすぐに出た。

「問題が発生しました」相手の声が言った。

黄色のスーツの男は無言だ。未知の要素と同様、問題も気に入らない。

声が続ける。「わがほうの協力者によると、バリッジはウェイン郡で誰かを乗せ、二人でピッツバーグ近くの町まで飛んだそうです」

「ピッツバーグだと?」黄色のスーツの男が訊いた。「なぜピッツバーグなんだ?」

「わかりませんが、そいつが誰だろうと、大いに怪しいやつです。協力者の携帯を取り上げ、ヘリの無線機までぶっ壊しました。そのせいで、いまのいままでわからなかったんです」

「その二人は、それからどこへ行った?」

「バリッジは空路ＤＣへ戻りました。いまは執務室で机に向かっています」

「もう一人は？」

間があった。黄色のスーツの男は、間も気に入らなかった。

「わかりません」男は認めた。「ヘリには戻りませんでした」

黄色のスーツの男は眉をひそめた。バリッジはカーブを投げてきた。これまでわれわれは、バリッジのやることをすべて予見し、かわすのに成功してきた。しかしいまは、ドナルド・ラムズフェルド元国務長官の言葉を借りれば、われわれが〝知らない何かがあるとわかっていること〟（イラク政府がテロリストに大量破壊兵器を提供している証拠がないことを記者に咎められたときの返答）があり、それを考慮しなければならない。それでも、ほんの十分前には、バリッジがウェイン郡に向かった理由に皆目見当もつかなかったのだ。しかしいまは、彼が誰かを乗せたことがわかっている。それは一歩前進と言える。

拙速に決断に飛びついていたら、彼はいまの地位に昇り詰めることはなかっただろう。さらなる情報が必要だ。「ウェイン郡に誰か送ったか？」男は訊いた。

電話の相手の男は、送ったと告げた。

「いいだろう。ピッツバーグの近くの町にも、誰かを向かわせろ。そこへ行ったのには理由があるに違いないし、二人がいっしょにいるところを誰かが見ているはずだ」黄色のスーツの男が言った。「必要があれば時間や金がかかっても、そいつの名前を突き止めろ。おまえの腕の見せ所だぞ。この新たな登場人物が何者なのか知りたい」

「まかせてください」

通話は切れた。黄色のスーツの男は、通話が切れたあともじっと電話を見つめた。この新展開は気に入らない。経営陣に報告することも考えたが、やめにした。穏やかならぬ反応が返ってくるだろう。経営陣が用いるのはつねにハンマーだ。彼らにはあらゆる問題が釘のように見えるのだ。しかし公平を期して言えば、われわれの仕事では、たいがいの場合に必要なのはハンマーだ。だがときには、外科医のメスが必要な場合もある。

いまはまだ、このことを胸の内にとどめておこう。

蓋を開けてみれば、心配すべきことではないのかもしれない。

23

誰かが動く物音はいっさい聞こえなかった。サミュエルはずっと扉の向こう側に立っていたに違いない。おれが庭を歩いてくるのを見、何者なのか見定めようとしていたのだろう。おれが脅威なのかそうでないのかを。

サミュエルの顔が突き出した。無表情でおれを見ている。あれから長い歳月が流れ、さまざまな出来事が起こったことを考えれば、すぐにおれがわからないのも道理だ。それでもおれには、相手がサミュエルであることがわかった。いまは眼鏡をかけ、腹回りや頬に少し肉がついたが、ふさふさの髪は変わっていない。つやのある黒いカーリーヘアはきれいにカットされている。

招かれざる白人の男がだしぬけに家の前に現われたら、さぞ困惑するだろう。おれがわからないのも無理はない。「なんの用だ?」彼はようやく言った。

「中に入れてくれないのか、サミュエル?」

「お断わりだ。髪を伸ばしていても騙されんぞ、あんたおまわりだろう」サミュエルは扉を閉めようとしたが、おれはすでに靴を押しこんでいた。すばやく肩を割りこませ、中に入りこむ。

彼のシャツの裾は片方が膨らんでいる——腰に銃を挿しているのだ。サミュエルは手を伸ばしかけたが、おれのほうが速かった。片手で彼の腕を押さえつけ、もう片方の手で相手の銃を取り出す。グロック19だ。ウェイン郡保安官事務所の巡査部長が携帯していたのと同じ型だ。おれは自分のジャケットのポケットに入れた。

「おい、何をする」サミュエルが言った。

「つべこべ言わずに扉を閉めるんだ」おれは言った。「頼みたい仕事があってね」

「何もするつもりはないね。あんたが何者なのかも聞いていない」

「きみの専門技術がいくらか必要なんだ。ベストを尽くしてもらうだけの時間はない。できるだけのことをしてくれれば、それでいい」

「言っただろう、何もするつもりは——」

「きみはおれに借りがある、サミュエル」

彼はぽかんとした表情を浮かべた。眼鏡越しにまじまじと見、訊いた。「あんた、いったい何者だ?」

「思い出してくれると思ったんだがね」おれは言った。「きみの命を救ったのは、ほんの六年前なのに」

間があった。記憶が蘇ってきたようだ。そして顔をほころばせた。

「ベン？」信じられないという口調だ。「ベン・ケーニグか？」

「正真正銘の本人だ」

「なんてこった！」サミュエルはおれに飛びかかって抱擁した。「ベン・くそったれ・ケーニグ！　会えてうれしいよ。死んだものとばかり思っていた。やつら、『バトルランナー』で言う〝ストーカー〟をあんたに差し向けたんだろう。あんたの命は一週間だろうと思っていた。せいぜいもって、半年かと」

「この数年間、頼んでもいないのにスリル満点でいやになるよ」おれは認めた。六年前に起きたことをサミュエルが知っているのは驚きではない。彼は誰よりも裏社会の動きに精通している。「とにかく」おれは続けた。「十枚作ってほしいんだ。その全部を一枚のカードにまとめてほしい。その一枚はこいつにしてくれ」おれはミッチが買ってくれたスマートフォンで、ある設備管理会社のウェブサイトを見せた。「それから銃を一挺」

サミュエルは眉を上げた。「あんた、いったい何に首を突っこんでるんだ？」

おれは初めて会ったときからサミュエルが好きだった。好きにならずにはいられないやつだ。彼は犯罪者になったことに一片の悔いもなかった。ずっとそうなりたかったのだと言っていた。大学に進学し、よりよい犯罪者になろうと努力を積み重ねた。それでもある意味、おれは彼を信頼している。

おれたちは貧相な居間を抜け、地下室へ向かった。

表から見れば、決して入りたくないような部屋だ。扉には黴(かび)や染みがこびりつき、錠前は錆びついて何年も開けられていないように思える。だがそれはすべて見せかけだ。サミュエルは首に吊るした鎖から鍵を外し、錠前に挿した。古く錆びついているわりには、錠はやすやすとひらいた。鍵を首の鎖に戻し、彼は足を踏み入れた。

アメリカならどこでも、地下室は基本的には廃品を置いておく場所で、そこに置かれたものは黴臭くなって処分するしかなくなる。この部屋もそうした例に違(たが)わなかった。蓋がなくなった古い洗濯機のほか、〈寝室〉や〈台所〉と書かれた安物のボール箱が積み重なり、タイヤの空気が抜けた自転車もあった。

それに、大きな金属製のファイリングキャビネット。

サミュエルが近寄り、身体を押しつけてうめいた。力を入れ、キャビネットを片側に寄せる。出てきたのは地下室の壁ではなく、穴だった。彼はそこに身体を入れて通り抜け、おれもあとに続いた。

彼が明かりをつけると、おれはあたりを見わたした。この部屋に入るのは初めてだ。いままでは入る理由がなかった。狭いが現代的な部屋だ。壁一面にモニターが据えつけられ、用途はわからないが、その下に押しこまれたコンピュータ機器の一部が見える。もう一方の壁は白く塗ってあった。その壁際にプラスチックの椅子がある。強力な照明と写真撮影用の傘もあった。

サミュエルがおれのほうを向いた。「何が必要か言ってくれ」

24

サミュエル・オズボーンは単なる偽造犯ではない——筋金入りの偽造犯だ。ワシントンDCの首都圏で、事情に通じたその筋の人間にサミュエルが提供してきたサービスは、おれのような法執行関係者を絶望に追いやってきた。彼は身分証を偽造していただけではない。その比類なきコンピュータの技能で、偽造の身分証に信憑(しんぴょう)性を与える情報をデータベースに紛れこませたのだ。充分な準備期間があれば、サミュエルは偽造の身分を完全に本物だと証明できるほど、もっともらしい経歴を提供できた。その点では証人保護プログラム(WITSEC)より秀でていたほどだ。

サミュエルのサービスは決して安くはなく、少なからぬ顧客はなぜ彼がメドウウェルに住みつづけるのか訝っていた。おれにはその理由がわかった。そこが彼の故郷だからだ。彼はそこで生まれ育ち、安心感を得られた。彼が必要とするもの、求めるものはすべてそこにあった。しかし同時に、偽造の天才がメドウウェルにひそんでいるというのは、にわかには信じがたいことでもあった。

サミュエルは、誰にでも見える場所に身を隠していたのだ。

そしておれたちが極悪人を追っているときには、彼はかけがえのない情報源になってくれた。


初めてサミュエルに会ったのは、おれが追っていた標的が彼に危険を及ぼしかねないと警告したときだった。二度目に会ったのは、その男をおれが殺したときだ。

それまでに得られた情報によると、おれが追っていた標的は過去にサミュエルが作った偽造の身分証を使っており、その当時はいわば背水の陣を敷こうとしていた。おれの警告を聞いたサミュエルは礼を言ったが、あまり真剣に受け取っていないのはわかった。

背水の陣を敷こうとしていたのは、チェチェン出身の元マフィアで、彼には自分の痕跡を消し去るために危険を冒す覚悟があった。サミュエルに危機感があろうがなかろうが関係ない――チェチェン人が彼を襲ってくるのは間違いないのだ。ミッチの許可を得て、おれは三週間サミュエルを尾行していた。ついにチェチェン人が動き出した。さっきおれがタクシーを降りた場所からそう遠くないところで、そいつはサミュエルを尾行しはじめたのだ。おれの考えでは、そいつはサミュエルを家まで尾行し、玄関を開けたときに襲いかかるはずだった。屋内にサミュエルを押しこんで殺害し、自分の新たな身分を特定できるコンピュータのシステムや一切合財を破壊するだろう。おれはそう予想していた。しかし実際には、チェチェン人はもっと早く絶好の機会を得た。サミュエルとチェチェン人が歩いていた通りは、破滅的な運命のいたずらで、その瞬間にかぎってほかに誰もいなくなったのだ。チェチェン人は動き出した。

そいつが怯えきったサミュエルに銃の狙いを定めているときに、おれは物陰から踏み出して警察だと言った。そのチェチェン人は頭の回転がよくなかった。生きて反撃の機会を窺おうとするのではなく、銃をおれに向けてきたのだ。

おれは三発を撃った。二発は顔に、一発は首に命中した。

それ以来、サミュエルとおれは連絡を取りつづけた。仲よくなったとさえ言えるだろう。ただし、犯罪者と保安官局員が仲よくなれる範囲で。おれは彼の身辺に気を配った。悪人が彼に近づきすぎないよう警戒した。その見返りに、サミュエルから見て娑婆(しゃば)の空気を吸うに値しないと思える輩がいたら、彼はおれに知らせてくれた。どこに行けばそいつが見つかるか、ヒントを教えてくれたのだ。しかし彼は決して、正式な情報協力者にはならなかった。警察の手先になるぐらいなら、サミュエルは菜食主義者になっただろう。

偽造を生業にしているのはサミュエルだけではない。DCのいかがわしいバーやプールバーに行けば、金額に折り合いがついたらなんだって手に入る。おれの必要なものが偽造の身分証だけだったら、わざわざメドウウェルへ来るまでもなかっただろう。サミュエルがこの世界で他の追随を許さず、唯一無二の地位を確立しているのは、使い捨ての身分証を特別誂(あつら)えで用意できるシステムがあるからだ。

場合によっては、何種類もの身分証を持つことは戦術的に有利になる。そういう場合には、割安な偽造身分証をたくさん用意すればいい。必要なものを一枚だけ持ち歩き、あとは机にしまっておけばいいのだ。面倒なことにはならない。だが根拠地がなく、つねにすべてを携帯しなければならない場合、複数の身分証には大きな難点がつきまとう。逮捕されたり身体検査されたりしたら、このうえなく厄介なことになる。露見すれば、国土安全保障省が動き出すだろう。複数の偽造身分証を持っているところを捕まるのは、一種類の偽造身分証を持っていて捕まるよりもはるかに悪い。

サミュエルの編み出した解決策は、マサチューセッツ工科大学(MIT)の研究室で培われたものだ。彼の専攻科目はポリマー工学で、熱や接着剤を使わずにプラスチックを結合する技術を専門にしていた。副専攻は写真撮影と映画撮影用のメーキャップだ。こうした組み合わせを選んだ学生はそれまで例がなく、今後も現われないだろう。だがサミュエルにとっては、完全に理にかなっていた。彼の顧客の中には、顔写真を撮影する前に傷痕を隠さなければならない者がいた。逆に、偽の傷痕や刺青(いれずみ)を付け加えなければならない例もあった。それが顧客の要望であれば。それだけの若さで、サミュエルは生きるためにすべきことを知っていたのだ。

だが、彼を際立った存在にしたのはポリマー工学のほうだ。

新たに発見した知識と専門設備によって、サミュエルは紙のような薄さの身分証をいくらでも作り、それらを接着する方法を編み出した。それらは新型スマートフォンのスクリーン保護フィルムに似ている。偽造の身分証を十枚重ねても、クレジットカード並みの厚さだ。その測り知れない利点は、入れ替え可能であることだ。必要としている身分証をいちばん上にするだけでいい。ほかの九枚はその下になり、隠れる。いちばん上の身分証を使ったら、剝がしてカードの裏に貼ることもできる。次に出てくるものが、表面の身分証になるわけだ。表と裏に情報が必要な身分証の場合には、サミュエルは別のカードの裏にその情報を用意した。アリゾナ州の運転免許証の裏に郵便監察官の身分証を貼るような愚かなことをしないかぎり、これは変幻自在のシステムなのだ。

おれは十枚の身分証を作ってほしいと頼んだ。カード一枚にまとめるには最適な厚さだ。

それより多ければ、不自然に厚く見える。少なければ、薄っぺらに見える。ある設備管理会社の身分証が必要な以外、今後の二、三週間、おれがどこで何をすることになりそうなのかまるで見当もつかなかった。それで残り九枚の身分証をどんなものにするかは、サミュエルにまかせることにした。彼は通例どおり、セキュリティ・コンサルタント、新聞記者、民間調査員の身分証を作ってくれるという。こうした職種はどれも、過剰な不審を招くことなく目的の場所を嗅ぎまわれるのだ。

サミュエルは二、三枚、おれの顔写真を撮影した。出来具合を確かめる。おれの疲れた顔がこちらを見つめ返している。こいつは問題だ。いまのおれにあまりにも近すぎる。たいがい身分証の写真は、最近撮影されたばかりに見えないほうが信憑性は増す。数年前の写真に見えたほうがよい。

ひとつ、考えがひらめいた。おれはサミュエルの予備のコンピュータに向かい、連邦保安官局のウェブサイトを立ち上げて、関係者専用のイントラネットにログインしようとした。現役時代のパスワードはとっくに期限切れになっているだろうが、もしかしたらミッチに先見の明があり、おれがまだアクセスできるようにしておいてくれているかもしれない。

やはり彼には先見の明があった。

スクリーンが切り替わった。おれは最重要指名手配犯十五人の画面を表示させた。おれのページはすでに削除されていた。サミュエルがおれの不満げな表情を見て近づいてきた。

「どうした？」

おれはサミュエルに、テレビで放送されたときに映っていた顔写真が理想的だと言った。十五年前の写真だが、それでも本人に見える。

「どいてくれ」サミュエルは言った。

席を替わると、ちょっとキーを叩いただけで、彼は管理者画面にログインした。おれが存在すら知らなかった場所だ。おれの古巣のシステムに、彼がこれほどやすやすと入りこめるのには一抹の不安を覚えた。以前にもやったことがあるのだろうか。サミュエルはアーカイブのデータベースを表示した。「テレビに出たのはいつごろだ？」

おれは話した。彼が設定を切り替え、最重要指名手配犯のページを更新する。間違いない。放送されたおれの写真だ。サミュエルはJPEGファイルをダウンロードした。

「あすまで待ってくれたら、あんたの身分証を裏づける偽のデータをだいたい用意できるだろう」彼は言った。「あんたの名前をいくつかのデータベースに入れておく。警察やFBIに捜査されたら見破られるだろうが、あんたが本当にその会社の従業員かどうか、電話をかけて調べられる程度なら充分にごまかせる」

「待とう」どのみち、翌日までは身動きが取れない。

サミュエルは思案げな顔をし、頭を振って言った。「しかし本当に、あんたの命はもうないものと思っていたよ、ベン」

おれは大方の予想を覆(くつがえ)した。そのことは確かだ。

「あんた、いったいどうやって生き延びたんだ?」彼は訊いた。「あのロシア系のサイトを見るのは、怖い連中ばかりだ。あんたが偽名を使っていなかったのはわかっている。なぜわかるのかって?」おれが返事をする前に、彼は自分で答えた。傷ついた口調だった。「なぜって、あんたはおれのところに仕事(ギグ)を頼みに来なかったからさ」

ギグというのは、サミュエル流の身分証ひと組の呼びかただ。

「あのときは急いで逃げ出すしかなかったんだ」おれは言った。

サミュエルはおれを見、立ち上がっていま一度抱擁した。

お返しに抱擁しながら、おれは言った。「そのサイトのことで話があるんだ、サミュエル。やつらのサイトをしばらくダウンさせることはできそうか?」

おれがここを訪れたのは、そのためでもあった。サミュエルが偽造の身分証を作っていないときには、ハッキングによる社会活動家(ハクティビスト)になる。反体制的な目的でコンピュータの技能を駆使することで、彼は——とりわけメドウウェルの住人のような——声なき声に力を貸すこともあるのだ。自分のアピールにご執心なある上院議員が、この地区の問題は住民自らが招いたものだと発言したとき、サミュエルは分散型サービス拒否攻撃《ＤＤｏＳ》（複数のコンピュータからいっせいに大量のデータを送りつけ、標的のサイトをダウンさせる）を、その議員のウェブサイトに仕掛けた。くだんの議員が選挙に立候補する二カ月前だ。ＤＤｏＳ攻撃によって議員のウェブサイトは一カ月間閉鎖を余儀なくされ、資金集めはほぼすべてストップした。その議員は十ポイント差で議席を失った。去年テレビでそいつを見たときにも、まだそのことで悪態をついていた。それでおれは、ＤＤｏＳ攻撃がダークウェブにも有効だろうかと思ったのだ。それが可能なら、おれにもいささか活動の余地ができる。

「しばらくのあいだはやれると思うよ」サミュエルはうなずいた。「しかしあんただって、やつらは攻撃されたサイトを閉鎖して、新しいのをオープンさせるだけだとわかっているはずだ。希望の期間は？」

「できるだけ時間を稼いでほしい」

「よくてせいぜい一週間だろうな。現実的には、ほんの二、三日かもしれん」

「きみができるだけでいい」おれは言った。

「下準備をしてみよう」サミュエルが別のキーボードを引き出し、ボタンを押すと、新たなモニターが立ち上がった。彼が暗記しているＵＲＬを打ちこむ。ダークウェブのサイトは、言葉ではなく単なる文字や数字の羅列に見える。こうしたサイトにたまたまたどり着くということはなく、検索エンジンで見つかることもない。

目的のウェブサイトが出てきた。前回おれが見たときと同じだ。顔写真と個人情報が記されている。ルールも説明されていた。実際のルールはただひとつだ——誰もおれの家族に手を出してはならない。そのときには、ルールを破った個人または団体が懸賞金の対象となる。おれが引き出した唯一の譲歩だ。懸賞金の申し立てをする際に必要な条件も細かく記されていた。

読んでいるだけで気分が悪くなる。

25

　黄色のスーツを着た男は、画質の粗い写真を信じがたい目で見つめた。そして、写真を持ってきた男を見た。

　喉はからからだ。「どうやってこれを？」ようやく声を絞り出す。

「はっきり言えば、ちょっとした幸運が必要でした」男は言った。「ボッテスフォードからは何も見つかりませんでした。やつはあらゆるカメラを避けていたので、以前にそこへ行ったことがあるのではないかとわれわれは推測しました。バリッジの映像はいくつかありましたが、彼のはありませんでした」

　黄色のスーツを着た男は、相手が言い終わるのを待ちながら、両手の指先を合わせた。

「それでわたしの部下は考えました。この町に何か特別なものがあるだろうか？　そいつが連邦保安官局の長官とともにＤＣへ行くつもりがないのであれば、なぜわざわざ夜更けに長官とヘリに乗りこんだのか？　いちばんありそうな答えは、そもそもやつはＤＣへ行くつもりはなく、別の目的地があるということです」そこで言葉を切り、コーヒーのマグカップを手にしたが、ボスの表情を窺って、飲まずにテーブルに置いた。「ということは、そいつがそこにとどまるのでなければ――とどまってもまったく無意味ですが――バスに乗るしか交通手段はありません。その小さな町には、列車も停車しませんから。それで部下がバス停の時刻表を見ると、始発のバスはピッツバーグ行きです。一時間かかります。それで彼は車を飛ばし、バスターミナルの監視カメラにアクセスしようとしました。収穫はありませんでした。どうやらそいつはカメラを避ける方法を熟知しているようです」今度はマグカップを手に取り、コーヒーを味わって飲んだ。ひと息つき、口を拭う。「わたしは部下の機転と迅速な行動を褒めてやりたいぐらいです。彼はこう考えました。もしそいつが目指しているのはDCで、そのことを誰にも勘づかれたくなかったんだとしたら？その場合、バスに乗るのは最善の方法ではないだろうか？」

黄色のスーツの男はうなずいた。

「それで部下はDCへ急ぎました。そのバスの到着後できるだけ早く乗りこみ、運転手にいくらか握らせ、車内の監視カメラの映像を見せてもらったんです。大当たりでした。そこに彼が映っていたんです。メモ帳を読んでから、寝ていました。画質はよくないですが、少なくとも一枚は入手できたことになります」

二人のあいだに沈黙がたゆたった。

写真を持ってきた男が訊いた。「この男は何者なんでしょう？」

「幽霊みたいなやつだ」黄色のスーツの男は、ややあってそう言った。ここはよく考えなければ。経営陣に報告せざるを得ない段階に来ている。この写真の男のことを伏せておくわけにはいくまい。きわめて危険な男だ。しかしまずは、先を見越して行動することだ。経営陣には自分がいかなる行動を取ったのかを報告したい。これからどんな行動を取るのかではなく。

処理に着手すべき段階だが、そうするのは甚だ気が進まない。それはこの男が潔癖な人間だからではない。それどころか、彼は冷血な殺し屋だ。気が進まない理由は、この男がプロフェッショナルだからであり、巻き添えの被害が大きくなれば、好ましからざる連中の注目を惹きかねないからだ。いまのところは、まだ注目を惹くような事態は起きていない。

彼は意図せざる結果の法則を心から信じていた。〈処理〉ボタンを押した結果、いかなる事態を招くかはやってみなければわからないのだ。あの女の件だってそうだ。その結果がいまの状況を招いたのではないか。

ふたたび白黒の写真を手に取り、トラブル以外の何者でもない男を見た。選択肢はほかにない。

「ＤＣで信頼できる人間は？」

26

午前七時ごろ、サミュエルはようやく準備ができたと知らせてくれた。そしておれに、できたての身分証を手渡した。ざっと検めてみる。どれも一級品だ。カードの表面は、ジョージタウン大学が使っている設備管理会社の身分証になっている。おれはサミュエルがつけてくれた偽名を見た。

「デイヴィッド・デッカー？」おれは言った。「きみには、おれはそういうふうに見えるのか、サミュエル？」

彼は笑みを見せ、肩をすくめた。「名前はひとつしか用意する時間がなかったんで、どの身分証もデイヴィッド・デッカーだ。しかし彼には社会保障番号とDCの運転免許証があり、少なくとも表面上は、ざっと調べられても切り抜けられるだけの記録を会社のデータベースに用意しておいた」

おれは自分のバックパックをかきまわし、札束を探した。サミュエルから取り上げてバックパックに移した拳銃に手が当たった。おれはその銃を返そうとした。

「あんたが持っていてくれ、ベン。おれは別のやつを調達できる」

おれはグロックを自分の手に収めた。使いこまれているが、動作は申し分なさそうだ。手によくなじむ。頼もしい感触だ。ずっしりした重量感、質感のある銃把、ポリマー製の躯体(くたい)。おれはずっとグロックを使いつづけてきた。堅牢で信頼性が高い。安全装置を外す必要がないので、いつでも撃てる。どこかで読んだところによると、当初の設計者は左手で試作品を試射していたそうだ。たとえ暴発しても、右手で新しい設計図を書きつづけられるように。おれはそういうプロ意識に敬意を覚える。

数分かけて、銃をひととおり確かめた。自分で分解掃除し、組み立てた銃でなければ、信頼して使えないからだ。サミュエルが使用済みの薬莢(やっきょう)を見つけてきてくれ、おれはそこから発火済みの雷管をこじ開けて外した。空薬莢に蠟を詰め、グロックの弾倉に入れて空撃ちしてみる。撃針が撃発を起こせるかどうか試したかったのだ。問題なかった。実弾での試射ができない場合は、空撃ちが次善の方法だ。

銃身の先端には消音器(サイレンサー)が装着できるようになっている。照星と照門が標準的なグロックより高めなのは、サイレンサーを装着しても使用可能にするためだ。サイレンサーは円筒形なので、おれたちは〝缶掃除用の照準器〟と呼んでいた。銃をバックパックにしまう。

すぐに手が届くよう、いちばん上に入れた。

おれは五十ドル札を八十枚抜き出し、サミュエルに渡した。四千ドルだ。六年前に頼んでおけばよかったのだが、そのとき対価に求められただろう金額より千ドル多い。彼は不思議そうにおれを見た。

「銃と弾薬の分だ」おれは言った。

メドウウェルでは銃は無料同然で手に入る。サミュエルがその気になれば、その日のうちにグロックを新たに買い入れ、おれが上乗せした千ドルは九百ドル以上余るだろう。彼はいったん奥に姿を消し、九ミリ弾が五十発入った箱を持って戻ってきた。これだけあれば充分だ。さらに予備の弾倉もつけてくれ、おれが装塡するのを見守った。

「ありがとう、サミュエル」おれは言った。「ついでに、この屑鉄同然の代物を処分しておいてくれないか？」麻薬依存者から奪った錆びついたベレッタを手渡した。

「きのうはこのあたりで、ついてないやつがいたようだな？」

「死にはしないよ。ところで、DDoS攻撃のほうはどうだ？」

「あのサイトは今夜中にダウンするだろう」彼は答えた。「だが、そう長続きはしないと思う、ベン」

おれたちの取引はほぼ終わった。あとひとつだけ、やり残したことがある。おれは扉に背を向け、サミュエルと向き合った。彼の身体がこわばった。サミュエルにとって、顧客が出ていくときがいつも最大のリスクなのだ。たとえ信頼している相手でも。顧客が本気で自らの痕跡を消し去りたければ、まずやっておかねばならないのは、自らの新たな身分を知っているただ一人の人間の口封じだ。あのチェチェン人はそのことを理解していた。

「サミュエル」おれは言った。「これから言わねばならないことを、よく注意して聞いてくれ。ほどなく、おれの偽造の身分がいろいろな機関のシステムに現われるだろう。その誰かがそれらを突き合わせて、おれがどこでその身分を手に入れたのか疑問視しはじめる可能性はある」

サミュエルはうなずいた。「そうしたことは充分承知している、ベン」

「あのサイトは決してジョークではない、サミュエル。きみが誰かに、おれがここに来たことを認めるか、おれがここに来たことを誰かが突き止めるか、あるいは誰かが、おれがここに来たのではないかと疑っただけでも……」おれの言葉は尻すぼみになった。

「そのときには、どうなるんだ？」

「そのときには、きみは死ぬだろう、サミュエル」おれは答えた。「単純明快なことだ。そいつらはきみを拷問して知っていることを訊き出してから、きみが誰にも話さないように殺すだろう」

27

目的の場所に入りこむ秘訣は、その場所の関係者に見せかけることだ。走ってはいけないし、ぐずぐずしてもいけない。おれはジョージタウン大学の中心部をめざしていたが、建築物をほれぼれと眺めはしなかったし、人に場所を尋ねることもしなかった。大学構内に入る前に地図をじっくり調べ、目的の場所がどこにあるか頭に入れておいたのだ。

マーサの教官はロビン・マーストンという名前だった。「わたしの選択ですから」と言いつづけ、マーサに関する事情聴取に答えるのを拒否した男だ。グレイハウンドの長距離バスがマンズ・チョイスという町を通りすぎたときに、おれはそのことを思い出した。首都警察の刑事によると、マーストンはマーサが誘拐されたとは思っていないそうだ。彼の説によれば、マーサは恋人と駆け落ちし、ミッチは職権を濫用して娘の行方を追跡しようとしているのだ。それでマーストンは、わたしは協力しないことを選択すると言った。

おれはその点を活用できそうだった。反権威主義的な傾向の人間は概して心配性であり、うまく操れることも多い。大学構内に入ってから、おれは設備管理会社の身分証と首都警察の身分証を入れ替えた。あいにく警察官の記章(バッジ)は持っていなかったが、市民権が侵害されているとマーストンに思わせるには充分だろう。これまで彼は事情聴取に協力してこなかった。ミッチはおれに、マーストンを心変わりさせてほしいのではないか。

おれは教育研究施設になじみがなかったが、いったん中に入ってしまえば、ほかの大規模施設とそう変わりなかった。病院で見かけるような各学部への看板に従って進むと、ほどなくマーストンの研究室が見つかった。

おれは扉をノックし、返事を待たずに入った。

マーストンは痩せぎすの男だった。コーデュロイのジャケットを着た急進的リベラルの学者そのものだ。わがままで柔弱。縮こまった鷺(さぎ)のように肩を丸めている。自家製のパンを焼いているような男に見えた。子どものころはよく鼻血が出ていただろう。Vネックのセーターにチェックのシャツ。骨張った首にすり切れたネクタイ。研究室の壁には額入りの学位記、警察の予算削減を訴えるイベントのポスター、チェ・ゲバラのポスターが飾られていた。

おれには、首都警察の刑事がなぜこの男をもてあましたのかがわかった。肉体的にも精神的にも決して屈強ではないが、誰にどうやって苦情を申し立てれば効果的なのかわきまえているのだ。こうした類の男には、人のキャリアを破滅させる力がある。喜んで破滅させる手合いだろう。

マーストンはグループ授業の最中のようだ。三人の女子学生が、彼の言葉にいちいちうなずいている。おれは偽造の身分証をちらりと見せ、学生たちに出ていくよう言った。彼女らは立ち上がりかけたが、マーストンは制した。

「みんな、そのままでいい」彼は言った。「この男にきみたちの退去を強制する権限はない。〝警察官〟という言葉の語源を話し合ったときのことを覚えているかな？」誰も覚えていないようだ。「ギリシャ語のポリスが語源だ。これは街を意味する」マーストンは続けた。「したがって、ポリスマンとは街の男のことだ。言い換えれば、この男は公僕として、きみたちやわたしのために働いている。われわれがこの男のために働いているのではなく。ここは警察国家ではない」そう言っておれを見る。「そういうわけで、お引き取り願えるだろうか？　アポイントを取りたければ、わたしの秘書に話していただきたい」そしてふたたび女子学生のほうを見た。おれがいないかのように。

このままでは埒が明かない。

「ミスター・マーストン、あんたにはふたつの選択肢がある」おれは言った。

「マーストン教授と呼びたま——」

「あんたはそこのかわいらしい学生さんに退去を命じるか、さもなければこのまま、あんたがパンツにお漏らしするところを見てもらうかだ。どっちか選んでくれ」

「何を言っている！　そんなことをするわけがない！」

「おれが誰だかわかるか？」

マーストンは尊大さを取り戻した。「もちろん、きみは首都警察の元警官だ」

「違う」

「わたしが〝元〟と言ったのは、これだけ大勢の証人がいる部屋で脅迫してきた以上、わたしはきみのバッジを……」そこまで言ったところで、彼の脳はようやくおれの言葉を理解したようだ。「どういうことだ？　〝違う〟とは？」

これ以上議論している時間はなかった。おれはポケットから出したグロックを振り上げ、弾倉の下部を相手の鼻梁に叩きつけた。皮膚に裂傷ができるほどではないが、出血させるには充分だ。マーストンの目が潤んだ。痛みを加えれば、頑固なふりをしていた相手が兜を脱ぐことはよくある。そして血を流せば、室内の権力関係はつねに変わる。おれたち人間は、赤を危険な色として認識しているのだ。その色を見れば、心拍数が急上昇する。おれたちの祖先が毛で覆われたマンモスやサーベルタイガーと共存していた時代に戻る。まだおれたちがいまのような頂点に立つ捕食者ではなかった時代に。

女子学生たちはそれ以上の指示を待たなかった。類人猿さながらの男が、拳銃で教授を殴ったのだ。彼女らは次に何が起きるのか見たくなかった。床がマーストンの血で赤く染まるころには、すでに誰もが逃げ出していた。

おれは人差指を突きつけ、マーストンに言った。「一分だけ待ってやるから、マーサ・バリッジのファイルをよこせ」

鼻を押さえ、頭を上向きにしながら、マーストンはよろめいて書類整理棚に近づき、開けた。手を入れ、マニラ封筒を摑んでおれに渡す。

おれはすばやく開けた。中身は空だ。マーストンに空封筒を見せた。

「警察が全部持っていったんだ！」彼は叫んだ。「きみが何者か知らんが、遅すぎたようだな」

「あんたが首都警察に渡したファイルは読んだ。マーサのファイルは何もなかったぞ」

マーストンはむくれた表情で目を逸らした。腹に一物ありそうだ。おれはもう一度、相手の鼻を強打した。

彼は悲鳴をあげた。今度は軟骨が動く感触がした。

「本当にないんだ！」

おれはひとつ失敗した。マーストンがファイルを隠し持っているのは間違いないが、この男はあらゆる場面で権威に楯突くのが市民としての義務だと心得ているので、警察が欲している情報を彼が握っていると気づいたとき、ファイルを研究室から持ち出したに違いなかった。暇な時間に読み返せるような場所へ。おそらく車のトランクか、あるいは自宅の書斎だろう。

おれは昨夜、マーストンの家を訪ねるべきだったのだ。

「あんたは絶対にマーサのファイルを持っている」おれは言った。「そしてなんらかの理由で、そのファイルを誰にも見せたくないんだ。人に見られたら困ることが書いてあるからか、いや、たぶんあんたが極めつきの間抜け野郎だからだ」

おれはグロックのスライドを引いて放し、実包を装填した。静まりかえった研究室で、その音は耳をつんざくほど大きく響いた。

「どっちの膝だ？」おれは訊いた。

「な……なんだって？」

「どっちの膝だ？」おれは繰り返した。

マーストンは顔面蒼白になった。「どういうことかわからない」泣き声だ。

「あんたにはわかっている。おれが訊いてるのは、どっちの膝を撃ってほしいかという質問だ。右か左か、二者択一だ。あんたは二足歩行だ。脚は二本しかない。机のしつらえからして、あんたは右利きだ。じゃあおれが選んでやろうか？」おれは左膝に狙いをつけた。

「わかった！」彼は叫んだ。「ファイルは持っている。だが、自宅にあるんだ」

問題がひとつある。マーストンは血まみれだ。学生たちはもういまごろ警備員に異常を告げているだろう。おれが大学構内でこいつを歩かせたら、新聞沙汰になるのは間違いない。

「だったらこうしよう、教授。あんたはきょうの昼休みに自宅へ戻り、そのファイルをおれに渡すんだ。そうすれば、あんたは二度とおれに会わなくてすむ。裏をかこうとしたら、この先、おれがあんたのところにまた来ようと決めるまで、あんたは後ろを振り返ることになる。一週間後かもしれないし、一年後かもしれないが、間違いなく、おれはあんたのところにまた来る」

おれはマーストンをねめつけた。どうやらおれの言葉がこけおどしではないとわかったらしい。ズボンの股の部分についた黒ずんだ染みがその証だ。

「十二時半に、あんたの自宅へ行く」おれは言った。「そこで待ってろ」

おれはグロックをポケットにしまい、研究室を出た。走ることはなく、ぐずぐずすることもなかった。遠くから誰かが走ってくる足音が聞こえる。大学の警備員がこちらへ向かっているのだろう。

おれは冷然と笑みを浮かべた。マーストン教授は誰にもこのことを言わないだろう。ポケットから大学の地図を出し、方向を調べた。次に向かうのは、ジョージタウン大学学生寮だ。

マーサの部屋が見たかった。

28

コプリー・ホールはこの大学で最古の部類に属する建物だ。一九三二年に建てられたネオゴシック様式の灰色の石造建築物である。質実さと気品を兼ね備え、寮というより博物館のように見える。外観ほど古くはないものの、印象的な建築であることに変わりはない。

美しいアーチ型の表玄関を、おれはまるで毎日行き来しているようにくぐり抜けた。いまは急ぎ足だ。マーストンとの一件で、早くしなければという思いにせきたてられていた。

マーストンの研究室からコプリー・ホールへ移動するあいだに、身分証を入れ替えておいた。おれはふたたび、大学に入構したときと同じインノーヴォ設備管理会社のディヴィッド・デッカーになっていた。少なくとも、詐称したとおりの人間には見えるだろう。伸び放題の髪でマーストンの研究室に入り、警官と名乗ったものの、額面どおり受け取られたとは思えない。だが、トイレ修繕業者には見えるはずだ。そうした職務の人間の顔など、誰も気にしないだろう。

おれは五階へ向かった。マーサはフレヤ・ジャクソンという女子学生と相部屋だった。イギリスから来た留学生だ。中には扉が開けっ放しの部屋もあり、思わず目を逸らした。五階は女子学生専用だ。一度だけ身元を訊かれたが、おれは身分証をさっと見せ、トイレが詰まっていると説明した。この階で糞便が詰まっていると言われたら、誰もそれ以上問い詰めようとはしない。

マーサの部屋は廊下の端で、最後から二番目の扉だ。最後の扉は非常階段の入口だった。ノックして返事を待つ。返事はなかった。予想どおりだ。フレヤ・ジャクソンは講義に出席しているだろうし、マーサが返事をしたらおかしなことになるだろう。ノブをまわすと扉はひらいた。アメリカ中探しても、ここよりセキュリティの甘い建物はあまりないだろう。おれは足を踏み入れた。

室内は狭いが整然としていた。ベッドと机が二台ずつ並び、どちらがマーサのものかはすぐにわかった。彼女の私物はすべて押収され、ベッドの上には、行方を捜しているので首都警察に情報をお寄せくださいと書かれた札が置いてある。フレヤ・ジャクソンはもう半分に私物を置いているが、マーサの側を侵犯するまいと努めているようだ。コルク板に兄弟姉妹や両親やスパニエルの写真が貼ってある――おれは昔からスパニエルが好きだ。まるで犬の世界の道化者のように見える。写真の一枚は、イギリスの自宅の寝室だろう。

彼女とマーサが写ったものもたくさんある。どこかの喫茶店で自撮りした写真も。二人ともおかしな顔で笑っている。ほかの写真はすべて、女性のグループに入っているフレヤで、どれも笑顔を浮かべたり抱擁したりしている。父親とおぼしき一人を除き、男性の写真はいっさいない。

ベッドと机のほか、流しや洗面台や作りつけの衣装簞笥もあった。棚には『スター・ウォーズ』のチューバッカのマグカップに、歯ブラシと歯磨き粉が立ててある。マグカップは一個だけだ。マーサのものは首都警察が押収し、切断された遺体の一部が見つかってDNA鑑定が必要になった場合に備えているのだろう。洗面台のキャビネットも開けてみたが、これといったものはなかった。シャンプーやコンディショナーのような、たいがいの若い女性が買い置きしておくものばかりだった。

マーサが行方不明になった前後の状況に関しては、フレヤ・ジャクソンはすでに詳細な事情聴取を受けていた。FBIも首都警察も、彼女が何かに関与しているとは見ていない。だがおれは生まれつきひねくれた性分なので、フレヤ・ジャクソンの写真が引っかかりはじめていた。大半はフレヤとマーサの写真だ。写真の二人は大笑いしたり穏やかな笑みを浮かべたりして、互いを抱擁している。ときおり、唇を押しつけ合ったり互いの頬を吸ったりしている写真もあった。アヒルロと呼ばれる顔だ。半ば口を尖らせ、半ば自己陶酔的な愚かさを装ったような顔。マーサとフレヤは皮肉をこめてそうしていたのではないかとも思えてくる。

二人がよき友人同士だったのは明らかだ。しかしおれは、フレヤがＦＢＩにどの程度まで話していたのか気になった。きっと嘘はついていないだろうが、知っていることをすべて話したとはかぎらない。マーサを庇うつもりで隠していることがあるかもしれない。マーストンも何かを隠しているだろうが、あの愚かな男は彼女とは根本的に違う。そして事態が悪化し、マーサがなんらかのトラブルに巻きこまれていることが明らかになったいま、フレヤはＦＢＩにすべてを打ち明けたら叱責されるのではないか、悪くすると罪に問われるのではないかと思い悩んでいるのかもしれない。

それでも彼女は、おれになら話してくれるのではないか。おれはＦＢＩの人間ではないし、首都警察の人間でもないからだ。名目上はまだ保安官局員であっても、その一員にはとても見えないだろう。こんな伸び放題の髪なので、メタリカのツアーマネージャーに見えるかもしれない。

フレヤはあと二時間ぐらい帰ってこないだろう。もちろん、彼女が帰ってきたときにこの部屋にはいたくなかったが、寮の中を徹底的に捜索する時間は充分ある。そのあとで、外で待っていてもいいだろう。彼女のお気に入りの喫茶店か、そのような場所で話をしてみたらどうだろうか。食事をおごってもいい。そして彼女が知っていてまだ話していないことがないか、探りを入れてみよう。

いい計画に思えた。

おれは念のためフレヤのマットレスを持ち上げてみた。次の瞬間、部屋の外から悲鳴が聞こえ、何もかもが台無しになってしまった。

29

銃規制ほどアメリカ人を対立させる問題はない。女性の中絶の権利、国境の壁、連邦政府の役割さえも、銃規制には及ばない。おれが子どものころから銃器は生活の一部だった。父はおれが銃を持てるぐらいに成長するとすぐ、銃の撃ちかたと、敬意をもって銃を扱うことを教えてくれた。父は狩猟を趣味にしていなかったが、市民が銃を保持する権利を保障する憲法修正第二条を支持していた。生涯を通じ、父が怒りにまかせて銃を撃ったことはなく、そのことを幸せに思っていた。おれはそれを知っている。父は銃器の役割を心得ていた——必要悪だ。

おれも憲法修正第二条の支持者ではあるが、世界で唯一、アメリカの子どもたちだけが無差別乱射犯に遭ったときの対処法を学ばなければならない現実は、アメリカ人としての国民意識に染みを作っている。

学校や映画館やショッピングモールで起こる無差別乱射事件は、気の滅入るおなじみの展開をたどる。乱射犯が入ってきて、発砲を始める。誰もがパニックに陥り、犯人は自らが跳弾を受けるか、弾薬が尽きるか、警官に射殺されるまで乱射を続ける。犯人の標的はそこら中にいるし、そいつはひとしきり撃ち終わったら夕暮れの中に歩き去って姿を消せるという幻想を抱いていない。だからほとんどがこの展開をたどり、例外はきわめて稀だ。これは闘うか逃げるかを選択する闘争・逃走反応によるものだ。おれたちは銃と闘うことはできないので、逃げるか隠れるしかない。おれたちの脳には、そう刻みこまれている。遠い昔から、危険から逃げなかった人たちの遺伝子は受け継がれてこなかったからだ。それだけのことだ。

おれには闘争反応しかない。おれは逃げ隠れしようという衝動を感じないのだ。それで「銃乱射犯だ！」という叫び声が聞こえたときにも、おれは立ち止まって考えようとはしなかった。ポケットからグロックを取り出し、いかなる事態とも向き合う覚悟で廊下に踏み出した。

この失敗続きの一日に、またも新たな失敗が加わった。

学生たちが逃げまわり、部屋に飛びこんで鍵をかける。扉に何かを押しつけ、バリケードを築く音が聞こえた。すでに二人が死んだと誰かが叫んでいる。おれは階段の吹き抜けで、恐怖に駆られた学生たちの波に抗いはじめた。彼らが逃げようとしている犯人の居場所こそ、おれのいるべき場所だ。

一階のロビーで、パニックに陥った学生の一人がおれに向かってまっしぐらに走ってきた。そしておれの尻に思いきり体当たりした。どうにか立ち上がったが、まわりの人間はみなこっちを見ている。これはまずい。おれの髪はぼうぼうで、しかも銃を持っている。おれだって、そんな風体のやつを見たら同じ結論に達するだろう。

「あいつよ！」誰かが叫んだ。マーストン教授の教え子で、おれがあの男の鼻を殴るところを見ていた女子学生だ。「あいつが二人を撃ったのよ！」

おれが反駁しようと口をひらきかけたとき、背後から別の声が叫んだ。「サイコ野郎が！」

振り向いたところに、巨漢の学生が立っていた。フットボールチームのタイトエンドの選手かもしれない。そいつがおれの頭をめがけて消火器を振り下ろしてきた。振り向いていなかったら、頭蓋骨を叩き割られていたところだ。とっさによけ、肩に当たったが致命傷は免れた。それでもこめかみに強烈な衝撃を覚えた。

まるで停電のように、目の前が真っ暗になった。

30

「もう一度言ってくれ」黄色のスーツを着た男が言い、握りしめた携帯電話を睨みつけた。

「われわれの配下の女は選択を迫られていました——教授かケーニグかです」通話の相手が辛抱強く答えた。

「では彼女は、誤った選択をしたことになるな」

「ボス、公平を期して言えば、マーストンはケーニグと待ち合わせの約束をしており、例の若い女に関するファイルを渡そうとしていました。そのため配下の女は、即座に決断を下すことを迫られたのです。彼女はそのファイルを手に入れようとしている男のことより、ファイルを奪い取ることのほうが重要だと考えたのです」

黄色のスーツの男は眉根を寄せた。教授が警察に未提出のファイルを持っていたのなら、もちろん、なんらかの処置をしなければならなかっただろう。しかしまだ誰も気づいていないが、ケーニグが活動しているかぎり、誰一人として安全ではないのだ。経営陣は、あの若い女と自分たちを結びつける材料は皆無だと考えているが、そんなことは問題ではない。ケーニグは遅かれ早かれ、われわれの戸口に現われるだろう。海千山千の犯罪者たちのあいだで、ケーニグは〝悪魔のブラッドハウンド〟と呼ばれていた。黄色のスーツの男は、悪魔のブラッドハウンドに追われるような事態をまったく望んでいなかった。

「一部始終を正確に報告しろ」彼は言った。「何ひとつ省略するな」

端末の向こうの声が言った。「ご存じのとおり、あの教授はつねに懸案でした。あの男が首都警察に何も話さなかったからといって、何も知らないとはかぎりません」

千マイルの距離を隔てていても、黄色のスーツの男はうなずいた。確かにマーストンは、彼が〝処理〟しておきたい懸案のひとつだった。

「配下の女がマーストンに会いに行ったとき、ちょうどケーニグが出てきました。彼女はどうしていいかわからず、指示を仰ぐ時間もありませんでした。そこで彼女は当初の任務を忠実に遂行することにし、まっすぐマーストンのところへ向かいました。彼を脅す必要さえありませんでした。ケーニグがすでに彼の鼻を殴りつけて、充分に脅しを利かせていたのです。彼は銃を向けられるとすぐ、すべてを話しました。ファイルのありかを教え、彼女に自宅の鍵を渡したのです」

「彼女はその場で教授を射殺したのか?」

「はい。その直後、ケーニグが現われたことで通報を受けた警官が出動してきました」

黄色のスーツの男は満足げにうなった。少なくともその点はうまくいった。「ファイルはどうした？」

「彼女がファイルを入手しましたが、われわれがまだ知らないような特別なことは何も書かれていませんでした。これから彼女がスキャンし、準備ができ次第、メールで送ってくるでしょう。バックアップがあった場合に備えて、マーストンのコンピュータを破壊したとのことです」

「わかった……彼女の過失ではないだろう。われわれの指示を実行したまでだ。報酬は全額支払うよう手配しろ。さらに依頼料として、二万ドル上乗せしておけ。ケーニグがふたたびDCに現われたときに、いつでも動けるよう待機させろ」

端末の向こうの相手が声をあげて笑い、言った。「そうなるのはご想像より早いかと思います、ボス。話の核心はここからなんです」

黄色のスーツの男は無言だ。彼は謎かけも嫌いだった。

「面白いのはここからです。大学の警備班は彼女が遺棄した死体を発見したとき、銃乱射犯対処プログラムを発動させました」

「それで？」

「それでですね、ちょうどそのときケーニグは、コプリー・ホールで女子学生の部屋にいたんです。その彼を見て乱射犯と思いこんだどこかの運動部員が、消火器を顔に叩きつけたというわけで」

「ケーニグはどこにいる？」彼は促した。

「首都警察の留置場です」

ケーニグの写真を目にしてから初めて、黄色のスーツの男は笑みを浮かべた。ようやく風向きがよくなってきたか……。

31

おれはたいがい、あれこれ考えて眠れなくなることはない。だがこのときばかりは三十分ものあいだ、人が眠るには、まず眠ったふりをしなければならないという事実をつらつら考えていた。目を閉じ、じっとする。ゆったり呼吸する。心から雑念を振り払う。それも役に立たなかった。何をやっても快適にはならず、おれはそれまでに起きたことを何度も振り返った。

おれはいま留置房にいる。房内は暑く、蠅がブンブン飛びまわっている。肥ったアオバエが床の濡れた有機物にたかっている。血液か吐瀉物だろう。その両方かもしれない。金属製の扉は灰色で、長年にわたる水濡れでところどころ錆びついている。尿の悪臭が強烈に漂うのも無理はない。房内に備えつけてあるのは、蓋のない金属製の便器だけなのだ。壁は囚人の落書きで一杯だった。おれが寝ているベンチにも無傷のスペースはほとんどない。紺の塗装を引っかいて、憎悪のメッセージや無罪を訴える言葉が刻まれていた。おれは薄っぺらい囚人服を着せられていた。警察はおれの偽造の身分証と無登録のグロックを押収したようだ。仮にジョージタウンでの銃撃事件の容疑者がおれ以外にいたとしても、近いうちに釈放される見込みはないだろう。

病院からの帰りに、マーストンと大学の警備員が射殺されたという話を耳にした。警察はマーストンが殺されたことなど歯牙にもかけないだろう。もちろん公式に調書の筆頭に記載されるのはマーストンの殺人だが、実際に警察が怒っているのは大学の警備員が殺されたことのほうだ。殺された警備員はほぼ確実に警官上がりだ。大学の警備員にはつねに元警官が雇われる。万国共通の暗黙の再雇用規定だ。元警官なら何をやるべきか熟知しているし、武器の携帯にも慣れている。たいがいは年金を充分にもらっているから、給料も安上がりだ。おれが警察の怒りの理由を確信したのは、ジョージタウン大学病院で起きた出来事のためだ。

いや、正確には起きなかった出来事だろうか。

おれは病院へ向かう車内で、手錠と足枷を嵌められていた。それは予期していた。おれが警官の側でもそうしただろう。しかし、緊急治療室での一部始終がおれの確信を深めた。おれは鋳鉄製の消火器で頭を強打されていた。頭蓋骨を損傷した可能性もあった。それにもかかわらず、なんの検査もなされなかったのだ。おれを診察しに来た神経科医はおらず、おれに問診したり名前を確認したりした看護師もいなかった。おれは寝かされることもなく、ただベッドの縁に座り、数人の警官のどんよりした視線を受けるだけだった。おれを痛い目に遭わせたいという空気がひしひしと伝わってきた。

警官に促され、研修医が来ておざなりの診察をした。研修医はペンライトでおれの目を照らした。指をあちこちに動かし、それを目で追うように命じた。それから、現政権の大統領は誰か訊いた。研修医は警官に、おれの瞳孔は光に反応しており、錯乱している徴候もないと言った。おれの健康状態に問題はないが、何かあったらまた診察に連れてくるように、と。

診察はそれだけだった。おれはふたたび収監された。調書には勾留および尋問しても問題なしというスタンプが押された。医師のために公平を期して言えば、いくらか視野がぼやけ、頭が割れるように痛むほかは、確かに脳震盪（のうしんとう）の徴候はなかった。

おれには診察がきわめて迅速に終わった理由がわかった。裁判の手続きが進んでおれの身柄が手の届かないところへ移される前に、首都警察は報復をしたかったのだ。おれが収容された留置房はいまのところ無人なので、このあと囚人同士の小競り合いという体裁が取られるのだろう。通常、留置房が無人ということはまずない。ましてや、年がら年中悪党がうようよしているワシントンＤＣでは。

警察の連中に囚人をけしかけられたら、おれには避けるすべがない。それにいまのところ、連中は食事を与えるつもりがないようなので、おれはひと眠りすることにした。ざっと損益計算してみる。損を考えると、寝ているあいだに連中がおれを殺そうとする可能性は低いだろう。まずその前におれを起こすはずだ。その点には確信があった。そのほうが連中にとって楽しいに違いない。益を考えると、頭を強打されたあとで一時間ほど眠るのはよい効果をもたらすだろう。ぼやける視界もよくなるかもしれない。頭痛が少し楽になる可能性もある。

だが、どのみち同じことだった。どれだけ眠ろうとしても、眠りは訪れなかった。考えるべきことが多すぎる。マーストン殺害が意味するのは、おれが探りを入れた方向は正しかったということだ。おれがマーストンと話すのを、誰かが快く思わなかったに違いない。しかしその理由は不明だ。おれの勘では、マーストンは事件に関与していない。首都警察に引き渡すのを拒んだファイルのどこかに、彼も気づかなかった手がかりがひそんでいるのだろうか。彼は射殺される前に尋問され、殺害犯に知っていることをすべて話しただろう。ファイルが重要な手がかりだとすれば、とっくに持ち去られているはずだ。おれが留置場から釈放されるまで、できることは何もないだろう。それで、保釈してもらえる方法がないか考えてみた。脱獄は不可能だ。ここは現実の世界であり、映画ではない。どうにか交渉してみるほかないが、いまは情報が少なすぎる。最初の取り調べで何かうまく訊き出せるよう、がんばってみるか。あとでミッチに電話したときに報告できるような手がかりを。おれの見立てでは、活路はそこにしかなさそうだ。

しかしその前に、留置房の扉から入ってくるやつに対処しなければなるまい。

そいつはもうすぐ来るだろう。

32

そいつが始まる最初の徴候は、おれを見張っていた警官が待機場から出ていったことだ。ちょっと用を足しに行くと言って。おれは目を閉じ、物音に耳を澄ました。一分後、留置房の扉がひらき、引きずるような足音に続いて、粗野な嗄れ声のささやきが聞こえた。

留置房での襲撃事件はしじゅう起きている。当局は、遺憾ながらそうした事件は避けられないと言う。根本的な解決策はすべて独房にすることだが、警察内にそんなことができる時間、場所、予算を持つ部署はない。そのため、四人同士の小競り合いが起きても警官が責任を問われることはない。仲裁に入ろうとさえしておけば。せいぜい、上からお目玉を食らうぐらいだ。

「さて、何をして楽しもうか、坊や?」

おれは起きなおり、目を開けた。さっき目を閉じたとき房内は暗かったが、いまは煌々と明るくなっている。カメラ越しにさぞかし大勢の警官が見ているのだろう。チップス・

アンド・ディップスでも囓(かじ)りながら。肥満した男がおれを流し目で見ている。豚のような目と黄ばんだ歯をしたスキンヘッドだ。首の肉がだぶつき、肩まで毛深い。肺が大儀そうに持ち上がって息を吸い、脂肪の重みに押されて下に落ちる。一九五〇年代のプロレスラーを思わせる。運動能力よりも、敵を押しつぶす力のほうが重視されていた時代だ。脂じみたジーンズに、これまた染みだらけのランニングを着ている。刑務所で入れた刺青が、青白くたるんだ身体を覆っていた。両肘に蜘蛛(くも)の巣、首には鉤十字。どれも黒か赤で忌まわしい。胸には７３７という番号を刻んでいる。首のくぼみの真下だ。７３７というのは電話のキーパッドでそれぞれＰ、Ｄ、Ｓに当たる。ＰＥＮＩ暗殺隊(Death Squad)の頭文字だ。つまりこの男が、公共の敵(パブリック・エネミー)ナンバーワンのストリートギャングおよび刑務所ギャングの構成員であることを意味する。言い換えれば、最悪のくそ野郎だ。とっくの昔にまともな人生をあきらめた男。

そいつの背後にもう一人スキンヘッドが立っている。やはり虫酸(むしず)が走るような刺青を入れていた。白人至上主義者のスローガン〝十四語〟（「われらの人種を存続させ、白人の子どもたちの未来を考えなければならない」という意の十四語）と、十字架に架けられたスキンヘッドを刻んでいる。この男が長年刑務所で過ごしてきたか、殺人を犯したことを表わすものだ。７３７の刺青は首の横に入れていた。洟(はな)を垂らし、口をぽかんと開けているのはよほど頭がまわらないからだろう。相棒より背が高いが、肥満にはほど遠い。

それにしても、いったいなぜパブリック・エネミー・ナンバーワンの構成員二人がワシントンDCの留置房にいるのだろう。彼らの根拠地はカリフォルニアだ。おれは二〇一四年に、この組織の幹部を追跡したことがあり、そのときに彼らの資金源の大半が個人情報窃盗と覚醒剤によるものだと知った。おおかた闇の仕事でDCに滞在していて、過去の罪状で逮捕されたというところだろう。そうして首都警察の連中が、こいつらを使っておれに仕返ししようと決めたのだ。

なんともけちくさい了見だ。首都警察はあずかり知らぬ体裁にしたいのだろう。おれはいっこうに構わないのだが、ほかの人間は誰一人得をしない。

「一発やれそうだな、兄弟」肥満体が言った。

「おうよ、初物のケツはたまらねえぜ」背の高いほうが答える。

おれは立ち上がり、カメラに向かって肩をすくめた。「あんたらにはこの程度のことしかできないのか？」おれは言った。房内に音声マイクがあるのかどうかはわからないが、おれが自分を襲撃しようとしている人間に背を向けたので、首都警察の連中はさぞ困惑しているに違いない。スキンヘッドの囚人二人も明らかに困惑している。一人がおれの肩を摑み、向きなおらせた。

「おい、てめえに向かって言ってんだぞ」肥満体が言った。

「いや、違うね」おれは言った。「あんたはそっちの、口に蠅が入ってきそうなばか面と話していたんだ。あんたはそいつに向かって、あんたたちが一発やれそうだと言った。思い出せないのなら、病院で診察を受けたほうがいいだろう。あれから十秒も経っていないが、最近の研究によると肥満は脳の萎縮と関係している可能性が高まっているそうだ」

「何を抜かす？」

「それでおれは背を向けてやったのさ。あんたたち二人が、人目のないところで愉しめるように」

「よほど死にてえんだな！」痩せたほうがわめいた。

おれはため息をついた。早いところこの変質者二人をやっつけたほうが、留置房を出て取調室に移れるだろう。そうしたら電話もできるかもしれない。

ネイビー・シールズで訓練を受けたときに、ふたつのアドバイスがあった。ひとつ、どんな格闘術も完全に身につけなければ役には立たない。ふたつ、闘わなければならないときには、相手の攻撃を待っていてはいけない。強烈な先制攻撃をかけ、敵が完全に戦闘能力を失うまでやめるな。

おれが有益なアドバイスをなおざりにすることはない。

「本気なのか？」おれは肥満体に訊いた。「これは本当にあんたがやりたいことなのか？ おれの質問がわかるか？ それとも、早すぎて聞き取れないか？」

相手は返事代わりに、手製ナイフを取り出した。プラスチックの歯ブラシを鋭利に加工している。粗雑だが効果は充分だ。どうやって警察署にこいつを持ちこんだのだろう。論理的には一ヵ所しかありえない。〝刑務所の財布〟つまり肛門だ。なるほど。こいつはおれを突き刺したいだけではなく、自分の大腸菌もなすりつけたいらしい。ずいぶん面倒なことをしてくれたものだ。

そいつがにやりとした。

おれは笑みを浮かべた。

そいつが怪訝な顔をする。

人間の手には二十七個の骨があり、どれも砕けやすい。だからボクサーはグローブを嵌めている。おれも可能なかぎり、拳骨で相手を攻撃するのは避けている。骨がある硬い部分を殴れば、回復不能な傷害を負うこともあるからだ。より柔らかく、攻撃に弱い部位を狙うほうがはるかに賢明だろう。耳、鼻、股間はよい目標だ。目はなおよい。目を攻撃すれば相手はただちに反応し、必死にそこを守ろうとする。

だが何よりも優るのが、よく狙った喉元への一撃だ。

何よりも優る。

やられた相手はたちどころに麻痺する。勝負はすぐに決着がつく。だが、おれの知ったことではない。大腸菌がついたナイフを持っているやつと殴り合うなど、まっぴらご免だ。

おれが喉元への一撃を訓練したのは、アリエル・ダヤンの監督下だった。イスラエル軍特殊部隊の元隊員で、イスラエルの護身術クラヴマガで九段を持っている。彼はおれに、沖縄空手の巻藁（まきわら）を何時間も拳で打たせた。左の拳で百発、右の拳で百発。『ベスト・キッド』のセリフを借りれば、右手でワックスをかけ、左手で拭くように。単純な反復動作を繰り返し、筋肉に覚えこませたのだ。

おれは相手に警告を与えるようなことはしない。「三、二、一」なんてばかなことは言わない。テレビドラマで、相も変わらず同じことを続けているわけがわからなかった。スイッチを入れるように、非戦闘状態から全面的な戦闘状態へ切り替えるだけだ。スペースシャトルの打ち上げみたいなカウントダウンなどしない。

姿勢を変えることも、腕を引いて勢いをつけることもなかった。ただ、相手の喉笛に右手を入れただけだ。喉頭（こうとう）の真上の弱点を狙って。相手の拳がおれの肩に当たるのがわかった。相手の喉の軟骨が砕けるのも。

試合終了。

相手が床に崩れ落ちた。馬がどうと倒れたような音が響く。たいていの相手は息を詰まらせ、あえいで、苦しがって喉を押さえる。だがこの男は違った。目が膨らみ……さらに膨らんで……どんよりと濁（にご）った。いましがたまで生きていた人間が瞬時に死に、瀕死の状態を完全にすっ飛ばしたかのようだ。この男の生命の大半を担っていたのは心臓でなく喉だったかのように。しかし通常は喉元への一撃は致命傷にならない。おそらくこの男は喘息持ちだったのだろう。あるいは肺気腫か。ほかの呼吸器障害かもしれない。さもなければ、おれが相手の首の骨近くの頸動脈を潰した可能性もある。そうであればもうだめだ。蘇生の見込みはない。

背の高いスキンヘッドは心変わりし、留置房でのロマンスをあきらめた。扉に向かって駆け出し、「出してくれ！」と悲鳴をあげるが、誰一人助けに来る気配はなかった。留置房の外には誰もいない。騒ぎが起きているあいだ、この建物の警官は全員、どこか別の場所にいるのだろう。近くにいるところを見つかったら、下手をすると年金にありつけなくなるかもしれない。

「ここには、あんたとおれしかいない」おれは言った。

「悪気はなかったんだ」そいつはめそめそ洟をすすり、袖で鼻を拭いた。「おれたち、あんたをちょっと痛めつけてくれと頼まれただけだ。ナイフを取り出したのはマールで、おれじゃねえ」

「確かにそのとおりだな」おれは言った。「あんたはおれをレイプしようと脅しただけってわけか」

「なあ、あれはジョークだよ」

「本当か？」

彼はうなずいた。なんとか切り抜けられそうだと思っているのだろう。

「わからんな」おれは言った。

「わからんって何が？」

「ジョークだってことが」

「いや、だって——」

「ジョークというのは人を笑わせるか愉しませるために書かれるか言われるかした言葉のことだ」おれは言った。「おれはちっとも笑えなかった。つまりおれには理解できなかったんだ。あんたと同じようにジョークを愉しめるよう、どこがおかしいのか説明していただけるかな」

このまま、こいつを放っておくこともできた。そのほうが間違いなく分別のある選択だろう。マールはおそらくもう死んでいる。その相棒は、もはやおれの脅威ではない。しかし、この手の人間は捕食者だ。人をいじめて喜ぶ連中だ。彼らは弱い人間を標的にする。おれはその標的にならないだろうが、近い将来、きょうの教訓を忘れ去ったとき、こいつはきょう起きたことの記憶を自分に都合よく改竄して、誰か別の人間を食い物にするはずだ。高名な精神科医の診察を二十回ほど受けさせたら、あるいはこの男の問題の根源が解明できるのかもしれないが、おれはより肉体的な方面から矯正を試みたほうが効果的だと思う。人生が変わるほど極端な矯正措置を。誰かに大腸菌ナイフを突きつけられる日まで、こいつが覚えているような矯正措置を。

ともあれ、おれはこいつと同じ留置房で眠ることなどできそうになかった。ひょっとしたらおれの足をくすぐるかもしれない。おれはそいつに近寄った。そいつはパニックを起こし、もう一度助けてくれと悲鳴をあげた。金属の扉を引っかいているのは、そうすれば登れるとでも思っているのだろうか。おれはそいつを掴んでこっちを向かせ、やはり喉を突いた。マールほど強い一撃ではない。黙らせるのが主目的だ。おれはまだ頭が痛かった。そいつはマールと並んで床に倒れ、か細くあえぎ、苦しげに喉を押さえた。一分もすると、白目を剝いた。呼吸は遅くなってきたが、止まってはいない。命は取り留めるだろう。

おれはそいつの左腕に手を伸ばした。肘というのは変形した蝶番のようなものだ。かぎられた角度だが、腕の骨を回転させることもできる。使いすぎなければ、何十年も動かせる。そしてとても強い。そうでなければならない。そうでなかったら、重い物を持ち上げるたびに折れてしまうだろう。人の肘を骨折させるのは難しい。靭帯を狙ったほうがはるかに容易だ。靭帯とは肘を強め、支える軟骨のことだ。靭帯は簡単に裂ける。とりわけ、肘を本来曲がらない方向に曲げれば。おれはそいつの肘を自分の膝に載せ、後ろにねじって靭帯を骨から外した。ニンジンが折れるような音がした。左腕を降ろし、右腕も同じようにする。幸運なことに、そいつは目を覚まさなかった。何年もかけてリハビリをしても、肘が元どおりになることはないだろう。なんとも言えないが、この男が自らの人生でしてきた選択を考えなおすには、これぐらいで充分かもしれない。

おれは床に座り、カメラを見つめた。さて、連中は問題を抱えることになる。誰かがこの問題のために逮捕されるだろう。なかったふりをすることはできない。留置場や刑務所の監視カメラ映像を消去することはできないのだ。この騒ぎを画策した警官どもはいまごろ怯えているだろう。報復のための襲撃を仕組んだのはいいが、収監していた四人の一人は死亡し、もう一人は人生が変わるほどの負傷をしたのだ。

今度は、おれのことも真剣に受け止めるに違いない。

そいつがいいことであるよう、おれは願った。

33

四人の警官が房内に駆けこんできた。誰もが真っ青になり、目を見張っている。どの表情も、父親の拳銃をいじっているうちに暴発させてしまった少年のようだ。トラブルを起こしたのはわかっているが、どれほど深刻なのかはまだわかっていないのだろう。おれは足枷を嵌められ、後ろ手に手錠を嵌められて留置房から連れ出された。救急救命士二人と制服の巡査部長一人が駆けこむ。救急救命士の一人はすでに、緊急気管切開用のメスを手にしていた。

「抜き身の刃を持って走ったらだめだ」おれは言った。

誰も取り合わなかった。

おれは狭い独房に連行され、そのまま一人で放っておかれた。この顚末をどう説明したものか、連中は考えているところなのだろう。誰に責任を負わせるか。おれに負わせることはできない。おれは組織的な襲撃の被害者なのだ。連中は二人のギャング構成員のせいにしようとするかもしれない。それもまた難しいだろう。そのうちの一人はほどなく、肘を骨折させられたと訴えるに違いない。いっそ、おれが二人とも殺してしまったほうがやりやすかったはずだ。おそらく、生き残ったスキンヘッドは三十年前に事故に遭っていたことにされるのではないか。あるいは階段から転落していたことに。さもなければ、逃げようとして背中から撃たれたことにされる可能性もある。首つりをしたことにされる可能性も。要するにこの件の公式説明で、この男は関わっていなかったことにしなければならないのだ。

おれはあれこれ考えるのをやめた。おれの考えるべきことではない。あの囚人どもの扱いは警察にまかせておこう。

一時間後、独房の扉がひらき、立ち上がるよう命じられた。おれは足枷をがちゃつかせながら、暗く寒々しい取調室へ向かった。ストロボライトが頭上で光る。天井の片隅に設置された監視カメラが赤く点滅している。おれの手錠は一度緩められ、取り調べ用の机の金属環にくくりつけられた。足枷は床の金属環に固定された。

そしてふたたび放置された。

取調室で囚人を扱う際の古典的なテクニックは、長時間待たせておくことだ。エアコンをつけっぱなしにするか、まったくつけないかして、囚人を暑さや寒さで痛めつける。水を飲ませておいて、トイレに行かせないというやり口もある。これらはみな、囚人が事前に考えておいた答えを忘れさせるためだ。

おれは向こうの手口を知っているが、向こうはそのことを知らない。

それでおれは心を煩わせることなく、これまでに起きたことを再検討してみた。望んでいた滑り出しにはほど遠かった。それどころか、へまの連続だ。マーストン教授が研究室からマーサのファイルを持ち出していたとは思わなかったし、どこかの若者の手で消火器を頭に叩きつけられてしまった。留置房での小競り合いでは、たぶんスキンヘッドの一人を殺してしまっただろう。そいつが死んだことには心の痛痒を覚えないが、おかげで面倒なことになり、釈放されるかどうかは怪しくなった。誰かがおれに先んじてファイルを持ち去ったということは、調べようとした方向性は正しかったのだろう。痕跡が失われてしまう前に、おれはここを出なければならない。いずれかの時点で弾道検査の報告書が出され、マーストンと大学の警備員を殺したのはおれの銃ではなかったことが証明されるかもしれない。しかしおれのグロックは無登録なので、そのほうが問題になる可能性はある。それにいずれ、おれの身分証が偽造であることは露見するだろう。たとえサミュエルが設備管理会社のサイトにデイヴィッド・デッカーのデータをどれほど深く埋めこんでおいたとしても、殺人事件の捜査に耐えられるはずがない。

ミッチが影響力を行使してくれればいいのだが。彼がさまざまな人脈に呼びかけ、おれを保釈してくれることを願うばかりだ。だがその可能性は低いだろう。おれの身柄はもう、犯罪捜査のシステムに放りこまれてしまった。一級品の偽造身分証を所持していたところを捕まってしまった。法人用キャッシュカードやパスポートが入ったバックパックはコプリー・ホールのマーサの部屋に置いてきたから、首都警察はまだおれの正体を知らないかもしれない。おれは逃亡する危険を帯びた犯人そのものなのだ。ミッチの介入がなければ、おれは罪状認否手続きまでDCの刑務所に収監されるだろう。

それまで待っている余裕はない。

エアコンはうなっているが、ここ数日の時ならぬ熱波のおかげで、取調室の温度はほんのわずか快適になったに過ぎなかった。それでおれは一計を案じた。椅子にもたれ、目を閉じたのだ。連中のマスタープランに、うとうと眠らせることは入っていないに違いない。やつらはおれを起こしたくなるはずだ。

思ったとおり、五分以内に扉がひらいた。二人の刑事が、時間にはいくらでも余裕があると言わんばかりに、のんびりした足取りで入ってくる。二人はおれの向かいに座り、二冊のファイルをひらいた。一冊につき一件の殺人事件ということだろう。事件の厳粛さを伝えようとするかのように、刑事たちは無言のまま、殺害された二人の写真を取り出した。二枚ともおれの前に置く。

せっかく無料で見せてくれる情報を拒む手はない。おれはまじまじと写真を見た。そして心に刻みつけた。二人とも額の真ん中に一発だけ射入口がある。相当な手練のしわざだ。プロの仕事であることは間違いない。マーストンは椅子で殺されている。大学の警備員は開いた扉の近くで倒れていた。なぜマーストンが殺されたのか、確かなところはわからないが、警備員のほうはおれがいきなり教授の研究室を訪れたから巻き添えを食ったのだ。おれが二人を殺したわけではないが、警察から見れば事件の原因であることは間違いない。おれがマーストンの鼻を殴っていなかったら、マーストンだって生きていただろう。それは決して心地よい感情ではなかった。

二人を殺した連中は、マーストンを見張っていたのだろうか。それともおれが来るのを待っていたのか。マーストンを見張っていたのなら、なぜこれほど人目につく形で殺したのか。それにおれを待っていたのなら、なぜおれを殺さなかったのか？　これほどの腕の持ち主なら、おれが何も気づかないうちに頭を撃つことだってできたはずだ。おれは有能だが、超能力者ではない。どうにもつじつまが合わない。

ただし、連中の狙いがマーストンの隠したファイルに関係しているのなら話は別だ。だとしたらつじつまは合う。筋が通る。そのファイルの中に誰にも知られてはならないことが書かれていた場合、ファイルを廃棄処分するだけでは充分ではない。マーストンもまた亡き者にしなければならないのだ。彼はファイルの内容を知っている。首都警察には言わなかったかもしれないが、いずれ誰かに話す可能性はあった。殺してしまえば、そのリスクをなくせる。

主任の刑事は赤毛の男で、肥満気味なのはいつも食事をかきこんでいるからだろう。そいつが何やら言っている。見るからに怒っているようだ。脇の下が汗じみており、まるでオニオンリングのような輪ができていた。顎のほくろがレーズンを思わせる。

「すまない、聞いていなかった」おれは謝罪した。

「何か言うことはあるかね?」刑事はつっけんどんに言った。

憲法修正第五条は、黙秘権を保障している。おれはその権利を行使して無言のままでいることもできた。だが、ずっと無言のままでは事態は何も進展しない。おれはなんらかの行動を起こす必要があった。そして机にくくりつけられていては、何か言うよりほかにできることはない。

「あんたの息はげっぷみたいな臭いだ」おれは言った。

「何を――」

「それから、おれに何か訊きたいのならもっとましな刑事をよこしてほしいものだ」おれは構わずに言った。失礼なのは承知しているが、礼儀はこの際重要ではなかった。挑発して反応を引き出すことが狙いなのだ。あるいは怒りを。ベテランの警官でも、怒りに駆られて口を滑らせることがある。

「いいかね、ミスター名無しのくそ野郎」赤毛の男が怒りを露わにした。「三人の女子学生がそろって、きみがマーストン教授の研究室にいきなり入ってきて、銃を振りまわして脅したと証言してるんだ。そしてきみは、ジョージタウン大学のコプリー・ホールで同じ銃を振りまわしているところを逮捕された」

　これぞ語るに落ちるというやつだ。おれにミスター名無しのくそ野郎と呼びかけたのは、連中がまだおれの名前を知らないことを意味している。ミッチが人脈を活用し、FBIの統合自動指紋識別システム（IAFIS）からおれの指紋を消去してくれたに違いない。ミッチにそれだけの先見性があったとすれば、ジョージタウン近辺での警察の動きにも目を光らせているだろう。

　赤毛の男が続けた。「そして死体保管所には二人の善良な男性が――」

「凶悪な男性の死体もひとつあるだろうが」おれは言い返した。「あんたがたがおれを殺そうと送りこんだスキンヘッドを忘れちゃ困るな」

赤毛の男は怒りで顔を朱に染めたが、すぐに立ちなおった。「それから弾道検査の報告が上がってきたら、とっくにわかっていることが裏づけられるだろう。きみの銃が殺人に使われたということがな。名前がわかっていなくても、きみは嫌疑から逃れられんというわけだ」

サム・スペードを気取ったような口調がこれまで役に立ったことはあるのだろうかと思ったが、おれは取り合わずに写真を見なおした。何か手がかりがあるに違いない。殺人現場だけでなく、その周囲の写真もある。ほとんどはマーストンの研究室をさまざまな角度から撮影したものだ。室内から外の様子を撮った写真が一枚あった。間に合わせで張った現場封鎖用テープの向こうに教職員が群がっている。おれは彼らの顔を記憶に刻みつけた。機会が得られたら、あとで話を聞いてみる価値はありそうだ。

「おい、聞いてるのか！」赤毛が声を荒らげ、拳を机に叩きつけた。「陪審団が仮釈放なしの終身刑を決定するまでどれぐらいかかると思う？　わたしの見立てでは十分もかからんだろう。ここにいるボブは別の意見だろうが」もう一人の刑事に向かって顎をしゃくる。「彼は五分以内と言っている。わかっているのか、このばかが？　おふくろが言っていたよ、他人の意見が正しいときには賭けをしないことだ、と」

新人の保安官局員でも、こんな取り調べをしてはいけないことぐらいわかっている。容疑者を脅しつけて何になるのか？　いたずらに責め立てるだけでは、相手の防御反応を引き起こすにすぎない。それに刑事は二人とも、スキンヘッドの囚人たちのことはおくびにも出さない。両刃の剣になりかねないから、とりあえず触れずにいるのだ。この刑事たちはほぼ確実に仲間の失態を知っている。映像の証拠を見れば、あらかじめおれを襲撃するよう仕組まれていたように見えることがわかっているのだろう。ひょっとしたら、スキンヘッドの一人が肛門から手製ナイフを取り出すのを予測できなかったのかもしれない。おそらくそれは計算外だったのだ。

「それでだな、これからどうするか教えてやる」赤毛の男がなおも言いつのる。「きみがあの教授にどんな恨みを持っていたかは知らないが、きみがひどいへまをやらかしたことは認めるだろう。だったら、気の利いた自白書を書くことだ。謹んで法の裁きを受けますという気の利いた自白書を。そうすれば、われわれからも陪審団に口添えしてやろう。被告は罪を深く悔悟していると言ってやる。取り調べには全面的に協力したと。そしてわれわれ連邦政府の刑務所で過ごせるようにしてやる。さもなければ、きみの身柄はノースカロライナのリバーズ刑務所に移される。きみはリバーズには行きたくないだろうな。リバーズは民間の刑務所だ。人権なんぞ、くそほどにも考慮されないんだ」

まるでとっておきの切り札を出したような口調だ。

ようやくボブが口を利いた。先輩と同じく陳腐な言いまわしで。「悪いことは言わない。こんないい取引はまたとないぞ。連邦刑務所で刑期を過ごせるのは、ヘルススパにいるようなもんだ。プールもマッサージも完備ときた。病院代は無料だし、でかい図書館もある。釈放されるときには、相当な物知りになれるぞ。さてどうする？　この紙っぺらにちょっとサインするだけでいいんだ」

「こいつはコメディ映画の取り調べかい、それとも本番前の息抜きかな？」おれは言った。「マジックミラーの向こうには大勢のお客さんが見ていて、ドーナツを食べながら笑っているのか？」

赤毛の男は怒りで真っ赤になった。いまにもおれを殴りつけそうだ。彼の年金にとっては幸いなことに、そのときけたたましい音で扉がひらき、別の警官が入ってきた。赤毛の男は怒っていたが、こちらの男の憤怒はそれ以上だ。制服姿で、署長を示す金の標章をつけている。

「われわれにこの男を取り調べる権限はなくなった」

赤毛の男は弾かれたように立ち上がり、その拍子に紙コップのコーヒーがすべて股間にこぼれた。「なんですと！」

署長は二人の耳元に何やらささやいた。一人がささやき返した。

「わたしだって本意ではない」署長の憤懣に満ちたささやきが聞こえる。

そして三人とも、おれを見た。

ようやく赤毛の男が口をひらいた。「あと二分もあれば、自白を引き出せるところまで行っていたんです。それだけの時間、命令を食い止めてもらえませんか？」

「だめだ。われわれはいますぐ、取り調べを打ち切らなければならない。この命令がどこから来ているのか、きみには信じられないだろう」

「しかしわれわれは、いましがた起こったことだけでもこの男を勾留できるはずです。パンチ一発で男を一人殺したんですよ。もう一人はこの先ずっと、自分のケツも拭けないでしょう」

「きみは正気かね？　どんな地方検事だって、その件を裁判には持ちこめないだろう。きみたちは彼をぶちのめそうと二人のギャングを送りこみ、そのうち一人はケツから手製ナイフを取り出したんだぞ。いったいここにいる彼はどうすればよかったというんだ？」

「待ってください、われわれは関わってません、署長！　あのときはまだジョージタウンにいたんです」

「いますぐ出ていけ、二人ともだ。この一件で、大勢の人間が年金を棒に振るだろう。わたしがきみたちの立場なら、監察官になんと申しひらきするか考えるところだ」

「まったく理解できません！」赤毛の男は大声で言い捨てた。憤然と取調室を出、後ろ手に扉を叩きつける。あとを追うボブは、扉をもう一度開けなければならなかった。そいつが部屋を出るときに「このくそ野郎の調べはまだ終わってないぞ」とつぶやくのが聞こえた。取り調べを続けられたら、おれが母親と不適切な関係を結んだかどうかも訊いたのだろうか。

二人が出ていったあとで署長が扉を閉めた。そしておれに向かってウィンクし、手を伸ばして監視カメラのスイッチを止めた。さらにマジックミラーのブラインドも下げた。

これが幕引きなのだろうか？　おれは腐敗した警官の手によって、DCの薄汚れた取調室で殺されるのか？　署長はおれに銃を奪われそうになったので頭部を一発撃つしかなかった、とでも説明するのだろう。おれは漠然と疑問を覚えた。おれが帽子のリボンよりきつく手足を拘束されているのに、署長はいったいどんな言い訳をこしらえるのだろうか。

「あんたが署長かい？」おれは訊いた。「今度の取り調べには、もっとまともな警官をよこしてほしいもんだ。あの二人の脳足りんじゃ、護送もまともにできそうにない」

署長は赤毛の男が座っていた席に腰を下ろした。そしてポケットから鍵を取り出し、こう言った。「やあ、ベン。時間がない。これから言うことをよく注意して聞いてくれ……」

34

「じゃあ、ミッチがあんたをよこしたんじゃないのか？」おれが訊くのは三度目だったが、答えは毎回同じだった。

「ミッチというのは誰だ？」

署長はおれの手錠を外してから、署内の裏側を通る廊下へと先導した。いったん扉の前で立ち止まり、開けてからおれを中へ押しやる。そこは狭い物置だった。クリスマスの飾りつけのような、あまり重要ではない物品を保管しておく場所だ。つまり、誰かが入ってくる気遣いはない。おれの服とグロックがそこに置いてあった。急いで着替える。服には消火器を頭に叩きつけられたときの血がこびりついたままだが、いま着せられているぺらぺらの囚人服よりはましだ。グロックを腰のくびれに挿す。理想的とは言えないが、選択の余地はなかった。

おれが室内から扉をそっとノックすると、署長が開けた。「準備はいいか？」

「準備はいいかだって？」おれは言い返した。「いったいどういうことなのか、さっぱりわからない。なんの準備なんだ？」

署長は笑みを浮かべた。「きみを留置場から逃がしてやるんだ、ミスター・ケーニグ」

そう言うなり、署長は歩きだした。当惑しながらも、おれは続いて歩くほかなく、別の廊下に出た。漆喰（しっくい）にペンキを上塗りした壁は白煉瓦に変わり、それまでびっしり飾られていた各分署長の写真は非常口の看板に変わった。ここは署内の業務用出入口だ。一般人の目に触れることはまずない。

おれたちは裏口に着いた。両開きの非常口で、片方の扉についた金属の棒を押し下げて開ける方式だ。そこで署長は言った。「きみとはここでお別れだ。六十数えたら、この扉を開けろ。非常ベルが鳴るが、わたしがシステムの誤作動だろうとか言って時間を稼ぐ。どこの非常口が開いたのか、うちの職員が突き止めるまで、きみには三十秒の猶予がある」

おれは答えなかった。

「この扉を開けたらゴミ収集用の路地がある」署長は続けた。「外に出たら、右に曲がれ。そしてブロックの突き当たりまで歩いたら、もう一度右折するんだ。そこで黒のポルシェがきみを待っている。その車に乗れ」

「いったいどういうことなんだ？」

署長は質問に答えずに言った。「いいか忘れるな、六十秒待つんだ。わたしが署長室の机に戻る時間をくれ。右に曲がり、もう一度右折だ」それだけ言うと、署長はおれに背を向けて、来た道を小走りに引き返した。

「待ってくれ！　おれはあんたの名前も知らないんだ」

「知らなくていい」署長は振り返りもせずに叫んだ。そして扉を抜け、おれは一人きりになった。

35

リスク分析をしなければ。おれの得意分野ではないが、試しにやってみよう。おれが警察署にいるあいだ、いかなるプロでもおれを狙撃するのは不可能だった。それをやり遂げるには、多くの協力者が必要だ。何しろあらゆる場所に監視カメラが配置され、銃を携帯した人間もうじゃうじゃいる。しかもそれは、法を遵守すると誓った人間ばかりだ。警察署の裏通りは狙撃に理想的な場所ではないだろうが、署内よりはずっとやりやすい。出入口付近にはカメラが設置されているとしても、帽子とサングラスで顔を隠した暗殺者が狙撃し、何が起こったか誰も気づかないうちに逃げることは可能だ。名前すら言わなかった署長によると、おれの脱走を手配したのはミッチではないそうだ。つまり、ほかの誰かということになる。おそらく敵だろう。マーストンを殺した犯人はほぼ確実にまだDCにひそんでいるし、その犯人を雇った連中はおれがどこに留置されているかを知っている。

「右に曲がり、もう一度右折して黒いポルシェに乗れ」という口上はなかなか気が利いている。計略をもっともらしく見せかけるためのでっち上げに違いない。おれが非常口を開けた瞬間もしくは路地を出た瞬間に、一撃を食らう可能性がある。おれの見立てでは、七、八割がたそうなるだろう。しかもそれは即断で実行される襲撃ではなく、周到に計画された襲撃に違いない。即断による襲撃なら、まだ生き残れる見込みがある。その場しのぎの粗雑な方法によるものだからだ。しかし周到に計画された襲撃で生き残れる見込みはまずない。

そうなると選択肢はふたつ。扉を開けて待ち伏せの中に足を踏み出すか、署に引き返すかのどちらかだ。後者を選んだら、おれはほぼ確実に取調室に連れ戻され、さっきの赤毛の男とボブのお粗末な猿芝居につきあわされることになる。

そうしたことを考えながらも、おれは秒数を数えていた。なぜわざわざそんなことをしているのか、自分でも知らないうちに。心はとっくに決まっていたのだ。五十まで数えたところで、おれは十秒のカウントダウンに移行した。一になったところで銃を抜き、扉を開ける。

誰にも頭を撃たれなかった。幸先(さいさき)がよい。

非常ベルについては署長の言ったとおりだった。開けるとすぐに鳴り響いたが、あくまで署内だけだ。扉を閉めたとたん、ほとんど聞こえなくなった。昼下がりの太陽に目を固く閉じ、異臭に息を止める。鼻を衝く悪臭だ。ゴミ容器からあふれ出しそうな、無数の黒い袋が放つ臭い。吐瀉物。排泄物。ゴミの汁溜まり。漏れ出た油、汚物や塵芥(じんかい)。あらゆる国のあらゆる都市と同じ臭いだ。そう思ったところで、臭いがましになるわけではないが。

おれは通りのほうへ歩いた。行く手からゴキブリが逃げ出す。鼠(ねずみ)が何かを引っかく声も聞こえるが、ありがたいことに姿は見えない。おれは鼠が嫌いだ。二度と見たくない。張りこみをしているあいだに足首を噛まれたことがある。おかげで何本も注射を打つ羽目になった。

路地の出口に立った。暗殺者が通りで待ち伏せしていたら、おれは歩道へ出た瞬間、こめかみを撃たれるだろう。歩道の汚れたコンクリートに叩きつけられる前に、路地を引き返そうか。だがそうすればきっと、ゴミ溜めの中で死ぬことになる。

おれは路地から足を踏み出した。

今度も、誰にも頭を撃たれなかった。ひょっとしたらあの署長は殺し屋におれを売ったわけではないのかもしれない。

右に曲がる。

賑やかな通りに出た。働き盛りの中産階級が行き交い、活気に満ちている。個人経営の喫茶店、ビストロ、デリがひしめいていた。ギリシャ料理のギュロスの匂いが鼻をくすぐり、腹が鳴る。おれは店に入りたくなるのをこらえて通りすぎた。いまはまだそんなことをする余裕はない。

そう広いブロックではなく、すぐに角まで来た。

黒いポルシェはまさしく署長が言ったとおりの場所に停まっていた。スモークウインドウなので、車内に誰かがいるのか、それともおれが自分で運転することになっているのかはわからない。その点を署長は明らかにしていなかった。知らなかったのか、あえて言わなかったのか。

あと百ヤードまで近づいたところで、足取りを緩めた。

五十ヤード。

二十。

運転席のドアがひらいた。女が降りてくる。高級なスーツとデザイナーサングラスで顔の半ばは隠れていたものの、誰なのかすぐにわかった。

ジェン・ドレイパーだ。特殊作戦群(SOG)にいたころの不倶戴天(ふぐたいてん)の敵。

険しい表情を浮かべている。片手を上げたが、おれを歓迎しているわけではない。サイレンサーのついたシグ・ザウアーを構えている。おれは痛みに身構えた。

彼女はおれの頭を狙い、引き金を引いた。

36

銃弾はおれの耳たぶをかすめた。鋭い痛みを感じる。生温かい血が首筋に飛び散った。撃ち損じたのだ。おれには信じがたかった。ジェンの射撃の腕はチーム一で、おれより上だったろう。おれが生きている可能性はまずないはずなのだ。おれはグロックに手を伸ばすことさえしなかった。おれにそんな暇も与えず、ジェンはあと三発撃ってくるはずだ。

ありえないことに、彼女は撃ってこなかった。それどころか、銃を下げたのだ。銃が故障したのだろうか。そのようには聞こえなかった。銃は正常に動作していたはずだ。弾丸が発射され、空薬莢が薬室の排出口から飛び出していた。スライドも戻っていた。それなのにジェンは銃を下げた。彼女はおれの知らないどんなことを知っているのか？

おびただしいことを知っているだろう。この女がマーストン教授を射殺した連中といっしょに動いているのなら。もしかしたら教授を殺したのは彼女かもしれない。その程度のことは平気でできる冷血な女だ。

この女の不運はおれの幸運だ。おれはグロックを摑み、相手の顔に向けた。引き金を引き、きつくなるところでいったん止める。ほんのわずかでも力を入れれば、銃弾は彼女の脳に撃ちこまれる。おれは手を下げ、銃を彼女の腹に向けた。瀕死にはさせても、即死させる必要はない。痛みを与えても、彼女が話せなければ無意味だ。訊きたいことが山ほどある。

「痛いだろうな」おれは言った。

そのとき背後で音がして、おれは思わず引き金を引き、発砲した。銃弾はジェンの耳をかすめもしなかったが、そんなに遠くでもない。道路の向こうの建物に煉瓦の断片が飛び散るのが見えた。ありがたいことに跳弾は安全な場所へ落ちたようだ。これ以上、罪のない人間を死なせたくはない。

おれに聞こえた音、ジェンの命を救った音は、まぎれもなく人体が倒れる音だった。それに続き、金属が路面にぶつかる音がした。いままで無数の犯人に武器を捨てろと命じてきた経験から、路面にぶつかった音の正体はすぐにわかった。

おれのすぐ後ろで、誰かが倒れたのだ。そして銃が落ちた。

おれは振り向いた。

女の遺体が歩道に横たわり、視力を失った目がよく晴れたワシントンの空を見上げている。その女の額には、銃弾の穴がひとつ開いていた。小さく、血はほとんど出ていない。華奢なブロンドの女は、まだ少女の面影を残していた。ジーンズを穿き、ジョージタウン大学のバスケットボールチーム、ホヤスのスウェットを着ている。伸ばした手のかたわらに銃がなければ、学生にしか見えなかっただろう。短くずんぐりした銃口。暗殺者の武器だ。ハンドバッグにも入り、銃口から噴き出すガスや煙もわずかだ。射程は短いが、至近距離なら致命傷を与えられる。銃弾は頭蓋骨をかきまわし、脳を挽き肉にするだろう。被害者が死ぬころには、犯人はすでに二十ヤード離れている。

ジェンがおれの耳たぶをかすめて撃ったのは、この女を間違いなく一撃で仕留めるためだったのだ。腹の据わった女だ。ジェンはすぐさまポルシェに戻った。運転席に乗りこむ前に、振り返っておれに言った。

「さっさと乗りなさい、このとんま野郎」

37

その声は号砲のようだった。おれは車に向かって駆け出し、助手席に飛び乗った。ドアを閉める前に、ジェンはアクセルを踏みこみ、午後の車の流れに入った。

「いったいどういうことなんだ？」おれは叫んだ。「おまえがなぜここにいる？」

ジェンは片手を上げ、おれを黙らせた。すでに携帯電話を肩と耳のあいだに挟んでいる。折りたたみ式の電話だ。使いたいときには、二枚貝のように真ん中から開けなければならない。見たところ安物だ。きっと使い捨ての電話だろう。

一方通行の会話が聞こえる。振り向いて尾行されていないかどうか確かめたら、後部座席におれのバックパックがあった。ジェンがマーサの部屋から回収したに違いない。彼女はどうやって知ったのだろう。

「ええ、彼を確保したわ」ジェンは言った。「……でも、そっちで片づけないといけないわよ。通りに死体が残っているわ……ほかにどうしようもなかった。あの女が彼を殺そうとしていたから、わたしは歩道で殺るしかなかったの……ええ、女の死体はまだそこにあるわ。首都警察がすぐに出てくるでしょう」彼女は端末に少し耳を澄まし、うなずいて言った。「それでうまくいきそうね」

ジェンは電話を閉じ、交差点で左に曲がった。

「誰と話していた？」

彼女は答えなかった。

「どこへ向かっている？」

「安全な場所へ」彼女は答えた。

答えるときにも、おれには目もくれなかった。

安全な場所というのは、メリーランド州チャールズ郡の鬱蒼とした森の中にある山小屋だった。

「ここは？」おれは訊いた。

「わたしの雇い主が所有している」彼女は答えた。「ここまであなたを捜しに来る人はいないでしょう」

「おまえの雇い主というのは？」

彼女は答えなかったが、それでもよかった。すでに答えはわかっていた。かつてのSOG隊員の動向は、すでにミッチから聞いて知っていたのだ。ジェンはSOGを去り、民間諜報機関に転職していた。彼女はもう六年近く〈アラデール・グループ〉で働いている。おれが逃亡生活をしている歳月とほぼ同じだ。小規模だが評判の高い企業で、こうした隠れ家を所有していてもおかしくはない。最近では、政府の諜報予算の実に七割ほどが民間企業に外注されているのだ。

〝山小屋〟という形容も適切ではないだろう。それは、雨風はしのげるが現代的な快適さには乏しい質素で無骨な家屋のことをさす。しかしここは広々として贅沢な造りだった。壁には美しく製材されたマツ材が、窓枠や戸枠には磨かれたチーク材が使われている。建物の外壁をポーチがぐるりと取り囲み、居心地のよさそうな調度品が置かれている。

ジェンはポルシェをレンジローバーの隣に駐めた。その隣には真っ赤な一九七三年型コルベット・スティングレイがあった。七三年型だとわかったのは、前部がプラスチック・バンパーで後部がクロム合金のバンパーだったからだ。おれが知っているかぎり、この年式のモデルだけの特徴だ。晴れた日にはルーフパネルの取り外しができ、内装は赤い革だ。最近バーのボックス席で座ったプレザーのようなまがい物ではない。かつては草を食み、モーと鳴いていた革だ。おれはポルシェを降りると、コルベットの滑らかな流線型の車体に指を滑らせた。えも言われぬ美しい車だ。

「わたしの車にもう一度触れたら、この手で殺してやるから」彼女が言った。

おれはジェンについて山小屋に入った。

「廊下の突き当たりにゲストルームがあるわ」彼女は言った。「その部屋でシャワーを浴びてちょうだい。見かけよりひどい臭いがするわよ」

「いったいどういうことだ？」おれはその場から動かずに言った。「シャワーなんか二の次だ。おれの留置場からの脱走をどうやって手配した？　なぜおまえが関わっている？」

ジェンはおれをじっと見た。迷惑そうに首を傾げるしぐさは相変わらずだ。「好きなだけふくれ面をしていなさい」彼女は言った。「あなたが身ぎれいにするまで、わたしは口を利かないから」

「どこにも行くものか」

「じゃあ勝手にして」彼女はにべもなかった。「わたしは二、三時間、オフィスにいるから。邪魔しないでね」

ものの十秒で、われながらばかばかしくなった。結局言われたとおりシャワーを浴びることにした。それでも、彼女に命を救われたことはなんとも思わない。おれはいまだに、ジェン・ドレイパーはくそったれだと思っている。

38

二十分後、おれは生まれ変わったような心地がした。熱い湯が緊張を洗い流してくれた。ゲストルームの洗面用具入れにあった使い捨ての剃刀（かみそり）で、無精髭まで剃った。シャワーを出ると、床に脱ぎ捨てた汚い服がなくなっている。ベッドにジーンズとTシャツが置いてあった。清潔な下着と靴下も。おれは服を着、スニーカーを履いてジェンを探しに出た。あの女に答える気がないのなら、ここを出て自力で捜索を続けるまでだ。向こうにはたっぷり時間があるのだろうが、こっちには時間がない。

ジェンはオフィスを出て居間に移っていた。ラップトップと向き合い、顔を上げようともしない。

「座って」

おれはそうした。

「おれの服はどこだ？」

「焼却処分したわ」

「どうして、マーサの部屋からおれのバックパックを回収しなければならないことがわかったんだ?」

「あなたはへまをやらかし、わたしが後始末をしたの」

おれは続く説明を待った。しかし説明はなかった。彼女は無言でラップトップのキーを叩きつづけている。おれがジェンに会うのは六年ぶりだが、彼女は溌剌とした若々しさを失っていないばかりか、いまは道行く男たちを振り向かせるような何かを身につけていた。長身で優雅な身ごなしは、ステロイドを使ったバレリーナのようだ。誰にも好かれない不機嫌なバレリーナだが、バレリーナであることには変わりない。髪はトウモロコシ色をしていた。それを後ろできつく束ねている。昔から仕事中はそうしていた。おれが見ていると、彼女は下唇を突き出して目にかかる髪を吹き払った。指は止まることなくキーボードを踊りまわっている。おれはたぶん、労災で指を九本失ってもタイピングのスピードにはさほど影響しないだろうが。ジェンは手元のキーボードをほとんど見もしなかった。目を画面から逸らさない。

「どっちが先に話す?」おれは訊いた。

彼女は決定キーを押し、メールの送信音が聞こえた。ジェンはおれを見上げ、肩をすくめた。「いますぐ始めたい？」

「何をいますぐやるんだ？」

「わかってるでしょう」

おれは無言だった。確かにわかっていた。

「いままで、いったいどこにいたの？」ジェンは言った。

39

六年前

ゲッコ・クリークの強制捜査が終わってすぐ、おれは山のような書類を書かされた。書類仕事だけではない。おれは容疑者を射殺したのだ。任務報告の聴聞会で、おれは真実を述べると宣誓したあと証言させられ、後知恵でわかりきったことを言う青白く黴臭い男たちから質問を浴びせられた。「その未成年者は」――容疑者は当時十七歳だった――「あなたに銃を向けていましたか？」「あなたは命の危険を感じましたか？」そのあとの質問は噴飯ものだった。「その幼い子が闘犬場に落とされたに違いないと、あなたは一〇〇パーセント確信できますか？」「あなたはほかに取りうる行動を考えつかなかったのですか？」「ケーニグ保安官補、あなたの意見では、これは適法な発砲でしたか？」

法に則(のっと)った手続きが必要なのはわかっている。現にその後、司法省職務責任局はこの若者を連射する以外に幼い子を守る方法はなかったと結論づけた。おれは自分が殺した若者の遺族には哀悼の意を覚えたものの、お役所仕事で一日絞られたあとは、ひたすらうんざりした。

二日目に入っても聴聞会は休みなしに続き、おれは苛立ちを覚えた。

三日目、おれは〈ソルンツェフスカヤ・ブラトヴァ〉というロシアの犯罪組織に誘拐され、事はふたたび面白くなってきた。

〝誘拐された〟という言葉は誤っているかもしれない。たぶん〝同行を強く勧められた〟というのが正確だろう。おれの自宅の玄関にこわもての手下が二人現われ、ボスが会いたがっていると告げた。拒否したら、おれの家族を全員殺すという。おれは縛られてバンの後部に放りこまれたわけではなかったが、実質的にはそれと同じことだった。

彼らの〝ボス〟が誰なのかはわかっていた。死亡した若者の身元が特定されるや、FBIはおれにこうした事態が起きる可能性を警告していた。そして警戒措置を取るように促した。ミッチからもそうするよう命じられた。

しかしこんなことになってしまったのは、おれが警告を真剣に受け取らなかったからだ。われながら、愚かだったと思う。

ニューヨークまでは五時間近くかかった。郊外に入ると、それまで小規模だった建物が次第に摩天楼へと変わっていった。ニューヨークはつねに垂直に伸びていく街だ。いまは9・11同時多発テロ事件当時よりも高くなっている。マンハッタンだけでなく、周囲の自治区もそうだ。ニューヨークはアメリカ人魂の象徴のような街だ。「みんなでこの試練を乗り越えていこう」という精神の。この街を見ると、おれは真珠湾攻撃直後のエピソードを思い出す。太平洋艦隊が日本軍に破壊された翌日、大勢のナバホ族が、それまで政府から優遇されてきたわけではないのに大挙して馬に乗り、最寄りの陸軍施設で入隊を志願したという話だ。自分たちの国が攻撃されたのだからと、彼らは戦う気構えをしてきた。世界貿易センタービルのツインタワーが倒された直後もそうだった。人々は国を守ろうと団結した。おれにとってニューヨークは、ボストンの次に好きな街だ。

おれはブルックリンへ向かっているのだろうかと思った。〈ソルンツェフスカヤ・ブラトヴァ〉の伝統的な根拠地であるブライトン・ビーチの倉庫や地下室に連れていかれるのではないか。それとも連邦保安官局の人間を誘拐したことで、連中は慎重になっているだろうか。いつも使っている根城は避けるかもしれない。リンカーンがクイーンズのロシア料理レストランに横づけした。やはり連中は用心しているようだ。

「入れ」手下の一人が言い、入口の扉を指さした。「店は開いている」男は窓にかかっている〈休業中〉の札をさして付け足した。

おれは攻勢に出たいという衝動に駆られた。ブラトヴァの構成員たちは格闘に慣れているだろうが、ここは車内で、おれは閉所を逆手に取って闘う訓練を受けていた。ひとつの有効な方法は頭突きだ。肘鉄を食らわすのはなおよい。肘鉄は一瞬で相手にダメージを与えられる一方、こちらはほとんど怪我を負うリスクがない。手下の二人を殺すのは造作もないだろう。そして武器を奪い取り、残る連中を射殺する。レストランに入り、頭の男に連射すればよい。

しかし、おれはすぐにその考えを退けた。〈ソルンツェフスカヤ・ブラトヴァ〉の勢力範囲はとてつもなく広い。おれを殺せなかったら、おれの家族を殺すだろう。イギリスにいる妹も安全は保障されない。甥や姪にも身の危険が及ぶかもしれない。

それで二人の手下と運転手を車に残し、おれはレストランに近づいた。おれが手を伸ばす前に店の扉がひらき、別の手下が出迎えた。おれは厳重に身体検査された。武装していないことがわかると、男はうなずいて奥へ向かうよう促した。

おれは暗がりに目が慣れるのを待った。

五十代の男が夕食を摂っている。その男はフォークを向かいの席に向け、座るよう指示した。おれが座ると、給仕が小さな水餃子のような料理を載せた皿を置いた。試しにひとつをフォークに刺し、かぶりついた。脂っぽい豚肉が入っている。おれたちは黙々と食べた。ロシア風水餃子がなくなると、シチューを盛った皿が運ばれてきた。血のように赤い。「ボルシチだ」男が言った。「おふくろの得意料理でね。ビートの根と豚肉で作る。こいつを食べると胸毛が濃くなるぞ」

男には東欧の訛り（なま）がある。驚くべきことではない。おれの向かいでロシア料理を食べているのはヤロスラフ・ザミャーチンで、〈ソルンツェフスカヤ・ブラトヴァ〉のアメリカ支部のナンバーツーだ。つい先日死亡したボグダン・ザミャーチンの父親である。ボグダンの死因は、逮捕状を執行しようとしたベンジャミン・ケーニグ連邦保安官補により射殺されたことだ。

果たしておれは、生きてデザートを見られるだろうか。

ザミャーチンは昔気質（かたぎ）のギャングだった。敵に対してさえも礼儀を重んじる。むしろ、とりわけ敵に対して礼儀正しい。

小さなカップに入った漆黒のコーヒーをすすりながら、彼は本題に入った。しかしその筋書きは、おれが予期していたものとは違った。

「わしの息子はな、ミスター・ケーニグ、『ドゥラーク』だった」

　おれは初歩的なロシア語を理解できたが、特有の言いまわしや俗語はわからない。それで肩をすくめた。

「つまりうすのろであり、愚か者だったということだ」彼は説明した。「わしの最初の妻は美しい女だったが、ヘロインをやりすぎるきらいがあった。妊娠してからもやめられず、ボグダンがその結果だったわけだ」そして両腕を広げ、おれたちがいる場所を示した。

「これがわしの稼業だ。競争が厳しい世界でね」

「レストラン業界の競争の厳しさは聞いている」おれは答えた。

　彼はおれのジョークににやりとした。「いかにも。大変結構。きみがよければ、その喩えを使おう。レストラン業界の競争はとても厳しい。わしらの顧客を奪おうとするほかのレストランはたくさんあり、ときには芳しくない結果に終わることもある。わしの息子はこういう競争に向いていなかった。あまりに愚かで保守的で、新たな挑戦を嫌った。それにひどく冷酷でもあった」

　おれはもうひと口コーヒーをすすり、カップの縁から相手を見た。

　ザミャーチンは語を継いだ。「だがこの稼業はわしには向いており、わしは息子が貧窮する姿や、目的のない人間になり果てる姿を見たくなかった。目的のない人間は、もはや人間とは言えん。そう思わんかね、ミスター・ケーニグ？」

　おれはうなずいた。

「そこでわしは息子に――こっちの言葉ではなんと言うのかね？――そう、元手になる金を渡した。そしてあいつに、世の中に出ていって自力で何かをなし遂げてみろと言った。なんらかの責任感を持たせたら、誇りに思えるような息子になるだろうと考えてのことだ。しかしその結果、あの」――それに続いて吐き捨てた単語の意味はわからなかった――「……は何をしたと思う？」

　訊くまでもない質問だった。おれはボグダンが何に手を染めたのか正確に知っているのだ。

「あいつはわしの二十万ドルを、あの獣のようなやつらに渡した。見返りを当てこんだ援助資金として」彼は言った。「わしの人生は厳しい生い立ちだった。胸を張って言えないようなこともしてきた。麻薬を買う大勢の客の苦しみを糧に、わしは必要のないものを買う金を手にしている。だが、年端もいかない子どもたちを犬に食わせるだと？　いったいどうしたらそんなことを考えつくんだ？」

　彼がカップを指さすと、どこからともなく給仕が、凝った装飾の銀のポットを持って現われた。ザミャーチンはおれたち二人のカップに注ぎ足した。コーヒーをすすり、角砂糖を二個足してから、おれを見る。

「あの日きみは、あの獣同然の男を殺した、ミスター・ケーニグ」彼は言った。「それだけのことだ。そいつはわしの息子だったが、死んで当然の人間だった。あいつがやっていたことがわかっていたら、わしがこの手で殺していただろう。安心してほしいが、きみたちの刑務所のシステムには、あの組織の残りの」――続いて吐き捨てた単語は、さっきと同じくわからなかった――「……どもにふさわしい収容場所がない。そいつらは今月中に死ぬだろう。もはやそれは既定の事実だ」

ザミャーチンは二杯目のコーヒーを飲み干した。おれは口をつけなかった。

「さて、ここにきみを呼んだ理由を話そう」彼は言った。「わしの稼業の大半は、幻想の上に成り立っている。わしらは恐怖の持つ力に頼って、望むものを手に入れているのだ。そうして手下を従わせる。しかしそれは、幻想によるものなのだ、ミスター・ケーニグ。ニューヨーク市警（NYPD）が市民の遵法精神に頼っているのと同じように、わしらは人々のわしらに対する恐怖に頼っている。仮にニューヨークの犯罪者がみな同時にNYPDに立ち向かってきたら、そのときには」――彼は小さなビスケットを二枚に割った――「幻想がその正体を明らかにするだろう。それが幻想だったことに誰もが気づく。そのときNYPDは影も形もなくなる」

ザミャーチンはおれを見つめた。おれには続く言葉がわかっていた。

「そして恐怖を抱く人々がいなくなったら、わしらは商売あがったりだ。ボスの息子が殺されたら、報復しなければならん」その声には抑揚がなかった。悲しげにさえ響いた。

「きみにもわかるだろうが、このことにはほかの選択肢がないのだ。わしが復讐を望むか望まないかという問題ではない。これは組織としての決定なのだ。復讐は、わしらには人も金も無限にあるという宣言であり、競争相手へのメッセージでもある。競争相手が、わしらの一家を殺してもいいのだと受け取ったら、わしらの一家は殺されるだろう。そうすれば、わしらの稼業も立ちゆかなくなる」

「血を贖える（あがな）のは血だけだ、と？」おれは訊いた。

「きみはよくわかっている」彼はポケットに手を入れ、テーブルに一枚の紙を置いた。それをおれの前に押しやる。

おれは紙を広げた。ウェブサイトのスクリーンショットだ。おれの顔写真の周囲に何か書いてある。それはロシア語だったが、おれにも理解できる数字が書いてあった――『五百万ドル』。

ブラトヴァがおれの首につけた懸賞金だ。

「わしへの譲歩として、わしのボスは――わしにも指示を仰がねばならん目上の人間がいるんでね——礼儀を重んじ、このことをきみに直接説明するのを許してくれた」

おれは席のまわりを見わたした。背後にサイレンサーつきのセミオートで頭蓋骨の付け根を狙っているやつがいないかと思ったのだ。だがレストランに人けはなかった。なぜザミャーチンはわざわざおれをここへ連れてきたのだろう。冷酷な仕打ちに思えるが、この男はそうした人間に見えなかった。現実的ではあるが、冷酷ではない。

「ここできみに危害を加える人間はいない、ミスター・ケーニグ」彼は言った。「わしが許された譲歩はこれだけではないからだ。いちばん肝心なことをまだ言っていない」

40

「彼はおれに二十四時間の猶予を与えてくれた」おれはジェンに言った。「おれがレストランを出た瞬間からウェブサイトが公開されるまで、二十四時間の猶予を」

彼女は静かに耳を傾けていた。ときおりメモを取っていた以外は、おれの話を遮ろうとせずに最後まで聞いていた。

「おれは二枚目の紙を見せられた。妹のロンドンの住所が書かれてあった。ザミャーチンの説明によると、おれの選択肢はふたつにかぎられた。五百万ドルの懸賞金つきのお尋ね者として姿を消すか、連邦捜査官を脅迫した容疑で連中を追うかだ。後者を選択したら、懸賞金の対象はおれとゾーイ二人の抹殺に広がると言われた」

「あのときわたしは、やっぱりあなたは利己主義のくそったれだと思ったわ」話が終わると、彼女は言った。「同僚みんなを見捨てて、自分探しとやらの手前勝手な旅に出たんだとばかり」

「この件にどう関わっているんだ？」

「ミッチから連絡を受けたの。きっとワシントンDCのシステムをすべて見張っていて、あなたの名前が浮上したのを知ったんだと思う。あなたの居場所は彼から聞いた。あなたが急いで出てくるだろうと言っていたわ。そしてあなたが態勢を立てなおせる場所を用意してほしいと頼まれた」

「ミッチがおれの脱走を手引きしたのか？」

「わたしにそんな影響力はないもの」

「何が起きたのか、彼から聞いたのか？」

ジェンはうなずいた。「娘さんが行方不明になったんですってね。最重要指名手配犯のリストを使ってあなたを捜し出したと言っていたわ。彼は、あなたが役に立つと思っている。消火器を頭に叩きつけられ、二人を殺した容疑で逮捕され、暗殺請負人から間一髪で救出されているんだから、彼のあなたへの信頼は完全に正しかったということね」

「彼は必死なんだ」

「そうに違いないわ」

彼女はラップトップを確認した。「いま、あなたを殺すところだった女の身元がメールで届くのを待っているところ。あなたはまだあきらめていないのよね？　たくさん刺激されて興奮したよちよち歩きの赤ん坊みたいに、まだ走りまわろうとしてるんでしょ？」

おれは目を丸くした。「まだ友人の娘の捜索を続けるつもりかとおれに訊いているのなら、答えはイエスだ。もちろん、そうとも」

「あなたを殺そうとした女の身元だけが、いまのあなたには唯一の手がかりよ。それを待っているあいだに、あなたがどうやって六年間も五百万ドルの懸賞金から生き残ったのか聞きたいわね。きっとただの幸運だと思うけど」

彼女に話さない理由はない。

「あのときは時間がなかったんだ。二十四時間の猶予のあいだに、できるだけの現金を引き出したら、お涙ちょうだいのお別れをする時間は残っていなかった……」


それから一時間、おれはこの六年をどうやって生き延びてきたのか話した。まずはロシア料理レストランを出て自宅に向かったところから。パスポートやその他の重要書類――褐色砂岩造り(ブラウンストーン)の自宅の権利書も含めて――を集めると、おれは長年住み慣れた家をあとにした。それから一度も帰っていない。

不動産開発業者をしている友人がいる。おれはまっすぐ彼のオフィスへ車で向かった。その友人は何年もずっと、きみの家をアパートメントに改装したいと冗談を言っていた。

もちろん、おれが売らないのは百も承知の上だ。おれが一時間以内に現金二十万ドルを用立ててくれれば、自宅の権利書をその金額で売ってやろうと言うと、その友人は喜びと悲しみが入り混じった表情を浮かべた。彼はおれに、おれがこよなく愛していたスーパー8（一九六五年にコダック社が発表した八ミリフィルムの規格）の映画コレクションはどうしたのか訊いた。親に新聞配達を許されてからずっと買い集めてきたのだ。おれはきみにやろうと言った。すると友人は、保管庫に入れて預かっておくと答えてくれた。彼はまた、ブラウンストーンの家を高級アパートメントに改築するつもりだが、それは最上階のスイートをきみが一ドルで買い取ってくれればの話だと言った。その場で話はまとまり、契約書類が用意された。おれが署名したのは、ただ彼に放っておいてもらうためだ。もう二度と戻るつもりはなかった。おれが知っているかぎり、あの家はいまでも手つかずのままだ。

　話は変わって、おれがこれまでで最も居場所を摑むのに苦労した男がいる。アーノルド・ハーパーという知能犯の詐欺師だ。おれが国際ビジネス企業を立ち上げてそこに資産を隠すというアイディアを思いついたのは、彼のおかげだった。この男が一年にもわたっておれから逃げおおせられたのは、どこにいるのか手がかりがまるでなかったからだ。金のない容疑者が関係先の支援組織に近づいたところを捕まるように、金のある容疑者は金のありかに近づいたところを捕まるものだ。ＡＴＭの監視カメラの写真や、単純な電子送金の痕跡を調べ、裏書きした小切手をたどるなどすれば、居場所が突き止められる。監視網から逃れるには、金が必ずネックになるのだ。だがアーノルドはこの問題を見事に解決した。そしておれが彼の弱点を見つけ出していなければ、いまだに捕まっていなかっただろう。『ハンニバル』のなかでスターリング特別捜査官が、合衆国に帰国したレクター博士がジャガーXJRスーパーチャージャーつきセダンを購入せずにはいられないと知っていたように、おれはアーノルドがケンタッキーダービーに足を運ばずにはいられないと知っていた。どんな人間にもこよなく愛するものがあり、彼は馬を愛していたのだ。彼が表向きの事業をしていたころには、ダービーに来る時間などなかったのだが、いまのように時間も金もてあましていたら、必ず来るだろうとおれは踏んでいた。二人の保安官局員とともにおれはとっておきの一張羅を着こみ、馬主や調教師の群れに混じって待った。そこにアーノルドが足を踏み入れ、バーで文字どおりおれの隣に立った。おれは彼の耳元に「捕まえたぞ」とささやき、その言葉とともにアーノルドの大冒険は終わった。あまり厳しくない刑務所で三年か五年の短い刑期を務め、いまごろは模範囚として釈放されているだろう。

だが、そのときにおれが学んだ教訓は生きた。

自分の金をＩＢＣに入れておけば、おれは自分の居場所を知られることなく金を引き出せる。おれが知っているかぎり、懸賞金がかけられてから、意図的におれと同じ州に滞在していた人間はいない。

「まあ、そういうことだ」おれは言った。「おれはそうして六年を過ごしてきた。あまり生産的ではなかったが、少なくとも妹は無事だ」

ジェンはいったん姿を消し、湯気の立つコーヒーポットと二客のマグカップを持って引き返してきた。おれたちは薪（まき）の火のそばの椅子に移動した。炎が赤々と燃えている。木の壁で影が踊り、互いに追いかけているようだ。おれたちはマグにそれぞれコーヒーを注ぎ、本題に戻った。

「必要なものは？」彼女が訊いた。

「マーストンのファイルを手に入れたい。彼はおれに渡すと約束してから、ものの二、三分で殺されてしまった」

「もう回収したわ」ジェンが紙ファイルを差し出し、おれはひったくった。「読んでみて。すでにわかっていることばかりで、さしたることは書かれていないわ。敵もさるもので、マーストンの自宅と研究室のコンピュータのファイルはすべて消去されていた。修復はできなかったわ。クラウドにも何も見つからなかった」

「雲（クラウド）だって？」

「呆れた原始人ね」ジェンはつぶやいた。「じゃあ、あなたにもわかるように説明してあげる。クラウドというのは魔法の箱のようなもので、コンピュータの魔法使いが呪文を唱えて安全にしまっておける場所。それでわかる？」

「よくわかった、ありがとう」

「きっとあなたはこう思っているでしょうね。あなたを殺そうとした女は、マーサを誘拐した人間に送りこまれてきたと？」

「もしそうでないとしたら、双方は無関係で、あの女は懸賞金狙いということになる。できすぎた偶然の一致だ。マーストンの殺害命令が下されたのとたまたま同じ日に、六年も経って賞金稼ぎがおれを発見したなんて。そんな偶然、おれには信じがたい」

「同感だわ。双方には関係があるはず」そのとき、ジェンの携帯電話が鳴った。メッセージを読み、彼女は言った。「ちょうどいいところに来た」

ラップトップを摑み、メールをひらく。彼女は眉をひそめ、印刷した。プリントアウトをおれに手渡す。

「女の身元がわかったわ」彼女は言った。「でも、いいニュースではないわね」

おれは差し出された紙を読んだ。ジェンが要約する。

「女の名前はキャサリン・パナベイカー、少なくともそう名乗っていた。どこの組織にも属していなかった。ここ数年、イタリア系、チェチェン系、ロシア系のマフィアから仕事を請け負い、麻薬カルテルの仕事までやっていた。要はかわいらしい女性の暗殺者が必要ならいつでも出張っていたわけ。でもうちの会社の人間は、彼女に報酬を支払った人間までさかのぼることができなかった。ごめんなさい」

驚きではなかった。暗殺を外注する主な理由は、報復を避けるためだ。心得のある暗殺請負人はみな、報酬を安全に受け取れるルートを確立している。〈アラデール・グループ〉の力をもってしてもパナベイカーの収入ルートを解明できなかったのであれば、行き止まりだ。おれにはまだやりようがあるが、彼女は文字どおりお手上げだろう。

残る手がかりはひとつしかない。パナベイカーはマーストンのコンピュータのデータをすべて消去したが、マーサが教わっていた教官は彼一人ではない。ほかの教官全員のコンピュータから彼女のデータを抹消することは不可能だ。マーストンの研究室に向かったとき、各学部や研究施設の看板が山のようにあったのを思い出す。ジョージタウン大学は総合的な姿勢で学生の教育に取り組んでいる。つまりマーサは寮生活や食生活、学費や生活費のやりくり、学生アルバイトの斡旋(あっせん)といった側面で大学の生活支援サービスを受けている可能性があるのだ。健康診断のみならず生活環境改善のような取り組みもしているかもしれない。そうしたら、データベースに残っている彼女の痕跡は学業面だけではなくなる。

こういった多方面にわたって調べる必要がある。

「ジョージタウンのイントラネットにアクセスできる知り合いはいるか？」おれはジェンに訊いた。

「合法的にはいないわ」

おれが訊いているのはそういうことではない。彼女はおれを助けるか、助けないかのどちらかだ。

「どの方面？」ジェンはようやく言った。「いろいろ心あたりはあるけど」

「全員だ」おれは言った。

「何本か電話させて」彼女はため息をついた。「でもあなたは、少し寝ておいたほうがいいわ。しばらくかかりそうだから」

41

ジェンがおれを起こしたときの表情が、すべてを物語っていた。何も見つからなかったのだ。

「学業関係の資料をすべてあなたのために印刷しておいたけど、そのなかに役に立ちそうな手がかりがあるとは思えないわね。マーサに関する事項にはひとつ残らず印をつけておいたし、彼女とマーストン教授に言及したものは全部、プリントアウトの山のいちばん上に置いた。あなたが何か見つけるかもしれないけど、わたしにはこれといったものは見つからなかったわ。学業関係以外の資料は、送られてきた順に調べているところ」

それから二時間、おれはプリントアウトの山に没頭した。ジェンの言ったとおりだ。何も見つからない。マーサが講義を聴講していた教授は何人もいた。そしてその誰かが彼女にメールを送信するときには必ず、論文担当教官のマーストンに同じ文面がCCで送られていた。手に持っていたひと山を読み終わったあと、おれは苛立ちとともにそれを投げ捨てた。

「雲を摑むようだ」おれは言った。「なんとしても突破口が必要だ。知恵を振り絞って考えてみてくれ」

「いっぱしの戦略家みたいな口を利くじゃない」ジェンはプリントアウトの山から目を上げずに言った。「あなたは引きつづき教授たちを調べてちょうだい。わたしは学業以外のイントラネットの資料を見てみるから」

おれはため息をつき、次の山を取ってページをめくった。スティーヴン・リンドという教授からマーストンへのメールだ。件名は『複合金融商品について――転換社債発行に関する学術的レビュー』だった。

「こんなわけのわからない資料を全部読むのなら、コーヒーのお代わりがほしいね」おれは言った。おれは立ち上がり、肩の運動をした。頭をまわし、こわばった筋をいくらかほぐそうとする。

「これは興味深いわ」ジェンが言った。

おれは彼女のソファの隣に座った。「なんだ?」

彼女はラップトップの画面をまわし、おれが見られるようにした。ジョージタウン大学の学生生活関連のページだ。マーサの名前が載っているのは、部屋替えを希望している学生のリストだった。

おれはしばし無言で、相部屋だったフレヤ・ジャクソンの私物を思い出してみた。彼女とマーサの写真がたくさんあった。二人は友人だったはずだ。ただのルームメイトではなく、友人だったのだ。できればおれはフレヤと話し、彼女が首都警察やＦＢＩに話さなかったことがないかどうか確かめたいと思っていた。いまになって、話しておけばよかったと後悔しているようなことが。

なぜマーサが部屋替えを希望していたのか、やはり腑に落ちない。二人のあいだで何かあったのか？

暖炉の上の鏡に自分を映してみた。シャワーを浴び、髭を剃ったばかりなのに、おれの髪はいまだにぼうぼうだ。「ジョージタウン大学に戻らなければ」おれは言った。「フレヤ・ジャクソンと話したい」

「そう言うだろうと思った」彼女はうなずいた。「でもその風体じゃ無理ね。ホームレスにしか見えないわよ」

「ひとつ頼んでもいいかな？」

「お断わり」

「おれたちは憎み合っているんだよな？」

「〝憎む〟というのは強い表現ね、ケーニグ。〝強く嫌悪している〟はどう?」

「それがいい」おれは言った。「つまりおれたちは、嫌悪し合って――」

「強く嫌悪し合っている」

「強く嫌悪し合っているのに、なぜおれを助ける?」

「そうするように頼まれたからよ。個人的には路上でパナベイカーにあなたを殺してもらいたかったわ」

「そうだろうと思ったよ」おれは言い返した。「そう考えないとつじつまが合わない。ミッチにおれを助けるよう頼まれたんだな」おれは間を置き、おずおずと言った。「鋏を使うのは上手かい?」

「あなたの金玉を切り落とすぐらいはできるわよ」彼女は言った。「あなたがわたしに髪を切ってほしいと頼みたいのなら、まさしくそうなるわね」

「だったら自分でやろう」おれは言った。「ゲストルームに鋏があった」

おれが廊下に出ると、彼女が呼び止めた。

「どうした?」おれは期待をこめて言った。

「ゲストルームの洗面台に一本でも髪が残っていたら、あなたの死体を誰にも見つからないようにしてやるから」

42

最初に鋏を入れたときは少しでこぼこになったが、バスルームの戸棚にバリカンがあったので、均等な五分刈りにできた。髪染めのボトルもあった。栗色だ。女性用に備えつけたものだろうが、おれの灰茶色の髪も染められるだろう。終わったときには、同じ自分だとは思えなかった。放浪中に伸び放題になった髪もすっきりした。髪の生え際がわずかに染まっていないが、ワシントンDCの陰鬱な天気ではあまり目立たないだろう。

おれがヒッピーのような髪を刈りこんでいるあいだ、ジェンは部下に命じてスーツ、シャツ、ネクタイ、革靴を用意させていた。部下の男は家にも入らず、扉をノックしてポーチの椅子にすべて置いていった。どうやら民間諜報機関では、午前三時にどこの誰とも知れない男のスーツを用意するのも異例の注文ではないらしい。

「で、あなたの計画は?」おれがすべて試着してから、彼女は訊いた。どれもぴったりなのに、気に入らなかった。またネクタイを締めなければならない感触も、スーツに袖を通すときの感触も気に入らなかった。

「朝、授業に向かうフレヤ・ジャクソンを捕まえる」おれは答えた。「まだ寝ぼけ眼(まなこ)であくびをしているうちを狙うんだ。ちょっとひと突きして、記憶を呼び起こすことになりそうだが」

「パナベイカーを雇った連中がマーサの知り合い全員を見張っていたら、人前で彼女に声をかけるのは危険よ」

ジェンの言うとおりだ。おれはその点に思いが至らなかった。ウルバッハービーテ病はメリットになることもあるが、たいがいはとてつもないお荷物だ。おれをリスクにさらすだけではない。周囲の人々も重大な危険に巻きこんでしまう。

「わたしがいっしょに行くわ」ジェンは言った。「寮で彼女と話してみましょう。周囲を不審な人間がうろついていたら、すぐに中止する」

「ありがとう」おれは言った。

彼女は眉を上げた。たぶん、おれが提案をはねつけると思っていたのだろう。だが、おれがこの女といっしょにいる時間が長引く以外に悪いことはなく、むしろ有利になることばかりだ。ジェンといっしょに仕事をするのは気に食わないが、彼女が話を訊き出す達人であることは認めざるを得ない。どんなに気むずかしい証人であっても、ジェンは巧みな話術で情報を引き出してきた。それにくわえて、大学の警備員がきのう留置場から逃げ出した一匹狼を捜していた場合、ジェンがいっしょならスーツと散髪以上に人目を欺ける。

「よし、決まりだ」おれは言った。「だがスティングレイに乗っていこう」

「だめ、絶対にお断わりよ」彼女はそっけなかった。

43

お礼に、おれは朝食にちょっとした卵料理を作った。卵にチリ、葉タマネギ、チーズを混ぜて炒る――これぞ王者の朝食だ。ジェンは食べたが、とくに感想は言わなかった。おれたちは七時前に出発し、一時間以内にDCに入った。すでに太陽は朝靄を蒸発させている。おれはジェンのレンジローバーの助手席に座り、日曜日に教会へ行く子どものようにそわそわしていた。まだ久方ぶりのスーツの感触に慣れていなかった。

ジェンはジョージタウン大学の教職員用駐車場に駐め、おれたちはコプリー・ホールまで歩いた。誰一人、不審なまなざしを向けなかった。おれたちは五階まで階段で上り、廊下の突き当たりへ向かった。

「わたしが初めに話すわ」ジェンが言った。

おれはうなずいて同意した。前回ここに来たときよりはまともな恰好だが、それでもおれは男だ。フレヤ・ジャクソンは同性のほうが警戒しないだろう。

ジェンがノックした。彼女は返事を待たなかった。扉を開けて入り、後ろ手に閉める。おれは外で待った。一分後、扉がふたたびひらいた。

「あなたも入っていいわ。感じのいい人よ」ジェンはおれの名前を使わず、おれも彼女の名を呼ばなかった。わざわざ手がかりを残す必要がどこにある？


フレヤ・ジャクソンはまだ十代後半の学生だった。明るい赤毛で、顔にそばかすが点々と浮き、水色の男女兼用の着色眼鏡をかけている。

不思議そうな表情を浮かべていたが、不安の色はなかった。フレヤはベッドに座り、ジェンは机の前の椅子に座った。おれは立ったままだった。

「マーサのことを聞かせて」ジェンが言った。

見上げたことに、彼女はこれまで何度となく繰り返してきたに違いない話をさせられても、文句を言わなかった。その内容はミッチから聞いた話と一致していた。

彼女が話し終わったところで、おれは言った。「今度は、きみがＦＢＩに言わなかったことを知りたい」

前置きなしで、相手の不意を突いたほうがいいこともある。

「何もかも話したわ！」彼女は憤然として言った。「マーサは大学で最高の親友だったのよ！」

「でもそれは、厳密には事実ではないでしょう？」ジェンが言った。

フレヤの顔が困惑にゆがむ。「まあ、なんてことを言うの？」

ジェンは構わずに続けた。「あなたたちがそれほどの親友だったのなら、なぜ彼女は別のルームメイトを希望していたのかしら？」

フレヤの困惑顔はぽかんとした表情に変わり、それからようやく納得したような顔つきになった。

おれはなんらかの言い訳があると予想していた。誤解や行き違いがあったというような。しかし予想は外れた。

フレヤは思いがけないことを言った。

「ああ、そのことね。あれはわたしとは無関係よ」フレヤは言った。「マーサはただ、少しのあいだ彼の部屋で寝起きしてみたかっただけ。何か感じ取れるものがないかどうか、試してみたかったのよ」

ジェンはおれを見た。おれは肩をすくめた。彼女がなんのことを言っているのか、さっぱりわからない。

「誰の部屋？」ジェンは訊いた。

「あら、ガンナーの部屋に決まってるでしょう。この階下よ」

おれたちが事情をいっさい知らないのが伝わったに違いない。彼女は驚いて頭を振った。

「あなたたち、ガンナー・ウーリッヒを知らないの？」

「教えてくれるとありがたい」おれは言った。

「詳しいことはわたしもわからないんだけど、マーサが書いている論文に関係していたと思う」

論文――誰一人としてその内容は知らなかった。ミッチでさえも。ただ一人知っていたのは、故マーストン教授だ。もしかしたらそれゆえに、彼は殺されたのだろうか。

「それでそのガンナー・ウーリッヒという人は、階下に住んでいるんだね？」おれは訊いた。

フレヤは「ばかじゃないの」とは言わなかったが、そう言いたそうな呆れた顔をした。彼女はこう言った。「違うわよ。その人は亡くなったの、ええと、何年も前に」

ジェンはiPhoneに何か入力した。そして「わかったわ」と言った。「ガンナー・ウーリッヒ。八年ほど前にロッククライミングの事故で亡くなった。事故が起きたとき、彼と友人のスペンサー・クインはチワワ砂漠にいた。スペンサーも同時期にここの学生だった」

「それは事故に間違いなかったのか？」おれはかつて法執行関係者だった――まずは疑ってかかる習性が身についている。

ジェンは続きを読んだ。「どうやらそのようね。ウーリッヒのSLCDが、全体重がかかったときに外れてしまったの。彼は転落死し、スペンサー・クインもいっしょに落ちそうになったわ。州警察官が現場検証し、事故だと断定した」

「SLCD？」おれは訊いた。アウトドアスポーツ関連の専門用語には疎い。ヘリコプターから懸垂下降したことは何度となくあるが、岩場を登る用具は見たことがなかった。

「バネ仕掛けのカム装置のことよ」ジェンは答えた。「岩の亀裂に打ちこむ登山用具で、力がかかると体重を支えるの」

おれが「たぶん事故じゃない」と言いかけたときに、フレヤが口をひらいた。

「それだけじゃないのよ」彼女は言った。「スペンサーは友人の死を深く悲しみ、大学を中退してしまったの。そしてテキサス州の、事故現場の近くでガンナーの名前をつけた会社を興したのよ」

「それはどこだ？」

「名前はよく覚えていないんだけど、インターネットに載っているわ。ある晩、マーサが話してくれたのを覚えている」

ジェンはふたたびグーグルを検索し、すぐに見つけた。ジョージタウン大学が発表した報道向け資料だ。彼女は見出しを読んだ。「本学の元学生、事故の悲劇を乗り越え友人の名を冠した太陽熱発電会社を起業」

そのあとも少しフレヤと話したが、おれは気もそぞろだった。心はすでにテキサスに飛んでいたのだ。

44

黄色のスーツを着た男はペイトン・ノースと呼ばれている。彼はいま、経営陣の前に立っていた。室内は人いきれで熱気を帯び、状況は深刻さを増している。それでもノースは汗をかいていなかった。いまはまだ。彼は自らの価値を知っているし、手に余る事態が起きたのはこれが初めてではない。経営陣がこれほどまでに多くのことを知っているのは、すべて彼のおかげだ。

だがノースは、経営陣の面々がそう長いこと失敗を許容してくれないのを知っていた。このままでは早晩、彼が容赦なく指弾されるだろう。

彼はいま、これまでに判明した事実の報告を終えたところだ。基本的にそれはリスク評価だ。反応は複雑だった。報告相手の男たちは高潔さで名高いわけではない。マーストンを沈黙させるために取った手段は無言の賛同をもって迎えられたが、最大の脅威を抹殺し損ねたことは決して歓迎されていなかった。

「ではこの〝悪魔のブラッドハウンド〟ことケーニグは、なんらかの手段で、DCにいるわがほうの人材を殺したということだな？」年嵩の男が訊いた。七十はとうに過ぎ、八十に近づいている。顔は一カ月も経ったクラブアップルのように皺が寄り、目はよどんでいた。レイサムと自称しているが、本名は誰も知らず、この部屋にいる者は誰一人としてその年齢に欺かれなかった——レイサムは世界で最も危険な男たちの範疇に属しているのだ。

ノースはうなずいた。「ケーニグ自身が引き金を引いたわけではありませんが、おっしゃるとおり、パナベイカーが殺されたのは彼が原因です。具体的な方法はまだわかっていませんが、ケーニグは留置場からの脱走に成功しました。われわれが入手した路上の映像を見ると、ケーニグが黒いポルシェに向かって歩いているとき、正体不明の女が降りてきてわがほうの女の顔を撃っています」

「ポルシェのナンバープレートは？」

ノースは首を振った。「入手可能なデータベースにはありませんでした」

「ミッチェル・バリッジはどうする？　この際、彼を抹殺したらどうだ？　おそらくケーニグは、彼から命令を受けているのだろう」

ノースは敬意を失うことなく、しかし毅然とした口調で答えた。「それはお勧めできません。国家機関のトップを殺害すれば、不必要な過剰反応を招きかねません。しかしより重要なのは、ミッチェル・バリッジとケーニグが同じ職場にいたことです。わたしが見るところ、バリッジがケーニグを呼び出したのは、彼が最優秀の部下だったからだと思われます。ケーニグは最も嗅覚が鋭く、強い戦闘力を備えています。二人がどの程度近しい間柄なのかはわかりませんが、バリッジが死ねば、彼はわれわれとの全面戦争に打って出るでしょう。わたしは彼の攻撃からわれわれの組織を守れるかどうか、確信がありません」

「しかし彼とて、エル・クーコではあるまい」レイサムはラテンアメリカで信じられている悪霊になぞらえて言った。「ケーニグだって一人の男にすぎない」

「おっしゃるとおり、彼はエル・クーコではありません」ノースは答えた。「彼はエル・クーコを逮捕するために送りこまれる男です」

レイサムの顔が紅潮し、ノースは間違いを犯したことを悟った。この老人はそれよりもささいな理由で何人も葬ってきたのだ。

「申し訳ありません、無礼をお許しください」ノースは詫びた。「しかし、どうかご理解ください。〝悪魔のブラッドハウンド〟という渾名(あだな)は、連邦保安官局でつけられたのではありません。ニューヨークにいるわれわれの同胞がつけたものです。彼らがどこに隠れ、いかなる対抗手段を取ろうとも、ケーニグが彼らを見つけ出したからです。もうひとつ忘れないでいただきたいのは、彼が六年ものあいだ、ロシアマフィアと五百万ドルの懸賞金狙いの連中から逃げおおせてきたことです。彼はいまなお、相当な技倆の持ち主と考えるべきでしょう」

「そいつに家族はいるのか？」年若の男が口を挟んだ。

室内が静まりかえった。この年若の男が口をひらいたときには、いつもそうなる。レイサムは世界で最も危険な男たちに属しているかもしれないが、この部屋で最も危険な男ではない。それはこの年若の男なのだ。

「お言葉ですが、ケーニグの家族に手を出すのは、バリッジを殺すよりさらにまずいのではないでしょうか」レイサムが言った。本当はこう付け加えたかっただろう――虎に追われているときに、その尻に指を突っこむようなまねはしないものだ、と。「その場合、われわれはロシアマフィアも相手にしなければならなくなります。彼らのウェブサイトに書かれている唯一のルールは、ケーニグの家族に手を出さないことです」

そのとき、ノースの携帯電話が鳴った。彼は年若の男の許可を得て電話に出た。ノースが応答しているあいだ、室内は静けさに包まれている。彼は無言で通話を切った。

「ジョージタウン大学の情報源からです。正体不明の男と、監視カメラの映像でポルシェに乗っていた女が、コプリー・ホールから出てきました。二人はあの若い女のルームメイトと話し、彼女は二人にガンナー・ウーリッヒのことを告げたそうです」

　室内の気温が急降下したようだった。誰一人、年若の男を見ようとしない。いまは彼と目を合わせるときではない。

「つまりケーニグは、一歩われわれに近づいたわけだな」レイサムがようやく言った。

　ノースは身じろぎもしなかった。老人の言うとおりだ。その点を弁明したところで得るものはない。電話がもたらしたのは悪いニュースだった。

　年若の男が咳払いした。全員が彼に注目する。「ケーニグはわれわれを見つけると思うか、ペイトン？」

　ノースは一瞬、どう答えようか考えた。嘘をつこうかと思ったがやめにした。ややあって、彼はうなずいた。「見つけると思います」

　年若の男がうなずいた。「きみの提案は？」

「まだいくつか試せることはありますが、われわれの最大の武器は相手の不意を突くことです。彼はここに来るとき、われわれが待ちかまえているのを知らないはずです。ダイナーで彼の隣に忍び寄り、頭に銃弾を撃つのはそう難しくないでしょう」

　この男たちの集団では、言葉より行動がものを言う。一同はうなずき、賛同のつぶやきが広がった。ただし、年若の男だけは違った。

「それがきみの提案か、ペイトン？　きみは国家機関トップがじきじきに送りこんだ捜査官を殺したいと言う。よりによって、われわれが最も注目されるのを避けたいこの町で。果たしてそれは賢明な策かね？」

ノースは首筋が赤くなるのを覚えた。「あなたがそうおっしゃるのであれば、賢明ではありません。ですがこの男が近いうちに捜索を断念する気配はありません。彼はいずれ、われわれを見つけ出すでしょう」

年若の男がにやりとした。「だったら、やつを来させるまでだ。いったい、やつに何を見つけ出せる？」

誰もが息をひそめている。

「諸君」彼はさらに言った。「率直に言って、そいつに何か見つけ出せるものがあると思うかね？」

さらなる沈黙。

「しかしながら」年若の男は認めた。「圧倒的な大物がこの部屋にいるのは事実だ。われわれはケーニグにスペンサー・クインと話をさせてはならない」全員がいっせいに彼を注視した。それほど大胆な発言だった。「クインが消えたら、ケーニグには話を聞くべき相手がいなくなり、捜査すべき対象は何も残らない。たとえ悪魔のブラッドハウンドであろうと、臭いが途絶えたら、その先はたどれなくなる」

ペイトン・ノースが咳きこんだ。「果たしてそんなことが可能でしょうか?」
年若の男がアイディアを開陳した。
彼の説明が終わるころ、一同の表情に笑みが戻った。

第二部　行き止まりの道

45

「この車がいい」おれが真ん中の車を指さしたのは、これが二度目だ。

「わたしの一九七三年型スティングレイ？」ジェンが答える。「あなた、気は確か？」

「これはすごく目立つから、かえって目立たないんだ。言いたいことはわかるだろう？」

「もちろん、何を言いたいのかさっぱりわからないわ。あなたの言いたいことは誰にもわからない」

　おれたちは話し合った末、これまでにわかったことをミッチには言わないでおいた。結局なんでもない情報かもしれないが、仮にそうでなかった場合、ミッチは父親として死にものぐるいになって、彼の本能でがむしゃらに突き進むかもしれない。ひそかに調べを進めたほうがはるかに得策だ。話そうと思えば、あとでいつでも連絡できる。その点でジェンと合意したあとは、テキサスへおれがどうやって行くか話し合った。そして車で行くことにした。おれの追っ手はまだ察知していないかもしれない。おれたちがマーサとガンナー・ウーリッヒの接点に気づき、スペンサー・クインに事情を訊くべきだと考えていることを。だが仮に察知していたとして、やつらの仕事をわざわざ手助けしてやる必要がどこにある？　連中はおそらく、おれがなるべく早い交通手段でテキサス入りすると予想しているだろう。車を運転していくのは時間がかかるが、時間をかけるほどおれには有利になる。やつらがおれを待ち伏せしているとしたら、空港を丸一週間見張っても発見できず、焦るはずだ。焦った人間は間違いを犯す。

「連中はおれが空路で来ると予想するだろう」おれは説明した。「そして飛行機を降りたらレンタカーに乗ると見当をつけるはずだ。そうするとやつらが捜すのはトヨタやクライスラーやシボレーになる。スティングレイは対象外だ。そんなレンタカーはどこにもないからな」

「そんなの、体のいい口実でしょうが」おれが言い終わるや、ジェンは一蹴した。「あなたはスティングレイを運転したいだけ。レンタカーに見えない車だったら、五十台はあるわよ。わたしが一台見繕ってあげる」

「白や銀や黒みたいにありふれたのはお断わりだ」

「わかってるわよ」ジェンは鼻であしらった。

「いいだろう。だがその車が早く来ればそれだけ、おれたちは別々に行動できる」

「これから電話を入れて、一時間以内に車をここへよこしてもらう。それまで、あなた一人にしておいても大丈夫かしら？　帰ってきたら、この家が火事で焼け落ちていたりしないわよね？」

「どこへ行く？」

「わたしはあなたの支援をするよう頼まれた。そしてわたしの考えでは、これまで期待をはるかに上回る働きをしてきたはずよ。わたしはあなたの命を救った。あなたに食事、衣服、隠れ家を提供した。いまもあなたが手がかりを見つけ出すのを助けたばかりよ。そろそろ仕事に戻らないと」

ジェンは奇妙な表情をおれに投げかけた。握手をすべきかどうか迷っているようだ。結局、彼女は頭を振り、正面玄関へ向かった。

「お役に立てて光栄だったと言えば嘘になるわね、ベン」彼女は言った。「あなたは相変わらず自分のことしか頭にないくそったれだけど、ひとつだけお願いがあるわ——殺されないように気をつけてね」

レンタカーはジェンが出て二十分後に到着した。青のBMW4シリーズだ。おれが危惧していたような味も素っ気もないセダンではなかったものの、それでもレンタカーに見えた。ウインドウにバーコードがついており、販売店のステッカーは貼られていない。心得のある人間が見たら一目瞭然だ。さらに悪いことに、この車はレンタカーでないように見せかけることで、実際にはかえってレンタカーに見えてしまう典型例だった。おれが特殊作戦群にいたころだったら、まさにこういう車を捜していただろう。

ジェンはポルシェで出かけていた。スティングレイとレンジローバーのキーがまだキッチンアイランドのフルーツ皿に載っている。おれはレンジローバーのキーを手に取るだろう。不本意ではあるが、少なくともレンタカーには見えない。ウインドウには販売店のステッカーが貼ってあり、ひっかき傷やへこみも適度にあるから自家用車に見える。これで用は足りるだろう。

おれは山小屋へ戻り、バックパックと水の入ったペットボトルを摑んだ。フルーツ皿に近づく。

おれの手はレンジローバーのキーの上で止まった。

46

「あなた、わたしの車を盗んだでしょ？」ジェンがわめいてきた。「いったいどういうつもり、非行少年みたいなことして？」

彼女が怒るのはもっともだ。間違いなく、おれは彼女の車を盗んだのだから。ずっとスティングレイを運転してみたかったのは事実だが、おれがその車を選んだ理由はまったくの利己主義というわけではない。ジェンがおれのために調達してくれたBMWは目的にかなわず、彼女のレンジローバーもその点では同じだった。どちらも際立った特色がないからだ。しかしその点、スティングレイは目の覚めるような車だ。道路を見張っている人間はいやでも気づく。そして記憶に残る。あとから誰かに訊かれたら、長々と話せるだろう。深く鮮やかな赤い塗装も覚えているだろうし、よく磨いたクロム合金のテールライトも忘れないはずだ。その滑らかな流線型のことも夢中になって語るに違いない。けれども、運転していたのがどんな人間だったかと訊かれたら、はたと目をしばたたくだろう。車種がスティングレイだったことしか記憶に残っていないはずだ。

だからおれは、ジェンの怒りに驚いたわけではない。逆の立場だったら、おれだって怒っただろう。ただ驚いたのは、彼女と話しているという事実にだ。ここは彼女の山小屋を出てから、最初に車を駐めた場所だというのに。トイレ休憩も給油もいっさいしなかった。おれがモーテルの部屋の鍵を受け取る前に、受付の電話が鳴りだしたのだ。

「お客さんに電話よ」受付の女はおれに電話を渡そうとした。

「そんなはずはない。なんという名前のやつを出してほしいと言っていた?」

女は送話器に小声で話すと、おれに訊いた。「あんたひょっとして、〝七三年型スティングレイを運転しているばかやろう〟かしら?」

「受話器をこっちにくれ」おれはため息交じりに言った。

「どうしておれの居場所がこんなに早くわかったんだ?」

「関係ないでしょ!」ジェンは息巻いた。「わたしはあなたのためにあれだけのことをしてきたのに、これがその返礼というわけ? わたしが不運にも遭ってしまった人間のなかで、あなたは本当に断トツの利己主義者だわ」

「そっちで用意してくれたレンタカーは、ウインドウにバーコードがついていた」

盗むとか」


「だったら自分で剥がせばよかったじゃない！　さもなければ、せめてレンジローバーを盗むとか」

　おれは彼女に、道路を見張っている人間は誰でも車のことに気を取られ、運転者のことは覚えていないだろうという自説を述べた。

「地獄に落ちなさいよ」彼女は言った。

「どうやっておれを見つけた？」おれはもう一度訊いた。ジェンは当然おれの目的地を知っており、そこからおれの採る道順を推測できるだろう。だがおれは州間高速道路のI－81を避け、もっと小さな道を通ってきた。それなのにおれがモーテルに入ったとたん、受付の電話が鳴りだしたのだ。どうもおかしい。

　彼女は一瞬黙り、それからため息をついた。「わたしは十代のころからこの車を持っていたの。もともとは父の車だった。母はわたしが生まれると父に車を手放してほしいと言ったんだけど、父は売却せず、母に内緒で倉庫に保管していたの。そしてわたしの十六歳の誕生日に、この車を譲ってくれたわ。盗難車回収システムのロージャック社がクラシックカー対象のサービスを始めたときにすぐ、わたしも登録したわけ」

「自分の車のように大事にするよ」おれは言った。

　それからもひとしきり口汚い罵声を浴びせてから、ジェンは通話を切った。おれは受話器を架台に戻し、受付係の女に言った。「ここの雑用係が工具箱を持っていたら貸してくれないかな？」

一時間後、おれは汗びっしょりになり、油や埃（ほこり）にまみれていた。そしていささかならず困惑していた。バックパックからミッチの携帯電話を取り出し、電源を入れる。暗記していた電話番号にかけた。

相手が出た。「よう」

「ひとつ調べてほしいことがある」おれは言った。

47

こういう古い言いまわしがある。「人にテキサス出身かどうか訊かないこと。相手がそうだったらそうだと答えるだろうが、そうではなかったら……相手を困惑させる必要はない」おれはこの言葉に、テキサス州の特質が要約されていると思う。

テキサス人によれば、アメリカ合衆国にはふたつの州しかない。テキサスとTAFTだ。TAFTとは〝ここはくそテキサスじゃない〟(This Ain't Fucking Texas)の頭文字だ。ものすごくイカれていて、荒々しく、美しい州。一八三六年にメキシコから反乱州の烙印を押されて以来、ずっと反乱を続けている。人間を月に着陸させたのに、ケネディ大統領は通りに降り立つことすらできなかった州でもある。ドイツの二倍の面積を持ち、住民がケーブルテレビを無料で見るためDISH(アメリカの大手衛星放送)と改名した町があり、連邦政府の規制を免れるため東部にも西部にも接続しない独自の電力網を整備した州だ。テキサス人は歯に衣着せず、独立心が強いので、最終的に合衆国を脱退してふたたび独立州になったとしても誰も驚かないだろう。現に彼らは長年にわたり、そうすると脅してきた。

おれはいつだってテキサスが好きだ。

道路は焼けるように熱く、人っ子ひとりいない。水やガソリンを補給できる機会があれば、迷わずそうした。分別ある備えは欠かせない。

ガントレットは、おれが五日間も車を運転してきた目的地だ。その町はブルースター郡にある。ペコス川の西に広がるトランスペコス地域の一角、ブルースター郡は人口希薄だがコネティカット州より広い。ガントレットはメキシコ国境から三十五マイルの位置にあり、丘陵と砂漠の只中にあるオアシスだ。ガントレットに車で向かうのは手漕ぎボートで無人島へ行くようなものだ。町へ向かう途中にはほかに何もなく、通りすぎたあとも何もなく、そして町中の人間によそ者が来るのが見える。

毎晩、モーテルにチェックインして食事を摂りシェイクを飲んだあと、おれはコンピュータを見つけてジェンが立ち上げた共有のメールアカウントをチェックした。おれたちは何も送信しないですむ信頼できる方法を使っていた。すべてを下書きフォルダーに保存するだけだ。何も送信しなければ、追跡される危険もない。絶対確実とまでは言えないが、きょうびそんな方法はない。インターネットから隔離されたコンピュータでさえ、ハッキングされることもあるのだ。どうやら高周波音を使ってハッキングできるらしい。

ジェンはスティングレイのことでまだ怒っており、あらゆるメッセージの書き出しを〝むかつく盗っ人野郎へ〟で始めていたものの、最新情報を提供するという約束は厳守していた。

彼女が提供してくれる大半は略歴などの背景となる情報だ。

ガンナー・ウーリッヒはデンマーク系アメリカ人だった。両親は十代後半でアメリカに移民し、その数カ月後に彼が生まれた。高校で気候変動にまつわる独創的な研究を行なったことからジョージタウン大学の奨学生となった。大学では海洋法、持続的発展、世界的安全保障を学ぼうと志していた。

ルームメイトのスペンサー・クインはさらに勤勉な学生だった。専攻していたのは国際経済で、ガンナーが学んでいた分野とはさまざまな意味で対極だ。理屈の上では、二人が友人関係になる理由はまったくないはずだった。二人が同じ部屋に入ることになったのは、スペンサーの入寮希望が遅かったのと、奨学金で学んでいたガンナーにはあまり選択の余地がなかったからだ。

だがジェンの調べによると、二人はすぐに意気投合したようだ。おそらく二人ともまじめな学生だったからだろうが、ロッククライミングが共通の趣味だったことがより大きかったに違いない。

州警察の調書によれば、ガンナーの死をめぐっては争う余地がなかった。ガンナーのバネ仕掛けのカム装置（SLCD）が外れてしまったため、彼は六十フィートを真っ逆さまに墜落、硬い岩に激突した。死因は大量の内出血だ。悲しみに動転した家族はメーカーを訴えようとしたが、そこまでには至らなかった。ガンナーのＳＬＣＤは古く、製造会社ははっきりと、毎年新品と交換するよう呼びかけていたのだ。そして死んだガンナーはもう帰ってこない。何者かが事故死を偽装した形跡はなかった。家族は遺体が本人であると確認した。彼の葬儀は大学職員と学生の参列の下、棺（ひつぎ）を開けて行なわれた。

ジョージタウン大学に戻ってきたスペンサーはかつてとは別人だった。彼が中退したことを意外に思う人間は誰一人いなかった。だがスペンサーはデラウェア州の実家に戻らず、ガントレットの砂漠の町に移住し、起業した。その会社はいま、町の人口の四分の一を雇用している。昨年出版された若い起業家向けの雑誌記事で、彼はインタビュアーに、いまのビジネスにはガンナーも賛成していたに違いないと語った。石油産業の牙城であるテキサス州で太陽熱発電会社が成功したという皮肉も楽しんだだろう、と。

ジェンがガンナーの背景をもっと掘り下げ、マーサの興味を惹いた理由を洗い出してくれるものと、おれは期待していた。スペンサー・クインが何か思い出してくれるきっかけになる要素を。しかし日が経つにつれ、その望みは薄れていった。ガンナーは見かけどおりの人間だったらしいことしかわからなかった——大柄で、無鉄砲なところがある、愛すべきデンマーク系人。なぜ彼がマーサの執筆していた論文の素材になりえたのかは謎のままだ。

車に乗って四日経っても手がかりはなかった。

すべてが変わったのは五日目だ。

ようやくおれはテキサス州に入り、片田舎のモーテルを見つけて一泊の手続きをした。ガントレットから四十マイルの場所だ。おれは四十(forty)という数字が好きだ。ｆｏｒｔｙは英語で唯一、綴りがアルファベット順に並んでいる数字だ。おれはいま三十六歳で、あと四十カ月で四十歳になる。その十二カ月後には四十一歳になるが、ｏｎｅは英語で唯一、綴りがアルファベットの逆順に並んでいる数字だ。おれの心はこういう蘊蓄(うんちく)が好きだ。

シャワーを浴び、近くのダイナーで食事を摂ったあと、おれはモーテルのロビーにあるコンピュータを使い、共有のメールアカウントで下書きフォルダーを確認してみた。ジェンが書いた未送信のメールが一通ある。見出しを読んだだけで、胃の中の食べ物が固まってしまったような気がした。

〈スペンサー・クイン、誘拐の疑いで行方不明〉

おれはメール本文に記されたリンクをクリックした。何も起こらず、おれはモーテルの遅いWi－Fiに毒づいた。ようやくリンク先がひらいた。テキサス州西部の新聞《エルパソ・タイムズ》が報じた短い記事で、突発的なニュースを大急ぎで要約したものだ。詳細がわかり次第、続報があるという。

きょう、一代で億万長者になったスペンサー・クインが銃で脅されて誘拐され、ガントレット町民に衝撃が走っている。クイン宅の監視カメラ映像によると、覆面をした男二人が押し入ったとき、クインは自宅の執務室にいた。ひどく殴られたクインは意識不明の状態で引きずり出され、フォード・トランジット貨物用バンの後部に押しこまれた。後の調べでバンのナンバープレートはヒューストンの同型のバンから盗まれたものと判明した。〈GUソーラーエナジーシステムズ〉のペイトン・ノース広報代表が以下の声明を公表している。「全社員が衝撃を覚えています。クインは当社に不可欠な存在です。彼の大胆なビジョンがあったからこそ、この町は現在のように大きく変わりました。われわれは彼の無事を信じて日夜待ちつづけます」

本記事の投稿時点で、身代金の要求はなく、犯行声明も出ていない。

詳細は続報にて。

おれは記事を二度、三度と読んだ。心が沈んでいく。来るのが遅すぎた。連中のほうが先にクインのところへ着いた。身代金の要求もない。

スペンサー・クインは死んだ。

おれの唯一の手がかりも途切れてしまった。

48

サミュエルが作ってくれた《ワシントン・ポスト》記者証をカードの表にし、おれは車を駆ってガントレットへ大胆不敵に乗りこんだ。

まだ早朝にもかかわらず、太陽の光がジェットエンジンのように容赦なく照りつけている。地面から陽炎（かげろう）が立ち、あたりは霞（かす）んでいた。蜥蜴（とかげ）は丸焼きにされない日陰に逃げこみ、おれは国中で最も暑い州に革張りのシートの車で来てしまったことを後悔していた。ショートパンツは穿いていなかったので、革に肌が直接触れないのがせめてもの幸いだ。スティングレイのルーフパネルを外し、髪に風が吹きつけているのに、汗はおれの目に刺さり、鼻まで流れ落ちた。

ガントレットはチワワ砂漠の低くうねる丘陵地帯にある。ジェンの調べによれば、〈GUソーラーエナジーシステムズ〉の創立以来、町の人口は倍増した。新しい家がそこかしこにある。元からあった区域は居心地のよさそうな雰囲気で、白煉瓦のさまざまな建物が大通りに沿ってゆったりと連なる一角だ。掃除の行き届いた店先、木造の教会、二、三軒のレストランと、どんな町にも必ずあるダイナー。公共建築物には必ず星条旗が掲げられている。白い杭垣(くいがき)がよく手入れされた庭を仕切っていた。歩道には塵(ちり)ひとつ落ちていない。

新しい住宅の造りはいかにもぞんざいで、きちんと建てるよりもとにかく急いで造るのが先決だったようだ。外壁は白煉瓦ではなく、安上がりな木材が多い。庭は数戸で共有されている。あくまで一時しのぎの住み家で、そう長く使うつもりはなさそうに見えた。

〈GUソーラーエナジーシステムズ〉の創業前まで、ガントレットの町は主要道路から遠すぎ、大勢の観光客を惹きつけることはなかった。周辺の丘陵はハイキングや登山にうってつけだったが、そうした自然に恵まれて行き来しやすい立地の場所はほかにいくらでもある。この町には急激な人口増加に対応できる住宅やインフラもなかった。間に合わせの新築住宅はいずれ取り壊され、より堅牢な石造りの建物に建て替えられるに違いないが、いまのところ町の景観はやや乱雑だった。古くからこの町に住んでいる住民は、こうした粗雑な住宅が景観を損なっていることに憤(いきどお)っているのではないだろうか。彼らの憤りに理解を示したら心をひらいてくれるかもしれない。古くからの住民は有益な情報源になりうる。

おれは車で大通りを走り、通りの突き当たりがガントレットの町の終点であることに気づくと、方向転換して引き返した。ダイナーで朝食を食べることにする。どんな町でもダイナーは最近の噂を聞くのに恰好の場所だ。おれは店のすぐ外側に駐車し、なんの心配事もないような顔で足を踏み入れた。その朝モーテルを出発する前、おれは安物のTシャツを売っている店を見つけて、胸にでかでかとパンクロックバンド〈ニューヨーク・ドールズ〉と書かれたのを一枚買った。グロックはすぐ手が届く場所に隠しておいた。小さな肩掛け鞄の中だ。おれは流行に敏感でおしゃれに気を遣う都会人に扮装した。いかにも大都会から来た新聞記者と思われるように。

ダイナーは混み合っていた。電力会社が二十四時間操業しているからなのか、あるいはこの町では誰もが朝早くから働きはじめるせいなのか。きっと後者だろう。もうすぐこの町は、暑すぎて何もできなくなる。いずれにせよ、カウンターの前しか空席はない。レジの後ろにかわいげのない子どもたちの写真が何枚も貼ってあり、『釣り銭をお確かめください』という注意書きがテープで留めてある。漂白剤、古い油、煮詰まったコーヒーの臭いが入り混じっている。グリルの上の看板によると、ここのメキシコ料理は〝町一番の味〟らしい。

ダイナーの空気が重苦しいのは、この町で最大の雇用主の身に起きたばかりの出来事が原因だろう。彼が誘拐されたことへの衝撃に、住民たちの将来への不安もない交ぜになっているに違いない。きっといまは、この小さな町によそ者が来るべきときではないのだろう。だが、それならそれで結構だ。おれはむしろ敵意を期待していた。そうすれば敵意を利用できるからだ。怒ったときにうっかり口を滑らせるのは、間抜けな刑事どもだけではない。

SOGでは容疑者に接近するため、さまざまな偽装を採用し、おれは以前にも新聞記者になりすました経験がある。そこで万国共通のルールを発見した――新聞記者に話すのは嫌いだと言う人々は、ひと皮剝けば、実際には記者に話したくてたまらないのだ。たとえ、わたしは記者に話すのが嫌いだと言うためだけでも。

周囲の客をさりげなく見てみる。善良そうな年輩の男が二人、パンケーキを食べてコーヒーを飲んでいる。どちらも退職しているようだ。肌は鞍のように硬く、顔はまるで世界地図のように染みだらけだ。若い女性客が一人、すりつぶしたバナナを赤ん坊に食べさせている。だが大半の客は労働者の男女だ。白人とラテンアメリカ系が入り混じっている。おれの見るところ、GUがこの町で創業したことでガントレットの人口構成はかなり変化しただろう。その変化はこの先ずっと続くはずだ。肉体労働者の需要が増えたため、多くのラテンアメリカ系人が国境を越えてきたに違いない。だとしても驚くべきではないだろう。ジェンによるとGUの賃金は業界平均より高いらしい。

ダイナーは昔ながらのアメリカとメキシコの朝食を出していた。〈タコベル〉のようなチェーン店で出されるまがい物ではなく、本物のメキシコ料理だ。タマーレ、チリ・レジェーノ、タキート。ほかにもおれが知らない料理がいくつかあった。ウェイトレスが出てきた。日焼けした肌は硬く、歯にはチェーンスモーカー特有の染みができ、とってつけたような笑みを浮かべる。そしてマグカップをおれの前に置き、ぬるいコーヒーを注いだ。

「すぐに淹れなおすわ」ウェイトレスが言う。「お客さん（ホワット キャン）、ご（アイ）注文（ゲット）は（ユー）？」〃ゲット ユー〃を〃ゲッチュー〃と発音する。いかにも退屈でうんざりしているように。なかなかいい発音だ。

おれはチミチャンガ・デ・ウエボ・イ・チョリソを注文した。卵と辛いソーセージを詰めたブリトーをよく揚げたものだ。それとポット一杯の紅茶を。

「店の奥に、いい香りのカモミールがあると思うわ。それでどう？」

「カモミールはハーブを浸出したものだ」おれは言った。「紅茶ではない」

ウェイトレスは腰に手を当て、顔をしかめた。「ちょっとお客さん、こっちにそんな時間は――」

「だったらコーヒーでいい」おれは遮った。「だが、あんたのすてきな町のことを多少教えてくれたらチップをたくさんはずもう」

女は抜け目なくおれを見た。「いくら？」

おれは二本の指を使い、札入れに手を伸ばして百ドル札をカウンターに放った。札を片手で押さえる。

「本当？」物欲しそうな口調だ。

「百ドルでいくらか耳寄りな情報を教えてくれるか？」

彼女はうなずいた。

「それと、チョコレート・ミルクシェイクを？」

もう一度うなずいた。チーズを見る犬のようなまなざしを札に注ぐ。

「それなら頼む」おれは言い、札から手を放した。百ドル札は目にも留まらぬ早さで女のエプロンに収まった。

49

カウンターに辛みの効いたチミチャンガを載せた皿と、よく冷えたチョコレート・ミルクシェイクが出てきた。マーリンは町の噂話を聞かせてくれ、人が変わったように愛想がいい。そろそろもう百ドルくれるかもしれないと思っているようだ。

そのとおり。おれはそうするつもりだった。どんな愚か者が相手でも、情報源に金を出し惜しみすることはない。たいがい彼らはいつ口をつぐめばいいかわからず、ぺらぺらしゃべってくれる。おれはもう一枚の百ドル札をカウンターに置き、マーリンは飛びつくように近寄った。笑みを顔に貼りつけ、おれを見つめる。彼女が金を摑む前に、おれは掌を置いた。

「スペンサー・クインの誘拐について、知っていることを教えてくれ」

マーリンは初めて不安げな表情を浮かべた。「いったいなんのために、そんなことを嗅ぎまわっているのさ、お客さん?」と言い、金を見つめる。

「いろいろ嗅ぎまわるのがおれの仕事なんでね。そうしなかったら、編集長からなぜ仕事をしないのか訊かれるだろう」

「お客さん、新聞かテレビの記者なのね。テレビで見るような？」

おれはうなずいた。

パウダーをはたいた額に汗が浮かんでいる。彼女はいわくありげな目つきで、おれの肩越しにあたりを窺った。誰も聞き耳を立てていないのを確かめる。「あたしからは聞かなかったことにしてくれるね？」

おれは情報源を明かすことは決してないと言おうか迷ったが、それはやりすぎだろう。たとえマーリンのような相手であっても。おれはそっけなく、うなずくだけにした。

「新聞に書いてあるような誘拐じゃないことぐらい、あたしにだってわかるわ。あんな記事を真に受けるようなら、救いようのない能なしってことだよ。聞いた話だけど、あの若造は怒らせちゃいけない人たちを怒らせたってこと」

おれはミルクシェイクを手に取り、ひと口すすった。噂話をしたくてたまらない人たちには、何か訊くよりも黙っているほうが有効だ。

「いいかい、あの若造がこの町に来たのはほんの数年前だ。太陽熱を利用する夢みたいなアイディアを山ほど考えていたらしいよ。ガントレットの白人だけじゃ足りなくなって、メキシコ人を大勢呼び集めていまいましい事業を始めたわけ。だから大急ぎで家を建て、子どもたちのために学校を造らないといけなくなった。そりゃあ、怒る人だっているでしょうが。確かに太陽熱発電の会社の連中はすぐに大儲けしたけど、ガントレットにもともと住んでいた人たちはいまだに、小便を入れる便器もなけりゃ、外にぶち撒くための窓もないくらい、金を稼げないありさまだよ」

「地元の住民は誰も雇われなかったのか？」おれは訊いた。

「そりゃあ、何人かは雇われたよ。でも、あたしみたいな人間はどうなるのさ？　あたしも事務員の口に応募してみたけど、資格がないからって断わられたのよ。いったいなんの資格が要るっていうんだい、ばかみたいな封筒をなめるだけの仕事に？　まったく差別もいいところだわ」

おれはわざと大きな音をたててミルクシェイクをすすった。うまい。渇いた喉を潤してくれる。

「ともかく、あの若造はとんでもない大金持ちになったけど」マーリンは続けた。「ああいう手合いはろくなことにならないと相場が決まってるのさ。自分ではビスケットの車輪でできた甘い汁を吸い放題の列車に乗ったつもりでいたのかもしれないけど、あんなにあぶく銭ががっぽがっぽと転がりこんできた日には、あいつ一人で遣わせる手はないとまわりが放っておかないさね。欲得ずくの有象無象が、パイの分け前をひと切れほしさにたかってくるんだよ」

「具体的にそれを裏づけるような話を知っているのか？」うんざりするほど持ち出してくる食べ物の喩えに取り合わず、おれは訊いた。「知っていたら、あと百ドルあげよう」

マーリンがしかめ面をしたのは、裏づけが何ひとつないからだ。二、三席向こうのスツールに座った客がカウンターを指関節で叩いて催促すると、彼女はうつむいてそちらへ向かった。

マーリンの鬱憤はさておき、クインの事業の分け前に与りたかった人間がいるという可能性は考慮に値する。クインは自らの会社を力ずくで追い出されたのだろうか？〈GUソーラーエナジーシステムズ〉は公開企業ではないため、経営権が人手に渡るのを法的手段で制御するのは不可能に近い。もちろんビジネスの世界では、ほかのあらゆる世界と同じく、何かを強制する違法な手段がいくらでもある——暴力による威嚇、企業活動の妨害行為、産業スパイ、脅迫。まだまだあるだろう。

だが、その線は考えにくい。

ジェンによる調査の結果、GU社がガントレットで操業している施設には何ひとつ独自の技術は用いられていなかったのだ。専売特許のテクノロジーが使われていないばかりか、クリーン燃料の研究開発に投資すらしていなかった。この会社が使っている技術や物品は、誰でもカタログで購入できるものばかりだ。さらに、石油産業は時と場合によってはしたたかな手段に出ることで知られるが、彼らが関与しているとは思えない。彼らにとって、クリーンエネルギー市場は〝ｔｓｕｎａｍｉ〟の〝ｔ〟さながらにどうでもいい存在なのだ（英語には本来〝ツ〟という発音から始まる単語がないため、津波の発音が〝ツナミ〟ではなく〝スナミ〟と思いこんでいる人が多いといわれる）。テキサスは石油産業の牙城であり、今後もそうありつづけるだろう。第二、第三のグレタ・トゥーンベリになりたい人たちが束になってかかっても、それを覆すのは難しいはずだ。

　では、より組織的な勢力が関わっているのだろうか？　テキサスにそうした勢力があるとは考えにくい。マフィアはいるが、彼らが高度な専門知識を要する知能犯を組織的に動員することはできない。そうすると、個人の関与ということになる。ロシアマフィアの親分、ヤロスラフ・ザミャーチンが六年前に言っていた——大勢の客の苦しみを糧に、わしは必要のないものを買う金を手にしている、と。いくら巨額の金を手にしても、飽き足りない人間はいるものだ。若造の大成功を黙って見ていられないという人々は、間違いなくいる。そうした人々は、簡単に分け前に与れる機会だと思ったのだろうか。

　だが、その線も考えにくい。ジェンはすでに〈ＧＵソーラーエナジーシステムズ〉の所得申告書も調べていた。何か不審な徴候があればとっくに見つけていたはずだ。

おれは朝食を食べながら虚空を見つめ、そうしたことを考えてみた。

やはりすべてはガンナー・ウーリッヒに帰着する。

ウーリッヒに関することがマーサの論文のテーマだったが、彼女は行方不明になってしまった。マーストンは彼女に関するファイルを渡すのを拒み、死んでしまった。ウーリッヒが墜死したとき、クインもその場に居合わせたが、今度はそのクインも姿を消し、おそらく死んだと思われる。おれがマーストンにいくつか質問をしてみたら、暗殺請負人に殺されそうになった。これらはすべて事実だ。

しかし、八年前に起きたロッククライミングの事故が最近の出来事にどう結びつくのだろうか？

それがなんであれ、知られたら生かしてはおけないような事情が絡んでいるようだ。

50

　おれはミルクシェイクを飲み干し、ダイナーを出て、焼けつくような路上に踏み出した。澄みきったセルリアンブルーの空には雲ひとつない。飛行機雲がたなびき、わずかな染みを作っている。マーリンだったら、唐辛子畑に紛れこんだ虫よりあたしたちのほうが暑いとでも言いそうだ。おれはいつも砂漠をこよなく愛してきたし、そこを故郷とした人たちも愛してやまない。砂漠地帯に住む人たちには、ほかのどこにも見られない荒々しさがある。そんな猛々しく、独立心に富んだ一人がこう言っていた。「こんな場所に人間が住めるはずがないって？　うーん、それは違うね」

　コルベットのキーはおれの手にあり、車はやはり美しかったが、おれはもう金属製の箱に座るのにうんざりしていた。硬い土の感触が恋しくてたまらない。たとえほんの少しでも、自分の足で歩道を歩きたかった。

　とにかく情報が必要だ。情報収集はそう難しくないはずだ。こうした田舎町の人たちは噂話を広めるのに熱中する。マーリンのように得体の知れない話をまき散らす口さがない人間にはこれ以上会わなくてもいいだろうが、どんな町にも、聞いた話を鵜呑みにして伝えるのではなく常識のフィルターを通じて解釈できる人間がいるはずだ。小麦と殻をより分けることのできる人間が。健全な好奇心を備え、事実を見つけ出すことを生業としてきた人たちが。

言い換えると、おれは元警官と話がしたかった。

警官は決して退職することがない。真の意味では。彼らは詮索好きな性質を失うことなく、何が起きているかを知ろうとする。それに彼らは話し好きだ。どんな町でも同じだ。ニューヨークのような大都会でも、ガントレットのような小さな町でも。警官は同類を探し出すのに長けている。たいがいはバーが恰好の場所で、勤務明けにはそこへ集まる。事件が解決したらそこで打ち上げをするし、殉職者が出たときには弔いをする。そして退職して記章を外したあとも、警官は同じバーで飲みつづける。アメリカのあらゆる町に警官のたむろするバーがある。大半の町には複数あるだろう。

だが、このあたりにバーはなかった。少なくとも、開いているバーはない。それでおれは、次善の策を採った。伝統的な印を掲げている店先を探したのだ。その由来は中世ヨーロッパにまでさかのぼるという。果たして通りの突き当たりに、おなじみの赤、白、青の縞(しま)が螺旋(らせん)状になったサインポールを見つけた。笑みが浮かぶ。床屋だ。ここなら元警官の名前がわかる。長年床屋をしていたら、町の住民のことがすべてわかる。顎を撫でてみた。二日ぐらい無精髭が伸びている。そろそろ顔剃りをしてもいい頃合いだ。

　ちょうどおれが店の前に着いたとき、五十代後半の男がサインポールのスイッチを入れた。ポールがくるくるまわり、螺旋が目を欺く。三色の縞はまわっているのではなく、上がったり下がったりしているように見えた。おれはしばらくじっと眺めていた。

「お客さん、いらっしゃい」男は言った。着古したジーンズを穿き、チェックのシャツを着て人好きのする笑みを浮かべている。質実剛健なアメリカ人だ。おれはショーウインドウを見た。何もかもきちょうめんに、左右対称に置かれている。あるべきところにすべてがあった。これは軍で人生を送った人間が身につける習慣のようなものだ。自分でも知らないうちに。ウインドウの隅には小さな〈プロジェクトK9ヒーロー〉のステッカーまである。引退した軍用犬や警察犬のための募金活動だ。おれも現役時代、預金口座に定収入があったころは月十ドルの自動振替依頼をしていた。

「ここはあんたの店かい？」おれは訊いた。

　彼はおれを下から上へ見た。上から下ではなく。両手を見てから顔を見たのだ。とりわけ、おれの腰とジーンズの裾に注意を向けた。ポケットが垂れ下がっていないか、シャツが大きすぎないかも見ている。こうした反応からおれは、この男が元警官であって、元軍人ではないと見た。警官は被疑者や市民と間近に接するのが日常業務だ。武器を隠していないかチェックするのも第二の天性になっている。

「そうだよ、お客さん。ご注文は？」

「西洋剃刀で顔剃りをしてくれるかな？」

彼はうなずいた。「ジョン・トラヴィスだ」と言い、手を差し出す。「だがみんな、わたしをJ．T．と呼んでいる」

「デッカーだ」おれは答えた。「デイヴィッド・デッカー」おれたちは握手した。彼はたこができた乾いた手で力強くおれの手を握った。
J．T．はおれを待合スペースに案内した。「お湯を沸かすのに五分待ってくれるかな？」
おれは椅子に座った。これまでに入ってきた床屋と取り立てて変わったところはない。オイル、石鹼、コーヒーの匂い。壁の低いところに据えつけられた洗面台の前に、リクライニングシートがある。頭を洗えるよう、後頭部を乗せるところがアーチ状にくぼんでいた。なんとなくギロチン台に見えないこともない。昔懐かしいブリルクリームのポスターが貼ってある――〝ちょっとつければこのとおり！〟タバコのキャメルのポスターもあっな。

たーー〝最後まで本物の味わい！〟なかなかの雰囲気だ。まるでタイムスリップしたよう

そして理容椅子が鎮座していた。洗面台の前のものより大きい。深いワインレッドの革張りで、あらゆる角度に調節でき、富裕層向けの歯科医の椅子に似ていた。かたわらには茶色のスツールがある。J．T．が客の顔剃りをするときに座るのだろう。

「わたしは自分用のコーヒーを淹れてくる」J．T．が言った。「一杯どうだい？　トルココーヒーだ。ものすごく濃い。いっぺんに目が覚める」

「いただこう」

トルココーヒーは別格だ。まるでカカオ九〇パーセントのチョコレートバーのように、濃厚で苦く、このうえなく強烈だ。三十六時間起きていられるのは請け合ってもいい。

彼が奥へ下がっているあいだ、雑誌を手に取ってみた。とくに興味を惹かれたわけではないが、何もせずぼうっとしていると不審がられる。最初の雑誌は有名人のどうでもいいような情報ばかりだ。どこかの間抜けが泥酔して午前三時にナイトクラブを出るところを撮られた写真。連続ホームコメディに出ていた落ち目のスターがキャベツスープのダイエットに挑戦している記事。誰だか知らない男が誰だか知らない女と熱愛しているらしい。おれはその雑誌をテーブルに放り投げ、もう少し役に立ちそうなものがないか雑誌の山を

探した。〈GUソーラーエナジーシステムズ〉が従業員向けの季刊誌を出しているようだ。DCで調べたときには知らなかった。試しに読んでみる。

こうした企業誌では必ずCEOの空虚な美辞麗句が載っているものだが、GUもその例に違(たが)わなかった。誘拐されたスペンサー・クインの巻頭文の上には、いかにもアメリカ的な完璧な作り笑顔がある。まだ二十代後半で、成功した起業家そのものの風貌だ。その写真はGUのウェブサイトで見たのと同じだった。真正面ではなく、やや斜め向きにカメラを見た顔写真だ。

その短い文章は社員の勤勉さを讃えるもので、クインの意図は明確だ。会社の好業績は社員一同の努力の賜(たまもの)だと印象づけたいのだ。さらに石油価格の下落がクリーンエネルギー市場に打撃を与えているが、GUはその趨勢(すうせい)に立ち向かおうとしている。クイン本人がこの文を書いたのかどうかは疑わしいところだが、言いたいことはよくわかった――わが社は従業員を大切にする結束の強い企業だ。

その雑誌をぱらぱらめくってみた。大半は技術的な内容だ。おれはスマートフォンの操作法はひととおりわかるものの、本質的にはデジタル化した世界に取り残されたアナログ人間だ。ほとんどはおれの理解力を超えていた。

J．T．がトルコの伝統的なジェズヴェを持って現われた。長い柄と注ぎ口がついた小さなポットだ。彼はおれの向かいに座り、二客の小さな白いカップにコーヒーを注いだ。二本指で柄を摘まんで持つカップだ。確かデミタスと言ったはずだ。フランス語で〝半分のカップ〟を意味する。J．T．は茶色の砂糖をスプーン一杯入れた。おれは何も入れなかった。彼が眉を上げる。おれはひと口すすり、カップを置くと砂糖を加えた。こんなに苦いものを飲んだのは生まれて初めてだ。

J．T．がにやりとした。

コーヒーを冷ましているあいだ、J．T．は真珠の柄がついた西洋剃刀を手に取り、テーブルに据えつけられた革砥（かわと）で研ぎはじめた。そしておれの視線に気づき、剃刀をこっちによこした。

「父が一九四四年にユタ・ビーチ（ノルマンディー上陸作戦の上陸地点に連合軍がつけた名前）で支給されたものだ。八十年前の刃だが、いまでもよく切れる。カメムシの金玉だって切り落とせるよ」

柄は温かく手になじんだ。単純このうえないデザインが気に入った——刃と折りたたみ用の溝がついた柄が蝶番で繫がっているだけだ。それだけで充分なのだ。その製法は何十年も変わらず受け継がれてきた。変える必要がなかったからだ。おれがJ．T．に剃刀を返すと、彼はふたたび研ぎはじめた。

「もうすぐタオルの用意ができるから、そうしたら始めよう」J．T．は目を上げないで言った。

「もうすぐ」というのが五分なのか五時間なのかはわからない。J．T．は悠然としている。おれはGUの従業員向け季刊誌をふたたび手に取った。

「わが町のご主人様のことを読んでいたのか？」J．T．は訊いた。

おれはうなずき、表紙をひらいてスペンサー・クインの写真を見せた。「こういう町では、さぞかし衝撃だっただろうね？」まずは当たり障りのない言葉で持ちかけるのがよさそうだ。マーリンにしたように金をちらつかせたら、きっと店を追い出されるだろう。

「危害を受けていないことを祈るよ」彼は言葉を選んで答えた。「あの若者のおかげで、ガントレットは地図に載るようになったんだから」

あらかじめ用意していたような無難な答えだ。

「あんたはこの人を知っていたのか？」
J．T．はうなずいた。「知っていた。彼と友人がここに来てね。お客さんと同じように、顔剃りをしてほしいと頼んだんだ。この手の西洋剃刀を使うのは、床屋の専売特許だ。なんとなく新鮮なんだろう」
「この人がガンナー・ウーリッヒといっしょにいるところを見たのか？」
J．T．が不審そうに目を細めた。「お客さん、新聞記者じゃないのか？」

おれは首を振った。「違うんだ」

「わたしはかつてシカゴ市警にいたんでね、探りを入れられたらわかる」

元シカゴ市警という言葉は、おれには〝タフなろくでなし〟に聞こえる。シカゴには暴力犯罪の発生率が全米平均の十倍を超える区域がある。おまけにシカゴはいわゆる〝竜巻街道〟に位置し、冬はマイナス三十度まで気温が下がって、彼らの野球チームは百八年もワールドシリーズ優勝から遠ざかっていた時期があった。単にタフなだけでは、シカゴの法執行官は務まらない。

J．T．のような男に嘘をついても意味はない。彼はおれを助けてくれるか、助けてくれないかのどちらかだ。おれはいま、どちらかにはっきり決めるべき瞬間を迎えている。黙ってここを出るか、多少なりとも事実を明かすか。もちろんすべてを明かすわけにはいかないが、それでも充分だろう。

おれは両手を上げて降参した。「おれは元連邦保安官局の人間で、ある友人からの頼まれ事をしているんだ。行方不明になった娘を捜してほしいと。跡を追っていくうちに、この町にたどり着いたというわけだ」

「デッカーというのは本名かね？」

さっきまでの笑顔は戻ってこない。おれの見るところ、よほどうまく立ちまわらないとたちまち路上に放り出されるだろう。かといって本名を明かすわけにはいかない。
「どこの分署にいた?」おれは訊いた。
J.T.は眉をひそめた。「刑事になるまでは第十二分署にいた」ややあって、彼は言った。「暴力犯罪課に異動した。そこに二十五年いた。一九九〇年から二〇一五年まで」
頭のなかで計算してみた。年代をさかのぼってみる。おれは二〇一四年にシカゴにいたことがあった。スペリオル湖からドーソン・ルートと呼ばれる凶悪犯を追っていたのだ。たかが六缶パックのクアーズ・ライトとバージニアタバコをひと袋ほしさに、店員を殺したやつだ。ルートはもともと〝風の街〟シカゴの出身だったので、おれはシカゴ市警犯罪捜査課の逃亡犯逮捕チームに支援を要請した。そこのスティーブ・ホグベンという警官が犯人を追跡し、ドーソン・ルート逮捕にこぎつけた。おれはJ.T.に彼を知っているか訊いてみた。
J.T.はうなずいた。「スティーブとは中央署でしばらくいっしょだった。いい警官(ポリス)だよ」
彼は「ポリース」と発音した。おれたちみんなと同じく。きっと同じテレビドラマを見てきたからだろう。

「いかにもそのとおりだ」おれは言った。そして彼にドーソン・ルートのことを話し、ホグベンが時代に先駆けて情報主導型の捜査活動で犯人を追い詰めたいきさつを聞かせた。

「コーヒーのお代わりは？」J．T．が訊いた。

ジェズヴェにはまだ少しコーヒーが残っていたが、きっと奥に行ってしばらく考えたいのだろう。

「ぜひ頼む」

彼は五分ほど奥にいた。戻ってくると、おれの前に立ち、しげしげと顔を見た。そして探していたものを確かめると、ふたたび手を差し出した。

「お会いできて光栄だ、ミスター・ケーニグ」

51

スティーブ・ホグベンとJ．T．は単なる顔見知りではなかった。二人は長年連絡を取りつづけてきた友人同士なのだ。J．T．は店の奥から彼に電話したのだった。ホグベンはいまでもシカゴ市警で文官職に就いている。彼はJ．T．に、いま床屋にいる男の右目の上に魚の骨の色をした傷痕があれば、その男は確かに元保安官局員だが、名前はベン・ケーニグであってデイヴィッド・デッカーではないと告げた。

元警官のネットワークはこのように機能している。彼らはひとつの街で定年まで勤め上げることが多いが、年金を受け取るようになると、大半はスポットライトを浴びたゴキブリさながらに街から四方八方へ散らばる。こうして、元警官の情報網はアメリカ五十州の隅々まで広がるのだ。これは比類のない法執行関係者の諜報網であり、おれが公式にアクセスできるいかなるネットワークにもひけを取らない。誰もがどこかで誰かと知り合い、仮にそうでなくても、その誰かを知っている〝友だち〟がいる。

これ以上、監視網をかいくぐるのは難しそうだ。

「スティーブはきみが辞めた理由を言っていなかったが」J.T.は言った。

おれたちはこうした人種だ。詮索好きな人間は、なんでも知りたがる。元警官の情報網にゴシップはつきものだ。

「辞めたのかどうかは、自分でもよくわからないんだ、J.T.」

「なるほど、事情がありそうだな」

「それから、人前ではおれをデイヴィッドと呼んでくれるとありがたい」おれは《ワシントン・ポスト》のデイヴィッド・デッカー名義の記者証を見せた。「監視網を警戒している」

「〝口が堅い(Discretion)〟がわたしのミドルネームでね」彼は言った。

「じゃあ、あんたのイニシャルはJ.D.T.か?」

「そいつは面白い」と言ったが、顔は笑っていなかった。

「あんたはどうして、こんなに南まで移ってきたんだ、J.T.?」おれは話題を変えようとして訊いた。

彼は心持ちうなだれた。「妻のためだ。肺を病んでいてね、砂漠の乾いた空気を吸ったら少しはよくなるんじゃないかと思っていた」

「ところが、そうはならなかった？」

「移ってきたのが少し遅かったのと、治療費が少し足りなかったのかもしれない。越してきて一年で先立たれた。それが九年前だ。いっしょに過ごそうと計画していた相手がいなくなってしまったら、隠退生活はなんにも楽しくないよ」

「それは気の毒だった」おれは言った。悲しい話だが、決して目新しくはない。職場を退いた直後に亡くなる警官やその妻の数は驚くほど多いのだ。おれは個人的に、厳格な日常習慣や緊密な仲間意識が不意に失われることと関係があると思う。それまで慣れ親しんできた生活を、夢見てきた生活と取り替えようとしたが、どちらも失ってしまうとは。

「わたしたち夫婦は、毎日ハイキングしたり、夜になったら白ワインを飲み、バーベキューを食べたりして過ごそうと計画していた」J．T．は言った。「わたしはこの店を友人や仲間のために開業した。あとで何人か来るだろう。元警官も二人ばかりいる。三人はかつて船乗りだったころの愚痴を言いだすと止まらない。彼らがどこで働いていたのかは、訊かないことをお勧めする。一度訊いたら最後、その日一杯と翌日のほとんどをここで過ごすことになるだろう。その誰もがわたしのコーヒーを飲んで二時間ばかり居座り、亡くなった奥さんのことを悲しむんだ」そう言って頭を振る。「自己憐憫（れんびん）に浸るのはこれぐらいにしておこう。わたしで何か役に立てることはあるかな、ベン？」

失われた未来に思いを馳せている相手に用件を切り出すのはぶしつけではないかと感じたが、本当に〝仲間たち〟が来るのであれば、時間を無駄にしたくなかった。

「スペンサー・クインについて何か話せることはあるだろうか？」
J．T．はおれの隣に座った。クインの人となりをどう描写しようか考えているように見える。そしておもむろに言った。「たとえば、開封して二、三日ほど経った牛乳を冷蔵庫から取り出し、匂いを嗅いで悪くなっていないかどうか確かめたとしよう。ところが、匂いはどうであれ、どこも悪くなっていないように思える牛乳を流しに捨ててしまうことがあるとする。牛乳は問題なさそうに思えるが、どういうわけか変な感じがするんだ。そういう感覚を覚えたことはないかな、ベン？」
「ご想像以上によくあるよ」おれは答えた。

「もしかするとこのJ．T．が、ひねくれた見かたをしているだけかもしれないが、わたしはいま言ったようなことを、スペンサー・クインとその太陽熱発電会社に感じている。まるでチョコレートのように見え、実際にチョコレートのような味がするが、やっぱりわたしにはくそみたいな臭いがするんだ。どこがおかしいのかはっきり言えないし、誰に訴えればいいのかもわからないんだが」

「警官の直感というやつか？」おれは決して、それをなおざりにはしない。直感というのは経験の同義語だ。

「まさしくそのとおりだ」

「スペンサーはフロント企業を経営していると？」

「仮にそうだとしても、なんのためなのか見当もつかない。太陽熱発電施設へ行ってみればわかるが、そこでは大勢の人間が汗をかいて働いている。鏡板を磨き、絶えず砂埃を拭いているんだ。察しはつくだろうが、ここは決して彼らの事業に理想的な場所ではない。ガントレットは盆地にあり、いささか風が強すぎる。クインはほんの少し東で開業したほうがよかったんだ。そこなら多少風が遮られるからね。風が吹けば砂埃が舞い、砂埃がつけばそれだけ太陽エネルギーが失われるわけだ」

おれは今後の分析に備え、〝太陽熱発電には不向きな立地〟という言葉を記憶に刻んだ。

「じゃあ、労働力は全員、有給の従業員ということだな？」

「そう思える」J．T．は言った。「店を閉めたあとできみが戻ってきたら、いっしょにドライブに出てもいい。まずは太陽熱発電施設をお目にかけよう」

たとえ衛星写真に異常は見当たらず、業務案内パンフレットがもっともらしくても、自分の目で見るのに優るものはない。おれが礼を言おうとしたとき、J．T．はおれの肩越しに外を見た。「やれやれ、面倒なのがおいでなすったか。嫌われ者のブライソンがそこにいる」

おれは振り向いた。警官の制服を着た男が一人いる。典型的な田舎町の保安官補だ。太鼓腹がベルトに載っている。顔に頬髯（ひげ）を生やし、鼻は膨れていた。誰からも楯突かれない仕事に就けて心地よさそうだ。おれたちが見ていると、その男は目の上に手をかざして窓越しにこちらを窺った。そしておれの姿を認めるや、扉を開けて踏みこんできた。

彼はJ．T．に向かって会釈し、おれに近づいてきた。

「苦情が来ていましてね」

J．T．が立ち上がり、おれたちのあいだに割って入った。「なんの話かな、アール？」

「男が違法駐車していると」

J．T．は思案げに首を傾げた。「そいつは寝耳に水だな？　この町に駐車禁止区域はどこにもないはずだ。いったいどうしたら違法駐車できる？」

アールはしばし彼を見つめ、おれに言った。「あなたにご同行いただくことになりそうです」

おれは立ち上がった。この町に来て二時間足らずで、もう波風が立っている。しかしおれの見かたでは、事態は進展していた。アールのパトロールカーは外に駐まっていない。

彼はおれの視線に気づいた。

「暑さが気にならなければ、お車まで歩きましょうか?」

アールは丁重な物腰に見せかけようとしているが、こわばっているのが伝わってきた。この男は怯えている。何かが起きようとしているらしい。

おれはJ.T.に向きなおってウィンクした。「あとで戻ってきたら、顔剃りをお願いするよ、J.T.」

「閉店は四時だ」彼は答えた。

52

スティングレイまで歩いて戻る途中、アールは何か話したいような空気ではなかった。おれとの距離が近づくにつれ、びくついているのがわかる。じっとり湿った両手が震えていた。ズボンで手の汗を拭う。ズボンに黒っぽい染みが残った。だが、おれを怖がっているのではなさそうだ。少なくとも直接的には。怖がっているのなら、ホルスターの留め金を外しているだろう。

ジェンのスティングレイはさっき駐めた場所にあった。路上にほかの車は駐まっておらず、なんの邪魔にもなっていない。そんなことだろうと思った。誰かがここで小芝居を打とうとしているらしい。そいつらは自分たちの役どころを心得ているが、おれだけはどんな役者が出てくるのか知らずにいる。

J．T．の床屋を出てから初めて、アールが口をひらいた。「違反切符を切らないといけません」と嗄(しゃが)れ声で言う。手帳をひらいたが、胸ポケットのボールペンを取り出そうともしなかった。おれは助手席側のドアに寄りかかり、これから何が起きるのか待つことにした。アールは怯えきって気づいていないが、おれは肩掛け鞄に手を入れ、グロックを摑んでいた。まだ真っ昼間で、ここは大通りのど真ん中だ。かなりうるさくなるだろう。たとえそうなったとしても、必要とあらば躊躇なく撃つつもりだ。そのときには、銃を鞄から取り出す手間はかけない。おれに銃を向けてきた人間はその瞬間に、肩掛け鞄の帆布に包まれた九ミリパラベラム弾を腹に受けるだろう。

第一幕が終わり、第二幕が始まった。薄黄色のスーツを着たいかにも裕福そうな男が、ダイナーからゆったりした足取りで出てくる。長身瘦軀で日焼けしていた。人のよさそうな笑みを浮かべ、白い歯がこぼれる。わざと無精髭を伸ばしていた。その笑顔とスーツを見ると、サマーキャンプの余興係かと思う。しかし目だけは違った。ガラガラヘビのような目だ――冷たく、計算高く、何ひとつ見逃さない。

その男の役者ぶりはアールより何枚も上手だった。平然とした物腰だ。綿毛を鋼鉄で包んだような声で彼は訊いた。「何をしているのかな、保安官補？」

アールは声をうわずらせた。「この男が違法駐車をしていたんです、ミスター・ノース。それで切符を切っているところです」

ノースは無人の通りを見わたした。「彼の車が何か問題を起こしているかね？」

「いいえ、ミスター・ノース」

「われわれガントレットの住民はよそから来た人たちに親切なんだ、アール。わたしが思うに、ここにいるミスター……？」言葉を止め、おれがあとを引き取るのを待つ。

おれは咳払いし、精一杯シドニー・ポワチエのような雰囲気を醸し出そうとした。「人からはミスター・デッカーと呼ばれている」

「そうとも」ノースは言った。「わたしが思うに、ここにいるミスター・デッカーは喜んで、車をあそこの空き地に移動してくれるだろう。その手帳をポケットにしまい、この件はすべて忘れることにしてはどうかね？」

「わかりました、ミスター・ノース」アールは反射的にお辞儀しそうになったが、かろうじて踏みとどまった。

「ペイトン・ノースだ」彼が立ち去ったあと、ノースは言った。そして、手を差し出した。

おれはその手を握った。握力を強め、相手の反応を確かめる。ノースは反応しなかった。

「よかったら、デイヴィッドと呼んでくれ」

「うちの保安官補の無礼をお詫びする。職務熱心なんだが、空回りしがちでね」

「よそ者が来るには、いい頃合いではなかったのかな？」おれは訊いた。だがいかなる頃合いでも、情報収集はできる。

彼はうなずいた。「スペンサー・クインのことを言っているのか？」

「いかにも」

「警察はもう犯人の目星をつけている」冷淡な口調だ。

「それは初耳だ」

ノースは面白い冗談を聞いたかのような笑みを浮かべた。「彼を誘拐したのはアマチュア二人だ。スペンサーは間違いなく、今週末には机の前に戻ってくるだろう」

おれは怪しいものだと思った。おれの考えでは、スペンサー・クインはすでにチワワ砂漠に埋められているだろう。

だがノースは、これ以上クインのことを話したくなさそうだ。「アール保安官補から危害は加えられなかったか？」

おれは加えられなかったと答えた。

「いずれにせよ、この町を代表してお詫び申し上げたい」彼は言った。「言い訳はしないが、ミスター・デッカー、夕食をご馳走させてくれ。GU本社に役員用の正餐室（せいさんしつ）がある。今晩、予約しておこう。八時ではどうかな？」

大胆なリスク評価をするまでもなく、これが罠だというのはわかった。「ぜひお邪魔したい」おれは答えた。

ノースは輝くばかりの笑みを浮かべた。そして近くの丘陵を指さした。「車でこの町を出てあっちのほうへ半マイル行くと、左に私道が見えてくる。検問のインターホンを押して、ペイトン・ノースの客だと言ってくれ。好きなところに駐めていいし、わたしは受付で待っている。ロングホーン・ステーキはお好きかな？」

おれの考えでは、ロングホーンはこの国でいちばん筋が多い牛肉だ。「すばらしい」おれは言った。

ノースはいま一度、おれに笑いかけた。「では八時に」

53

夕食に着ていける服を買いに行ったあとはずっと、おれはJ．T．の床屋にいた。そしてようやく顔剃りをしてもらった。熱いタオルでおれの毛穴はひらき、切れ味鋭い剃刀が無精髭と旅の垢を落としてくれた。すぐにうとうとしはじめた。終わってから、J．T．に優しく揺り起こされた。

「すまない」おれは目をこすって言った。

「心配ご無用。ご想像よりよくあるんでね」

その日のうちに、〝仲間たち〟が何人か来た。太陽熱発電プラントを褒める者は一人もいなかった。異口同音に、太陽熱発電はテキサスにふさわしくないと言っていた。それにスペンサー・クインも。

三時四十五分、J．T．は入口に〈閉店〉の札を掲げ、おれは掃除を手伝った。おれたちはすぐにコルベットに乗り、町の外へ向かった。ノースが言っていた私道が見えた。いかにも先進的な検問システムが出入口を制御している。

「このへんにはそんなに窃盗が多いのか？」おれはあくび混じりに言った。
J．T．は肩をすくめた。「ここはいつも、蛙のケツよりがっちり閉まっている」
おれは運転席で身体をひねり、首を伸ばした。「おれには何も見えないがね。今晩、見学させてもらおうかな。断わられたらいよいよ怪しい」

「確かきみは保安官局にいたと言っていたな」おれは無言だったが、彼は続けて言った。「保安官が好きなように使える、いちばんの武器はなんだと思う？」

おれはJ．T．に顔を向けると、すぐに彼の言わんとしていることがわかった。「地元の知識だ」

「そう、地元の知識だ」彼はうなずいた。「わたしは地元の人間で、知識もある」

「何か知っているのか？」

「うってつけの場所を」J．T．は言った。


その場所まではまっすぐ二十マイル進み、曲がってからさらに十五マイル走らねばならなかった。最後の三マイルはひどい悪路で、スティングレイのサスペンションが耐えられるか気を揉んだ。おれが車体を傷つけたらジェンから何をされるだろうか。考えただけでぞっとする。J．T．が指さしていた丘陵の頂上に着くころには、おれもいささか車酔いをしていた。

J．T．が降りた。おれはあとに続いた。ここは丘の頂上だが、おれたちがいるのは、天井がない洞窟のような自然の窪地だ。ひょっとしたら一億年前、ティラノサウルスがテキサスをわがもの顔で歩きまわっていたころ、ここは滝のてっぺんだったのかもしれない。おれたちはテキサスエボニーの林のおかげで陽差しから遮られ、両側は赤い砂岩に守られている。窪地は車二台が入るほどで、一部が日陰に覆われていた。半日は日陰だろう。これよりすばらしい観察地点はほかにない。仮におれが自由に紙に描いてデザインできるとしても、思いつかないだろう。

おれがJ．T．についていくと、彼は低く垂れ下がった枝を指さした。そこは恰好の椅子で、二人とも座って眼下の景色が見わたせる。

「こいつはすごい」おれは言った。

ガントレットは田舎町なので、おれは不当にもここを拠点にする会社もまた小さいと思っていた。家族経営の店ばかりの町を代表する企業は、やはり家族経営ではないのかと。

それは間違いだった。

ワシントンDCを出発する前に、おれは写真を何枚か見てきたが、それだけではとても〈GUソーラーエナジーシステムズ〉の実情はわからなかった。その発電施設はとてつもなく広大だったのだ。

テキサスの大空を背景に、おれの眼下には丘陵地帯と人跡未踏の不毛の砂漠が広がっている。その向こうには未来的な景色があった。見わたすかぎりの銀色に輝くオアシスだ。数百基、いや数千基かと思われるほどの鏡板が、自然が造り出した馬蹄形の盆地一面を埋め尽くしている。その周囲は断崖と山々に囲まれていた。遠くにガントレットの町が、馬蹄の出口にちょこんと見える。

おれは立ち上がり、窪地の縁に近づいた。身を乗り出し、崖の岩肌を確かめる。ごつごつした崖は切り立っていた。登るのはわりあい簡単かもしれないが、降りるのは難しいだろう。崖の麓(ふもと)が砂漠の地表まで続いているのかよく見えないので、おれはさらに身を乗り出した。片脚でバランスを取り、見下ろす。

「おい、気は確かか！」J.T.が言い、おれを引き戻した。

「なんだって？」

「ここから落ちたら、二百フィート下の硬い岩まで真っ逆さまだ。ちょっと風が吹けば、落ちるところだったぞ！」

　おれはふたたび縁を覗いた。「でも落ちなかったじゃないか」おれは言った。「それに風はあまり吹いていない」

「まあ、それはそうだが」J．T．は不承不承うなずいた。「だがまともな判断力があれば、そんなリスクは犯さないはずだ」そう言い、洞察力のあるまなざしでおれをじっと見る。何かに思い当たったが、口にしていいのかどうかわからないようだ。結局、彼はこう言った。「エボニーの木まで戻ろう、ベン。そんなにぎりぎりの縁に立たれると、見ているこっちがはらはらする」

54

それからの一時間、おれたちは無数の鏡を見て過ごした。

どの鏡も一般的な車庫の扉ぐらいの大きさがある。鏡はみな、複雑な台座のようなものに据えつけられていた。背の高い塔のような建物が、馬蹄形の盆地の中央にそびえている。まるで灯台のようだ。そのまわりを無数の鏡が取り囲んでいる。塔の下にある箱形の建物から電柱と太い電線が伸び、盆地の向こう側にある崖にへばりつくように立つ現代的な建物まで続いていた。無数の鏡は地平線の向こうを移動する太陽に合わせて、ゆっくりと角度を変えていた。

おれたちの観察地点から全体を見下ろすと、中央の塔とそれを円形に取り囲む鏡の一群は、まばたきしない巨人の目のように見えた。鏡が虹彩で、塔が瞳孔、電線は毛細血管さながらだ。

「無数の反射鏡(ヘリオスタット)が真ん中のソーラータワーに向けて太陽光を反射する」J.T.が説明す

る。「その熱が蒸気を発生させ、塔の下の建物にあるタービンを回転させるんだ。タービンは電気を生み出し、その電力があそこにある目障りな建物へと電線を通じて供給される」指さした先には、崖にせり出したガラスとクロム合金の建物があった。

「おれは今晩、あそこへ行くのか？」

「そのとおりだ」J．T．は答えた。「罠だと思うか？」

おれは肩をすくめた。「おそらく」

「きみの葬式になるかもしれないな。ともかくチャンスがあれば、あそこの最上階から景色を見られるか訊いてみるといい。文句なく、ガントレットでいちばんの景色だ」

「ここよりいいのか？」おれはうなった。「それはちょっと考えにくいな」

「間違いないさ」J．T．が答えた。「ガントレットで、あの不愉快な建物を見なくてすむ場所はあそこしかないからな」

おれは声をあげて笑った。「しかし、これだけでかいとは夢にも思わなかった」おれは目の前に広がる鏡の海を示して言った。

「そうでもないさ」J．T．は言った。「この種の発電施設としては小さいほうだ。それに鏡は自然にできた盆地にあるから、実際以上に多く見えるんだ。カリフォルニアやラスベガスにある同様の施設に比べれば、ここにあるのはまだ規模が小さい」

「どれぐらいの電力を作れるんだ？」
J．T．は肩をすくめた。「優に町ひとつ分は賄えるのは確かだ。契約すれば誰でも、GUから安い電力を調達できる」
おれは眉を上げ、無言で問いかけた。

「わたしはどうかって？」彼は答えた。「契約してるに決まってるだろう。おかげで電気代が八割も安くなった」

おれは口笛を吹いた。「そいつらはどうして、そんなに大盤振る舞いができるんだ？」

「スペンサー・クインによると、生活が変わってしまっても我慢してくれる町の人たちへの感謝らしい。一種の見返りだな。GUはその余剰分を電力網に売り、収益を得ている」

「ということは、彼が来たときにも抵抗は少なかったのか？」

「少しはあったけどね。わたしも含めて、古い人間は変化を好まない。一方で若い人たちや、子育てをしている家族の一部は歓迎した。GUが来たことで、彼らが望めばガントレットに住みつづけられるようになったからだ。ここの若者のほとんどは、仕事を探してヒューストンやサン・アントニオ、遠くはダラスまで移らねばならなかった。しかしいまは大学へ進学し、エンジニアの学位を得て町に戻れば、仕事の口は保証されている」

おれたちがじっと見ているると、網の目のように張りめぐらされた業務用の道路を、平台トラックが一台走ってきた。トラックの運転台には三人のチームが乗っている。トラックは一枚の鏡のそばに停まり、三人が降りてきた。彼らは時間をかけて台座から鏡を取り外し、慎重に地面に置いた。それから荷台に上り、新品の鏡の梱包を解いた。三十分後、新品の鏡は台座に取りつけられ、携帯式の検査装置のようなものに繋がれた。新品と交換されたヘリオスタットは所定の角度に調整されている。三人は古い鏡を荷台に載せ、GUの建物へ引き返した。おれは腕時計を見た。すべてが終わるまでに一時間かかっていた。

おれはトラックをずっと目で追いかけた。トラックは岩のなかにある建物へ向かっていく。表玄関の左端にある車庫の扉がひらいた。平台トラックが建物の中に吸いこまれ、車庫の扉が閉まる。

おれが見ていたあいだ、取り立てて不審なことは何もなかった。

まったく何も。

ではなぜ、おれの警戒アンテナは反応しているのだろう？

55

〈GUソーラーエナジーシステムズ〉本社までは、車でそう長くはかからない。J．T．はおれに、ガントレットにいるあいだは好きなだけ泊まっていいと言ってくれたので、喜んで好意に甘えることにした。つむじ曲がりの元警官ほど心強い味方はいないし、町のほとんど全員が彼の知り合いだ。

そのあと、おれたちはスペンサー・クインと〈GUソーラーエナジーシステムズ〉のことを議論しながら夕方を過ごした。ただ、マーサの手がかりを追っていたらガントレットにたどり着いた経緯についてはあまり触れなかった。J．T．に何もかも話せるわけではないが、彼は優秀な刑事だったに違いないから、自分で考えて空白を補うだろう。最後に話が行き着いたのは、おれがこれから夕食をともにするペイトン・ノースのことだった。

「血も涙もない精神病質者（サイコパス）だ」J．T．は間髪を容れずに言った。「ときどき顔剃りをしてもらいにここへ来るが、わたしはいつも、うちの店の椅子に虎が座っているような感覚に囚われるんだ。言いたいことがわかるだろうか？　ちょっとでも口を滑らせて不注意なことを言おうものなら、すぐさま貘のように食われてしまいそうな気がするのさ」

「妙に具体的な喩えだな」
J．T．は肩をすくめた。「《ディスカバリーチャンネル》で野生動物ドキュメンタリーを見るのが好きでね」
「確かに、アール保安官補は彼を怖がっていたように見えた」おれは言った。「そもそもいったいなぜ、太陽熱発電会社にノースのような人間が必要なのか、おれも疑問に思っていた」

「彼一人じゃない」J．T．が言った。「ノースはときどき、身長七フィートもある口の利けない男を連れている。アンドリューズという名の冷酷そうな巨人だ。『ロシアより愛をこめて』に出てくる悪役の腹心レッド・グラントに生き写しだよ。ノースがいるところにはだいたい、この男の姿もある」

「あんたが〝悪役の腹心〟と言ったのには、理由がありそうだな」

「いいか、ベン」J．T．はニュースキャスターのように冷静な声で言った。「きみの本当の狙いがどこにあるのかはわからないが、ひとつ忠告しておこう。もしアンドリューズと闘うことになったら、決して甘く見ないことだ。安全な距離から頭を狙って撃つのがいい。ノースがサイコパスだとしたら、アンドリューズはサディストだ」

「ただの夕食じゃないか」おれは言った。

「こいつがただの夕食なものか。ノースはばかげた黄色のスーツを着ているが、頭のいいやつだ。つまり今夜きみを招待したのは、やつの利益のためで、きみのためではないだろう」

「気をつけるよ」おれは約束した。

「携帯電話を持っているか？」

「持っている」

「ちょっと貸してくれ」

おれはそうした。通話履歴や検索履歴は、その都度すべて消去している。携帯電話はミッチに渡されたときと同じく、データがまったくない。J．T．が見るべきでないものを見る恐れはなかった。彼はショートメールのアプリを起動し、携帯電話の番号を入力してメッセージを打った。そしておれに返してよこした。

おれはJ．T．が書いたメッセージを読んだ。〈先に寝ていてくれ、帰りは遅くなるから〉

「身の危険を感じたら、送信ボタンを押してくれ。受信したらすぐ、わたしと仲間たちの

〝年寄りSWATチーム〟がGUに突入する」

「申し出に感謝するよ、J.T.」おれは言った。「しかしノースがおれに悪意を持っているとしても、今晩は何も手出ししてこないはずだ。おれの行き先を知っている人間が多すぎる」

「いざとなったら〝年寄りSWATチーム〟がいるからな」J.T.は念を押した。そして、話し合いは終わったと言わんばかりに立ち上がった。「これからサンドイッチを作るが、ひとつ食べるかい?」

「遠慮しておこう。でもあんたが食事を作っているあいだ、コンピュータを貸してくれないか? メールのチェックをしたいんだ」

「廊下の突き当たりの部屋だ」

おれは共有アカウントにログインし、下書きフォルダーのメールを見た。ジェンが新たな下書きを一通書いている。おれは内容を読み、悪態をついた。サミュエルがロシアマフィアのウェブサイトにDDoS攻撃してくれていたが、サイトは修復されたという。おれはふたたび、賞金五百万ドルのお尋ね者になったわけだ。それが捜索の妨げにならないことを祈るしかない。

おれはメールの下書きメッセージを書き、ジェンに最新状況を知らせた。そして彼女にペイトン・ノースとアンドリューズのことを調べてほしいと頼んだ。アンドリューズというのがファーストネームなのかラストネームなのかはわからないが、ジェイムズ・ボンドの映画の悪役みたいに見えるらしいと付け加えた。それが手がかりになればいいが。

J．T．のコンピュータの右上に表示された時計によると、もうすぐ午後七時だ。おれはログオフした。さっとシャワーを浴び、新しく買った服に着替えよう。何かが起きるのであれば、せめて清潔なパンツでいたいものだ。

56

おれは監視カメラに見張られた検問の前で車を停め、インターホンを押して、自分の名前と待ち合わせの相手の名を告げた。警備のバンが遠くから現われ、こっちへ近づいてくる。歓迎委員会だ。制服があまり板についていない警備員が降りてきた。わりあい涼しく、心地よい夜気なのに汗をかいている。警備員が検問の向こう側でキーパッドに番号を入力すると、ゲートは音もなくひらいた。

「こんばんは、ミスター・デッカー」警備員は言った。「ついてきてください」と言うと、答えを待たずにバンに戻る。おれが車に戻って敷地に入るや、ゲートが背後で閉じた。おれは指示どおり警備のバンについていった。私道は舗装道路で、中央に白線が引かれ、車がすれ違えるぐらい広かった。一マイル進んだところで道は分かれていた。左の道は、さっき平台トラックが車庫へ吸いこまれていった場所に通じている。おれたちは右の道に入り、GUの表向きの顔へ向かった。

バンは端っこにある人目につかない駐車場に入り、そこで停まった。警備員が隣のスペースを指示する。おれがエンジンを切るとすぐ、彼は降りてきた。おれも車を降り、明かりが煌々と灯る正面玄関へ向かった。

〈GUソーラーエナジーシステムズ〉本社の建物は、これまで見てきた《フォーチュン500》掲載企業のどれにもひけを取らなかった。その建物は高さよりも幅があり、奥行きよりも高さがあった。崖という立地に溶けこむよう、景観面の配慮がなされている。正面の外壁には崖と同じ色合いの砂岩が使われ、建物自体はほぼ間違いなく鉄とコンクリートで支えられているものの、遠くから見ると砂漠が盛り上がっているように錯覚してしまう。だが近くで見ると、まぎれもなく現代建築だ。砂岩の壁面からは鉄骨に囲われた大きな窓が突き出し、その輪郭はくっきりした幾何学的なデザインで、まっすぐに伸びている。平坦な屋上にはさまざまな機械設備が収納されていた。J．T．が教えてくれた絶壁の観察地点から、そうした機器類が見えた。衛星放送用のパラボラアンテナ、細長いアンテナ、換気扇、空調用機器、ほかにも用途のわからない機器が並んでいた。大きな〝H〟の文字も見え、J．T．はそこにヘリコプターが着陸するのを見たことがあると言っていた。

玄関前の私道にはロータリーがあり、その中央には最新式の噴水があった。色とりどりのスポットライトを浴びて噴水が踊り、手入れの行き届いた芝生を揺らめく水の影がコウモリのように見える。この乾燥した気候の中でも、青々とした芝生が建物の正面を取り巻いていた。庭師が大理石のベンチに腰かけ、遅い食事を楽しんでいる。

何もかも豪勢だが、おれにはJ．T．が言っていた意味がわかった。GU本社が見えない景色ならどこでも、それが見える景色よりましだと言っていた意味が。ここの景観は一見すると上品だが、どこか下卑たところがあるのだ。まるでラスベガスのホテルのような。違いがあるとすれば、コールガールのチラシを配るポン引きがいるかどうかだろう。

正面玄関に近づくと、巨漢のアンドリューズが出てきた。J．T．はおれをからかっていたのではなかった。まるで闘犬（ピットブル）のような人間だ。最低でも三〇〇ポンドはあるだろう。おれより頭ひとつ分は高く、筋肉が膨れ上がっている。袖ははち切れそうで、上腕二頭筋に止血帯を巻いているようだ。雄牛のような首にカリフラワーのような耳。手の甲には黒い毛が密生している。額に〝用心棒〟と刺青を入れるまでもなかった。どこから見ても用心棒だ。J．T．の言葉は正しい。アンドリューズと闘って勝てる唯一の方法は、安全な距離から撃つことだ。首は分厚い筋肉に覆われているので、喉元を突いても効き目がないだろう。夕食を摂りながら考えるとしようか。知的訓練というやつだ。全身のどこを取っても自分より優る相手に、どうやったら勝てるのか？

アンドリューズは大股で、驚くほど優雅に歩いてきた。瞬く間におれに近づく。メドウウェルの麻薬依存者とは違い、彼は安全な距離で立ち止まった。『ジャックと豆の木』に出てくる巨人さながら「フィー・ファイ・フォー・ファム」とうめくかと思っていたが、彼は何も言わず、両手を上げるよう身振りでおれに促した。

おれは両手を下げたままでいた。

巨漢はむっとした表情を見せなかった。かといって、楽しそうでもない。まったくの無表情だ。ただ黙って、おれが指示に従うのを待っている。試されているのはおれにもわかった。

おれたちのどちらも動かないまま、二分が経った。

やがて正面玄関がふたたびひらき、笑みを浮かべたペイトン・ノースが出てきた。実にさまざまな笑顔の持ち主らしい。しかしそのどれも、目は笑っていなかった。今度も黄色のスーツを着ているが、さっき見たよりやや鮮やかな色調だ。たぶん、楽しい夕べ用のスーツなのだろう。子猫たちを溺れさせて楽しむときの。白のローファーを履き、ぱりっとした白のシャツを着ているが、上のボタンを外してネクタイは締めていない。おれも夕食にふさわしい服を買っておいてよかった。

「アンドリューズの無礼は許してくれ、ミスター・デッカー」ノースは言った。「彼はしゃべらないんだ。それにミスター・クインの誘拐事件でひどく怒っていてね」

「口が利けないのか、それともあえて利かないのか？」

ノースは小首を傾げた。きみの顔を立ててやったんだから、わたしの顔も立ててくれとでも言いたそうだ。「それがどうした？」

「まあ、どちらでもいいさ」

ノースは巨漢に向きなおり、言った。「万事順調だ、アンドリューズ。シェフにお客様が見えたと伝えてくれ」

アンドリューズは振り向きもせずに立ち去った。

「あんたが雇っている科学者か？」おれは言った。

ノースは慇懃に笑って聞き流した。「腹は減ったかな？」

「ぺこぺこだ」

「よろしい」ノースは言った。「ついてきたまえ」

57

GU本社の役員用の正餐室は強烈な第一印象を与えるために設計されていた。磨き抜かれたマホガニーのバーカウンターが室内の片側に伸びている。美しい仕立ての白いタキシードに身を包んだバーテンダーが、注文を待っていた。壁一面には砂漠をモチーフにした特注の水彩画がかかっている。テキサスの動植物の自然美を描いた絵は、ため息が出るほどの出来栄えだ。ほかの絵はこの州を象徴するふたつのものを描いていた――石油と牛だ。調度品には砂で磨いた木材が使われ、椅子は茶色の上質な革張りだ。

どれも金がかかっており、間違いなくテキサス的だ。

贅を尽くしたしつらえだった。不必要なほどに。いったい誰に印象づけようとしているのだろう? これほど度外れた贅沢を誰が要求したのか? おれは内心で正餐室に〝興味深い〟というラベルを貼り、J.T.が無数のヘリオスタットに関して言っていた、太陽熱発電には不向きな立地という形容と同じファイルに分類した。

やはり白いタキシードを着た給仕長が、おれたちを席に案内した。そして飲み物の注文を訊いた。おれはよく冷えたビールがほしかった。長時間を暑い戸外で過ごし、喉が埃っぽいような気がする。しかしノースはおれの願いを裏切った。

「ドン・フリオ・レアルのボトルを」

ノースが注文したのは四百ドルもするテキーラだ。なぜなのか、おれは首を傾げた。

「今夜はシーフードと牛肉の食事をしたい」給仕長が立ち去ると、彼は言った。「ステーキはほどなくできるが、シェフによると、シーフード用の冷蔵庫にムーンストーン・オイスターがあるそうだ。そっちから食べよう。ロードアイランド州から空輸されてくるんだ。いまが旬だよ」

「ということは、あんたはニューイングランドの出身だな？」おれは訊いてみた。恰好の糸口だ。礼儀に反するわけではなく、単なる世間話と思われるだろう。

しかしノースは答えなかった。彼は「ああ、ちょうど飲み物が来た」と言って、はぐらかした。給仕長はテキーラとともに二客の高価なショットグラスを持ってきた。リキュールについて何ひとつ知らなくても、ドン・フリオ・レアルが高級品なのは一見してわかるだろう。ずんぐりしたボトルはきれいな木の葉の形のステンレスに覆われ、まるで骸骨の手に握られているようだ。ノースは開栓し、とろりとした金色の酒を惜しみなくグラスに注いだ。

「ぜひストレートで味わってみてくれ」ノースは言った。「ライムと塩でごまかしている代物とは格が違う」彼はひと口すすり、数秒間口の中で転がしてから、飲みこんだ。そのあとは一気にグラスを空け、おれにボトルを渡して確かめさせた。

おれはボトルを受け取った。そっとまわしてみる。テキーラはボトルの中にこびりつき、真珠の首飾りのような跡を残した。ボトルをテーブルに置き、自分のショットグラスに注ぐ。ひと口すすってみる。口の中で一度転がし、口全体に行き渡らせてから、飲みこんだ。極上の味わいだ。粗暴でいて洗練されている。辛口なのにまろやかな、長く複雑な余韻が残った。まぎれもないメキシコ産だ。この一日はおれにとって初物づくしだった。世界一苦いコーヒーと、最高級のテキーラ。ノースと同様、おれも残りは一気に飲み干した。

おれはノースを一瞥した。彼もおれを見ている。唇のまわりに笑みがたゆたっていた。

「うまいだろう?」ノースは訊きながら、ボトルに手を伸ばし、二客のグラスに注いだ。

おれは同意してうなずいた。「あんたは出身地を言っていた」おれはその話を蒸し返した。

「そうだったかな?」ノースは答えた。「それはうっかりしていた」

おれは切り口を変えてみた。「ここでどういう仕事をしている、ミスター・ノース?」

「ペイトンと呼んでくれ」

「ここでどういう仕事をしている、ペイトン？　太陽熱発電の技術者にはあまり見えないが」

「会社の運営だ」ノースは答え、両腕を広げて、まわり全体を示した。「ここのあらゆることには……管理が必要だ。役員会で決定される経営戦略のようなこととは別に、もっと差し迫った問題に対処しなければならない。資材の供給、従業員の問題、労組対策、そうしたことだ」身を乗り出し、おれをまっすぐ見据える。「基本的に、わたしはそうしたことが問題になる前に解決するのが仕事でね」

「じゃああんたは、プロジェクトマネージャーということか？」おれは脅しを無視して訊いた。

「まあ、似たようなものだ」彼は答えた。「だが、わたしのことはいいとして、きみはどうなんだ？　どうしてまた、われわれの埃っぽい小さな町へ来た？」

「ワシントンDCではこの場所に興味が集まっている」おれはノースを見つめ返して言った。

「本当か？」

「スペンサー・クインが誘拐された。彼とDCとの繋がりに編集長が興味を持ち、おれをここに送りこんだ」

ノースはテキーラをすすった。おれの言ったことを考える。「ここまで車で来るのは、ずいぶん長かっただろう。何日かかった？」

「五日だ」

「ところが、ミスター・クインの誘拐が報じられたのはきのうだ」

おれは肩をすくめた。「きっとおれは超能力者なんだろう」

ノースは笑みを浮かべた。

牡蠣（かき）が運ばれてきて会話は中断した。二十個以上の牡蠣がまだ貝殻に収まったまま、砕いた氷を敷きつめた上に載せられている。おれは一個を手に取り、飲みこんだ。おれに言わせれば、牡蠣は『裸の王様』みたいにちやほやされる料理だ。ダイナーで注文しても笑われるだけだろう。牡蠣はいわば水中の生カタツムリだ。ここにあるものは、以前におれが二、三度食べたものより大きく肉厚だった。おれは儀礼上、二個だけ食べた。ノースは十二個平らげた。彼はうまそうに食べ、一個食べるたびに口を綿のナプキンで拭いた。給仕長が空になった貝殻を載せた皿を下げるときに、きれいなナプキンと交換した。

「身代金の要求はまだ出ていないのか？」おれは訊いた。

「その点は警察に訊いてくれ」

「あんたに訊いている」

ノースは肩をすくめた。「わたしが知るかぎりでは、出ていない」

「しかしあんたは、あまり心配していないようだな」

「『人間の一生は孤独で、貧しく、忌まわしく、残忍で短い』」ノースは言った。

「トマス・ホッブズだな」おれは答えた。

「きみは哲学者にも詳しいんだな、ミスター・デッカー」

「おれはいろいろなことを知っているんだ、ペイトン。さっき会ったとき、あんたはスペンサー・クインが週末には机の前に戻っているだろうと言っていた。しかしいまは、彼が死んだと思っているような口ぶりだな？」

「最悪の事態を想定しておくことがわたしの仕事なんだ」ノースは言った。「わたしはこの会社と従業員に責任がある。数百万ドルを動かすビジネスが、道を誤った一個人の行動で崩壊するような事態は許されない」

「誘拐犯は二人じゃないのか？」

「おっと、口が滑った」

ノースは二客のグラスに注ぎ足した。

「スペンサー・クインに」彼は言い、グラスを掲げた。「天才にして、先見性に富んだ、わが友へ」

「彼が無事に帰ってくることを祈って」おれは答え、自分のグラスを掲げた。そしてひと口すったが、酒はほとんどグラスに残した。これ以上飲むつもりはなかった。いまはほろ酔いになりたくない。「彼のことを聞かせてくれ」おれは言った。

ノースは少し沈黙し、考えをまとめた。ややあって彼は言った。「スペンサー・クインはわたしが出会ったなかで最高の男だった」

58

ロングホーン・プライムビーフという呼び名はそもそも矛盾している。この肉があたかもアメリカ最高の<ruby>プライム</ruby>ステーキであるかのように吹聴するのがテキサス人の伝統なのだ。しかし実際には違う。脂肪がなく、霜降りと呼べる部分がない。弱火でじっくり焼かないと、食べられたものではない。ポーターハウス（サーロインとリブのあいだの肉で、最上のステーキとされる）の半分ほどを食べたところで、おれは顎がだるくなった。

食べながら、ノースがおれに会社の歴史を要約して聞かせた。すでに知っていたこともあるが、大半は知らないことだった。

すなわちある休日、スペンサー・クインはガンナー・ウーリッツヒとともにテキサスへ登山に出かけた。二人はトランスペコス地域の郡をすべて訪れ、岩壁を制覇したかった。ガンナー・ウーリッツヒのSLCDが外れたとき――滑落した可能性も考えられたが、それを裏づける証拠はなかった――彼は骨が砕けるほどの高さから墜落し、生存の見込みはわずかしかなかった。クインは同じロープにぶら下がっていたため、ウーリッヒが落ちたとき彼に衝突した。クインは意識を失ったが、彼のＳＬＣＤは持ちこたえた。クインが意識を取り戻し、どうにか下りたときには、ウーリッヒはすでに死亡していた――死因は大量の内出血だ。

おれはそうした一部始終を知っていた。その点はメディアで詳しく報じられ、ノースが話した内容もほとんどは記事の受け売りだ。そもそもなぜ二人の若者がテキサスにいたのかについてはもう少し脚色された報道があったが、ロッククライマーが都会に住んでいれば、つねにどこかへ出かけることになるだろう。岩壁が彼らのところへ来てくれるわけではない。登りたければ、現地へ行くしかない。

ここまではいたって理解しやすい話だ。だが、そのあとで起きた出来事は違う。

おれにはクインが友人の名前で事業を始めた動機は理解できた。彼よりさもしい理由で何かを始める人々は大勢いる。いささか気障なところはあるものの、筋は通っていた。ただ、クインが望みを達成した過程には違和感があった。

それは、砂漠のど真ん中で太陽熱発電会社を興したことではない。その点は筋が通っている。むしろ砂漠以外の場所では成功は見込めなかっただろう。納屋の中に風力発電基地を造っても無駄であるように。

おれが興味を惹かれたのは、クインが資金を調達した過程だった。

大半の人々は、すべての情熱を傾けた事業が資金不足に直面した場合、人々の心の琴線に訴えかけようとするだろう。そうして寄付金を集めようとする。ネットで不特定多数の人々に協力を呼びかけるかもしれない。とにかくなんらかの弾みをつけようとするのだ。遠回りかもしれないが、そうした方法を採ったほうがクインの思い描いた事業を実現するにはリスクを最小限に抑えられたはずだ。

ところが、クインはそうした方法に興味を示さなかった。彼はいきなり銀行を訪ね、三千万ドルもの融資を求めたのだ。ノースによれば、銀行はいつ何時でも太陽熱発電に投資する機会を求めているという。そうした事業には政府が融資の大半を肩代わりしてくれるので、事実上、銀行はリスクを負わずにすむというのだ。

それでも、大手銀行はどこも彼に見向きもしなかった。世間的には彼はまだ学生で、その分野の学問を専攻しておらず、起業家としての実績もなかった。しかしクインはあきらめなかった。そしてついに、後ろ盾となってくれる銀行を見つけたのだ。コアウイラ国民銀行という、メキシコのコアウイラ州にいくつか支店を持つ小規模な銀行が、死んだクインの友人の名を冠した起業プロジェクトへの融資に合意してくれたのだ。クインはそのときからノースを雇い、ともに草創期の困難な日々を乗り越えたという。

「どうだったんだ？」おれは訊いた。

「何が？」

「草創期の困難な日々というのは？」

「きょうも太陽は照っていただろう、ミスター・デッカー。太陽エネルギーというのは、失敗のないビジネスだ。そしてスペンサーは賢明だった。少しずつ事業を築いていったんだ。三千万ドルのほぼ半分をヘリオスタットとソーラータワーに費やし、残りの一千万ドルを熱水を電気に変換するのに必要な設備に、余った分を電力網に接続する設備に投資した。結果、投資額は予算内に収まり、百万ドルが浮いた。返済期限の八カ月前に、最初の分割金を返済できたよ」

「しかも利益が出ている」

「五十メガワットも発電する巨大な施設に比べれば、うちはまだ小さいほうだ。それでも間違いなく、利益は出ている。つまりわれわれは、急ピッチで事業を拡大できるんだ。実際、事業規模は毎年のように拡大している」ノースはそこから、あらかじめ用意していた話に移った。それによると、太陽は五十億年にわたって宇宙にありあまるエネルギーを供給してきた。地球上にたった一時間降り注ぐ太陽エネルギーだけで、全世界の一年分を賄える以上の電力が得られるという。太陽の恐るべき力を制御できず、その巨大な潜在能力をほとんど活用できていないのは、環境面でも経済面でも嘆かわしい悲劇ではないか。ノースがこのテーマを本当に理解できているのか、それとも要点を丸暗記しているだけなのかは、おれにはわからなかった。退屈になりかけていたころ、ノースはようやく興味深いことを言った。

「さて、太陽が沈んでからがわれわれの出番なんだ。今夜は発電プラントをフル稼働させる。どうやって電気ができるのか、見たくないかね、ミスター・デッカー？」

59

発電プラントへ向かう途中、おれはノースに、スペンサー・クインが死亡していたと判明した場合にGUはどう対応するのか訊いた。

「新しいCEOを採用するまでだ」ノースは言った。「太陽エネルギーは時代の寵児だ。しかるべき経歴の持ち主を採用するのは難しくないだろう」

「そういうことを訊いたわけじゃない。GUは非公開会社で、株主はミスター・クイン一人だけだ。彼が死んだら、株主ではいられない。株式会社を所有しつづけるわけにはいかない以上、誰か別の人間に所有権を移すしかなくなるはずだ」

ノースは眉をひそめた。

「うちの編集長が知りたがるだろう」おれはさらに言った。

「そういう問題は役員会で討議するだろう」彼はようやく答えた。「わたしがミスター・クインの指示を仰いでいたのは、管理運営の問題だけだ。会社の指揮系統は、わたしの関知するところではない」

　それからおれたちは無言で歩いた。廊下を抜け、階段を下りる。正餐室から通路に出ると、屋内の装飾はおざなりになり、むしろ工場やプラントの管理施設らしくなった。

おれたちは保安用の金属扉の前で止まった。ノースがブザーを押し、小さな最新式のカメラを見る。カチリと音が響き、扉が解錠された。おれはノースに続いて明るい照明の廊下に入り、作業場を見下ろす構台に出た。防護服にフェイスマスクをつけた男たちが、中央の機械設備の周囲を動きまわっている。一人か二人の従業員がこちらを見上げたが、おれたちが来たのを気にする人間は誰もいないようだ。おれたちは金属製の踏み段を下り、作業場に立った。スーツの上に防護服を着た男が出迎えた。中間管理職なのだろう。

「ジム」ノースは声をかけ、その男と握手して言った。「こちらはミスター・デッカーだ。《ワシントン・ポスト》の記者をしている。五分間ツアーをしてやってくれないか？」

「わかりました」ジムは言い、おれを見て訊いた。「太陽エネルギーについてはご存じですか、ミスター・デッカー？」

おれは肩をすくめ、ノースをちらりと見た。「この一時間で多少は聞いた」

「わが社の太陽熱発電施設はご覧になりましたか？」

「まだだ」おれは嘘をついた。

「大丈夫です」ジムは言った。そしてコンピュータパネルへ向かい、ボタンをふたつばかり押した。すると無数に並ぶヘリオスタットの中継映像が映し出された。すでに外は真っ暗だが、高解像度の映像だ。タッチパッドを使い、ジムは二時間前の映像を呼び出した。画面の発電施設は夕陽を浴びている。

「太陽から電気を得るにはふた通りの方法があります、ミスター・デッカー」彼は言った。「ひとつは光電池で作られた太陽光パネルを使うことで、太陽電池式の電卓はそれで動いています。色は黒っぽく、日光を直流電気に変換します」

「だが、ここにあるのは鏡だ」おれは言い、画面を指さした。

「まさしくそのとおりです」ジムは答えた。「ここにある鏡板はきわめて高温の光線を反射して、中央のソーラータワーにある集熱器に集中させます。熱伝導流体がエネルギーを地上のボイラーに伝達します。すると蒸気がタービンを回転させ、電気がここへ送られてくるのです。したがってこのプラントは、技術的には変電所ということになります。われわれはその一部を町に送電して住民に使っていただき、余った分を電力網に送っているのです」

「なるほど、すごいな」おれはそれだけ言うのが精一杯で、あとはノースのほうを向いた。彼はもう一人の男と何やら話し、画面の映像を見ている。おれが肩越しに見ると、そこにはさっきと同じ平台トラックが映っていた。故障と思われるヘリオスタットを交換していたトラックだ。

「ジムから説明は聞いたかな?」ノースが訊いた。

おれはうなずき、画面を指さした。「ヘリオスタットはここで修理するのか、それともどこかへ運ばないといけないのか?」

そのとき初めて、ノースの表情に不穏な影が兆した。なぜなのかはわからない。どうやらおれは、ようやく核心を突いた質問をしたようだ。ジムの熱意がいくらかおれにも影響したに違いない。

「ここにも小規模な修理場はあるが、大きな修理や定期検査は別の場所でしている」ノースは答えた。

「なぜそうするんだ?」

「なぜというのは?」

一見してほぼ無関係に見える糸口から、事件の捜査が大きく進展することがある。そしていま、どういうわけか、ノースは別の場所で修理する理由を説明しかねていた。彼は言葉に詰まっている。

「なぜここで修理できないのかと訊いているんだ。そっちのほうが安上がりだろう」

「ミスター・デッカー、わが社のヘリオスタットにはきわめて繊細な技術が使われている。砂埃の多いこの場所で分解することはできないし、ここで無菌状態の環境を維持するのは、器材をオースチンへ運ぶより高くつく。われわれは定期検査のスケジュールを守っており、そのためには一日に最低でも二枚の鏡を運送する必要があるんだ。ここでそれと同じことをしようとすれば、天文学的な価格になるだろう」

「見せてもらってもいいかな？」

「オースチンの修理工場を、か？　すまないが、それは論外だ。あの工場はきわめて厳格に制御されている」

「ここにある修理場のことを言ったつもりだったが」

表向き、断わる理由はないはずだ。「では五分だけ許可しよう。だが今晩はプラントをフル稼働しているんだ、ミスター・デッカー。きみのおかげで、すでに現場作業員の気が散っている」

ノースは踵(きびす)を返し、おれも急いであとを追って別の階段を下り、別の保安扉を通り抜けた。

その修理場は、いましがた出てきた作業場と比べてはるかに平凡だった。防護服やフェイスマスクをつけた男たちはおらず、高価な機械設備もない。自動車の整備工場にどこか似ていた。背の高いシャッター、保管スペース、検査ピット、ヘリオスタットを運搬するための木製パレット。電動工具やレンチ、スパナも並んでいた。とくに不審な点は見当たらない。油にまみれた作業員たちが大声で呼び交わす。フォークリフトの運転手が待っている前で、作業員の一団がとてつもなく大きなロールから厚手のプラスチック製保護フィルムを切り取り、ヘリオスタットの鏡を包装していた。それが終わると、フォークリフトの運転手が鏡を載せた木製パレットをトラックの荷台に運び上げた。作業員が荷台に上がり、鏡を紐（ひも）で固定する。シャッターのひとつがひらき、トラックの運転手が慎重に車を出した。

「あの運転手がオースチンまで運ぶんだな？」おれは訊いた。

ノースはそっけなくうなずいた。「もうこんな時間だ、ミスター・デッカー。ほかに質問があれば、広報部やマーケティング部長に訊いてくれれば回答する」

「それはありがたい」おれは言った。

ノースは何かつぶやいたが、おれには聞き取れなかった。おれの心はすでに、次にやるべきことへ向かっていた。

60

暗い部屋で電話が鳴った。年若の男は最初の呼び出し音で電話を取った。

「どうだった？」

「第二修理場まで連れていく羽目になりました。ほかにどうしようもなかったのです。断わっていたら、怪しまれていたでしょう」

「やつに何か見つかったか？」

「何を見つけ出せるんです？」

「それもそうだな」

「それに、オースチンのことを話さなければなりませんでした」

年若の男は一瞬、沈黙した。ノースはいやな徴候だと思った。この年若の男が沈黙したあと、命を失う人間を大勢見てきたからだ。

「それで？」年若の男はようやく口をひらいた。

「彼はそれに注目しませんでした」

「間違いないな」

「間違いありません」ノースは答えた。

「とどのつまり、今夜の会合に価値はあったのか、ペイトン？　きみは必要としていたものを得られたのかね？」

「イエッサー。いくつも得るところがありました」

「では、彼についてはどう見る？　どんな男だったんだ、〝悪魔のブラッドハウンド〟は？」

「彼は……興味深い人間でした」

「というと？」

「まだ具体的な点は指摘できないのですが。あの男にはどうも、常軌を逸したところがあるのです」

「あの男は身分を騙っているんだ、ペイトン」年若の男は言った。「常軌を逸していて当然だろう」

「まさしくそのことです。彼が《ワシントン・ポスト》の記者でないことはとっくにわかっています。そして向こうも、わたしが彼を《ワシントン・ポスト》の記者と信じていないことには気づいています。それにもかかわらず、彼は本社へ来たのです。まるでこの世の中に心配事は何もないかのように見えました。むしろ危険を楽しんでいるかのような印象を受けました」

「だったらそいつは、ただの無謀な男だ」

「どんな無謀な男だって、アンドリューズをひと目見たらくそを漏らしますよ。わたしでさえ、アンドリューズを見るといまだにぞっとします。しかしケーニグは、まばたきひとつしませんでした。あの二人は睨めっこをしていたわけではないでしょう。わたしには、アンドリューズを見ても彼は怖くなかったのだとしか思えません。ケーニグはアンドリューズを慎重に評価した結果、相手にしても意味はないとして退けたのです。あのアンドリューズを見て、問題ではないと判断したのだとしたら、氷のような神経の持ち主としか言いようがありません」

年若の男はその言葉を反芻した。「気に入らない新情報だな、ペイトン」

「わたしもです」

「では、そいつは何を見ても怖がらないと？」

「そう思います」

「では、きみの提案は？」

年若の男にはわかっていた。ノースが問題に関することで電話をかけてきたときには、必ずなんらかの解決策を持ち合わせているのだ。

「先日申し上げたウェブサイトのことをご記憶でしょうか？」

「懸賞金をかけたロシアマフィアのサイトだな？　数日前にはひらけなかったはずだが」

「部下の話によると、サイトを閉鎖に追いこんだＤＤｏＳ攻撃は、ケーニグ自身が指示した可能性があるそうです」

「人脈を持った、油断のならないやつということか？」

「おっしゃるとおりです」ノースは答えた。「ともかく、その点では朗報があります。そのウェブサイトが復活したのです。六時間前から、ベン・ケーニグはふたたび五百万ドルの懸賞金がかかったお尋ね者になりました」

「それはそれは」年若の男は言った。「やつがガントレットの町にいることが、賞金稼ぎの連中に知られたらどうなるだろうな」

61

「本当にトラックを乗っ取るしかないのか？」J．T．が訊いたのはこれで三度目だ。

「修理工場に潜入する必要があるんだ」おれは答えた。「向こうはうまく隠しおおせたつもりらしいが、やつはオースチンの工場で何をやっているのかを知られたくなさそうだった」

「だったらなぜ、わざわざそのことをきみに話したんだ？」

「おれが質問したので、何か答えないといけなかったのさ」

「ほかの場所からきみの目を逸らすためという可能性はないか？」

「その可能性はある。確かにやつは頭がいい」

「しかし？」

「おれにはそうは思えない。おれは別に深い考えがあって訊いたわけじゃない。あのときはただ話を途切れさせないために、鏡をどこで修理するのかと訊いただけだ。ほかにもっといい質問はないかと考えながら」

おれたちはJ．T．のねぐらにいた。ビールを飲み、チリをたっぷりかけたナチョスを食べながら。テレビでは野球の試合を中継しているが、音は消している。おれはJ．T．に、ノースとの夕食の模様を話して聞かせた。ドン・フリオ・レアルを飲んだのを聞いたときには羨ましそうだったが、ロングホーン・ステーキのくだりでは行かなくてよかったという表情だった。「あれは、牛のケツの穴から出てきたタイヤを噛んでいるようなもんだ」どうして知っているのかは、あえて訊かなかった。

「オースチンの工場まで、自分の車で行けばいいじゃないか？」

「GUのトラックにもぐりこむ必要があるんだ」おれは首を振った。「オースチンのセキュリティがガントレットと同様に厳重だったら、潜入する方法はそれしかない」

「だが、平台トラックをどうやって停車させるつもりだ？　あそこの工場で働いている人間のほとんどは、ごくふつうの労働者階級のアメリカ人だぞ、ベン。ペイトン・ノースは別として、きみがほかの人間に危害を加えるのを黙認するわけにはいかない」

「運転手を説得して一台借りるのさ。相手の自尊心は多少傷つくだろうが、誰もかすり傷ひとつ負わないようにするつもりだ」

「どうやって？」

おれはにやりとした。「あんたの友人たちは、ちょっとしたいたずらにつきあってくれるだろうか？」

「ブリキ男のあそこは金属でできているのか、と訊いているようなもんだ。当たり前さ、みんなでつきあうよ。どういう計画だ？」

おれは必要なものを説明した。こうした作戦は、単純なのがいちばんだ。目の前の酒のつまみを見ながら、トラックを停めるのに最善の方法を考える。どこかの雑誌で読んだ方法を思い出した。「そのナチョスに載っているのは、缶詰のチリか？」
J．T．は声をあげて笑った。「おいおい、ここはテキサスだぜ、ベン。自分のチリは自分で作るよ。お客さんに缶詰のチリを出すなど論外だ。J．T．夫人は必ず新鮮な材料しか使っていなかった。だからわたしもそうしている」
「つまり、この家に缶詰はないということだな？」

「ビールでさえ瓶入りだ」

「だったら買い出しに行くか」

その晩、おれはよく眠れた。とにかく進展はしていると思えたからだ。何が進展しているのかはわからないが。ノースは絶対に、スペンサー・クインの身に何が起きたかを知っているだろう。クインはおれと話ができないように殺されたとさえ示唆していた。「数百万ドルを動かすビジネスが、道を誤った一個人の行動で崩壊するような事態は許されない」と言ったのだ。

ガントレットには秘密があり、秘密というのは沼に立つ泡のようなものだ。必ず表面に浮かび上がってくる。ノースはいま、モグラ叩きの悪循環に陥っている。マーサもクインも行方不明になり、おそらくすでに死んでいる。マーストン教授は間違いなく死んだ。ノースはパニックに陥っているわけではないが、拙速な決断を下したのだ。

おれがオースチンへ向かうのを知ったら、ノースはどうするだろう。

八時過ぎに目覚めると、日光がカーテンの隙間からレーザー光線のように差してきた。J．T．はすでに床屋へ出ている。台所のテーブルにメモが置いてあり、おれが必要なものを売っている店の一覧が書いてあった。おれは卵を焼いて朝食を摂ると、店に向かった。もう営業しているだろう。

〈カーステン狩猟銃砲店〉で軍用のシュマグを五枚買った。中東で顔を日焼けと砂から守るために使われるずっしりした四角形のスカーフだ。

雑貨店ではウルフ印のチリを八缶。

〈マイク＆サンズ〉でナイロン製パラコードを二十五フィート。耐久性に優れたアウトドア用の紐だ。

〈リン・ベーカリー〉の前に来たところで、首にヴァイパーテックＶＴＳ－９８９スタンガンを当てられた。

　何かと忙しい朝だ。

62

原因――ヴァイパーテックＶＴＳ‐９８９の尖端がおれの襟に突き立てられ、三千八百万ボルトの電流が首に流された。結果――おれの随意筋を制御する神経信号が混乱させられた。おれの血糖は瞬時に乳酸になった。衝撃は神経系統を圧倒し、筋肉を麻痺させた。襲撃されたと気づいたころには、おれはすでにダッジ・チャージャーのトランクに押しこまれていた。眩暈と吐き気がし、身体に力が入らない。最初の衝撃から回復するのに、最低でも十五分かかるのはわかっていた。

二人の男がおれを見下ろしている。太陽を背にしているので、顔はよく見えない。まるで影絵のようだ。できるだけ身体を起こしてみる。日光の角度が変わった。おれを捕まえたやつらは身長も体格もおれと大差なかった。一人は横長の口髭を生やし、サム・エリオットの二番煎じのようだ。もう一人はきれいに髭を剃っているが、よく見ると痩せている。『キャスト頬はこけ、苦悩しているような表情で、何かを忘れたがっているかのようだ。

・アウェイ』に出ていたトム・ハンクスを思い出した。そういうわけで、おれはその二人にサムとトムという渾名をつけた。おれはよくそういうことを思いつく。二人ともステットソンのカウボーイハットをかぶり、金属製の襟飾りがついたシャツを着ていた。パイロット用のサングラスをかけ、尖ったつま先で飾り刺繍（ししゅう）の入ったブーツを履いている。牧童のような恰好をしているが、実際に馬に乗ったことは一度もなさそうだ。こいつらの素性は知らないが、どういう類の人間かは知っている。

賞金稼ぎだ。

おれは逃亡生活を続けているうちに、鋭い警戒心が鈍ってしまったに違いない。六年前だったら、こんな半端なやつらに指一本触れさせはしなかっただろう。このときのおれは、爆弾処理班に長年いた男のような心境だった。生涯を即席爆発装置（IED）の処理に捧げてきたのに、手榴弾の初歩的な扱いを誤って死にかけている男のような。

とはいえ、それは不公平な言いかただろう。サムとトムはロックバンド〈ヴィレッジ・ピープル〉のエキストラのような風貌だが、ともかくもおれを車のトランクに連れこんだのだ。ほかにこんなことをできたやつらはいない。

トムが身を乗り出すと、電子タバコの煙が歯の隙間から出てきた。

「そんなものを吸っていたら死ぬぞ」おれは言った。

彼は取り合わなかった。なぜトランクを開けっ放しにしているのだろう。

「おい、しゃんとしろ。あの方が来たぞ」サムが言った。

悠揚迫らぬ足音に続き、よく知った顔がダッジの後部に現われた。

ペイトン・ノースだ。

目抜き通りを見まわしている。なぜなのかはわからない。この三人の行動に口出しする人間は誰もいないだろう。そんなことをしたら間違いなく仕事を失う。下手をしたら巻き添えを食って車のトランクに押しこまれるかもしれない。

「ここから離れた場所で殺（や）れ」ノースはカウボーイ気取りの二人に言った。

「絶対に見つからない場所を知ってます」サムが言った。

「スティングレイはどうする？」

「こいつを始末したら、おれたちが戻ってきて車を回収します。フレッドの解体処理場まで運転しますよ。そうすれば車はルービックキューブみたいになります」

「しかしもったいないですね」トムは言った。「いい車なのに」

「この男は行方不明になるんだ」ノースは断固とした口調で言った。「スティングレイも同じだ。今後もしどこかで男か車が目撃されたら、アンドリューズがわけを知りたがるだろうな」

「その点は問題ありません」サムが言った。「賞金はどうなりますか？」

「言ったとおりだ。五百万はすべておまえたちのものだ」

「では、さっそく取りかかります」トムが言った。ステットソンの帽子の縁に軽く触れる。

「お取りはからいに心から感謝します、ペイトン」

ノースはトランクの中を見た。笑みを浮かべたが、おれの目にはうれしそうには見えなかった。せっかくゲームを楽しんでいたのに、こんなにあっけなく終わってしまうことに失望しているのだろうか。

「さようなら、ミスター・ケーニグ」彼は言った。「予想どおりの結末だ」

ノースはトランクを閉め、おれは暗闇に取り残された。

63

ロックされた車のトランクから脱出するための基礎知識。

方法その一――脱出用ハンドルを引く。二〇〇二年以降に製造されたアメリカの自動車にはすべて、トランクの内部に脱出用ハンドルが設置されている。誘拐犯罪対策のための措置で、法律で義務づけられたものだ。銃を突きつけられ、自家用車のレクサスのトランクに夫とともに閉じこめられたジャネット・フェネルという女性が社会的運動を行なった結果だ。脱出用ハンドルにはたいがい夜光塗料が塗ってある。

しかし、いまのおれには見えない。

手を伸ばし、ダッジ・チャージャーならこのあたりだろうと思われる場所を探ってみた。そこにあったのは切断されたプラスチックだ。今度はトランクの裏蓋を手探りしてみた。もしかしたらあの二人が、脱出用ハンドルには脱出用ケーブルが接続しているのを忘れているかもしれないと淡い期待を託したのだ。だが、脱出用ケーブルもすべて取り払われていた。サムとトムはやるべきことをわかっているようだ。

方法その二――道具を使ってトランクの掛け金をこじ開ける。あるいは道具を使ってテールライトを突き破る。助けを求めるか、ランプを割ることで、退屈した交通巡査が車を停めてくれるのを期待する。しかし道具は何ひとつない。タイヤ用のジャッキはおろか、緩んだ釘一本なかった。トランクの内部はピンポン球の内側より空っぽだった。

方法その三――後部座席を突き破り、トランクから車内に這い出す。第三の方法は窮余の一策だ。時間はかかるし、音もうるさい。サムとトムには対処する時間がたっぷりあるだろう。それでもおれは、一分かけて姿勢を整えた。背中をテールライトのあたりに密着させ、両足を後部座席の背後に押しつけて、全身の力を最大限に発揮しようとした。ダッジ・チャージャーのトランクの面積はセダンで最大の部類なので、体勢を変えるのに長くはかからなかった。準備が整うと、全身をジャッキ代わりにして徐々に力を強めた。何も動かない。渾身(こんしん)の力で両足を押してみる。それでも、びくともしなかった。あの二人が後部座席にとても重い障害物を置いているか、より可能性が高いのは、トランクを改造して強度を増しているのだろう。

こいつらのダッジのトランクで運ばれたのは、おれが最初ではあるまい。さながら動く監獄だ。あの二人は勘所を押さえている。

方法その四は、実際には方法でもなんでもない。むしろ現実に迫られた戦術と言うべきか。それに、最近の新型車には効果的な方法でもない。旧型車の場合、誘拐犯は自らの手でトランクを開けなければならない。彼らは鍵をまわして開けるか、押し開けることになる。いずれにせよ、トランクがひらいたときには誘拐犯はすぐそばに立っている。そうすると誘拐された側は、これを逆手にとってトランクから飛び出し、誘拐犯に格闘を挑むことができる。そこが被害者のチャンスだ。しかし最近のトランクはリモコン制御でボタンを押せばひらく。誘拐犯はトランクから離れた場所で開けることができるのだ。十ヤード離れたところからでも、あるいは二十ヤード、五十ヤードでも。充分に安全な距離を保てる。

こうなると、おれにはどうすることもできない。どこか知らないが目的地に着くまで待つほかないだろう。そこでどうなるかはお楽しみだ。サムとトムが間違いを犯すかもしれないし、犯さないかもしれない。できるかぎりの方法を試してみた以上、いまできるのはエネルギーを温存しておくことだけだ。スタンガンでの衝撃から回復するのに専念しよう。

おれはなるべく心地よい姿勢になって眠った。

64

「こいつは寝てやがるのか？」

「そうらしい」

「いったいどうしたら寝られるんだ？」

「スタンガンの電流が強すぎたのか？」

「いや、そんなはずはない。やられたときはひどく痛いが、一時間も気を失っているはずはない。おい、くそ野郎、起きろ！」

　おれは寝ていたが、エンジン音が止まったときに目は覚めていた。身を起こし、目を開ける。まばたきし、日光に目を慣らした。思ったとおり、トランクが音をたててひらいたとき、サムとトムは安全な距離を置いていた。サムは戦闘用の散弾銃を向けている。銃床を肩に載せるのではなく、ピストルのような握りがついていて、『ターミネーター』で使われていたものにやや似ている。おれが見たところ、どうやらイサカ37のようだ。サムが扱うには注意が必要かもしれない。イサカ37は使用済みの薬莢を下に排出するので、左利きの人間に重宝されている銃だ。ほとんどの散弾銃は右側に薬莢を排出するので、左利きだと問題になる。薬莢が顔に当たることになるからだ。トムはデザートイーグルを構えている。大口径の銃だ。彼ぐらいの体格の男には手に余るだろう。

「トランクから出ろ、くそ野郎」サムが言った。

おれの足は縛られていなかったので、トランクから出るには、両脚をトランクの縁にかけ、続いて身体を出すことになる。この一時間、胎児のような姿勢だったから、肩をまわすと背中や首筋が痙攣した。身体を左右に揺すって動かしながら、状況を見定める。

ここは砂漠だ。驚きではない。一時間程度では、それ以外の場所には行けない。周辺に道路はまったく見えなかった。路面の反射さえも。これも驚きではない。ノースは、おれが行方不明になると言っていた。つまりおれは穴に埋められるのだ。砂漠に死体を隠すのは常套手段だ。どんなに愚鈍な交通巡査でも、道路の際で穴を掘っている人間を見たら何をしているのか不審に思うだろう。

「これからどうなるかわかるか？」トムが訊いた。

「おまえらはおれを殺して埋めるつもりだ」おれは答えた。「たぶんここで。見たところ、穴は掘りやすそうだ。ここの地面に木は一本もないし、岩も見当たらない。軟らかそうな土だけだ。穴を掘るのに長くはかからないだろう」

「正解だ」

おれは答えなかった。

「それなのに、きさまは寝ていたな」トムは興味をそそられた口調で言った。

「昨夜は遅かったんでね」おれは言った。「それにコーヒーを買いに行ったところで、おまえらにスタンガンを当てられた」おれはあくび混じりに言った。「それにしても、車で寝てもベッドで寝るようにはよく眠れないな、そう思わないか？」

「おい、ふざけるのもいいかげんに――」

「こいつはくそ野郎なんだ」サムが割って入った。「あまり心配するな」

「心配はしていないさ。しかし、こいつも心配していないようだ。いったいなぜだ？」

サムは眉を上げ、言った。「そんなの知ったことか」おれに注意を向ける。「こっちへ向かって歩け」おれはそのとおりにした。十ヤードまで近づいたところで、彼は言った。

「そこで止まれ。ひざまずけ」

おれは今度もそのとおりにした。

トムはおれを迂回し、ダッジの後部座席から何か取り出した。柄の長いショベルで、墓掘りが使うようなものだ。確かアイリッシュショベルという名前だった。おれはなぜまだ生きているのか不思議に思っていたが、いまそのわけがわかった。
こいつらはおれに自分の墓穴を掘らせる気だ。
なんと愚かなやつらだ。

65

ショベルは身体と連動して梃子(てこ)のような単純な機械を形作る。柄は天秤棒、ショベルの先が作用点、真ん中を持つ手が支点、上を持つ手が力点となる。土がどんなに軟らかくても、両手が縛られていたらショベルは使えない。機械が動作しないのだ。支点と力点があまりに近すぎる。初歩的な物理学だ。

つまり、やつらはおれの手を解かなければならない。

そのためには、おれに近づくしかない。

残念ながら、二人はこうした事態にも備えていた。やはり初めての経験ではないのだ。トムがおれに折りたたみ式ナイフを放った。スイスのアーミーナイフのように、いくつも道具がついている。トムは「自分で切ってから、こっちに投げ返せ」と言った。

おれは刃を見つけ、結束バンドに滑らせて切った。両手の手首をさすり、血行を戻そうとする。

「さっさとナイフをよこせ、くそ野郎」トムは言った。おれは投げ返した。ナイフは彼の足下に落ちた。トムは拾い上げ、刃を溝に戻してポケットに収めた。今度はショベルを投げてよこした。そして「穴を掘れ」と命じた。

一時間後、おれは手を止めて休んだ。もう穴は深さ二フィート以上になり、シャツは汗に濡れている。おれは膝まで自分の墓穴に入り、カウボーイ気取りの二人は警戒を緩めていた。サムはタバコを吸い、空を眺めている。トムは睾丸(こうがん)をかき、汗疹(あせも)に悪態をついていた。

「懸賞金は何に使うんだ？」おれは訊いた。

「口を閉じていろ」トムが言った。

「ただ世間話がしたいだけだ。仲良くなれると思ったんだが」

「きさまのたわごとは聞き飽きた。くそ面白くもない」

「この一時間は何もしゃべっていないぞ」

「おれが言ってるのはそういうことじゃない」とトム。

「じゃあ、なんだよ」

「きさまのその、おれは何にも怖くないと言わんばかりの演技のことだ。騙そうとしても

「おれは口が減らないんだ」おれは言った。「それに演技ではない」

「きさま……もしかして何か知っているのか？　おれの知らないことを？」

おれは肩をすくめた。「たくさん知っている」おれはショベルを手にした。「とにかく、ぐずぐずしないことだ。深さはどれぐらい掘ればいい？　少なくとも、あと一フィートは必要だろう。それ以下だと墓としては浅すぎる。家畜に掘り出されて見つかり、巨漢のアンドリューズがおまえらを捜すだろう。そうなったら誰も得をしない」

おれはふたたび穴を掘り出した。トムはいろいろ考えて不安を募らせているだろう。いまの時点では、彼の最悪の敵は彼自身だ。もうすでに、コカイン常用者のように身体を引きつらせている。実を言えば、ショベルをいくらか研いでいる以外、おれにはなんの目算もなく、この窮地を生きて出られるという期待はまったく抱いていなかった。ショベルが初めて土に食いこんだとき、おれが掘り出したのは丸く、きめの細かい石だった。かつては川石だったように見える。トムとサムは明らかに、きょうは穴を掘りたい気分ではなかったので、おれに一ガロン入りの水のボトルを放り、おれが卒倒せずに穴を掘れるようにした。おれは水を飲むたびに、わざと足下にもいくらかこぼした。そうすることで、川石を砥石に変えたのだ。二人のおれに対する注意が鈍ったときにはいつでも――この日は暑くなる一方だったので、注意力はどんどん鈍っていった——おれは小さな円を描くようにショベルを動かし、研いでいた。なるべく三十度の角度を保つようにした。三十度というのは、耐久性と切断力を両立させる角度なのだ。おれがショベルを研ぎ澄ませばそれだけ、叩き切る即席の武器になる。それは柄が長い片刃の長刀のような役割を果たせるのだ。十四世紀、長刀は重要な武器だった。これを手にした歩兵は騎兵と互角に戦えたからだ。その長さで馬を食い止め、重い刃で鎧を突き通すことができた。だが、しょせんは無駄なあがきだろう。いくら研ぎ澄ましたところで、おれは銃を相手にショベルで立ち向かうしかないのだから。

それでもおれは、せっせと準備をした。

66

二年ほど前、カーク・ラーセンの『おまえの墓を掘れ』という映画を見たことがある。十三分程度の短篇映画だが、強く印象に残った。登場人物は二人、レジーとダンだけだ。レジーに銃を突きつけられ、ダンが自分の墓を掘らされている。このブラックコメディ映画で、ダンは地面が硬すぎるとか、レジーに持たされたショベルでは掘れないなどと文句をつけたあげく、最後はショベルで土くれをすくってレジーの顔に投げつける。そのときレジーの銃が暴発し、ダンのショベルにぶつかった跳弾がレジーの大腿部に当たった。レジーは失血死し、ダンは自分が掘った墓に彼の死体を埋めるという結末だ。めでたしめでたし。なかなかいい映画で、笑わせてもらった。

おれの考えでは、トムのデザートイーグルから発砲された銃弾が何万分の一かの確率でおれのショベルに当たり、二人とも〝不慮の事故〟で死んでくれるのが、この状況から抜け出す最善のシナリオだ。そのための土をポケットに入れておこうかと思ったが、もうその機会を逃してしまった。表面の粉末状の土を掘っているうちにやっておくべきだったのだが、いま掘っている深いところは砂利が多い。そうすると、投げつけても思うように散らばらず、やつらの目に入らないだろう。

「もういい」サムが言った。

墓はほぼ四フィートの深さになった。確かに彼の言うとおりだ。ちょうどいい深さだろう。おれは墓から出、服についた土埃を払った。

「今度はどうする？」おれはショベルに寄りかかって言った。

サムは携帯電話で何かを読んでいる。彼は唇を動かし、読み上げた。「指紋とDNAが必要だそうだ。それから、こいつが死んだことを証明する動画を送るか、死体の場所を知らせること。おまえがこいつの頭を撃つところを撮影しよう。そのあとでこいつの指紋と、DNA鑑定用の血液を採る。もし向こうが、おれたちに騙されていない証拠を求めてきたら、墓の場所をGPS表示で送信することもできる」

「どこの世界にロシアマフィアから五百万ドルを騙し取ろうとするやつがいる？」

「いるとしたら、とんでもなく分別のないやつだろう。さあ、準備はいいか？」

トムは無言だ。不安そうな表情をしている。

「どうした？」サムが訊いた。

「いったいなぜ、おれが撃たないといけないんだ？」

「おまえが持っているのはデザートイーグルで、おれのは散弾銃だからだ。おれがこいつの顔を撃ったら、顔が吹き飛んじまうだろう。ロシア人が見ても、こいつが間違いなく本人なのか、どこかの似通ったやつなのかわからなくなる。そういうことはとっくに話し合ったはずだぞ」

「しかし、こいつを見ろ。なんの心配事もなさそうな顔だ」

「そうかもしれん」サムは言った。「きっと逃げまわるのにもう疲れたんだ。もうこれ以上逃げてもしかたがないと思っているんだろう」

「それになぜペイトンは自分で手を下そうとしない？」トムは言った。「いったいどうして五百万ドルをあっさりおれたちにくれたんだ？」

「知ったことか」

「おれにはどうもおかしいと思えてならない。いやな感じがする。とてつもなくいやな感じだ。おれたちは見張られているんじゃないか」

「誰に？　ここから半径数マイルには人っ子ひとりいない」

「ドローンのことは知ってるか？　それに確かにここは窪地で、道路からは見えない。しかし逆に言えば、スナイパーが隠れる場所はいくらでもあるってことだ。おまえは海兵隊にいたんだろ。おれの考えが間違っていて、スナイパーの隠れる場所がどこにもないんなら、ぜひそう言ってくれ」

サムはあたりを見まわした。砂丘がうねり、岩があちこちにあり、低木の茂みもある。

「いや、おまえは間違っていない」ややあって、彼は言った。「だが、あとひと息で五百万ドルにありつけるんだぞ」

「それに、あんたは懸賞金を有効に遣うだろう」おれは合いの手を入れた。

「黙れ、くそったれ！　きさまには関係ない」

「いや、あるんじゃないかな。少しは」

サムが散弾銃をスライドさせ、実包を装塡した。「こいつできさまの腹を撃ったらどうなるだろうな？」

おれは肩をすくめた。「いいことは何もない」

サムが二歩詰め寄ってきた。「いったいどういう意味だ？」

「わかったぞ、そいつは覆面警官なんだ！」トムが叫んだ。「ペイトンがおれたちを裏切って、アリゾナの仕事を密告したんだ。きっとここのまわりを警官隊が包囲して、おれたちがこいつに銃を向けるのを待ってるに違いないんだ」

「おい、しっかりしろ！」

「おまえこそわからないのか？　だからこいつは、いままでずっと落ち着き払っていたんだ。なんの危険もないのを知っていたのさ。だからトランクで寝ていられたんだ！　いいか、こいつに銃を向けたら最後、胸を赤い穴だらけにされるぞ、天然痘にかかったみたいにな」トムはデザートイーグルを遠くに放り投げた。銃はおれの頭上を越え、積み重なった岩の中に消えた。彼は地面に崩れ落ち、両手を上げて叫んだ。「おれは投降する！」

　その瞬間、おれはショベルを力一杯投げつけた。

トムの頭を狙ったのだが、首に当たった。ショベルは肉や骨を切断し、肩に達した。トムはおれの墓に転がり落ち、あたり一面を血まみれにした。血は深紅で、酸素を豊富に含んだピンクではない。動脈ではなく、静脈を切断したのだ。おれのショベルが彼の鎖骨を砕いたのだから、おそらく外頸静脈だろう。トムはいま、高圧電流に感電したように激しく痙攣してのたうっているが、そう長くは続かない。致命傷を受け、生存の見込みはない。

サム・エリオットもどきが恐怖に目を見ひらいた。「きさま、警官じゃねえだろ！」

「そうとはひと言も言わなかった」おれは答えた。

サムはさらに一歩詰め寄り、イサカを構えた。

67

〝切る〟と〝突く〟という言葉は慣用句に使われることがある。活発な議論や、熱を帯びたアイディアのやり取りを表現するのだ。たとえば「ジョンは政治の活発な議論を楽しんだ」というような具合に。

しかし〝切る〟と〝突く〟というのは本来、刃の先と縁を使う原始的な格闘技術だ。「切りつける」とか「突き刺す」とも言われる。

刃のある武器は、四つの方法で相手に傷を負わせる——突く、切る、ぶった切る、打ちつける。いまのおれの場合、突くのは選択肢に入らない。このショベルは先が尖っていないからだ。打ちつけるのは、相手にフライパンを叩きつけるようなものだろう。多少は効果があるだろうが、あまりないかもしれない。ぶった切るのはトムに有効だったが、それは彼が武器を捨て、両膝を突いていたからだ。

切るのは接近戦用の武器に対して最も有効だ。相手がバットやナイフ、鉄梃などを持っているときに。特別な技能は要らないし、突くときのような狙いの正確さも必要ない。相手の臓器を狙うわけではないからだ。切るというのは、相手を殺すための動作ではない。相手を食い止めるためだ。だが、槍や矢やぱちんこやブーメランのように、離れた場所から撃てる武器には効果がない。

そして銃器にも。

サム・エリオットもどきは銃を持っているが、ひとつ間違いを犯した。接近しすぎたため、せっかく離れた場所から撃てる武器を持っていたのに、みすみす接近戦用の武器にしてしまったのだ。

おれはショベルをしっかり握りしめ、行動に出た。

サム・エリオットもどきは散弾銃をおれのほうへ振り上げようとしたが、こっちのほうが速かった。おれはショベルで相手の左前腕の内側を切り裂いた。ショベルの縁が彼の屈筋を切り、筋肉と腱と骨を繋げるメカニズムを切断した。腱を動かす筋肉がなければ、彼の左手はなんの役にも立たない。もう何も握れないし、指を動かすこともできない。フィリピンではこの動作をさして〝蛇の牙を抜く〟と言う。おれは現地にひと夏滞在し、その訓練を受けたのだ。丸十五日間というもの、雨が降りしきっていた。サムが身の上に起きたことを理解できないうちに、おれは返すショベルで彼の右肘を強打した。

サムがたまらず叫び、散弾銃が砂漠の地面に落ちた。彼は二歩あとずさり、血をしたたらせた。おれたちは互いをじっと見た。砂漠に流れ落ちる血の音が、雨のように聞こえる。生臭い臭いがした。これほど苛酷で不毛な土地では場違いな音と臭いだ。サムは右手で左の前腕を握り、血を押さえようとした。だが右手がぬるぬるし、赤く染まっただけだ。

サムは鋭い目でおれを見た。これには驚いた。瞬く間に形勢が逆転したというのに、おれの思惑とは裏腹に、彼は戦意を喪失していないのだ。おれが次にどう出るかを予測しているように見えた。確かにおれは主導権を奪ったが、まだ終わったわけではなく、彼もそのことは承知している。サムのような闘志の持ち主には、つねにチャンスがあるものだ。彼は散弾銃を持っていないが、おれも持っていない。サムはおそらく、おれにはふたつの選択肢があると読んでいる。ショベルで彼をぶちのめして降参させようとするか、散弾銃に手を伸ばすかだ。

しかし、トムのときのように易々とはいかないだろう。おれがサムの頭を狙えば、向こうも察知するはずだ。おれがショベルを振り上げたら、彼は内側に踏みこんでかわし、腕でショベルを受けるだろう。そのとき、サムにはいくつか選択肢ができる。嚙みつくか、頭突きするか、肘鉄を食らわせるか、右手でパンチするか。どれも致命傷にはならないが、しばらくおれを動けなくするには充分だ。そのあいだに彼はダッジ・チャージャーのエンジンをかけられる。そしてここから走り去るか、より可能性が高いのは、おれを轢き殺して轢死体にすることだ。

おれが彼の落とした散弾銃に手を伸ばせば、向こうは助走し、サッカーでシュートするようにおれの顔を蹴るだろう。一度蹴るだけでいい。そうしたキックは運動エネルギーの法則や運動量伝達の法則にかなっている。おれの頭は、ニュートンのゆりかごの端の玉さながらに飛ばされるだろう。

そうなったらまずい。非常にまずい。

ショベルでサムの頭を狙うのも、散弾銃に手を伸ばすのも、よい選択ではない。そのどちらを選択しても、勝利を目前にして敗北することになる。おれには第三の選択が必要だ。おれの頭を危険にさらすことなく、散弾銃を拾い上げることができる方法が。一瞬、ショベルを投げつけることも頭をよぎった。サムの注意を逸らしているあいだに散弾銃を拾い上げるのだ。しかし、ショベルを投げられるのは一度きりだ。槍のようなものだ。あるいは単発使い捨て型の対戦車ミサイルのような。撃ってしまえば、手元には何も残らなくなる。

あるいはショベルを投げ捨てるという選択肢もある。おれの背後に放り投げるのだ。そしてサムに素手で格闘を挑む。彼は片手が使えないが、おれの神経系統にはまだ三千八百万ボルトの電流を流された影響が残っている。向こうが休んでいたあいだ、おれは墓を掘らされていた。それでもおれが勝つ確率のほうが高いだろう。おそらく六対四ぐらいで。

だが、もっといい方法がある。きっとサムには思いつかないだろう。これまでに試したことはないが、力学的に確実な方法だ。おれはショベルの握りかたを変え、両手で軸の端を握った。そしてオリンピックのハンマー投げ選手さながら、思いきり勢いをつけてショベルを振りまわした。おれの予測どおり、サムは反射的に両手を上げた。それは間違いだった。おれの狙いは彼の頭ではなかった。彼の大腿四頭筋を狙ったのだ。太腿の正面と側面を覆う大きな筋肉だ。

サムが一歩下がった。それも間違いだ。そうするとショベルは、片脚ではなく両脚を切断することになる。おれの予想では、ショベルが彼の左脚の側面に当たり、左脚が右脚を守るはずだった。しかしショベルは左脚の正面を切り裂いて右脚の側面にぶち当たった。その結果、両脚をすっぱり切って骨まで達してしまったのだ。四頭筋には人間が直立するのを助ける働きがある。それがなければ、両脚は体重を支えられない。動こうとしたとたん、両膝の力が抜けるだろう。

それがまさしくいまのサムに起きた。糸が切れた操り人形さながら、ふらふらと崩れ落ちたのだ。

見上げたことに、サムは悲鳴をあげなかった。おれが散弾銃を拾い上げ、額に押しつけても命乞いをしようとしなかった。彼は笑みを浮かべた。まるでずっと以前から、自らの命がこのような終幕を迎えるとわかっていたかのように。

「おまえがおれの立場だったら、どうしていた？」おれは訊いた。

「わからんよ。おれはヤクにはまっていたし、まともな判断力を失っていたんだろう。いままでにこんなことをした経験はなかった」

「何人だったのか教えてくれ」おれは言った。

「何人？　なんのことだ」

「わかるだろうが。おまえのダッジのトランクは改造されていた。中から開けることはできなかった。それにあれは特注の仕事で、昨夜ダクトテープやチューインガムをくっつけたようなやっつけ仕事じゃない。つまりおまえたちは、いままでにもやったことがあるんだ。だから人数を教えろ。これまでこのトランクに押しこまれたのは何人だ？」

サム・エリオットもどきは答えなかった。目を閉じる。

「おれはトランクの中でそう考えていたんだ」おれはそう言った。

そして引き金を引き、相手の頭を吹き飛ばした。

68

トムは死んだ。唇は真っ青で、目は縮んでいる。墓穴の底には大量の血溜まりができ、まるで原油の流出事故のようだ。おれが切断したのは相手の静脈だけかと思っていたが、鎖骨が砕けたときに動脈も傷ついていたに違いない。おそらく鎖骨下動脈だろう。その結果、壊れた蛇口のように血が噴き出しつづけたのだ。大量の失血（exsanguination）による死。ふたつのラテン語が合成された言葉だ。ｅｘ（エクス）は「出す」あるいは「失う」、ｓａｎｇｕｉｓ（サングイス）は「血」を意味する。文字どおりの訳は「失血」となる。トムは投降しようとしたのに、いまは失血死している。おれの交戦規則はＳＯＧにいたころとは変わってしまったのだろう。いまは辺境の正義に取って代わったのだ。それを当然だと思っている自分がいやになる。

おれはサムを引きずり、彼の遺体も墓穴に放りこんだ。埋め戻すのに十分かかった。近々ここへハイキングに来るやつがいるとは思えないが、遺体を隠すに越したことはない。軟らかい土のなかにショベルを押しこみ、さらに蹴って土をかぶせる。見つからないように念を入れた。
それでも散弾銃は取っておくことにした。あとで役に立つかもしれない。
ダッジ・チャージャーのスマートキーは車内のセンターコンソールに入っていた。スタ
ーターボタンを押すとエンジンが点火した。おれはタイヤの轍をたどって車道に出、小一
時間でガントレットに着いた。
おれはさっきいた場所に車を駐めた。〈リン・ベーカリー〉の前だ。きょうはついてる
日らしい。ちょうどペイトン・ノースが出てきたのだ。テイクアウトのコーヒーカップを
片手に持っている。カップの外側を茶色の紙スリーブで巻いていた。もう片方の手にはピ
ンクのコンチャが紙袋に入っている。メキシコの甘いロールパンだ。貝殻に少し似ている。
おれは甘党ではないが、コンチャは好きだ。中は柔らかく綿のようで、外側は甘くてパリ
ッとした食感だ。ノースは立ち止まり、ダッジ・チャージャーから降りてくるおれを呆然
と見つめた。
「あいつらがあんたの友だちじゃなかったらいいんだが」おれはそう言い、車のキーを放
り投げた。
その五分後、おれは〈リン・ベーカリー〉で買ったチョコレート・ミルクシェイクをす

すりながらJ．T．の床屋に入った。J．T．だけで、客はいなかった。

「おいおい、ベン、もう午後二時じゃないか。チリを買うのに、いったいどこまで行った、リノ（ネバダ州西部の都市）か？」

彼は自分のジョークにくすくす笑ったが、おれのひどい恰好（なり）を見て真顔になった。J．T．は眉を上げた。「大丈夫か？」

「おれを知ってるやつらにばったり会ってね」

「そいつらはまだ息をしているのか？」

「そうとは言えないな」おれは言った。

「ノースの手下か？」

「ああ、ノースもその場にいた」

「だったらノースが、そいつらの死を知らないことを祈ろう」

「彼はもう知っている」

「どうしてわかる？」

「おれが知らせてやった」

「きみが？　なぜわざわざそんなことをした、ベン？」

「ばったり出くわしたからさ」

J．T．は一瞬絶句した。意味ありげなまなざしを注ぐ。彼はおもむろに頭を振り、口をひらいた。「シカゴの友人と話したときに、きみに関する噂を教えてくれた。きみには自殺願望のようなものがあると」

今度はおれが言葉に詰まったが、ややあって言った。「警官は噂好きだ」

「確かにそのとおりだ」J．T．は慎重に言った。

「実際におれと会ってみて、あんたはどう思う？」

「きみにはやはり何かある、ベン。だがそれは自殺願望とは違うようだ」

「あんたの友だちはまだ、これからやることにつきあってくれるのか？」おれは深入りされる前に話題を変えた。「だったらすぐにここを出発しよう」

「よしきた。アレが二本ついてる犬だって、こんなに乗り気にはならんよ」J．T．は請け合った。「必要なものは全部そろったか？」

「ああ、散弾銃まで手に入った」おれは言った。

69

ネッド・アランにはついてない日だった。

その晩、誰がオースチンまでのトラックを運転するかをめぐり、上司とひと悶着あったのだ。もともとネッドの担当ではなかった。すでに十二時間のシフト明けだったのに、上司によるといつもの夜勤担当者から電話で病欠の申し出があったという。そんなのは嘘っぱちだとネッドにはわかっていた。そいつは釣りの遠出に早く行きたいだけなのだ。

しかもその晩は、長男のネッド・ジュニアが所属するバスケットボールチーム〈ガントレット・ファルコン〉でポイントガード（攻撃の指示をするガード）に選ばれ、試合に出ることになっていた。ネッドはバスケットボールも息子も心から愛していたので、ジュニアが試合をしているときに働かされるのは片腕をもがれたような気持ちだった。

そのうえ、いまは定時より遅れている。ミスター・ノースは遅刻を何より嫌っていた。オースチンの修理工場では全員が反射鏡（ヘリオスタット）の到着を待っている。彼の職務はトラックの荷台に一枚を載せて運び、交換用のヘリオスタットを持ち帰ることだ。単純な仕事であり、いままでに数えきれないほど往復してきた。片道四百マイル。八時間前後だ。そして短時間で帰路に就く。いつもそうだ。小用を足し、コーヒーを飲んでいるうちにトラックには交換用のヘリオスタットが積みこまれる。

そんなわけで、細い峡谷の道に積み重なった石の山が見え、迂回できそうにないとわかったとき、ネッドは泣きたい気持ちだった。果たしてこんなことがあるだろうか？　いままで峡谷の道は何マイルも障害物がなかったのに、崖の幅が狭まって全行程で一カ所だけの隘路(あいろ)になったところで、よりによって石の山ができている。こいつをどかしているうちに、さらに遅れてしまう。ここだけはどうしても道を外れて迂回できない場所なので、他人にまかせるのではなく自分の手でどかすしかないのだ。

ヘリオスタット以外のものを運んでいたら、ネッドも疑念を抱いたかもしれない。だが積み荷は高価な器材ではあるものの、太陽熱発電以外の用途には使えなかった。それでもネッドはペイトン・ノースの下で働いているので、つねに用心深かった。イグニションキーを外し、ポケットに入れて、トラックの運転台を降りる。路面に降り立ったところで、ホルスターの留め金を外し、銃を手にして障害物に近づいた。周囲を見わたしたが、隠れる場所はない。拳銃をホルスターに戻し、積み重なった石をどけはじめる。ネッドは重労働を厭わず、さして時間はかからなかった。五分後、彼は運転台に戻った。ポケットからキーを取り出し、エンジンをかける。高馬力のエンジンがうなり、彼はトラックを出した。が、百ヤード足らずで停まった。

今度はガランガランと音がする。トラックの後部から聞こえるようだ。見逃していた石があったのか。排気管をぶつけてしまったような音だった。ネッド・ジュニアが聞いたらたちまち覚えてしまうような悪態をつきながら、ネッドはふたたび運転台を降りた。トラックの後部に急いで向かい、見下ろす。

「な、なんだこれは……?」

排気管が壊れてぶら下がっているのではなく、どこかの悪ガキがチリの空き缶をリアバンパーにいくつも結んでいたのだ。おれが石をどけていたあいだにやられたに違いない。一秒足らずでそう判断し、自らの間違いに気づいたときにはもう手遅れだった。

散弾銃をスライドする音が聞こえた次の瞬間、冷たい鉄の銃身が耳に押しつけられた。鋭い動きで腕を後ろにねじ上げられ、ひざまずかされる。身分証を引き剝がされた。ネッドは無意識のうちに低くうなっていた。

スカーフで覆われた頭がかがみこみ、彼の耳元にささやいた。「安心してくれ……」男は剝がしたばかりの身分証を見て言った。「……ミスター・アラン、危害を加えるつもりはない」

安堵のあまり、ネッドのこわばった肩から力が抜けた。

男はふたたび言った。「だが、あんたの制服が必要だ」

70

トラックの乗っ取りは一滴の血も流さずに成功した。J．T．から、なぜこれほど計画を複雑にする必要があるのか訊かれたので、おれは彼にいままで誰かを車から引きずり出したことがあるかどうか訊き返した。「木を根こそぎ掘り返すぐらい大変なんだ」おれはそう説明した。

おれはネッド・アランをJ．T．の保護にゆだねた。見張りをしてくれた彼の友人たちはすでにガントレットへ戻っている。ほんの一時間前に出たばかりだ。おれは散弾銃を捨て、アランにおれのグロックを見せた。オースチンに着いてから何が起きても承知の上だと暗に伝えたのだ。トラックのカーナビはすでにセットされていたので、場所を探す必要はない。到着したときの合言葉があるのかと思ったが、考えすぎかもしれない。アランは単なる配達人だ。犯罪がらみの活動が行なわれていても、彼は何も知らないはずだ。

十マイルほど運転したところで、おれは狭い渓谷にトラックを駐めた。車輛と積み荷を検めるのは得意な仕事だ。トラックに何か不審なものがあれば、必ず見つけ出す自信があった。

　それから二時間、おれはトラックを隅から隅まで調べた。何か隠してありそうな場所はどこも空っぽだ。たいがいの人間なら思いつかないような場所も空っぽだった。スペアタイヤやドアパネルも調べた。ガソリンタンクや吸気ダクトの中まで懐中電灯で照らしてみた。車の寸法を計測し、隠しスペースがないかどうか確かめた。

　それでも何も見つからなかった。

　荷台には積み荷しかない。

　おれは積み荷に近づいた。慎重にヘリオスタットの保護フィルムを取り外し、コンピュータ制御された鏡を調べる。不審な点はなかった。制御盤を取り外し、中身を調べた。やはり何もない。鏡をわずかに持ち上げ、背後を照らしてみる。小さな隙間があるのは、日中の熱で膨張したときを想定したスペースと思われるが、そこも空っぽだった。

　おれはすべてをミッチのスマートフォンで撮影し、サミュエルに写真をメールした。そして太陽熱発電の関係者に見せて確かめてもらうよう頼んだ。何か不審な点がないかどうか。サミュエルは業界関係者からの依頼に見えるよう、メールアカウントを偽装することができるのだ。たとえば送信者のメールアドレスで現代英語の「a」をキリル文字の

「a」にする。違う文字なのだが、一見するとまったく同じに見える。

禁制品を運んでいないことがわかり、おれは運転台に戻ってオースチンへトラックを飛ばした。捜索で遅れた時間を取り戻そうとしたのだ。それでも遅刻だろうが、遅れることで有利になる点もあるはずだ。工場で待っている人間はみな、大急ぎで作業に取りかかるだろう。見覚えのない運転手がいても、さほど詮索しないのではないか。カーナビによると、到着予定時刻は七時間後だ。おれはアクセルを踏みこみ、午後十一時きっかりにオースチンに到着した。

71

オースチンは悠然としたテキサス魂を象徴する街だ。全米で最もアルコール消費量が多い街でもある。それに世界屈指のライブ音楽の聖地だ。俗にテキサスの大都市はひとつの大きなぎくしゃくした家族のようだと言われる。それが事実だとしたら、オースチンはイカれた叔母のようなものだ。マリファナを吸い、ブラジャーもろくに着けないような。いまより若いころ、おれはこの街で過ごしたことがある。〝ダーティ・シックス〟と称される六番街で酒を飲み、食事をした。夕暮れ時にコングレス・アベニュー・ブリッジに立ち、百万匹のコウモリの群れが現われるのを眺めた。〈ジニーのリトル・ロングホーン・サルーン〉でチキン・シット・ビンゴに興じた。鶏小屋で鶏がおれの賭けた数字の上に糞をするかどうかを見て楽しむのだ。

おれはテキサスが好きだが、オースチンは心の底から好きだ。

しかし最近はこの街も変わってしまった。文化的な名声と、ハイテク企業の集積によって社会も経済も変貌したのだ。生活費は高騰した。オースチンの中心部は高級化し、市内で暮らしていた低所得者は郊外へ押し出された。そう遠くない将来、地元の人間は完全によそへ引っ越してしまうかもしれない。そうなったら、オースチンはアメリカの至るところにある企業城下町と同じくのっぺりした都会になってしまうだろう。

おれが向かっている工業団地はI－35を下りてすぐの、街の北東部にあった。カーナビがなかったとしても、探すのはそう難しくなかっただろう。工業団地は便利な場所にあった。十八輪トラックでも出入りしやすく、空港に近い。〈GUソーラーエナジーシステムズ〉の修理工場は現代的な工場街の端にあった。照明がまだ灯っているのはその一角だけだ。おれが近づくとともに扉がひらいた。向こうはおれの到着を待っていたのだ。

扉の前でブレーキをかけると、野球帽をかぶった男が運転台の前につかつかと近づき、おれを見上げた。

「遅刻だぞ」男は言った。

「道路に石が落ちてきてね」おれは両手を見せた。血が流れ、たこができている。J．T．や友人たちの手助けの申し出を拒み、一人で道路に石を積み上げたのはこのときのためだった。

「だったらそう連絡すべきだったな」

おれは無言だった。

「ここに来たことはあるのか？　知らねえ顔だが」

「今晩はネッドの予定だったが、息子のバスケットボールの試合を観に行ったんだ。おれはバス釣りの新しい釣り竿に目をつけたんで、残業手当を稼ぎたいのさ」

「くそったれが」男は結局折れた。運転台から離れ、おれに手を振って敷地に入るよう促す。

修理工場には搬入口が一カ所しかなく、おれはそこにトラックを入れた。その両側に盛り上がったプラットホームがある。運転席側のプラットホームに空の油圧ジャッキがあり、助手席側のプラットホームでは交換用のヘリオスタットが積みこみ準備を完了していた。

おれは運転台を降り、伸びをしながら周囲を見まわした。ガントレットにあるのと同じような、特色のない修理場だ。狭い作業場に工具が並んでいるものの、修理工場とは名ばかりで、ひと部屋きりの車庫に毛が生えたような代物だった。壁に扉がふたつあるが、ヘリオスタットを搬入できるほどの幅はない。ペイトン・ノースが言っていた、無菌状態で厳重に管理された施設というのはでたらめだったのだ。ここはただ、ヘリオスタットを積み下ろし、また積みこむためだけの施設に見えた。それ以上の機能はない。ヘリオスタットを修理しているとしたら、ここ以外のどこかだ。

「おーい」おれは油圧ジャッキのそばにいる男に声をかけた。運んできたヘリオスタットは積み下ろされるところで、男は交換用のヘリオスタットを積みこもうと待機していた。

「鏡はここで修理されるのか？」

男はこちらを見つめたが、何も言わなかった。

「まあ、別にいいさ」おれは言った。「〈トーチー〉のタコスがこの街では最高だと聞いたが、本当か？」

野球帽をかぶった男が近づいてきた。「おい、私語は禁止だ！　ルールは知ってるだろうが。それにもうこんな夜中だぞ、くそったれ。〈トーチー〉はとっくに閉まってる」そう言って作業台に載った袋に手を伸ばし、おれに放り投げた。「めしだ」

おれは袋を開けた。真空パックのサンドイッチがふたつに、チップスひと袋とぬるくなった炭酸飲料が二本入っている。「こりゃいったい？」

「おまえはこの建物を出てはいけない。積荷を下ろし、別のやつを積んで、どこにも停まらずに走るんだ。用を足すなら、トイレはそこだ」男は言い、小さな扉を指さした。「その必要がないなら、運転台で待ってろ」

おれは言われたとおりにした。ほどなく運転台が上下に揺れ、新しい積み荷が荷台に載せられたのがわかった。野球帽の男が運転席のウインドウに近づいてきた。腕時計を見ている。「いまは午前一時だ」彼は告げた。「遅くとも午前八時にはあっちに戻れ。おまえの出発時間は向こうに連絡しておくからな。今度はどこかで油を売るんじゃねえぞ」男は踵を返し、工場内の作業員に向かって何か叫びだした。おれはエンジンをかけ、バックで敷地を出た。

工場前の待機場で、おれはトラックをUターンさせて来た道を戻りはじめた。そして最初の角を曲がったところで車を駐め、運転台を降りた。修理工場に駆け戻ったが、扉はすでに閉まっている。おれは茂みにひそんで一時間待った。何も起こらなかった。工場に出入りする者も誰一人いない。

おれはトラックに戻り、オースチンを出た。トラックはずっとおれの見えるところにあったから、禁制品や密輸品が積みこまれていないのはわかっていた。だが、積み替えられたヘリオスタットはどうか？　やはり何も見つからないだろうという予感が拭えなかった。

さっきと同じ安全な場所でふたたびトラックを駐め、運転台を降りて確かめた。捜索の途中、サミュエルから返信があった。専門家におれの撮影したヘリオスタットを見せたが、何もおかしな点はなかったという。おれは捜索を続行したが、収穫が期待できないのはわかっていた。

結局手がかりが何ひとつ得られないまま、おれは引き返そうとしている。

しかし、ひとつだけ確かなことがあった。やはり何かが進行しているのだ。なんらかの理由で、ＧＵは毎日四百マイルの距離を往復しており、それはヘリオスタットの修理とはなんの関係もない。

まさにおれの鼻先で起きているのに、そいつがなんなのかは見当もつかなかった。

72

おれたちはネッド・アランの拘束を解き、トラックに戻した。彼は仕事への悪影響や報復に怯え、このことは絶対に言わないとやみくもに誓った。おれはネッドを信用することにした。どのみち、彼には乗っ取り犯の身元を特定できない。J．T．はひと言も話さなかったし、おれたちはみなシュマグで顔を覆っていたからだ。おれはオースチンの修理工場で素顔をさらしたが、誰にもさほど印象を残さなかったはずで、わざわざおれの身元を確認しようとするやつがいるとは思えなかった。

おれはJ．T．より優に二十歳は若いはずだが、彼の自宅に帰るなり休みたいと断わってベッドに入った。この二十四時間近く、絶えず神経を集中していたのだ。まぶたは重く、精神のギアと歯車は音をたてて軋んでいた。オースチンからの帰路、何かがずっと心に引っかかり、重要なことを見逃していたような気がしてならなかった。それがなんなのか、無理に思い出そうとしても効果はない。こういう場合、新たな視点から見つめなおすしかなく、それには睡眠がいちばん役に立つことがままある。

目覚めたときには真昼で、J．T．がおれを待っているのがわかった。彼はコーヒーを淹れてくれ、おれたちは座って話をした。

「次の一手はあるのか、ベン？」

「何かがわかるまで、おれは潜伏している必要がある、J．T．」おれは答えた。「ここにいたら、ノースが次々に刺客を送りこんでくるだろう。そいつらは一度だけ運に恵まれればいいが、おれは毎回、運に恵まれないといけない」

「それがわかるには、どうすればいい？」

「問題はオースチンからの帰路だ。あのとき、何かがおかしいような気がしたんだ」

「何が？」

「自分でもわからない。だがそいつは、靴に入った小石みたいに引っかかる。そのことを考えずにはいられない」

「サン・アントニオに友だちがいる。そいつなら、二、三日はきみを泊めてくれるだろう。連絡してみようか？」

「いや、あの崖に戻って太陽光発電施設を見張りたい」おれは答えた。「偵察にかけた時間が無駄になることはめったにないはずだ。何かがおれの記憶を刺激するかもしれない」

「いつ戻ってくる？」J．T．は訊いた。

偵察はすべてを得られるか、何も得られないかのどちらかだ。期待していた成果を挙げられなければ、何もしなかったのと同じだ。時間があるときに十分間だけ、おざなりにやるというわけにはいかない。「計画ができあがったときだ」おれは答えた。

元シカゴ市警の刑事だったJ．T．にも、そのことはよくわかっていたに違いない。

「だったら食事を作るから持っていけ」と言ってくれた。「バーベキューで焼いた牛の胸肉が残っている。昔ながらの、脳を刺激してくれる食べ物だ。それでサンドイッチを作ってやる」

「感謝するよ」おれは答えた。前の日に食べた胸肉は熱く、脂が乗っておいしかった。いまはちょうどいい具合に冷めているだろう。

「全部解決したら、きみとわたしでブラックバスを釣りに行こう。キャドー湖に小屋を持っている仲間がいてね。とても静かな場所だ。毎年一週間をあそこで過ごす。今年はきみもいっしょだ。しのごの言うんじゃないぞ。きみにはどう見ても休暇が必要だ……何をしているにせよ、一度休んだほうがいい」

「さあ、どうだろう。キャドー湖には猿人（ビッグフット）が住んでるんじゃないのか？」

「きみがそいつを招待したかったら、いっしょに来てもいい。しかし言っておくが、ベン、その毛むくじゃらなやつは泊めてやらんぞ」

おれはにやりとした。J．T．といっしょに一週間過ごすのは悪くないだろう。いっしょにいて気持ちがよく、おれを笑わせてくれるし、言うことには筋が通っている。おれの逃亡生活は長すぎたのだろう。確かに休暇が必要だ。

「よし、乗った」おれは言った。


「アンドリューズを見ろ、ネッド」ノースは言った。「見ないと、楽しくはならんぞ」

ネッド・アランが生まれてこのかた、味わったことのない痛みだった。痛みは彼を消耗させた。そして支配した。身も心も操った。彼の視界に暴力の色彩が渦を巻く。脈打つような絶えざる痛み。叫び声が止まっても、低いうなりは続いた。ネッドは作業場の奥にいて、ほかの作業員にも悲鳴は聞こえているに違いないが、助けが来ないのはわかっていた。

ノースの腹心の巨漢に虫でも叩くように脚の骨を折られるほんの二分前まで、ネッドは仕事のせいで観戦がかなわなかったバスケットボールの試合で、息子のジュニアが見事に役割を果たした模様を聞いていた。誰が見てもあっぱれな活躍ぶりだったと。ネッドがガントレットの作業場に到着したときには、大勢の従業員に背中を叩かれ、握手を求められた。上司から奥に来てほしいと告げられたときにも、意気揚々として向かった。息子が大事な試合でそんな働きをしたと聞いたら、どんな父親でも誇りに思うだろう。

昨夜起きた問題にもかかわらず、ネッドは上機嫌だった。

しかしそれは、バットのひと振りとともに消し飛んだ。

「ネッド。アンドリューズを見てくれないか」

彼は意識を失う寸前だったが、ノースの甘ったるい声でわれに返った。アンドリューズを見たくなかった。そうすれば、バットがふたたび振り下ろされるとわかっていたからだ。しかしそれを拒むとさらに悪いことになるだろう。もう二度と歩けないのはわかっていたが、言われたとおりにすれば、もしかしたらジュニアがバスケットボールをしているところを見られるかもしれない。

ネッドは目を開けた。

アンドリューズの顔は無表情だ。まるで通勤バスでも待っているような、ありふれた日常の顔。巨漢はバットを振り上げた。ネッドの目の前でバットは弧を描き、いったん止まってから、勢いをつけて振り下ろされた。

バットが鋭く打ちつけられたが、彼の脚は野球ボールではない。

自分の骨が砕けるのがわかった。骨の破片が太腿と作業着を突き破り、血飛沫が宙に飛ぶ。巨漢は一歩退き、血をよけた。ネッド・アランが絶叫する。

ノースが膝を突き、動脈から噴き出す血飛沫が黄色のスーツにかかるのを見た。彼は拳を振り上げ、ネッドの内腿を打った。蛇口を閉めたように血が止まった。ノースは顔を近づけ、彼の耳元にささやいた。「わたしの言うことがわかるかね、ネッド？」

ネッドは弱々しくうなずいた。少し動くだけでも、いま一度激痛の波が走る。

「よろしい」ノースは言った。「それでは、昨夜起きたことをすべて話してくれたまえ」

73

きっと砂に埋められたときの気分はこんな感じなのだろう、とペイトン・ノースは思っていた。いま彼は、直立不動で男たちに報告している。目の前にいる男たちは誰かに代償を支払わせようとしているが、彼はまだ、狼たちの餌食にすべき人間を誰一人捕まえていない。

いまはまだ。しかし着実に前進している。

年若の男は平静を装っているが、そのせいでよけいに恐ろしく見えた。「ではそいつは、オースチンまで行ったんだな」質問ではない。トラックを乗っ取られた事実はすでに報告した。

ノースは無言だった。

「彼は何かめぼしいものを見つけたと思うか、ペイトン？」

少なくともその点では、ノースは朗報を携えている。

「時間から考えて、その可能性は低いでしょう。たとえ全速力で走ったとしても、調べる時間は行きと帰りでそれぞれ一時間足らずしかなかったはずで、ひととおり見るにはとても足りません。さらにヴィンセントは、オースチンの工場に彼がいるあいだ、片時も目を離さなかったと言っています。相手は二、三の質問をしてきましたが、黙らせたとのことです」

「それから運転手だが……名前をもう一度教えてくれないか？」

「ネッド・アランです」

「彼は何も報告する気がなかったのか？」

「はい。異変に気づいたのはヴィンセントです。配達時間が遅れたことを、ガントレットのわれわれに問い合わせるべきだと思ったそうです」

「アランのことはどう対処している？」

「すでに対処済みです」ノースは答えた。「検死報告では、彼が衝突事故で二台のトラックに挟まれて死んだという結果が出るでしょう。大腿部の動脈が破裂し、助けが来る前に失血死したと」

年若の男は満足してうなずいた。「遺族に花を贈ってやれ。それから今後の生活に不自由しないよう手配してやるんだ」

ノースはひと言も言わなかったが、このあたりがボスの奇妙なところだと思った。自分たちを脅かす可能性があれば誰でも喜んで始末するくせに、彼らの葬儀には参列し、心からその死を悼んでいるように見えるのだ。明らかに社会病質者だ。だからこそノースはこれほど心配になる。

「ケーニグはいまどこにいる？」年若の男が訊いた。

「わかりません。スティングレイに乗りこみ、町を出ていきました」

「とうとうヒントを得たのかもしれんぞ」レイサムが言った。

この老人の目は弱々しくよどんでいたが、それでもノースは畏怖していた。その目は何ひとつ見逃さず、あらゆるものを見ている。慎重に振る舞わなければ。「わたしの目には、何かからヒントを得るような人間には見えませんでした」ノースは答えた。「それでもわたしに、ひとつ考えがあります」

ノースは年若の男に向きなおった。話を続ける許可を待ったのだ。年若の男はうなずいた。

「あの男が夕食に来た夜に仕掛けた罠を作動させるべき時が来たと思うのです」

彼は自らの提案を話した。

それが終わるころ、一同の雰囲気はかなり明るくなった。

74

広大無辺なテキサスの空がおれの精神をすっきりさせた。家並みにも群衆にも喧噪にも制約されず、心の赴くままにまかせる。いま考えていることは、トラックのことでもオースチンへの道中のことでもなく、ノースが次にどんな手に出てくるかでもない。おれの精神は影のことを考えていた。影にはどこか憂いを帯びたところがある。影が表わしているもの。それは生かされない潜在能力だ。太陽から約九千三百万マイルの距離を旅してきた光が、おれによって地表に届くのを阻止されるのだから。

だが、地表に届く光は違う。その光はそれ自身の能力を生かし、他の能力も生かす。J.T.がおれを連れてきてくれた崖は、バーベキューの鉄板並みに熱かった。風はそよとも吹かず、日陰はおろか、ひと息つける場所もない。情け容赦ない陽差しだ。ブーツのゴムが温めたチーズのように光沢を帯びている。髪は塩でざらついていた。汗が目に入り、鼻に流れ落ちる。失われた水分を補給しようと、持ってきた水をもう半分も飲んでしまったので、ひと口するのも贅沢に思えた。

それでもおれは動かなかった。

監視の極意は、隠れるか溶けこむかだ。都会ではなんの変哲もない風景に紛れるのがいちばんだ。何食わぬ顔をしているのがよい。おれは蛍光色のジャケットを着、クリップボードを持っていたことがある。そうしてしばらくすると、街の喧噪に溶けこめるのだ。路上に立っていたら、監視対象の被疑者がわざわざ近づいてきて、彼の自宅を見張っている怪しいやつがいないか訊かれたこともあった。逆に田舎で監視活動をするときには、自然であれ人工物であれ、物陰に隠れることだ。雑木林、地形の起伏、草木など。偽装をする場合もある。クリスマスツリーを満載したピックアップトラックを使ったこともあった。監視対象の男の元妻にツリーを売ったことさえある。

だが、野外では動かずじっとしていることだ。じっとしている方法がわからなければ、野生動物にこちらの存在を暴露されてしまう。怯えた野鳥の群れや逃げ去る兎（うさぎ）に。自然の音がこだましているはずのときに、しんとしている。静寂（しじま）に包まれているはずのときに、あたりがいっせいにざわめく。そうした徴候はすべて、本来はそこにないものの存在を示すのだ。

おれはじっとしているのが得意だ。

じっとしているのが得意なので、十分ほど前からニシダイヤガラガラヘビがおれと同じ岩で日なたぼっこをしている。そいつは尾根の縁を這ってきて、おれのスニーカーのあいだにとぐろを巻いているのだ。まるでスパニエルのように。大型の蛇で、禍々しさを湛えつつも端整な顔立ちをしている。片端には三角形の頭が、もう片端には白と黒の環を交互に繋げたようなしっぽがついている。ダイヤガラガラヘビは腹を空かせると凶暴になり、千分の五十秒で獲物を襲うことができる。人間がまばたきする時間は千分の二百秒以上だ。ダイヤガラガラヘビは文字どおり、目にも留まらぬ早業で攻撃できることになる。しかしここにいるやつは、ただのんびりしたいだけのようだ。まるで休暇中のように。子どものころ、おれは不合理にも蛇を怖がっていた。当時は恐怖症と呼ばれていた。ところがいま、おれは国中で最も危険な部類の蛇と同じ岩を分かち合っている。信じがたいことだ。

おれは無数のヘリオスタットが並ぶ太陽熱発電施設に注意を戻した。何も起きていない。この十八時間、人間の動きはなかった。メンテナンス作業のトラックさえ出てこない。だがそれでもよかった。張りこみをしている時間の九九パーセントは何事も起こらないのだ。いつでも動ける構えをしつつ、待つしかない。最後には必ず何か起きるものだ――おれには確信があった。

ダイヤガラガラヘビは身体が温まったようで、舌をチラチラさせ、S字に身体をのたくらせて這っていった。ほどなく、クビワトカゲの一群が周囲に積み重なった岩のひびや隙間から出てきた。青緑の胴体に蜂の巣状の模様がついている。色とりどりで鮮やかなので蜥蜴の刺青のように見える。ガラガラヘビがいたときは姿を隠していたが、いまはJ．T．の崖を動きまわる昆虫をたらふく食べに戻ってきている。さっきからおれの足下に、蟻の大群が集まってきていた。牛の胸肉のサンドイッチを食べたときの屑に引き寄せられたのだ。それを目当てに蜥蜴たちが走り寄り、蟻を次々に平らげている。

おれはいま一度、無数のヘリオスタットに注意を戻した。二羽のジャックウサギが飛び跳ねてきて、群生地の近くに生えた木陰の草を食んでいる。ふだんは日中に出てこないが、きょうはほかに動くものがない。おれは目を閉じ、深呼吸した。もう必要な情報はすべて収集したと、脳が告げている。すべてのデータが脳に収められたのだ。今度はあらゆるものを順序立てて整理することだ。それは毎日運ばれるヘリオスタットに関係している。その点には確信があった。そうでなければならない。まだおれが認識していない不審な点があるはずなのだ。それを見たときには重要と思っていなかった点が。

おれはもうひと切れのサンドイッチを包みから取り出し、一連の出来事を思い返してみた。ヘリオスタットはガントレットの作業場で梱包されていた。それがトラックでオースチンまで運ばれた。別のヘリオスタットがトラックの荷台にくくりつけられ、ガントレットヘトラックで戻された。トラックに禁制品は積まれていなかった。ヘリオスタットにも禁制品は隠されていなかった。ネッド・アランも禁制品は所持していなかった。ノースの話によれば、ヘリオスタットがオースチンで修理されるのは、砂漠よりも街中のほうが無菌状態の環境を維持するのが安くつくからだが、それはまったくのでたらめだ。嘘八百だ。おれを欺こうとする虚偽の主張だ。

ウィンストン・チャーチルの言葉を借りれば、それは〝不可解さの中にあり、秘密に包まれた謎〟である。考えれば考えるほど頭が痛くなる。おれは食べかけの胸肉のサンドイッチを毛布に載せ、水のボトルを摑んだ。喉は渇ききり、ひりひりしはじめている。乾いたパンの切れ端が口の片隅に残っていた。水をぐいとあおる。それはまるで沸騰したやかんからボトルに入れたように熱くなっていた。それでも水は水で、喉の渇きを癒してくれる。残りの水を両手にかけ、顔にこすりつけた。そしてサンドイッチに手を伸ばした。

はたと手が止まった。

おれは息を吞んだ。

75

おれの胸肉のサンドイッチには蟻がたかっていた。それでも気にはならなかった。払い落とせばいいのだ。仮に一匹ぐらい残っていたとしても、蟻だって蛋白質なのだ。甘くてナッツの風味があると聞いたことがある。国連食糧農業機関によると、地球上にはおよそ二千種の食用可能な昆虫がおり、五十年以内にわれわれはみなそれらを食べているだろうとのことだ。

だが、おれの手が止まったのは昆虫を食べることを考えたからではない。おれの残りふた切れのサンドイッチが並んでいたからだ。どちらも毛布の上に並んでいた。ひと切れは包みを開けられ、食べかけの状態で。もうひと切れは手つかずで包まれている。

秘密に包まれた謎。

包まれた。

包まれていない。

ヘリオスタットに似ている。

それらは包まれていた。

そのとき不意に、机の上のごたごたしたものをなぎ払う腕のように、おれの心から雑念が払われ、残ったのは答えだけになった。まったく重要視していなかったため、わざわざ確かめてみようとも思わなかったものだ。

おれの靴に入っていた小石は、梱包材だった。

梱包材に不審な点があったのだ。

修理に出されたヘリオスタット——ネッド・アランに代わっておれがオースチンまで運送したもの——は保護フィルムに包まれていた。厳重に包まれていた。当然のことだ。ヘリオスタットは高価な器材なのだから。だがおれがオースチンで回収し、ガントレットへ持ち帰ったヘリオスタットは、さほど厳重に梱包されていなかった。包まれてはいたものの、段違いにおざなりだった。

本来ならその逆ではないのか。これではあべこべだ。厳重に梱包すべきなのは修理されたヘリオスタットのほうで、壊れたほうではないはずなのだ。

だが、彼らが本当に運んでいるものがヘリオスタットではなかったとしたら？　ガントレットからオースチンまで長距離輸送をする真の目的が、梱包材を運ぶことだったとしたら？　ヘリオスタットはカモフラージュにすぎない。梱包材は違和感なく周囲の光景に溶けこむ。ふつう、いったん包装を解いたら梱包材など目に入らなくなり、それはただのゴミになる。重要なのはそちらのほうなのに、おれは梱包材を道端に置いて、トラックの荷台やヘリオスタットを検めるのに何時間も浪費してしまったのではないか。

こうしておれは、〈GUソーラーエナジーシステムズ〉の謎の半ばを解いた。

もう半分はまったくわからない。

それでも必ずわかるはずだ。

おれはもう半分の謎も解いてみせる。

なぜマーサが死ななければならなかったのか突き止めてやる。

そして、彼女の死に関与した全員を殺すのだ。

76

GUをめぐる謎のもう半分を解く手助けになったのは、ニシダイヤガラガラヘビがふたたび現われたことだった。

自分の仮説に欠陥がないかどうか検証を試みたら、ひとつだけ弱点があった。それ以外はすべてぴったりと符合する。ノースの方法論はわかっていた。彼がやっていることも、そのやりかたも。しかしなぜこの場所なのかがわからない。それが解明できなければ、何もわからないのと同じだ。ガラガラヘビがふたたび現われるまで、それはまるでM・C・エッシャーの不可能立方体を見ているようだった。立方体の正面と背後が同時に見えるように描かれている絵だ。

ガラガラヘビがふたたび現われる前まで、クビワトカゲの一群はおれの足下で好きなだけ蟻を食べていた。蜥蜴の動きは断続的で、ぴたりと止まったかと思うとまた急に動きだす。走ってきて、立ち止まり、顔を上げる。視線を下げ、獲物を食べる。走り去り、また立ち止まる。ふたたび顔を上げる。獲物を飲みこみ、また同じ動きを繰り返す。蟻は攻撃を受けていることに気づいていないか、あるいは気にしていない。たぶん後者だろう。蟻は自分の仕事に集中する昆虫のようだ。

ガラガラヘビがさっきとまったく同じ場所に戻ってきた。身体を伸ばし、お気に入りの肘掛け椅子をおれに横取りされているかのようにこっちを見た。おれは動かなかった。ガラガラヘビも動かない。

だが、クビワトカゲは動きだした。

蛇がふたたび現われた瞬間、彼らは散弾銃の鹿弾（しかだま）のように四方八方へ散っていった。あるものは頭を下げて丘へ向かって逃げたが、大半はJ．T．の断崖に無数に積み重なる岩のひび割れや裂け目に姿を消した。一匹はおれの頭より少なくとも十フィートは高い場所のひびに、一目散に逃げこんだ。

ここで生き延びるには逃げ足の速さが不可欠なのだろう。

ほんの五秒足らずで崖からは蜥蜴が一匹もいなくなった。濾過（ろか）された水が濾（こ）し器の下に消えていくようだ。クビワトカゲは入れる穴ならどこにでも身体をねじこんでいる。小さくきつい穴ほどいいようだ。そうした場所はいくらでもある。崖には干上がった川床のように、裂け目やひび割れができていた。天然のモザイクだ。そこにはいかなる論理もない。

裂け目の中には厚さ一インチ足らずで、もろく砕けやすいところもある。もっときれいで深さも充分あり、蜥蜴の全身が隠れるようなところもあった。

気がつくと、おれはひとつのひび割れに見入っていた。高さ一インチ、幅は三フィートほどだ。深さは充分あり、クビワトカゲの群れが丸ごと逃げこめるだろう。時としておれの精神は、じっとうずくまっていることがある。じっくり静かにデータを分析し、整理して論理的な結論を導くのだ。かと思えば、直観的に大きく飛躍することもできる。

「なぜガントレットなのか?」という疑問がいま、氷解しはじめた。おれはいままでにわかった事実と照らし合わせてみた。整合性は充分にある。

それがガントレットで起きていたのは、ここでなければ、そもそも最初から起こりえなかったからなのだ。

77

おれはジェンと話す必要があった。バックパックを開け、携帯電話にバッテリーを装着する。連絡先のアイコンを押し、スクロールすると彼女の番号が見つかった。彼女は最初の呼び出し音で出た。

「わたしの車をへこませたから電話したなんて言わないでよ、くそったれ」

「おまえの車は大丈夫だ」

おれは彼女に、ガントレットに着いてから起きたことすべてと、突き止めたと思ったことを話した。彼女は半信半疑の様子だったが、それは当然だ。おれだってそうなのだから。それでもジェンは興味を持って聞いていた。おれにはわかる。

「あなたは連中のトラックを乗っ取ったことで、報復があるとは思っていないの?」

「思っていない。運転手は沈黙を守ることに既得権益があるし、彼の代わりにおれがオースチンに現われたことがさして大事(おおごと)になるとも思えない」

彼女は答えなかった。

「どうした?」

「なんでもないわ。とにかく、それがわたしとどう関係あるの? あなたはすでにわたしの車を盗んだのよ。今度は何がほしいの? わたしのママが靴下で作ってくれたお猿さんのぬいぐるみ? わたしの卒業アルバム? わたしの乳歯?」

「そんな大それたことではない。過去十年間の市場占有率(シェア)を調べてほしいんだ。おまえにそのパターンを探してほしい」

「わかったわ」彼女はため息をついた。「部下に調べさせてデータを送らせるから。電話の電源は切らないでね」

「おまえに分析してもらったほうがいいと思うんだが?」

「ちょっと、わたしはあなたの年季奉公の召使いじゃないのよ、ケーニグ。わたしにも自分の仕事があるの」

「頼むよ、ジェン。こういうことにかけては、おれより優秀だ」

「利己主義者のくそったれからのお褒めの言葉、最高にうれしいわ。けさ目覚めたときからずっとこれを待っていたぐらいよ」

彼女は通話を切った。おれはその場でひと息入れ、折り返し電話が来るまでどれぐらいかかるだろうと思った。そんなに待つことはないだろう。そのとおりだったら、ジェン・ドレイパーをめぐるパズルのかけらもぴったりはまるのだ。

折り返し電話があったとき、トラックの乗っ取りに対する報復は苛烈を極めたことがわかった。それはいわば電撃戦で、おれを退場させ、戦意を喪失させるための痛撃だった。実際にはノースはきのう行動に出ていたのだが、おれがそれを知ったのは、おれが電話を入れた三十分後にジェンが折り返し連絡してきたときだ。

「早かったな、いくらおまえにしても」

彼女は答えなかった。

「どうした。市場シェアに関して、おれの見立ては間違っていたのか?」

「市場シェアのことじゃないの、ベン」

「何かあったのか? おまえ、大丈夫か? いま、ベンと言ったな。おれを呼ぶときには、たいがい〝くそったれ〟か〝ばかやろう〟だったのに」

彼女はそれでも答えない。

「まじめに訊いてるんだ、ジェン。何があった?」

「J.T.が」彼女は答えた。「彼が死んだわ」

78

おれは瞑目し、自らの罪と一心に向き合った。その部分を避けて通りたくはなかった。後々、このことが重要になってくるだろう。おれのせいだ。言い訳は通用しないし、〝彼は自分が何に首を突っこんでいたかわかっていた〟などと言うつもりはいっさいない。おれがJ．T．を殺したわけではないが、彼が死んだのはおれのせいなのだ。ノースはGUのトラックが乗っ取りに遭ったと知った瞬間に、誰が関わっていたかを悟った。おれに危険を認識する能力が欠けており、まわりの人たちにどんな影響を及ぼすか考える能力が欠如していたがために、J．T．の命運は尽きてしまった。おれは彼の背中に標的の札を貼り、それから振り返りもせずに夕陽に向かって車で走り去った。そしておれが蜥蜴や蛇や蟻を見ているあいだに、J．T．は死体保管所で大きなつま先にボール紙のタグをつけられて冷蔵されていたというわけだ。

おれはJ．T．を長年知っていたわけではないが、彼は間違いなくおれの友人だった。

この六年間で最初に結ばれた真の人間的な関係だった。だがノースにとっては、そんなことにはなんの意味もなかった。たとえＪ．Ｔ．が妻の病気を治すために愛するシカゴを離れ、乾燥したテキサスへ移ってきた思いやり深い夫であろうが、公務のために人生を捧げてきた元警官であろうが、ノースにとってはどうでもよかった。ノースにとってＪ．Ｔ．はただ、目的のための手段にすぎなかったのだ。

「手口は？」十分ほど経ってようやく、おれはジェンに訊いた。

「自宅で発見されたわ。喉をかき切られ、傷口が大きく開いていた」

「ほかに被害者は？」

おれの頭をよぎったのは、トラック乗っ取りに関わったほかの人たちのことだ。Ｊ．Ｔ．の友人たちはトラック運転手と直接接触はしなかったものの、ノースは彼らの関与を知っていたに違いない。少なくとも三人があの夜に居合わせていたし、ノースが全面戦争に打って出るつもりなら、全員を一網打尽にしようとしたかもしれない。彼の〝長いナイフの夜〟（一九三四年、ナチス党が不満分子に行なった粛清事件）にしようと。

ジェンは一瞬ためらい、それから言った。「あなたが誘拐したトラック運転手のネッド・アランが事故死したわ。二台のトラックに挟まれ、失血死した。救急車が到着する前に死亡していたそうよ」

罪のない男たちが、二人ともおれのせいで死んだ。マーストン教授と大学の警備員を含めたら四人になる。肥満したスキンヘッドの囚人は数えていない。

「あなたのせいではないわ、ベン」彼女は言った。「もしもあなたのせいだったら、わたしははっきりそう言うわよ」

まさしく同じ言葉を、おれは現役時代に使っていた。銃撃戦で保安官局員が負傷したり殺害されたりしたときにそう言っていたのだ。決して保安官局員のせいではない。悪いのはつねに、引き金を引いた犯人だ。だがいまは、おれ自身の言葉もむなしく響いた。おれが取った行動とこれらの殺人のあいだには、直接的な因果関係があるのだ。それらはすべて、おれの責任で起きたことだ。

「それだけじゃないの」ジェンは言った。「凶器が現場に残されていたわ」

「当ててみようか、西洋剃刀だな?」

「どうしてわかったの?」

おれは質問に取り合わなかった。「それからすでにおれの指紋が、GUの役員用の正餐室で見つかったものと一致したんだろう。それでおれの本名が判明したんだな」

あのときノースはテキーラのボトルをおれに渡して確かめさせた。あれは指紋を採るための罠だったのだ。あの時点でおれは、ノースが何かをたくらんでいるかどうかは知らなかったが、あの男は明らかに先を読んでいた。

「あなたを対象にした捜索指令（BOLO）が出ているわ。あなたは公式にジョン・トラヴィス殺しの指名手配犯にされたのよ。向こうは大した手際のよさね。GUの監視カメラにあなたの顔が映っていた。その顔がニュースで公開されている。国中の警官があなたを捜しているわ。本物のあなたを。新聞の早版は、流れ者がJ．T．を殺したと書き立てている。彼が自宅に泊めた流れ者のしわざだと。とてもいやな記事だわ、ベン。あなたは一度DCに戻ってくるべきだと思う。ほとぼりが冷めるまで山小屋で待って、対策を考えましょう」

彼女はそう言って沈黙した。おれはそれを破らなかった。

イスラエルでの訓練を思い出した。彼らのあいだにはこういう言いまわしがある——

「怒りは動機づけになる。怒りは希望だ」彼らの信念では、イスラエルが存続する唯一の方法は国が怒りを積極的な行動に結びつけることだ。だがおれにはいままで、その意味が決して理解できなかった。おれはいつも、怒りは力を損なうと思っていたのだ。怒りは感情だ。脳の理性的な部分を素通りしてしまう。しかしいま、おれにはその意味がわかった。

怒りは有益だ。

怒りはエネルギーだ。

怒りは行動への許しだ。

おれは息を吐き、百まで数えた。熱い怒りの波が押し寄せ、おれの胸を滾らせる。それはほとんど肉体的なものに思えた。それ以外のことはすべてBGMの中に消えていった。残ったものがすべて途方もない静けさになるまで。

確かにおれは間違いを犯したが、ノースの犯した間違いのほうがひどかった。やつはおれが逃亡を余儀なくされると思っている。やつはおれをJ．T．殺しの犯人に仕立て上げることで、先を読んでいたと思っている。だがノースには、先を読むという言葉の真の意味がわかっていない。

しかし、おれにはわかる。

そしておれはあの男に、先を読むとはいかなることなのか見せてやるつもりだ。

79

ガントレットの町に入るまで、おれは二十四時間待った。五十マイル遠くの町まで行って必要なものを調達したが、それ以外はずっと崖にとどまっていた。ガラガラヘビはもう見なかった。

ジェンはおれの計画にゴーサインを出す前に、最後にもう一度撤退するチャンスを切り出した。「本当にこの線で進めたいの？　一度態勢を立てなおして別の方法を考えてもいいのよ」

「今晩六時に町に入る」おれは言った。

五時十五分、おれはスティングレイに乗りこみガントレットへ向かった。五時四十五分、保安官事務所から六十ヤード離れた場所に車を駐めた。遠くからパトロールカーが近づいてきた。日勤が終わるところだ。夜勤の保安官補はすでに事務所に入っているだろう。パトロールカーは保安官用駐車場に入った。保安官補が一人降りてきて、裏口から事務所に入った。

最終確認が終わったところでおれは車を降り、正面入口に向かった。保安官事務所は通りから奥まったところにある。新しい引き戸がついた白いきれいな建物だ。

おれは路上に立ち、待った。そう長く待つことはないだろう。すぐに誰かが出てくるに違いない。出てくるのが誰であろうと問題ではない。

正面の扉がひらき、おれは笑いたくなる衝動をこらえた。そいつはアールだった。おれが最初にここへ来たとき、駐車違反の切符を切るふりをしていた保安官補だ。いまはメモを見て何か確認しているところで、おれのほうは見ようともしない。

「アール保安官補」おれは呼びかけた。「おれを捜しているそうだな」

アールの頭がぎくりと持ち上がった。おれの姿を認めるなり、泡を食って拳銃を手探りしている。おれが本気で闘いに来たのだったら、とっくに死んでいるところだ。

「ひざまずけ、ケーニグ！」彼はわめいた。無線を摑み、大声で助けを求めている。

おれはひざまずき、武器を持って川を渡るときのように両手を高く上げた。ここにアールがいたのはもっけの幸いだ。彼はすでに一度おれに会っている。それで事はスムーズに運ぶ。捜索指令の手配書を思い出し、目の前のおれの顔と突き合わせる手間が省けるからだ。人間というものは驚くほど、実際の顔と写真を突き合わせる能力が低い。目の前に立っているのが誰なのか気づかないような間抜けが相手だったら、さすがのおれにもどうにもならない。

アールはおれに近づいてきたが、援護の到着を待つあいだ、規定どおりに安全距離を保ちつづけた。おれはその場でじっとしていた。彼に撃たれたくはなかった。

そのとき、背後で車の音がした。急ブレーキをかける音。アールの表情に恐怖がよぎるのを見、おれは彼の視線のほうに目を向けた。

一台の黒いバンがタイヤを軋ませて歩道に乗り上げ、急停止した。スライドドアがひらき、ジョージ・W・ブッシュのマスクをかぶった男が身を乗り出す。そいつは自動小銃をアールに向け、銃を下ろすよう身振りで促した。アールはそうした。おれは膝を突いたまま向きを変え、両方の脅威を見ようとした。周辺視野にバンの男とアールを同時に収める。両手は上げたままだ。ほかにできることはない。おれは丸腰だった。銃撃戦に巻きこまれるのは計画に入っていなかった。

おれたち全員が睨み合っているうちに、さらに新たな脅威が現われた。

誰かが走ってくる音が聞こえる。

そのときおれの耳に、引き金を引くカチリという音が聞こえた。

そのときおれの耳に、散弾銃の発砲音が聞こえた。
そしておれは意識を失った。

第三部　特別な種類の狂気

80

ヤロスラフ・ザミャーチンの食事休憩は息子が死んでから長くなり、ひんぱんになっていった。まだボグダンの死を悼んでいるのだが、いつまでも甘えが許されないのはわかっていた。ブライトン・ビーチの首領はすでに、ザミャーチンに少し暇を取らせようかとつぶやいていた。〈ソルンツェフスカヤ・ブラトヴァ〉では引退をさす言葉だ。だが、祖国の頭目たちがまだ同じ言葉をつぶやいていない以上、首領も人前でそうしたことは言わなかった。けれども、おそらく彼らは正しいのだろう。ケーニグに関するザミャーチンの決断は、彼自身も知らなかった温和な一面を明らかにした。それ以前、彼の行動規範は明快そのものだった——おまえたちがわれわれの身内を一人殺したら、われわれはおまえたち全員を殺すというものだ。このルールに例外はなかった。ケーニグに二十四時間の猶予を与えたのはただ、ボグダンが幼児殺しに関与していたからにほかならない。

だがあれから六年が経ってもケーニグが逃亡を続けていることで、彼の温和さは次第に弱さとして見られはじめた。彼の稼業で弱さはそう長く許容されるものではない。つねに、より非情な人間が後釜に座る機会を窺っているのだ。さらに率直なところを言えば、ザミャーチンの心はすでにここにはなかった。彼はロシアが恋しかった。祖国の寒さとウォッカと料理が恋しかった。ロシアの同胞と過ごしていた日々が恋しかった。ニューヨークは暑すぎるし、臭いがひどく、開放的すぎる。

しかし祖国へ帰ることを決めるまでは、依然としてザミャーチンがここの大幹部でありつづける。したがって、彼の食事中に同輩の男が近づいてきたのは驚きだった。その男はiPadを手にし、明らかに火急の用件で来ていた。その男はザミャーチンとほぼ対等の地位であるにもかかわらず、彼に敬意を払い、距離を置いたところで立ち止まって、手招きされるのを待っていた。ザミャーチンはため息をつき、ペリメニを突き刺すのに使っていたフォークを置いた。このロシア風水餃子はすでに冷めてしまい、脂ぎっている。彼はナプキンを手に取り、口を拭いてから男に座るよう合図した。

ザミャーチンは愚か者には容赦しないことで知られ、息子の死後もその点は変わっていなかった。iPadを手にした男もそのことはわきまえており、世間話で時間を浪費するようなことはしなかった。

「懸賞金の支払いを求めている者がいます」彼はそう切り出し、タブレットをテーブルに載せた。

ザミャーチンの心臓が跳ね上がった。昂揚すべきなのか失望すべきなのかわからない。歳月の経過とともに、彼はベン・ケーニグという男を好きになりはじめていた。懸賞金の支払いを求める者がいないと知らされるたびに、気がつくと追っ手より獲物のほうを応援するようになっていた。

甚だロシア人らしからぬことだ。

染みひとつない白のテーブルクロスの上で画面を見る。そこには暗号化されたメールがあった。このウェブサイト上でのやり取りは自動的に暗号化され、関係者全員が保護されるのだ。そこにはいくつものファイルがあった。男はザミャーチンのほうに身を乗り出し、最初のファイルをひらいた。動画ファイルだ。

車内から撮影された動画だった。角度からして運転席だろう。両手を上げてひざまずいた男の姿が映っている。彼は銃を抜いた警官と斜めに向き合っていた。警官は無線に向かって何か叫んでおり、銃を男に向けている。ところがカメラの死角で何かが起き、警官は銃を地面に置いて、やはり両手を上げた。そのとき何者かが左から画面に入ってきた。そいつはひざまずいた男に向かって走り、銃身を短く切った散弾銃を長いコートから取り出して、至近距離から後頭部を撃った。男は前のめりに倒れ、その場に横たわった。頭のまわりに血溜まりができる。

動画は続き、殺人者が死んだ男を車のほうへ引きずっている。映像は何も映らなくなったところで終わったが、死んだ男が車へ引きずりこまれたのは間違いなかった。

「ほかの男かもしれん」ザミャーチンはそう言ってうなったが、ほかに見るべきファイルはいくつもある。殺人者たちのグループはさらなる証拠が必要であることを知っているのだ。

男は次の動画の再生ボタンをクリックした。ジョージ・W・ブッシュのマスクをかぶった男が、死んだ男の身体を起こしてカメラに映した。

被害者の目はくぼんでよどみ、肌は灰色で蠟のようだ。黒ずんだ血が髪にこびりついている。死んでいるのは一目瞭然だ。

「彼ですか?」同輩の男が訊いた。

ザミャーチンは無言だ。最後にその顔を見たのは六年前だった。いまいるのと同じレストランで。テーブルまで同じだ。その皮肉を痛感する。自分がケーニグに与えた六年間が無駄ではなかったと思いたかった。その六年間のいくらかでも、彼に楽しい時間があったことを願った。

「ヤロスラフ?」男は穏やかに訊いた。「ここに映っているのは、あなたの息子さんを殺した男ですか?」

ザミャーチンはこれ以上、死んだ男を見ていられなかった。フォークを手に取り、冷めた水餃子を口に押しこむ。「この男だ」よく嚙んでからそう言った。画面にフォークの先を向ける。「だが五百万ドルを支払うには、もっと証拠がほしい」

男は画面をスワイプさせ、次の動画を見せた。今度はケーニグの手が、透明なプラスチック片に押しつけられている。さらにそのプラスチックは、ケーニグの側頭部の凝固した血に押しつけられた。プラスチックは証拠袋に入れられ、封をされた。そして証拠袋は住所の記された封筒に入れられ、誰かがバンの後部を飛び出してポストに投函するところが映された。そのすべてが一本の動画に収められていた。何かを捏造した様子は皆無だ。

ザミャーチンの目の前で、男は画面に映っていたのと同じ封筒を鞄から取り出した。

「けさ、この封筒がわれわれのところに届きました。この動画が投稿される十分前のことです。われわれは急いでFBIの協力者のところへ証拠を持っていき、この指紋が行方不明になったベンジャミン・ケーニグ連邦保安官局員のものであることが確認できました」

男は鞄から書類を取り出した。検査結果の報告書だ。簡易DNA検査の報告らしい。

「そいつはなんだ？」ザミャーチンは訊いた。

「プラスチックに付着していた血液のDNA鑑定結果です。これもケーニグの遺伝子型と一致しました」ザミャーチンは無言で聞き、同輩の男は語を継いだ。「彼が殺されるところを撮影した映像は、町の路上にある監視カメラの映像と一致しました。彼の顔を拡大した映像も入手しており、あなたもご自身の目で確認されました。現場で採取された血液のDNAも一致し、指紋も一致しています。わたしはこれだけ証拠があれば充分かと思いますが、最終決定を下すのはあなたです、ヤロスラフ」

「場所は？」ザミャーチンはつぶやいた。

「テキサスの、ガントレットという町です」

ザミャーチンは眉を上げた。なぜケーニグはそんなところで死んだのだ？「いつだ？」

「三日前です」男は言った。

「何が起きたのかはわかっているのか？」

そのとき初めて、男は眉間に皺を寄せた。「それがですね……なかなか難しいのです」言葉に詰まる。「どうやらケーニグは地元住民の殺人犯として指名手配されていたようです。動画に映っていた警官の供述によると、ケーニグは自首しようとしていたと思われます」

ザミャーチンは無言だった。殺人？　彼が知っているベン・ケーニグがすることとは思えない。しかし六年間にわたって逃亡していたら、奇妙な行動に出てもおかしくないだろう。ともあれ、この件はこれで終わろうとしているが、いまの気分をどう表現していいのかわからない。これが、アメリカ人の言う「一件落着」というやつなのだろうか。

彼は最後の水餃子を突き刺し、目の前にかざした。脂が固まっていたが、それでも単純な美しさを湛えている。先祖伝来の料理だ。

「ヤロスラフ」男は言った。「懸賞金を支払ってもよろしいですか？　この結果にご満足でしょうか？」

ザミャーチンは水餃子を口に放りこんだ。「よし（ダー）」彼は断を下した。「そいつらに金を払ってやれ。この件は終わりだ。ベン・ケーニグは死んだ」

81

ペイトン・ノースは安堵していた。ケーニグを町から追い出す計画は思惑どおりに運ばなかったが、結果はむしろそれ以上だ。彼はいましがた、経営陣に動画をすべて再生して見せたところだった。ロシアマフィアのウェブサイトに、懸賞金の請求が正当であることを示す証拠として投稿されたものだ。

「本人であることに疑いの余地はないんだな?」レイサムが言った。

「まったくありません。ロシア人は五百万ドルを支払っています。殺人者のグループが送った指紋の証拠は、すでに確認されたものと思われます。それにわがほうでも、歩道に残っていた血液を採取しました。ケーニグのDNAと一致しています。本人に間違いありません」

全員の目が年若の男に注がれた。誰もが息をひそめて彼の決断を待つ。

「予想される当局の動きは?」

「ご懸念には及びません。地元の警官はまだ、公式にはジョン・トラヴィス殺しを捜査していることになっていますが、わたしが聞いたところでは、ケーニグ以外の容疑者はいないとのことです」

年若の男は見るからに満足そうだった。一時停止されたスクリーンを指さす。ガントレットの保安官補が両手を上げ、正面中央に映っていた。「ケーニグは自首しようとしていたのか?」

「そのとおりです」まさにその点が、ペイトン・ノースの腑に落ちないところだった。どうしてもそこが引っかかる。それ以外はすべてつじつまが合っていた。すなわち、ケーニグがガントレットの殺人事件で指名手配されたことが、懸賞金稼ぎのプロの注意を惹いた。彼らがガントレットを訪れたまさしくそのとき、幸運にも獲物がいたというわけだ。ノースは懸賞金を請求した連中についてなんらかの手がかりを見つけようとしている最中だったが、あまり期待してはいなかった。それでもやはり、ケーニグの行動がなぜなのか首を傾げるところだ。ケーニグは床屋を殺していないのだから、自分が罠に嵌められたのを知っていたに違いない。ノースは床屋自身の剃刀を凶器に使った。ケーニグの指紋は店内の至るところについていたから、剃刀にも手を触れていたに違いない。そのこととあいまって、捏造された目撃証言が容疑を固めた。

ノースはケーニグの目を見たことがあった。そこにはどこかまともではないところがあったが、あの男はばかではない。何せ六年間も、国際的マフィアから懸賞金をかけられながら生き延びてきたのだ。ペイトン・ノースにはふたつの選択肢があった。ひとつは自らの抱く懸念をこの場で口に出すことだ。だがいまの室内を覆っている明るい雰囲気からして、おそらく誰も取り合わないだろう。もうひとつは沈黙を守り、賞賛を受け入れることだ。

ノースは後者の選択肢を採った。沈黙を守ったのだ。

もしかしたら心配することなどないのかもしれない。

82

〈GUソーラーエナジーシステムズ〉本社から、年若の男のアパートメントまでは歩いて目と鼻の距離だ。ノースが会議室を辞去したあとも、男はしばらくその場にいた。室内にいるほかの面々を安心させたかったのだ。彼はノースの目に宿る懸念の色に気づいていた。あの男が言わなかったことが何かある。あした彼に訊いてみよう。ほかの役員をまた心配させても意味がない。ともかくも脅威は——ノースがいくら控えめに言っていても、ケーニグはまぎれもない脅威だった——無力化した。このこと全体が歴史の片隅に埋もれるまで、もうひとつだけ片づけておかねばならないことがある。

あの若い女だ。

その件は最初から最後まで、対処のしかたがまずかった。しかし、もう〝悪魔のブラッドハウンド〟は排除されたのだから、あの女も適切に処理できるだろう。暫定(ざんてい)措置はもう終わりだ。そもそも、最初の段階で断固とした行動を取らなかったことがわれわれに厄介事をもたらしたのであり、わたしは同じ過ちを二度繰り返すような人間ではない。

彼はアパートメントに鍵をかけたことがない。こちらから呼びつけるか、相手から事前に連絡がないかぎり、誰一人ここを訪れる者はいないからだ。アパートメントは暗がりに包まれている。ケーニグの死が確定するまで、ここ数日は彼もアパートメントに近づかないようにしていた。玄関扉を開け、あらゆるものをコントロールしているパッドを手に取る。ボタンを押すと、穏やかな音とともにエアコンが作動した。別のボタンを押すと同時に、カーテンが閉まる。控えめな常夜灯を点灯し、キッチンへ向かった。氷のように冷えたミネラルウォーターを一杯注ぎ、居間に入る。その広々とした部屋は風通しがよく、装飾は最小限だった。壁に巨大なテレビが掛かっている。レイジーボーイのリクライニングチェアがテレビのほうを向いていた。彼は飲み物を、彫刻の施された木のコースターに置いた。オースチンのアーティストに製作させたものだ。そしてリクライニングチェアに座り、ゆったりくつろいだ。室内は暗がりに包まれている。常夜灯を点灯させたときには、コントロールパッドはこの部屋の照明を点灯しないよう設計されていた。いかなる光もテレビのスクリーンに反射してしまうからだ。彼は頭痛の徴候を覚え、丸一分間、こめかみのマッサージ以外に何もしなかった。やがてようやくコントロールパッドに手を伸ばし、テレビのボタンを押した。

テレビはつかなかった。

ボタンを間違えたようだ。携帯電話を取り出し、懐中電灯機能を使ってコントロールパッドを照らす。今度はよく確かめて緑の〝電源〟のボタンを押した。

それでも、つかない。

眉をひそめ、立ち上がった。テレビの故障でなければいいのだが。寝室には小型のテレビもある――五十六インチ曲面スクリーンの5K超高解像度(ウルトラHD)テレビが小型と定義できれば、だが。それでも彼はその晩ずっと、レイジーボーイでくつろいでいたかった。テレビの仕組みについては何ひとつ知らないので、壁に取りつけたコンセントのスイッチをいったん消し、ふたたび入れれば問題が解決することを祈った。テレビの裏側に手を伸ばし、スイッチを探ってみる。

プラグの感触がない。

携帯電話はまだ手に持っており、懐中電灯も消していなかった。テレビは調節可能な壁掛けフックに取りつけられている。それを傾け、ソケットを照らしてみた。

思わず苦笑いした。これではテレビがつかないわけだ。プラグが入っていないのだから。きっと全自動掃除機が外してしまったのだろう。プラグを入れなおし、椅子に戻ろうとする。

そこではっと息を呑んだ。

彼のレイジーボーイに男が座っている。年若の男からはシルエットしか見えないが、その男がスキンヘッドなのはわかった。その男がコントロールパッドを見つけたらしく、照明が点灯した。

「そ、そんなばかな」年若の男は叫んだ。自分では叫んだことにも気づかなかった。

スキンヘッドの男はにやりとし、言った。「まだ序の口だ」

スキンヘッドの男が片手に何か握っている。セミオートマチックだ。

拳銃が火を噴き、年若の男の右の膝頭が骨と軟骨の塊と化した。彼は悲鳴とともに床に崩れ落ちた。男は彼の頭に銃を向けた。冷たく無慈悲な表情だ。男は言った。「声を出すな」

年若の男は従った。

しばし二人は互いを見つめた。室内で動くものは、ミネラルウォーターのグラスを流れ落ちる水滴だけだ。

年若の男は、自分を抑えられなかった。「だがおまえは……死んだはずだ」

「そしてあんたは行方不明になり、死んだと推定されている」スキンヘッドの男が言い返した。男は銃で年若の男の左膝を狙い、ふたたび発砲した。

今度は年若の男の耳に、もう片方の膝頭が弾ける音が聞こえ、自分でもそれを感じた。彼は激痛にふたたび悲鳴をあげた。スキンヘッドの男は唇に指を当て、「シーッ」と言った。

「何がほしい？」

床に倒れて泣きじゃくっている男を見下ろすベン・ケーニグの表情には、同情も憐れみもなかった。最近の殺人事件に手を下したのはペイトン・ノースに違いないが、床に小便を漏らしているこの年若の男がそれを命じたのは、きわめて確実だ。

不気味な静けさとともに、ケーニグは言った。「すべてだ、ミスター・クイン。おれはすべてがほしい」

83

合衆国連邦保安官局の証人保護プログラム（WITSEC）で守らなければならない証人の中には、率直に言えば、守ることがかぎりなく不可能に近い人間もいる。そうした証人はたいがい、ふたつの範疇のいずれかに分類される。ひとつは、何かを暴露しそうなので悪党がそれを阻止したいと考える証人。もうひとつは、すでに何かを暴露してしまったので悪党が罰したいと考える証人だ。

保護するためにどの程度の人材や手段が必要かを決定するため、ＷＩＴＳＥＣは厳密なリスク評価を行なう。それは複雑な方法だが、煎じ詰めればふたつの質問に集約される。最初の質問はこうだ――脅威をもたらす人間は、連邦機関の証人を追跡するだけの動機が実際にあるか？　これはふたつの質問のうちでも簡単なほうだ。生きている証人が彼らにどの程度の損害を与えうるかを考えれば、おのずと答えは出るからだ。二番目の質問はより複雑だ――脅威をもたらす人間には、連邦機関の証人を追跡する手段があるか？　彼らにはそれだけの人脈や情報源があるか？　彼らには公務員を買収した前歴があるか？　彼らには専門家に依頼するルートがあるか？　彼らにはどこまで実行する意志があるのか？

　こうした質問に対する回答の点数が高ければ、証人の保護にはより多くの人材や手段が投入される。証人の場所を移す、新たな州で新たな身元を与える、誰かが住み込みで保護するなどの方法だ。いかなる手段も排除されることはない。

　このシステムは数十年にわたって機能してきた。

　しかし、信じがたいほど稀だが、こうした手段でさえ不充分な例が存在する。たとえば敵意を持った外国がその証人に脅威をもたらす場合、可能な最大限の手段を実行しても、証人の安全を保障することはできない。国家が雇った暗殺者から証人を守ろうとすれば、保安官局員も身の危険にさらされる。

　ＷＩＴＳＥＣのコンピュータは独立したシステムで、インターネットに接続していない。それらは厳重に暗号化されている。証人の保護レベルを知る唯一の方法は、ＷＩＴＳＥＣの端末の前に座り、データベースにログオンすることだ。証人が最高レベルの保護を受けている場合、その証人に近づく現実的な手段はひとつしかない――ＷＩＴＳＥＣの担当官を通すことだ。ＷＩＴＳＥＣの担当官は厳格に選考され、ひんぱんに心理テストを受けている。とはいえ、結局のところは彼らも人間だ。弱みを握られて脅されることもあれば、賄賂(わいろ)を受け取ることもありうる。こうした事態を防ぐため、WITSECの担当官は他の部署の人間に情報を与えることを固く禁じられている。そのうえ彼らにはデータベースに登録されている証人全員に接近する白紙委任状があるわけではなく、保護を担当している証人にしか近づくことはできない。しかし理論的には、刺客が担当官を籠絡(ろうらく)して証人に近づくことは起こりうる。

おれが知っているかぎり、そうした例がひとつだけあった。ある証人がさらされた脅威のレベルが、保護システムで可能なあらゆる人員、あらゆる手段を投入しても、ほぼ確実に失敗するほど高いことが判明したのだ。こうした場合は、特別な措置が必要とされる。

まさしくその特別な措置に、おれは携わった。

ミッチは積極的に、あらゆるシナリオを想定した対策を立ててきた。ゲッコ・クリークでの事件が起きる二年前、彼はおれにあることを頼んだ。それはある人物の死を、もっともらしく真に迫った方法で、そしてより重要なのは、説得力のあるやりかたで、世間一般に対してでっち上げる方法を考えてほしいというものだった。イスラエルのキドンで受けた訓練から、おれはひとつの着想を得、一カ月以内に実行可能な方法を考案した。それは試してみることさえ危険な方法で、ミッチにそれを提案したとき、彼はおれに感謝するとともに、このことはすべて忘れるように命じた。

おれはそのとおりにした。

その一年後、ファーストネームしか名乗らない男がおれに近づいてきた。おれの見立てではCIAかNSAの人間だ。彼は所属先を決して明かさなかったし、おれからも訊かなかった。彼はおれの考案した方法が本当に実行可能なのか知りたがった。おれはミッチに話したのと同じことを言った。それは実行可能だと。〝被害者〟には鉄の意志が必要で、〝殺人者〟には失敗が許される余地はなく、外的な不確定要素は関係者全員にとって有利に働かなくてはならない。それでもおれは実行可能だと考えた。

彼は成否の確率を訊いた。おれは七対三だと答えた。

「生存率のほうが高いんだな？」

おれは首を振った。「違う。おれはその人物が死ぬ確率のほうが高いと考えている」

この件はそれで終わりだとおれは思っていた。しかしそうではなかった。

おれにはなぜその女性が〝死んだ〟ことにされなければならないのかを知る保安上の権限はないが、彼女が鉄の意志の持ち主であることは知っている。おれが彼女のうなじに銃を押しつけたときでさえ、身じろぎもしなかった。おれは彼女を自分の手で待ちかまえているバンまで引きずり、負傷の程度を確認した。事はすべてよどみなく運んだ。そして今日(こんにち)、おれが知っているかぎり、おれとバンの運転手、それにすべてを手配した男だけが、彼女がいまなお生存しているのを知っている。

ある人物を本当に隠すというのは、そういうことだ。ここまですれば、人々は捜すのをやめる。

スペンサー・クインの誘拐が捏造されたものだと突き止めたとき、おれはあることに気づいた。殺されたJ．T．の恨みを晴らし、マーサの身に起きたことを解明したかったら、おれは死ななければならない。

そのための方法は知っている。

だがおれ一人ではできなかった。

84

ある人物が本当に死んだように見せかけることは可能だ。〝遺体が見つからない〟水難事故をでっち上げればよい。もしくは身元不明の遺体を偽装する。顔の判別がつかないぐらい破壊したり、記録を改竄したりして。火を使ったり、酸を使ったりする方法もある。

あるいは散弾銃を使う方法も……。

だが、人を追うことを生業にしている連中はみな、こうした状況にはかえって警戒心を抱く。それはあまりに……お誂え向きなのだ。断固とした意志を持った追跡者が〝遺体のない、顔のない〟死を前にしても、決して引き下がることはない。その人物の死を偽装する唯一確実な方法は、それを公然と、不特定多数の目撃者の前で実行することだ。

たとえば後頭部を至近距離から撃つ。

監視カメラが設置され、大勢の警官がいる前で。

裏づけとなるＤＮＡや指紋も残して。

だがそれを準備し、実行するのは容易ではない。

現役時代にそれをミッチから頼まれたとき、おれは唯一の有用な基準に照らして考えることにした——おれだったら、どうすれば納得するだろうか？　仮におれが担当している事件で、容疑者死亡につき捜索の中止を宣告するとしたら、どれだけの証拠が必要かをリストアップしてみたのだ。

おれだったら、絶対に遺体を検分したいところだ。それができなければ、写真でもよい。動画でもいいだろう。死ぬところを撮影した動画ならなおよい。しかし、仮に写真や動画などの証拠に信憑性があっても、やはり指紋やＤＮＡ鑑定結果はほしいところだ。歯型の記録も。自分の目で現場検証をしたい。それだけの証拠がすべてそろえば、容疑者死亡につき捜索の中止を宣告しようかと考えるだろう。ただし、考えるだけだ。保安官局にいた十六年間、そうした事案は一度もなかった。

だがおれには、ひとつ有利な点があった。

おれを追っている連中は、おれの死体がなければ懸賞金の請求はできない。

そうすると、そいつらは死体を遺棄して警察にゆだねるわけにはいかない。自分たちで運ばなければならないのだ。

ジェンからJ．T．の死を告げられたあと、おれは丸一時間彼の死を悲しみ、それから仕事にかかった。まずジェンに折り返し電話した。

「市場シェアの情報はわかったか？」おれは訊いた。

「ええ。あなたの言うとおりだったわ」

彼女がどうやって、これほど短時間で突き止めたのかは訊かなかった。それは後日改めて訊いてみよう。

「計画を立てたのね」それは質問ではなかった。

「おれは死ぬ必要がある」

「あら、すてき」

「関係者全員を納得させる方法がほかにない」おれは答えた。「それだけではない。おまえにおれを殺してほしいんだ」

彼女は一瞬絶句したが、言った。「まさかそんなことを頼まれるとは思わなかったわ」

おれはジェンに、必要な筋書きを話した。彼女はおれを思いとどまらせようとはしなかった。むしろ詳細な内容を訊いてきた。おれがどうやってやり遂げるつもりなのか、具体的な点を知りたがったのだ。誰がいつ何をするのか。そして成功率を訊いた。

「七〇パーセントの確率で、おれは本当に死ぬだろうな」

「だったら完璧なプランね」

最後に彼女は、以前にそれを試したことがあるのか訊いた。

「ない」おれは嘘をついた。「だが完全に実行可能な計画だ」

「犯人は二人必要ね」

「そうだ」

「もう一人に心あたりはあるの？　それともわたしが探しましょうか？」

おれは彼女に、ある人物の電話番号を告げた。「この男に頼んでくれ。引き受けてくれるはずだ」

「この人、誰？」

「サミュエルという男だ」

「彼を信用しているの？」

「おれの命は預けられる」おれは答えた。「だが財布は預けられん」

おれはスティングレイに乗り、J．T．の崖を出てガントレットから遠ざかった。そして五十マイル離れた中規模の町へ向かった。買いそろえなければならないものがたくさんあったのだ。

医療品を扱う店で実習用の頭頂骨の模型を。薬局でコンドーム、インシュリン注射器、アドレナリン注射液、剃刀、髭剃り用ジェルに、携帯電話用の太陽光充電器。鬘もほしかったが、舞台用小道具を取り扱っている店はなかった。だが小劇場があったので、おれは舞台係の前で即席の話をこしらえ、元警官のチャリティショーに使いたいと言うと、彼女は倉庫にあった古い小道具を見せ、おれに目当てのものを自由に探させてくれた。ちょうどおれの髪の色と合う鬘が見つかり、さらに舞台係の好意で鬘用の接着剤チューブまでもらった。ここはテキサス州なので、散弾銃の装弾は最も簡単に買えた。さらに、野戦用救急キットも買った。最悪に備え、最善を期待するのだ。

おれは脳裏のリストの商品をすべて買いそろえた。そしてスティングレイに乗り、崖まで戻った。

本番ぎりぎりにならないと用意できないものもあるが、それ以前にも入念な準備が必要だ。まずはおれの髪を剃り落とした。砂漠に一人きりでいると簡単ではない。鋏を買い忘れたのはいささか痛手だった。その結果、剃り終わったときには剃刀の刃は鈍くなり、おれは切り傷やひっかき傷だらけになっていた。それは、まあよい。スキンヘッドの刑事が主人公の『刑事コジャック』のオーディションを受けるわけではない。血が止まったあとで、頭にハンカチを巻いた。おれの頭皮は何年も日光を浴びていないから、火傷したくなかったのだ。

次は散弾銃の装弾だ。おれは蓋をこじ開け、中身の散弾の半分をコンドームに移した。残りは砂漠に捨てた。

装弾の仕込みをすませたあとは、実習用の頭頂骨の調整だ。頭頂骨というのは、頭のてっぺんと側面の頭蓋骨だ。理想的ではなかったが、後頭骨の模型を使った場合、後頭部のかなり下まで長さがある。それだと見えてしまう恐れがあった。おれは頭頂骨を鬘の内側に接着しはじめた。試行錯誤を繰り返した末、まるで頭蓋帽のように頭に合うようになった——まあ、頭蓋帽のようなものだが。それから鬘をずたずたに切り裂き、つい数分前に剃り落としたぼうぼうの髪に見えるようにした。それをスティングレイのクロム合金のサイドミラーに映して具合を確かめた。色合いがわずかに暗いが、おれをあまりよく知らない人間なら、遠くから見れば騙されるだろう。

頭頂の後ろ端の四インチだけは糊づけしないでおいた。最後の準備はぎりぎりにならないとできない。おれは特製の頭頂骨つき鬘を慎重に脇に置き、不毛の砂漠に広がる発電施設をいま一度じっくり見た。まだ何も動きはない。

だが、もうすぐ何もかもが一変するだろう。

85

予定の時間が近づき、おれは最後の準備をした。注射器を取り出し、おれの腕の静脈を探して、注射器が一杯になるまで血液を採取した。それをコンドームに移し、コンドームの半分を満たすまで続けた。充分だと思ったところで、コンドームの端を結び、さらにふたつのコンドームを使って三袋の血液を用意した。中身が漏れないかテストする。大丈夫だ。

鬘の糊づけしていない部分をめくり、髪と骨の模型のあいだにそっとコンドームを押しこんだ。それを糊づけし、くっついたと確信できるまで五分間しっかり押さえた。ふたたび装着してみる。ミラーでざっと見たところ、外見は大差なかった。

腕時計を見る。予定の時間だ。頭頂骨と血液入りコンドームつきの鬘を頭に接着し、最後にもう一度ミラーで確かめてから、J．T．の崖をあとにした。ひょっとしたら、もうここへ来ることはないかもしれない。

自分にできることはすべてやった。あとはジェン次第だ。
嫌っている人間をこれほど信頼できるというのは、おかしなものだ。

サミュエルがバンを運転していた。彼はタイヤを軋ませて急停止し、アール保安官補に銃を向けた。カメラは運転席側のウインドウに取りつけ金具で固定し、すでに撮影を開始している。あとでサミュエルから聞いた話によると、ジェンがおれを撃ったとき、おれは勢いよく前のめりに倒れ、あまりに真に迫っていたので不測の事態が起きたのではないかと思ったという。たとえば散弾銃の装弾から取り除いた炸薬の量が不充分だったとか、頭頂骨の模型を装弾が貫通し、本当におれの頭蓋骨に命中してしまったというような事態だ。ジェンはおれをバンに引きずりこんでから、脈拍を確認した。おれは意識を失ったものの、生きていた。

二人が車で次の町に着いたところで、サミュエルが仕事にかかった。映画撮影用のメーキャップの訓練を受けていたので、おれを死体そっくりに偽装するのはいともたやすかった。おれが現役時代にやったCIAの仕事よりはるかに芸が細かい。彼は手製のコンタクトレンズまで持参していた。目がよどみ、くぼんで見えるよう巧みに作られている。顔を青白く見せるために蠟のメーキャップを施し、二本目の動画を撮影する準備が整った。

おれが目を覚ましたとき、三人で仕事の成果を見た。おれは満足した。やり遂げたのだ。

これだけの動画と証拠があれば、おれ自身も騙されるだろう。

しかし、ペイトン・ノースは騙せるだろうか？

86

「起きろ」

スペンサー・クインとおれはフォート・ストックトンの賃貸ガレージにいた。ガントレットからは遠く、捜索の手はここまで及ばないが、二時間以内に戻れるぐらいの距離だ。ジェンが〈アラデール・グループ〉を通じて手配してくれた。誰にも邪魔されないと彼女は請け合った。彼女とサミュエルはワシントンDCに戻った。サミュエルはここにとどまっておれを助けると申し出てくれたが、おれは次の段階に誰も巻きこみたくなかった。ジェンが助けを申し出ようとしなかったのを、おれは奇妙に思った。彼女のスティングレイはまだガントレットにあったので、彼女はおれにレンタカーのセダンを残して帰った。彼女とサミュエルがそれを運転してガントレットに来たのだ。おれはその車のトランクにクインを入れ、フォート・ストックトンまで運転してきた。

おれたちが到着したとき、彼には意識がなかった。顔は青白く、じっとり湿っている。

おれはクインをトランクから引きずり出し、作業台に縛りつけ、失血死させないよう両脚の太腿に止血帯を巻いた。

クインが伸びているあいだに、おれは改めて自分の状態を顧みた。撃たれるというのは大型のハンマーで殴られるようなものだ。後頭部の傷はいまだにひりつき、首をまわすとぐきりと音がする。頭頂骨の模型を銃弾の破片が貫通していたのだ。おれの頭皮にも食いこんでいたが、頭蓋骨への貫通は免れた。岩塩の粒が刺さったような感触だった。いましばらくはどうしようもない。検査はあとまわしにするしかなかった。おれは鎮痛剤の包みを開け、ありったけ口に放りこんで嚙み砕いた。

クインは長いこと意識を失っていた。おれがバケツ一杯の冷水を顔にぶちまけると、彼は咳きこんで目を覚ました。そしてすぐに助けを求めて悲鳴をあげはじめた。

おれはクインの股間にグロックを向けて言った。「やめないと、次の一発はそこに当たるぞ」

彼は哀れっぽく鼻を鳴らし、声をひそめた。作業台に座ったまま息をあえがせている。恐怖に目を見張り、おれを見ていた。

「自己紹介で時間を無駄にするつもりはない、ミスター・クイン。あんたはおれが何者か知っているし、おれもあんたが何者か知っている」

「しかし、どうやって……？」クインはつぶやいた。「あんたの誘拐が捏造だということを、おれがどうやって知ったのか訊いているのか？ それはニシダイヤガラガラヘビが教えてくれた」

クインは眉間に皺を寄せた。おれが言ったことがどう解釈できるのか考えている。やがて首を振り、言った。「いや、わたしが訊きたいのは、おまえがなぜ生きているのかだ。わたしはおまえが死ぬところを見た」

「あんたはおれが見せたいものを見たのさ、ミスター・クイン」おれは一拍置き、語を継いだ。「あんたはいま、自分がいかに不安定な立場に置かれているか気づいているだろう？」

クインは無言だ。

「気づいていないのか？ だったら説明してやろう。おれは公式には死んでいる。警官の目の前で撃たれた。おれが殺されるところは動画にも撮影された。法的には、おれはもう、いまから何が起きようと関わりがないことになる。あんたをいま殺そうがあとで殺そうが、おれが報復されることはない。たとえレッドソックスの試合中にフェンウェイ・パークのど真ん中であんたを射殺しようと、誰一人としてベン・ケーニグを捜すことはないんだ」

遅まきながら、彼は自らの陥った窮地を理解しはじめた。ノースもおれが死んだと思っているだろう。今度こそクインが本当に誘拐されたことに気づくに違いない。おれは意図的にクインの自宅を荒らして出てきたが、ノースはどこから捜索に手を着けていいかわからないはずだ。きっと彼は、ガントレットに新たな敵が現われ、そいつらはまだ犯行声明を出していないと考えるだろう。クインの顔はすでに失血で白くなっていたが、いまは灰色になっている。額からの汗が頬に流れはじめた。クインは歯噛みし、憎悪を露わにしておれを見つめた。「何がほしい？」ややあって、彼は口をひらいた。

おれはクインの目を見て言った。「すでに言ったとおりだ。おれはすべてがほしい」

沈黙が降りる。おれはそれを破ろうとしなかった。

「誰の支援を受けている？」彼は嗄れ声で訊いた。

おれは取り合わなかった。「これからあんたにいくつか質問をする。あんたがためらうか、答えても嘘をついているとおれが判断した場合は、撃つ。わかったか？」

クインは答えなかった。

おれはため息をついた。「では、実際にやって見せよう」

おれはグロックを構え、もう一発撃った。今度は足首に命中した。

クインがたまらず絶叫した。

おれは悲鳴がやむまで待った。「これからはおれが質問し、あんたが答えるんだ。そうしないと、あけすけに言って、あんたを撃つ場所がなくなってしまうからな」

「この精神病質者(サイコパス)が！」彼は咳きこんで言った。

「それは違うと思う。精神病質というのは神経精神医学上の疾患で、共感する能力に欠け、行動を制御することが困難になるのが特徴だ。おれがいまあんたを撃ったのは、ひとつは友人のJ．T．のため、もうひとつはあんたに殺されたトラック運転手のため、もうひとつは友人の娘のためだ。それは共感に基づく行動だと思うがね。それにおれは自分が死んだように見せかける工作に成功し、あんたの頭を撃ちたい衝動をどうにか抑えている。それは自分の行動を完全に制御できていることを示すものだろう。つまりおれは、断固とした意志の持ち主だということだ」

「くそったれ！」

「それも主観の問題だろう」おれは言い返した。「ネッド・アランの息子や未亡人に、ここにいるどちらがくそったれか訊いてみたら、違う答えが返ってくるはずだ」

クインはそのあともいくつか創造的な呪詛(じゅそ)の言葉を吐いたが、結局おれたちは仕事に取りかかることができた。

それから三十分間、おれはいままでにわかったことと、わかったと考えていることを話して聞かせた。ロッククライミングの旅で起こったこと、〈GUソーラーエナジーシステムズ〉の資金調達、プラスチックフィルムの梱包材、すべてを。クインは反論しなかった。きっと、おれがそこまで突き止めたことに驚いていたのだろう。

そうしてようやく、おれの話はテキサスに来たそもそもの理由に行き着いた。おれの存在理由(レーゾンデートル)に。「なぜマーサ・バリッジを誘拐した？」

クインは肩をすくめた。この期に及んでもなお、罪を認めたくないらしい。

「ミスター・クイン、ひとつ説明させてくれ。行方不明になった彼女を捜してほしいと頼まれたとき、おれは彼女の遺体を取り戻し、彼女の死に関わった全員を罰してほしいと言われた。そうすると、あんたを生かしておくべき理由は何ひとつない」

おれはクインの顔を見つめた。彼の命が消耗品であることを伝えたかったのだ。

ところが、思いがけないことが起こった。おれの言葉のどこかが彼を驚かせたようだ。クインはしかつめらしく目をしばたたいた。これまでこの男は嘘と裏切りを武器にして生きてきたが、痛みと失血が本心を覆い隠す能力に影響したに違いない。いまの彼は策略を持ち合わせていたとしても、せいぜい五歳児並みだろう。

クインの表情は、おれがマーサは死んでいると言及したときに変化した。彼自身はそれを悟られずうまく切り抜けたと思っているようだ。それは思いがけないことだった。おれがこれまでに誘拐に関して知ったことはことごとく彼女の死を示唆しており、ミッチに会ってから起きたこともすべてそれを裏づけるものでしかなかった。クインとノースは、脅威を取り除くことにかけては冷酷非情そのものだった。しかしいまになって、おれには確信が持てなくなった。

「マーサ・バリッジは生きているのか？」おれは訊いた。

クインは答えなかった。希望の光がその目に兆す。彼はいま、おれになんと話そうか考えているのだ。おれは銃を構えた。それを股間に押しつける。

「彼女は生きている！」彼は叫んだ。「だがそう長いことはない、くそったれ！」

87

マーサが生きていることですべてが変わった。それまでのおれの計画はすべて、彼女がすでに死んでいることを前提としていた。おれは彼女の死に関わった人間全員の名前を突き止め、一人ずつ消していき、ノースはいちばん最後に殺すつもりだった。

しかしいま、状況は変わった。もちろん彼女が生きている証拠が必要だが、マーサが生きているのであればミッチに告げなければならない。そうした展開になれば、おれ一人の手には負えなくなる。誘拐された人間が生存しているのであれば、ＦＢＩの出番になるだろう。彼らなら次に打つべき手を知っているはずだ。

おれの全身を昂揚感が駆け抜けた。「どこにいるんだ?」口調にどすを利かせた。

「ガントレットだ」

「具体的な場所を言え」

クインはその場所を言った。だがその答えを聞くにつれ、おれの期待はしぼんでいった。

これは非常にまずい。ミッチにはとても言えたものではない。いや、ほかの誰にも。ジェンにさえも。FBIの力をもってしても、マーサの居場所にはたどり着けないだろう。たとえ軍を動員しても無理だ。仮にそこまで行き着けたとしても、接近する前に彼女は殺されてしまう。生きている目撃者を連中がそのままにしておくはずがない。死人を永久に消してしまえるのなら、なおのことだ。彼女は最初からその隠し場所に存在していないも同然なのだ。

だが、おれだったら彼女の下へたどり着ける。

「なぜ彼女はまだ生きている？」おれは訊いた。

クインはためらわずに答えた。今度ばかりは。共有すべき朗報があるときには躊躇しないのだ。「われわれが彼女を連れ去ったとき、何者なのか知らなかった」彼はそう言った。「そして身元がわかったころには、連邦機関の捜索が始まっていた。われわれは、ほとぼりが冷めるまで待っていたんだ」

おれはその言葉を反芻した。なるほど、筋は通っているようだ。連中は自分たちのことがどこまで露見しているかわかるまで、マーサを殺せなかったのだ。彼女が何を知り、誰に話したかわかるまで。そして連中が彼女をガントレットまで連れて戻ったのは、ワシントンDCに彼女を尋問できる施設がなかったからだ。ガントレットにいれば彼らは安心だった。そこでは誰も手出しできない。だがマーサの父親が誰なのかがわかると、連中はいよいよ問題に直面した。彼女をどうやって処分しようか？　単に行方不明になっただけでは、ミッチは合衆国で最古の連邦法執行機関の長官として、決して捜すのをあきらめないだろう。決して。そして彼女の遺体がテキサスで発見されたら、ミッチはその理由をなんとしても突き止めようとするだろう。そうすると、彼女を処分する方法はひとつしかない。

「あんたたちは彼女の遺体をＤＣに戻すつもりだった」おれは言った。「コカイン吸引所みたいな場所に放置するつもりだったんだな？」

　少なくともクインは、困惑したふりをするぐらいの嗜みは持ち合わせていた。眉根を寄せてうなずく。それはせめてもの朗報だった。マーサに危害が加えられていないことを意味するからだ。拷問の痕跡が残っていたら、麻薬の過剰摂取とつじつまが合わなくなる。このころには、クインは意識朦朧としていた。おれはグロックを、砕かれた膝に叩きつけた。彼が悲鳴をあげた。

「そもそも、なぜ彼女を誘拐した？」

「彼女が書いていた論文のせいだ」クインは小声で言った。

　おれは眉をひそめた。「説明してくれ」

「それはわれわれに関することだった」クインは、おれがまだそれを突き止めていないことに気づいた。「わたしの資金調達に関してだ」彼は補足した。「彼女は、コアウイラ国民銀行には太陽熱発電事業に融資した実績がなかったことに気づいてしまった」

「銀行というのは、クリーンエネルギー事業にはいくらでも金を貸したいのかと思っていたが」

「その銀行が従来の専門分野以外の事業に融資したら、マネーロンダリングの嫌疑がかけられる。だから銀行は、そういう融資をできるだけ避けようとするんだ」

おれはうなずいた。マーサは法廷会計学を専攻していたから、そうした知識は持ち合わせていただろう。きっとそれは、ささやかな好奇心から始まったはずだ。コプリー・ホールの学生寮で生活し、登山中の事故で親友を失った元男子学生の悲劇的な物語。死んだ友人の名を冠して興したクリーンエネルギー企業が、数百万ドルを稼ぐまでに成長した。彼女が不審な点を見抜くまでどれぐらいかかっただろう。ミッチの気質や能力を受け継いでいるなら、そう長くはかからなかったに違いない。

彼女がそうした疑いを声に出して周囲に話すまでには、どれぐらいかかったのか？

GUの関係者が、誰かに嗅ぎまわられているという噂を聞きつけるまでにどれぐらいかかったのか？

そして、彼らが〝先を見越して行動する〟までにどれぐらいかかっただろう？

「あんたの安全装置(フェイルセーフ)は誰なんだ?」

不意に話題が変わったので、クインは困惑の表情を浮かべた。

おれは説明した。「ミスター・クイン、あんたと仕事仲間はともに利益を分かち合う仲良しグループではない。あんたがこれだけ長く生き延びてきたのは、誰かに預けている文書があるからだろう。人に知られたらGUを崩壊させかねないような情報で、あんたが死んだら公開することになっているような」

クインは衝撃に呆然としておれを見つめた。

おれはグロックを、まだ負傷していない足首に向けた。「もう一度訊く。あんたのフェイルセーフは誰だ?」

クインは答えた。特定の人物ではなかった。死後、近しい人たちに送信するメールサービスを利用していたのだ。そのメールには、生きているときには明かせなかったようなことが書いてある。本当はその人のことをどう思っていたのかとか、隠し資産のありかとか、そういったことだ。クインは二社のプロバイダーにアカウントを持っていた。そこには添付ファイルのついたメールが三十のさまざまなアドレスに宛てて用意されており、彼が死んだら送信されるようになっている。彼のアカウントは、毎週提供される特定のコードワードを入力しなければならない仕組みになっていた。したがって彼の仕事仲間からすれば、コードワードを不正手段で一度入手すればいいという単純なことではない。さらに翌週のコードワードは、その週のコードワードを正しく入力しなければ提供されない。入力を強要された場合の緊急用のコードワードもあった。緊急用のコードワードを入力すれば、メールはただちに送信される。誤ったコードワードを入力し、一定時間内に正しいコードワードを思い出せなかった場合にも、メールは送信される。コードワード入力を更新しないで七日と一分が経過してもメールは送信される。

このうえなく周到な仕組みだ。仮におれがクインのメールによって不利益をこうむる立場だとしても、これらの安全装置の裏をかける自信はなかった。

「最近はいつ更新した？」

「二日前だ」

「そういうことなら、あんたが行方不明のままだったら、仲間はさぞかし慌てふためくだろうな？」

クインはうなずいた。

おれは不敵な笑みを浮かべた。おぼろげながら、いい計画が浮かんできた。いまの立場を精一杯活用して取引するのだ。交渉してマーサの解放を勝ち取るために。

おれは購入しておいた野戦用救急キットを開け、クインの応急処置をした。やろうと思えば、ひととおりの外科処置や主要な血管の縫合もできる。そうすればクインの脚はあとで元どおりになるかもしれない。しかしここにいるのは、おれの友人の死を命じた男だ。せいぜい止血ぐらいにしておくのが、精一杯の寛大さというものだろう。おれは套管（とうかん）を彼の手の甲に挿入し、針金のハンガーとほうきの柄で即席の点滴スタンドを作った。救急キットには生理食塩水の袋が入っていたので、それをクインに注入し、もうひと袋を三時間で点滴することにした。そうすれば当面クインは生きられるはずだ。さらにモルヒネを二本、太腿に筋肉注射すると、クインはすやすや眠った。目が覚めるまでに少なくとも一時間はあるだろう。その前に、おれにはやるべきことがあった。

88

「おれと話し合うのは誰だ？」おれはラップトップに向かって言った。

ペイトン・ノースが画面に顔を近づけてきた。「関係者全員をここに集めた。きみの要望どおりだ、ミスター・ケーニグ」

「責任者は誰だ？」

「わたしだ」ノースは答えた。

「いや、あんたではない」おれはいなした。「あんたが何者なのか、おれは正確に知っている、ミスター・ノース。責任者は誰だ？」

ノースは眉間に皺を寄せた。「ミスター・ケーニグ、きみが何を発見したと思いこみ、何をやっているつもりなのかは知らんが、わたしの考えでは――」

「訊くのはこれで最後だ」おれは言った。「責任者は誰だ？」

ノースは怒鳴った。「責任者はいない！　新任のＣＥＯはまだ採用していないんでね。

先日夕食の席で、そうしたことはすべて話したはずだ」

彼の背後でざわめきが広がった。おれはそれが静まるのを待った。

「わかった……では、おれがあんたたちの元CEOを返してやると言ったらどうだ？」

室内は水を打ったように静まりかえった。おれはこの機会を活用し、コンピュータの向きを変えてクインの打ちひしがれた姿が見えるようにした。意識はないものの、生きているのは一目瞭然だ。

室内の年輩の男が引き継いだ。「きみの話を聞こう、ミスター・ケーニグ」

「ミスター・クインとおれは有意義な話をした。彼はあんたらの薄汚い町で起きていることを話す気はないようだが、あんたたちがおれの友人を捕まえていると教えてくれた。それだけじゃない。クインが安全装置（フェイルセーフ）のコードワードを更新しなかったら、あんたたちのやっていることがなんであれ、一巻の終わりだと打ち明けてくれた。おれの計算では、あんたたちはあと五日以内にクインの身柄を取り戻さないといけない。そうだろう？」

「何が望みだ？」ノースは言った。

「生きているという証拠だ。一時間以内に、マーサ・バリッジがきょうの新聞を持っているところを見たい。そして彼女に言わせるんだ――『何もかもうまくいくでしょう』と。おれは次回あんたらを呼び出したときに、その映像を見たい、ミスター・ノース。そうすれば、次の段階に移れる。おれがその映像を見られなかったら、クインは死に、あんたたちはこれから一生怯えて暮らすことになるだろう」

おれは誰も答えられないうちにビデオ通話を切った。画面が暗くなる。マーサが本当に生きていたら、連中はおれが言ったとおりにするだろう。ほかに選択肢はない。彼らにはほかに打つ手がないのだ。クインとマーサの人質交換に応じるしか。連中はいかなる犠牲を払ってもクインを取り返そうとするだろう。彼が死んだら、何もかもおしまいなのだから。

待っているあいだに、おれはサミュエルを呼び出し、ある人物の電話番号を教えてほしいと頼んだ。おれはその番号を暗記した。サミュエルはその目的に好奇心を持ったかもしれないが、あえて何も訊かなかった。その番号は、おれが二度と話すことはないと思っていた相手のものだ。

だがあらゆる角度から検討した結果、おれはほかに方法がないと確信していた。

サミュエルとの通話を終えようとしたところで、彼は言った。「もうひとつ、あんたから頼まれていたことを調べておいた」

「何がわかった？」

「あんたがどうやって知ったのかどうかはわからんが、あんたの言ったとおりだ」サミュエルは告げた。「やはりあの女性は暗い秘密を抱えていたよ」

おれは意識を失っているクインを見た。

「時間はある」おれは言った。「わかったことを聞かせてくれ、サミュエル」

彼はそうした。すべて聞くのに一時間近くかかった。

「あの女はモンスターだ」彼の話が終わったところで、おれは言った。「だが少なくとも、なぜおれを忌み嫌っているのかはそれで説明がつく。きっとあの女は、誰も彼も忌み嫌っているんだろう」

89

マーサの顔が映し出された。目にはくまができ、顔は以前より痩せていたが、おれがいつも好きだったあの反骨精神は失われていないようだ。室内の照明は薄暗く、場所を窺い知る手がかりは何もない。彼女は地元の新聞を持っていた。カメラに映っていない誰かに何か言われ、マーサは新聞の見出しを読み上げた。ニュースキャスターの声をまね、皮肉たっぷりな口調で牛肉価格の下落を読み上げる。そこで新聞紙は、カメラからは見えない監禁者の手でひったくられた。どうやらそいつは苛立ってきたらしい。

「ちょっと」マーサは抗議した。「まだきょうの運勢を読んでいないのよ」

マーサは右側にいる人間から何かを聞き、言った。「何もかもうまくいくでしょう」

画面が一瞬暗くなり、それからノースが出てきた。腕時計を見ている。「このビデオは三十分前に撮影された。ご満足かな？」

「いまのところは」おれは答えた。「言うまでもないが、あんたたちがミスター・クインを返してほしければ、彼女をいまの状態にしておくんだ」

「きみの要求は守ろう、ミスター・ケーニグ」ノースは言った。「次はどうすればいい？」

「ひとつ、おれの推測が正しいかどうか確かめておきたい。あんたたちは合法の太陽熱発電事業を営んでいるほかにも、何かやっていると思うんだが、ほとんどの社員はそのサイドビジネスには関わっていないんだろうな？」

おれにはノースの表情から、質問を吟味しているのがわかった。おれが何をたくらんでいるのか推し量っている。やがて彼は答えた。「ああ、きみの推測どおりだ」

「では、こうしよう。今回の件が終わるまで、非戦闘員は帰宅させてくれ。なんでもいいから適当な理由を作って、二、三日の有給休暇を与えるんだ。無関係な人間を発電施設から退去させて四十八時間後に、おれは投降してあんたの監禁下に置かれる」

「きみがGUに来るということか？」ノースは短い沈黙のあとで言った。

「そのとおりだ」

「われわれがきみを解放するわけにいかないとわかっていても？」

「いかにも」

「だったら――」

「なぜおれがこうしようとしているのか訊きたいんだろう？」おれは代わりに言ってやった。「それはだな、あんたはおそらく幼少期のなんらかの問題が原因でサイコパスになったんじゃないかと思うが、ノース、残念ながらあんたには賢明な判断力と実行力が備わっていると思わざるを得ないからだ。それにおれはマーサのことも知っている。あんたが彼女に、ここでのことをしゃべったら父親は死ぬと説き聞かせれば、彼女は秘密を守るだろう」

「それで、きみはどうする？」

「あんたはおれを解放するわけにいかないだろう、ノース。解放すればおれはあんたをつけ狙う。そのことはあんたも承知しているはずだ。マーサを生かすには、おれが死ぬしかない」

「きみはそれで幸せなのか？」

「幸せというのはやや語弊があるな」

「わかった。で、それからどうする？」

「おれがGUに到着したら、あんたたちはマーサをおれが指定した住所へ連れていき、彼女をおれの友人に引き渡せ。マーサが無事だったらおれに連絡が来る。そのときに、そのとき初めて、あんたたちにスペンサー・クインの居場所を知らせよう」

「それからは?」

「それからは、おれは逃げ出そうとするさ、当たり前だろう」

ノースは室内の男たちのほうを向き、何やらひそひそ話し合った。

「その条件を受け入れよう、ミスター・ケーニグ」ノースはやがて言った。うれしそうな口調ではなかった。

おれはうなずいた。「心配するな、ペイトン。あと二日ですべてが片づく」

90

制限時間が決まったので、おれの計画はぐんと現実味を帯びてきた。購入すべき物品もはっきりした。すでにいくらかの装備はある。とりわけそのひとつは、すべての鍵になるものだ。だがノースがおれの条件に合意したいま、必要なものはこのうえなく明確だった。火力だ。大量の火力だ。

クインの役割はほぼ終わった。おれがこの男を生かしているのはただ、緊急プランが必要になった場合に備えているからにすぎない。おれはさらに二本のモルヒネを尻に打ち、ふたたび眠らせた。傷は見るからにひどくなっている。毒素性ショックで死ぬまで、せいぜいあと三日だろう。おれは生理食塩水をもうひと袋、彼に投与した。

この二時間ほど、クインは衰弱してトイレ代わりのバケツにもたどり着けない。扉から脱走を図れば、傷口がふたたびひらいて彼は死ぬだろう。もうどこにも逃げられないだろうが、おれはいわば前世から持っていた手錠でクインを拘束した。先週、ロング保安官が深い興味を示していた手錠だ。口もテープでふさいでいた。彼はうめき声をあげているが、目は覚ましていない。モルヒネはだんだん効かなくなってきた。それでもおれは構わなかった。クインのせいで、これまで八人が死んだのだ——J．T．、マーストン教授、大学の警備員、ネッド・アラン、女性の暗殺請負人、ワシントンDCの留置場にいたスキンヘッドの囚人。そして砂漠で死んだ二人の麻薬常用者。みんな彼のせいだ。

しかも、この八人はおれが知っている人数にすぎない。もちろんほかにもいるだろう。大勢の人々が。罪のない人間もいれば、そうとは言えない人間も。クインのような稼業をしていたら、必ずそうした犠牲者が出る。おれはこの男をガレージの床に放置しても、罪悪感で眠れなくなることはなさそうだ。たとえ彼がどれほど痛みにうめき、おのれの血や糞尿にまみれても。

ひとつ問題があった。おれは銃が必要で、テキサス州には銃を入手できるまでの法定の待機期間はないが、連邦法の免許を得た銃器販売業者は州外の人間に直接販売することができず、サミュエルが作ってくれた偽造の身分証はすべてワシントンDCを住所にしていることだ。

もっとも、業者ではなく個人から購入するのは身分証がなくても合法だ。おれはただ、犯罪行為に手を染めないことを誓約するだけでいい。それが本心かどうかは問題にはならない。それでもひとつ問題は残る。個人として銃を販売していると広告を出している連中の多くは、狂信的な手合いなのだ。そうした連中から買えるものも二、三はあるだろうが、おれが本当にほしいものは持っていないだろう。

だから別の種類の売り手を探さなければならない。

充分な時間があれば、ヒューストンの酒場や玉突き場をあたるだろう。そして評判のいい人間を探す。そうした情報は口コミが確実だ。相手がたまたま覆面警官だったら、そのときは運の尽きだが。数日もすれば必要なものが手に入る。しかしいまは、数日も待てない。

問題はその点だ。

しかし幸運なことに、ここテキサスでは、ある人間の問題はほかの人間の稼ぐチャンスになる。おれにはどこをあたればいいかわかっていた。

テキサスでは毎年、五百回も銃の見本市が開催される。この日はふたつあった。最寄りの場所はミラム郡のロックデール。会期は二日間だ。おれの探しているような人間が見つからなかったら、そこから少し離れたウェーコーでもひらかれている。

見本市は十一時からなので、おれは道路沿いのダイナーでベーコンとパンケーキの食事にありついた。シェイクまで飲めた。前に飲んだときから何年も経っているような気がする。おれが保安官事務所の前で頭を撃たれたので捜索指令（BOLO）は取り消しになっていたが、念のため軽い扮装はしておいた。つばの長い野球帽の両側にアヒルのロゴがあり、日よけがぐるりとついたものだ。必要ないかもしれないが、ジェンのスティングレイと同じく、こういう突拍子もない帽子と日よけをかぶっていたら、人々は帽子のほうに気を取られ、かぶっていた男のことはあまり覚えていないものだ。

ロックデールは小都市に分類されているが、人口は五千にすぎず、小さな町に毛が生えたようなものだ。居心地のいい雰囲気だった。チェーン店よりも家族経営の店が多い。銃の見本市はホテルで開催されていた。おれは五ドルの入場料を払い、大宴会場に足を踏み入れた。

テーブルは五列ある。最初の二列には業者が出品していた。テキサス州の住民以外は銃を購入できないが、ひとつ注意を惹かれた品物があった。五十セント硬貨そっくりで、隠し刃が入っている武器だ。ラミネート加工されたチラシによると、監禁された場所から逃走するときに最適だという。おれはひとつを手に取り、じっくり観察した。本物の硬貨と区別がつかない。

「お客さん、よくできてるでしょう？」業者が話しかけた。「ただ、飛行機に乗るときは持たないようにしてくださいよ。没収されますから」

四十ドルの値札がついている。おれは二十ドル札を二枚取り出し、一個買った。保安官局にいたときでも、逮捕した人間の硬貨まで調べようとは一度も思わなかった。

次は個人出品者の列に移動した。出品者が売ってもよいと思ったものが並んでいる。AR－15やヘッケラー&コッホ、AK－47などのライフルが数十挺あった。自作の拳銃や、おれも聞いたことがないような型の銃もある。弾薬は何千発も売っていた。

真新しいAR－15を手に取った。出品者が近寄ってきて言った。「いい銃ですよ。フルオートにも簡単に設定できます」

「そいつは合法か？」おれは訊いた。違法なのはわかっていた。

男は肩をすくめ、別の客のほうへ近づいた。

一時間ほど通路を見てまわったところで、おれは目当ての人間を見つけた。銃の見本市にはつねに、第三の範疇に属する売り手がいるのだ。販売業者でもなければ、個人の出品者でもない。テーブルに商品を陳列してはいないが、それでも売り物はある。こうした売り手はたいがい、〈売ります〉という札をぶら下げた銃を持ち、歩きまわっているのだ。

こうした男たちも——女性はほぼいない——合法の売り手だ。

しかしごく一部は合法ではなく、おれがあたりをつけたのはそうした売り手だった。その男は小型のリボルバーを持ち、その場にほとんど溶けこんでいたが、かすかな違和感があった。不審な行動をしていたわけではない。そうした行動はまったく取っていなかったが、それでもどこか目立っていた。ほとんどの個人出品者には——とりわけ第三の範疇に属する売り手には——重罪を犯していないという一〇〇パーセントの確信はない。法律が明らかに彼らの味方だとしても、見知らぬ人間になんの身分確認もせず銃器を売るという行為にはやましさを覚えるものだ。そのため、大半の売り手は法を遵守する市民なのだが、あたかもそうではないように見えることが多い。

ところが、おれが見当をつけた男は、なんのやましさもないように見えた。その男は通路を行ったり来たりしている。何も見ていないようで、実はあらゆるものを見ているのだ。売り物はあるようだが、値段が折り合い、特定の種類の顧客が来たときしか売らないだろう。

まさしくおれのような。

91

一人の女性客が男に近づき、男が売り物として持っている銃のことを訊いた。男は首を振り、歩き去った。これはおかしい。女性客はハンドバッグに入るような小型拳銃を探しており、男はまさしくハンドバッグに入る大きさのリボルバーを売っているのだから。

おれは背後から男に近づき、耳元で言った。「あんたは何を売っているんだ？」

男は何げなく振り返り、おれを見た。髭はきれいに剃っており、薄茶色の髪はふさふさしている。目尻に皺ができていた。いかにも疑わしげな目つきだ。ややあって、男は言った。「何も」

「おれは警官じゃない」

「元警官かもしれない」男はすぐに言い返した。

「おれはただもう少し……違うやつを探しているんだ。ここで売っているのは、どれもありきたりだ」

男は返事をしない。

おれは札入れを開け、男に中身をちらりと見せた。用意してきたのは一万ドルだ。

「身分証は？」男は訊いた。

サミュエルの作った偽造身分証セットの出番だ。「どれがお好みかな？」おれは言いながら、一枚ずつ身分証を剝がした。犯罪を企てていると印象づけるにはもってこいだ。

「名前はオーデル」彼は言った。「ついてきてくれ」

彼はおれを先導して駐車場に出た。「コーヒーでも？」

おれはうなずき、彼について小さなレストランに入った。銃の見本市を訪れた客がここでひと休みするので混み合っていたが、トイレの近くのテーブルが空いていた。オーデルは周囲を見わたし、立ち聞きされていないのを確かめた。いちばん近くのテーブル席には老夫婦が座り、夫婦ともに赤ワインの入ったグラスを手にしてメニューを見ている。店内は喧噪に包まれていた。

飲み物を注文してから、おれたちは商談に入った。男は何も商品を持ってきていないが、車で取りに行ける距離にあるのだろう。

「まずはシグ・ザウアーMPXに、三十発入りの弾倉を十個つけてほしい」おれは切り出した。「よりコンパクトなMPX‐Kがあれば、なおいい」この短機関銃は以前に使ったことがあり、気に入っていた。銃身が短いので接近戦にも使えるが、それでいて火力や正確性はさほど損なわれていない。

オーデルはうなずいた。まるで毎日こうした商談をしているかのように。もしかしたら、そうなのかもしれない。メモ帳を取り出し、注文を書く。「ほかには？」

「グロック19のサイレンサー一本と弾倉五個」

彼は書き取った。

「M84スタングレネードを五発と、Mサイズのレベル3ハードアーマー防弾ベストを一着」このベストはケブラー繊維より堅くて重いが、ほぼあらゆる小火器の銃弾を防いでくれる。

オーデルは眉を上げた。「それで全部かな？」

「九ミリパラベラム弾を五百発と、電子遮音イヤーディフェンダーつき戦術用ガスマスクを一個。内蔵マイクは不要だ」おれは話すのをやめ、メモが追いつくのを待った。

「それから？」

おれは一枚の紙をテーブルに滑らせた。この注文を書いておいたのは、化学薬品が多く含まれており、この男がその分野に詳しいかどうかわからなかったからだ。「これを十個ほしい」

オーデルはメモを読み、小さく口笛を鳴らした。「こいつは……?」

「ご明察だ」おれはうなずいた。ノースはあらゆる点で有利だ。おれは彼の本拠地に乗りこみ、向こうはおれがいつ来るかわかっているうえ、火力も断然上回っている。おれはこうした不利な点をできるかぎり補う必要があった。

オーデルは携帯電話を取り出した。番号を打ちこみ、耳に当てる。応答があり、彼は相手におれの注文を繰り返した。「どれぐらいかかる?」オーデルは訊いた。相手の返事を待つ。やがておれを見、言った。「三時間で用意できる。合計八千ドルだ。五百発の分も入っている。M84は二発しか用意できないが」

「商品を見てから支払いをする」おれは言い、立ち上がって店を出ようとした。「ここに戻ってくればいいのか?」

彼はうなずいた。そしておれが通りすぎようとしたとき、優しく腕を摑んだ。「お客さん、相当イカれたやつらに追われているようだね」

おれは腕を振りほどいた。「それは勘違いだ、相棒」

おれは銃の見本市会場に戻り、再入場者の行列で券を見せる順番を待った。おれは〝行列で待つ(waiting in line)〟という表現が嫌いだ。イギリス版の〝順番待ち(queue)〟のほうがいい。ずっと簡潔だ。よく使われる言葉で母音が四つ並んでいる、珍しい単語でもある。さらに、おれに思い浮かぶかぎりでは唯一の例だが、最後の四つの母音はよけいなのだ。「キュー」と発音するので、なくてもよい。最初のひと文字「q」だけでも同じことだ。ときおり、そんなことを考えるのは面白い。

会場に入ると、おれはまだ買っていないものを手早く購入した。グロック用の肩掛けホルスター。サイレンサーをつけても収納できるよう、あとでホルスターの底は切り落とす。さらにシグ用の肩掛けホルスターも買った。サバイバリストの出品者から、ナッツやジャーキーも買っておいた。軍用ガムも。嚙むとカフェインが補給できるタイプだ。とにかく意識を覚醒できるものなら歓迎だった。

五十ドル払って中古品のブーツを購入した。中古にしては高いが、激しい動きにも耐えられる頑丈な造りだ。試着すると足になじんだ。自分がこれからどうなるのかはわからないが、品質のいいブーツが誰かを傷つけることはない。小ぶりの帆布(はんぷ)製バックパックを十ドルで買ったとき、出品者の若者はいささか良心の呵責を感じたようだった。だがおれは、頼んでおいた装備の付属品をすべて運ぶのにそれが必要だった。

会場を出ようとして通りかかったテーブルに、さっきは気づかなかったものがあった。陳列していたコンバットナイフの中だ。その中のひとつがおれの目を惹いた。フェアバー

ン・サイクス戦闘ナイフで、鍔(つば)の表に/|\という焼き印がある。これは英国陸軍の装備であることを示す「太やじり印」というもので、〝カラスの足跡〟とも呼ばれることもある。おれの見立てでは、ノルマンディー上陸作戦の前に突撃隊に支給された当時のナイフだろう。もしそうだったとしたら、J．T．の父親の西洋剃刀と同じ戦場で使われていた可能性もある。真鍮(しんちゅう)の柄にはぎざぎざした滑り止めの突起があり、刃は油脂で加工された革の鞘(さや)に収まっていた。

おれは運命論者ではないが、こうした予兆は無視しないことにしている。

ナイフを手に取り、改めてよく見た。どこもかしこも精密に作られている。両刃のほっそりしたナイフは先細で、切れ味鋭い。刃渡りは六インチ以上、突き刺すにも切りつけるにも理想的な長さだ。まさしく殺し屋のナイフと言ってよい。バランスも完璧だった。持った瞬間、まるで手の延長に思えた。

「いくらだ？」おれは訊いた。

「六百ドル」売り手の男は答えた。「本物だ」

ものを買うには、値切るべき時と言い値で買うべき時がある。今回は後者だ。おれはその男に百ドル札を六枚渡した。

その男は砥石(といし)もつけてくれた。

92

レストランの駐車場に戻ってきたとき、オーデルは一人ではなかった。二人の友人といっしょだ。二人とも、戦闘服と野球帽という姿だ。おれは静かにグロックを忍ばせた。居心地のいい椅子席を抜け出し、食事代を払って表に出る。

オーデルがその場を仕切った。友人の一人に身振りで合図すると、その男はピックアップトラックのハッチを開け、大ぶりの帆布のバッグを取り出した。オーデルがファスナーを開け、一歩下がっておれに検品するよう身振りで促す。おれがバッグを開ける前に、彼は言った。「見積もりより値段が千ドル上がった。全部で九千ドルだ」

こうした事態は予期していた。それでも予算の範囲内だ。オーデルが銃器売買の道に入ったのは、慈善事業にあこがれたからではない。それでもおれは、眉を上げてみた。

「バッグを開けてみれば、理由がわかるだろう」オーデルは言った。

おれが注文したのはシグ・ザウアーMPXで、できればよりコンパクトなMPX－Kがあればなおよいと言った。ＭＰＸ‐Ｋの銃身は四・五インチで、従来型の八インチより短い。正確性はやや劣るものの、隠すのが容易で、おれが必要としているものに近い。だがオーデルはさらにその上を行く銃を用意してくれた。ＭＰＸ‐ＳＤだ。サイレンサーが内蔵されており、銃身はおれが注文したＭＰＸ‐Ｋより二インチ長いが、サイレンサーはその長さを補ってあまりある。真新しい銃だ。セレクター・スイッチがついており、フルオートでもセミオートでも使える。アメリカではどの州でも違法だ。どこで調達したのだろう。湾曲した形状の弾倉を試しに装着し、動作を確かめた。問題なくしっかりしている。それも当然だろう。短機関銃だろうと鳩時計であろうと変わらない。スイスの工学技術はつねに信頼できる。

「きっと役に立つだろうと思ったんだ」オーデルは言った。

おれは無言で、注文したほかの装備を点検した。すべてそろっている。防弾ベストはやや緩いが、それはオーデルのせいではない。彼はおれが注文したサイズを用意したのだ。おれがＳサイズを注文すべきだった。たいがい、防弾ベストはかさばる難燃性のつなぎの突入用スーツの上に着るのだが、いまおれが着ているのはブルース・スプリングスティーンのＴシャツ一枚だ。心配には及ばない。それで支障を来たすことはないだろう。ガスマスクはぴったりだった。注文した十個の特別な装備もある。おれはバッグをふたたび閉じた。

オーデルのほうを向き、おれは言った。「いいだろう」おれは札入れを出し、九千ドル数えた。オーデルは用心深くおれを見ていたが、欲をかいている目ではなかった。現金の支払いがすむが早いか、三人ともピックアップトラックに乗りこんだ。おれが帆布のバッグを摑む前に、三人の乗った車は駐車場を出た。オーデルはおれのほうを見て、かぶっていない帽子を持ち上げるしぐさをした。

銃、スタングレネードのほか、ノースが予想もしていない装備も手に入れた。本物のフェアバーン・サイクス戦闘ナイフまで持っている。

準備は整った。

いよいよその時だ。

93

おれは車に乗り、一路フォート・ストックトンへ引き返した。着いたとき、クインはまだ意識が戻っていなかった。モルヒネのせいか負傷のせいかははっきりわからない。饐えた臭いがしはじめている。敗血症が始まったのだ。そのあとには敗血症性ショックが待っている。アルファベットでUがQよりあとなのと同じく確実なことだ。

おれは生理食塩水をもうひと袋、有無を言わさず投与してからセダンのトランクを開けた。クインの身体を抱え上げ、トランクに押しこむ。今度は彼のほうがトランクに閉じこめられるとは皮肉なものだ。片膝の傷口がぱっくりひらいたが、おれにはどうしようもない。緊急治療が必要だが、彼がそれを受けることはないだろう。ガントレットまで移動するあいだ、クインは生き残るか生き残れないかのどちらかだ。おれがこの男をフォート・ストックトンに置いていかない理由はただひとつ、市内の監視カメラにジェンの借りたセダンが映っているかもしれないからだ。クインの遺体が発見されたときに、その車と結びつけられたくはない。それよりはいっしょに連れていき、カラカラの餌に置いていったほうがいい。カラカラはいかにも獰猛(どうもう)そうなハヤブサの仲間で、ピラニアの群れがいる川に投げこむよりも早く、皮と肉を剝ぎ取って骨だけにしてくれるだろう。

道中はとくにこれといった出来事もなく、J．T．の崖に戻ってきたときにはあたりは暗くなりかけていた。おれは車を鬱蒼としたテキサスエボニーの樹冠の下に駐めた。ノースが空からおれを探していても、特殊な装備がなければ発見できないだろう。

おれはクインをトランクから下ろした。彼は瀕死の状態だ。あと十二時間、もってせいぜい一日の命だろう。トランクからクインを出したあと、手錠を外して木陰に座らせた。もう拘束する必要もない。膝が使えなければ、遠くには行けないだろう。ガレージなら扉を叩いて助けを呼ぶこともできたかもしれない。だがここでは、崖から転落死するか、焼けつくような砂漠を十マイル這うしかない。おれは水のペットボトルを彼のそばに置き、キャップを緩めておいた。

それから、装備と武器の準備を始めた。最初にやるべきなのは雑音テストだ。おれは装備一式を駄馬のように背負い、飛び跳ねてみた。帆布製のバックパックからカチンと音がした。M84スタングレネードのピンをテープで覆っていなかったのだ。おれはその点を修正し、もう一度飛び跳ねた。今度はグロックの弾倉がかすかに音をたてた。砂粒か何かが入ったのだろう。おれは弾倉の砂粒を捨て、再度飛び跳ねた。今度は音がしない。おれはバックパックを肩から下ろし、慎重に地面に置いた。

水を注ぎ、コーヒーの最後の一杯分を沸かす。沸騰するのを待っているあいだ、メモ用紙を一枚破り、木の幹にピンで留めた。五十ヤード下がり、ブーツで地面を引っかいて印をつける。MPX‐SDを取りに行き、印をつけたところまで戻り、メモ用紙の標的に向かって三度連射した。サイレンサーの効果はすばらしい。エアガン並みの銃声しかしない。さらに亜音速弾は音速以下で飛ぶので衝撃波を生じることなく、弾道で甲高い音もしないように設計されている。標的に近づき、紙についた弾痕を確かめた。弾着はやや高く右に寄っている。おれは照門を調整し、ふたたび下がって、連射してみた。今度は狙いどおり、中央を撃ち抜いた。

銃の照準は五十ヤードに補正した。それ以上の距離で交戦することはないと予想したからだ。それから濃いコーヒーを飲み、〝カフェイン仮眠〟を取った。目覚ましを九十分後にセットする。睡眠が一回の周期を終え、脳が動く「レム睡眠」に移行するのに充分な時間だ。カフェインは疲労を感じさせるアデノシンを体内から取り除くが、カフェインが全身に吸収されるにはしばらく時間がかかるため、眠りを妨げることはない。おれはネイビー・シールズでそう教わった。

　バタバタというヘリコプターの音で目が覚めた。腕時計を確かめる。午後九時ちょっと前だ。どのみち目覚ましで起こされる時間だ。ヘリは二マイルほど向こうにある。緑の航行灯が見え、左から右に飛んでいることがわかる。ヘリはGU本社に向かっていた。スペンサー・クインを救急搬送しなければならない場合に備え、ノースが雇ったに違いない。あるいはマーサをどこか安全な場所へ運ぼうとしている可能性もある。おれが見ていると、ヘリはGUの屋上に着陸した。一分後、ヘリのエンジン音が止まり、回転翼が静止して航行灯が消えた。背中を丸めたようなヘリのシルエットは禍々しく、猛禽（もうきん）のように見える。

　おれは最後の準備に戻った。コーヒーの最後の残りにバターを溶かす。脂肪分によってカフェインの効果を引き延ばすのだ。おれはそれを飲み干し、ナッツとジャーキーを食べてエネルギーを補給した。水を持っていくと音がするので、ここでペットボトルを飲み干した。脱水症状で痙攣するのは是が非でも避けたいところだ。

太陽は低く、砂漠の地面に長い影を投げかけている。行動開始の時間だ。装備や武器の最終確認を終え、準備は完了した。おれはクインを一瞥した。彼はおれを見ていた。空を確かめる。もう暗いが、暗すぎはしない。おれは崖っぷちまで歩き、下を覗いてみた。まだ通り道は見える。

「何をしている？」クインが言った。か細い嗄れ声だ。

「この崖を下りてから、反射鏡群(ヘリオスタット)まで歩き、マーサのところへ向かうんだ」おれは答えた。

「今晩、おれの邪魔をするやつは銃撃戦をすることになる」

「ロープはどこだ？　ハーネスは？　ザイルさえ持っていないじゃないか」

「どうしてそんなものが要る？　急勾配じゃないし、摑まる場所はたくさんある」

「気は確かなのか？　もう真っ暗じゃないか！　日中でさえ、専用の装備がなければとても下りられないぞ」

「なぜあんたが心配する？」

「おまえが転落して首の骨を折ったら、わたしは誰にも見つからずに死ぬからだ」

「ほぼ確実にそうなるだろう」おれは言った。「だが、おれは転落しない」

「ペイトンの言ったとおりだ」クインは言った。「おまえにはどこか常軌を逸したところがある。彼は具体的な点は指摘できなかった。ただ、氷のような神経の持ち主だと言っていた。それはおまえが無謀だからだと思っていたが、それだけではあるまい？」

おれは答えなかった。実を言えば、ほとんど聞いていなかったのだ。心はもうそこにはなかった。さまざまな展開を想定し、緊急プランや反撃に遭った場合のプランを考えていた。おれは心の中でヘリオスタット群や、GUの作業場の配置を思い描いていた。そして接近戦訓練を思い返していた。

おれはクインの前を通りすぎ、崖っぷちに立って、見下ろした。あたりの景色が紫と灰色の影に消えていく。十分間、これからたどる経路を反芻した。ヘリオスタット群がかろうじて見えた。漆黒の空に瞬く星がかすかな光をもたらしてくれる。それで充分だろう。

GU本社に投降すると予告した時間まで、あと二十四時間だ。

おれの計画では、あと五時間で本社に到達する。

94

やつらは決してマーサを生かしておかないだろう。

決して。

生かしておくはずがない。

父親の身の安全に脅威が迫ると警告したら、マーサは沈黙を守るかもしれないが、やつらはそのことを確信できるだろうか？

いや、できないだろう。そこにはつねに疑いがつきまとう。それにミッチの年齢を考えると、いつか病魔に屈するのは避けられない。おれはマーサの人となりを知っているし、いまはやつらも知っているだろう。ミッチがいずれ避けられない死に直面したら、そのときにはマーサがしかるべき筋に電話で事実を告げ、ノースとクインに破滅が降りかかることになる。

したがって、やつらが彼女を生かしておくつもりはない。

そしてやつらも、おれがそう考えていると確信しているだろう。

おれの考えでは、ノースには三つの優先課題がある。最優先なのはクインを奪還することだろう。僅差で二位なのが、マーサを殺して彼女の遺体をワシントンDCのコカイン吸引所に遺棄することだ。そして第三位がおれだ。ノースはおれに死んでもらう必要があるが、おれからクインの居場所を訊き出すまでは生かしておきたいだろう。それからクインがおれにどこまで話し、そのことをおれが誰に伝えたかも訊き出したいはずだ。

おれたちはどちらも優位に立っていない。

そしておれたちはどちらも、相手が嘘をついているのを知っている。

おれがヘリオスタット群と作業場から無関係な人間を退去させるよう求めたとき、ノースがおれの要求を実行することはわかっていた。

しかし、それは無人になるという意味ではない。

それにはほど遠いだろう。

おれが投降すると予告した時間まではあと二十四時間あるが、ノースが本社の周囲を無警戒なままにしておくはずがないのはわかっていた。たとえ彼がおれの計画を知らなくても、おれが何か企てているのは察しているに違いない。おれがビデオ通話でノースを呼び出してから一時間以内に、手下が見張りについているはずだ。もしかしたら六時間交替にして消耗を防いでいるかもしれない。いまのところ、そうした人間は誰も見かけていないが、目につくところに見張りを配置しているとは思っていなかった。今夜、ノースは熟練したプロしか使わないだろう。

ノースの手下を発見できたら、有益な情報を得られる。彼らがどの程度密集しているかがわかれば、ノースが使える兵力が何人ぐらいなのか窺い知る手がかりになるからだ。たとえば、ここの五マイル向こうから十五ヤードおきに見張りが配置されていたら、ノースは相当な兵力を使えることになり、おれには厄介な事態になる。しかし、警戒線の外に少数の見張りしかいなければ、銃を持って戦える男たちの数はおのずからかぎられてくるだろう。もちろん、ノースは最優秀の戦力を温存しているはずだ。本社に入るまで、彼らに遭遇することはないだろう。そこには実戦で鍛えられた、忠誠心の高い精鋭部隊が控えているに違いない。そしてそこに、ノースと巨漢のアンドリューズがいる。だがそれは想定済みだ。だからこそ、おれは相手が予想しない装備を携えてきたのだ。

おれは振り返り、クインを一瞥した。もう死んでいるようだ。おれは意に介さなかった。最後にもう一度、武器と装備を点検する。すべてが確実に収納され、いつでも手の届く範囲内にあった。念のために飛び跳ねてみたが、カタカタと音をたてるものはなかった。
準備は整った。マリン・リーコンでは、「接敵前進」の開始時間が来たという。
ノースに闘いを挑むときが来た。
おれは周囲を見わたしてから、暗がりに身をひそめた。

第四部　接敵前進

（意図的かつ攻撃的な軍事作戦で、敵と接触するため、あるいは敵との接触を再開するためになされる）

95

崖を下りるのは、登るより難しい。足がかりを見つけるのは難しく、とにかく岩から目が離せない。身を後ろによじり、次の足場を探すには勇気が必要だ。どれほどわずかなミスにも重力は容赦しない。経験豊富な登山者が、いま登ってきたばかりの斜面を下りようとして身がすくんだという話を聞いたことがある。下りるというのは、それほどの恐怖感をかきたてるのだ。

だがおれには、そうした問題はいっさいなかった。銃や装備をすべて背負っても、下の砂漠まで一分もかからなかった。崖は急だが垂直ではないし、割れたフロントガラスのようにひびが入っている。足がかりや手がかりはいくらでもあり、そうしたところが見当たらなければ、見つかるまで移動する。途中でガラガラという音が聞こえた。すっかり顔なじみになったニシダイヤガラガラヘビに、これ以上近づくなと警告されたのかもしれない。下に降り立つとすぐ、シグ・ザウアーのMPX‐SDを手にした。

　そのまま立ち止まる。

　ガントレットの町明かりははるか遠く、砂漠の盆地は漆黒の暗闇だった。おれは目を精一杯凝らしたが、自分の両手しか見えない。

　三十分待たねばならなかった。それだけ経てば、人間の網膜が〝視紅(しこう)〟という物質を生成しはじめる。この物質により、目は暗所で黒、白、灰色とおぼろげな輪郭を見分けられるようになるのだ。崖の上にいたときには、GUの照明が明るすぎて視紅が生成されなかった。それを待ちながら、両腕をまっすぐ前に動かし、ゆっくりと左右に広げる。指を小刻みに揺り動かしたが、見えなかった。だが同じ動きを五、六回繰り返すうちに、指が見えてきた。ワイド・アングル・ビジョンと呼ばれる技術だ。これで周辺視野がよくなる。

　果てしない暗闇は、徐々にモノクロームの景色に変わってきた。周囲の輪郭が見分けられるようになった。それらはまるで瓶の底から見るようにおぼろげだが、おれの網膜は暗(あん)順応(じゅんのう)している。おれはこれからやることへの心の準備を整え、反射鏡群(ヘリオスタット)のシルエットがセピア色の写真になるころには、目の前に広がる影のない世界へ動きだす用意ができた。

96

初めてJ．T．の崖に来たときから、おれは彼らの死角を発見していた。そこからは知的訓練だった。何時間もそうやって退屈を紛らわせた。防御陣地を構築する上で、無数のヘリオスタット群は大きな弱点になる。

ノースはおれに、送電用のパイプを設置するコストは巨額になるので、ソーラータワーすなわちヘリオスタットの太陽エネルギーを集中させる大きな灯台は、本社の建物から規制に抵触しない範囲で最も近くに設置されていると言っていた。したがってヘリオスタット群の外縁は本社の建物から五十ヤードも離れていない。そして、砂漠の地平線には遮るものがなく、太陽は地球が回転するまで沈まない。ヘリオスタットは太陽の動きに合わせて角度を変えるので、日没の時点でヘリオスタットはすべて同じ方向、すなわち西側を向いている。夜に電源が切れるとき、それらの角度はほぼ垂直だ。GU本社からヘリオスタットのほうを向いたら、そこには鏡の壁が見えるはずだ。

おれの考えでは、ヘリオスタットのあいだを歩いたらまっすぐGU本社に向かえるはずだ。事実上、防ぐものは何もないだろう。サーチライトは使い物にならない。『007／黄金銃を持つ男』に出てくる殺し屋スカラマンガの屋敷の、鏡張りの部屋で懐中電灯をつけるようなものだ。赤外線も役には立たない。やつらがおれを照準線に捉えることはできないだろう。ノースが赤外線センサーを使えないのは、そこには味方の手勢もいるからだ。画面に映る黄色の塊がおれなのか味方なのか知るすべはない。犬さえも使えない。犬は仕切られた場所でしか威力を発揮できないからだ。砂漠で夜に犬を放したら最後、二度と戻ってこないだろう。砂漠で最も強い動物は犬ではない。コヨーテに殺されなくても、ガラガラヘビにやられるだろう。

ヘリオスタットのあいだを通り抜けることで、おれはノースの目をふさぎ、見張りの男たちに遭遇しないかぎり接近できるはずだ。ささやかな優位であっても、そこから活路を見出せるかもしれない。

充分に暗順応したところで、おれは前進を開始した。すり足で障害物がないか確認し、足音がしないかテストしてから体重をかけることで、動く音を完全に消す。夜間に音をたてずに移動するのは大変な労力をともなう。おれがめざしたのは、崖の上から見えた雨裂だ。そこに入れば、もう少しスピードを上げてもよさそうだ。ひらけた場所ではゆっくり移動するのが正攻法だが、自然の遮蔽物があれば、慎重にペースを速めても害はないだろう。

二十分後、雨裂に着いたときには全身が汗でぐっしょり濡れていた。ふだんあまり使わなかった筋肉を酷使している。ふくらはぎの筋肉が張っており、あとから痙攣を起こすのは確実だろう。五分だけ休憩したあと、ふたたび出発する。雨裂は上から見たときに予想していたより浅かったが、身をかがめて進めば、遮蔽物のない無防備な場所を二百ヤードほど避けられた。

雨裂が終わるころには、ヘリオスタット群の外縁まで三十ヤード以下に迫っていた。いま一度装備を点検し、MPX－SDを収納して、サイレンサーを装着したグロックに取り替える。閉鎖された場所では、小型の銃のほうが銃身の長い武器より使いやすいのだ。おれはチェンバーチェックをした。命を拳銃に預けるときにはこれを果てしなく続けるのが習慣になっている。スライドをわずかに引き、薬室に弾薬が装塡されているのを確認するのだ。いざというときに発砲できなければ目も当てられない。GU本社に到着するまでには、何十回もチェンバーチェックをしているだろう。チェンバーチェックした回数も思い出せないに違いない。

雨裂を登って出るときは予想以上に音がしたが、これればかりはどうしようもない。夜間は音が遠くまで響くが、おれがまだ警戒網に引っかかっていない自信はあった。すり足とテストを繰り返して歩きながら、ヘリオスタット群に近づいた。そこからは身を隠すものがある。

そのとき、何かの音がした。

97

おれは凍りついた。聞こえたのは木の葉がこすれるようなかすかな音だったが、ここでそんな音がするはずはないのだ。目を凝らしたが、暗順応していたにもかかわらず、何も見えなかった。ふたたび小さな音がしたので、グロックを抜いた。おれは身をかがめ、イスラエルで学んだ〝騎馬立ち〟の姿勢を取った。両足を肩幅に広げ、両膝を曲げて、両腕の肘をまっすぐ伸ばして静止させる。深呼吸し、半分だけ吐いて、もう半分を肺に留める。遠距離を撃たねばならないときは安定した姿勢が必要で、そのためには呼吸を止めなければならない。もう一度深く息を吸い、半分を吐いた。もう半分を肺に残し、待つ。

そのまま二分が経った。十分にも思える長さだ。おれは息を止め、音が聞こえた方向へグロックを構えつづけていた。

やにわに、若くしっぽの黒いジャックウサギが暗闇から飛び出してきた。岩だらけの地面を跳ねるたび、しっぽが猛然と揺れる。おれはグロックの銃口で兎の軌跡を追ったが、ものの数秒で褐色の毛皮が暗闇に溶けこみ、消えていった。おれは笑いだしそうになった。何もかも兎一羽のせいだったとは。だがもしかしたら、まだおれには見えないものに兎が怯えて飛び出したのかもしれないと思い、あと五分待ってから動きだした。

その三分後、おれはヘリオスタット群に身をひそめた。

その直後に、ミスを犯したことに気づいた。


それもふたつのミスだ。ひとつではなく。

ひとつは周囲をヘリオスタット群が埋め尽くしていることだ。一度そこへ入ると、自分がどこへ向かっているのかわからなくなってしまう。まるで迷路に入りこんだようだ。GU本社の姿は見えず、すぐに方向感覚を失ってしまった。北極星を右に見れば、西へ向かっていることになるが、それだけでは充分ではない。GU本社からいちばん近い場所でヘリオスタット群から抜け出す必要があった。

どうしたものか考えている最中、おれの嗅覚がふたつめのミスを告げた。ヘリオスタット群は両刃の剣だったのだ。おれの身が隠せるだけではない。敵もまた隠れてしまう。

そのとき不意に、タコスの匂いがしてきた。

98

暗闇にひそむには、適した遮蔽物を選んでじっとしているだけではすまない。食べるものや身体を洗うものにも注意しなければならないのだ。香辛料の多い料理を食べたら、自分の居場所を明かしてしまい、致命傷になりかねない。文字どおり致命傷だ。だからこそ、おれはナッツと味つけしていないジャーキーしか食べなかったのだ。

姿こそまだ見えないが、タコスを食べた男がジャックウサギの邪魔をしたのではないか。男が兎を意図的に怖がらせたのでなくても――兎は慌てふためいてはいなかった――兎が場所を変えるには、男がそこに来るだけで充分だったろう。いずれにせよ、それは問題ではない。問題なのは、おれの目の前に対処すべき障害があるということだ。

マリン・リーコンで叩きこまれたのは、関わりたくない障害は四角を描くように迂回すべきだということだ。その障害がロシア軍部隊であろうと湖であろうと同じだ。一マイル前進するたびに九十度の針路変更を行ない、それを何度か繰り返す。九十度の針路変更を四回繰り返したら、その障害をよけて元の針路に戻れる。これはあらゆる特殊部隊が採用している作戦機動だ。

しかしこの場合、タコス男をよけても意味はない。おれには時間がないし、より重要なのは、ヘリオスタット群の見張りが彼一人とは思えないことだ。ノースがヘリオスタット群の外縁に大勢の見張りを配置している可能性のほうがはるかに高いだろう。そしておれには、その警戒網がどの程度の密度なのかわからないので、一人の見張りをよけているうちに、別の見張りに鉢合わせしてしまうかもしれない。そして次の見張りも香辛料の多い食事をしてくれたとはかぎらない。

戦術的には、ここでノースの警戒網を突破するのは理にかなっている。

だがひとつ問題がある。このあたりにタコス男がいるのはわかっているが、その姿が見えない。クミンのほのかな匂いが漂ってくるだけだ。そこだけが妙に暗すぎるという一角すらない。視点を低くすれば新たなシルエットが見えるかもしれないと思い、両膝を曲げてかがんでみたが、それでも何も見えなかった。タコス男はうまく隠れ、身動きしていないようだ。香辛料の多い食事を摂っていなかったら、彼の存在にまったく気づかなかっただろう。そして夜間は音が遠くまで響くから、おれが彼に接近したときには、向こうは戦闘準備を整えて待ちかまえていたかもしれない。

男がどこにいようと、こちらは対処しなければならない。しかも静かに対処しなければならない。それは至近距離まで近づくことを意味する。相手の居場所がわからなければ、近づくことはできない。向こうが動くまでおれは動かなかった。息を落ち着かせ、目で周囲を探索して、タコス男の技倆を見極めるべく待った。

そして、相手がまあまあの技倆の持ち主であることがわかった。最高ではないが、最悪でもない。ノースの採用基準にはかなったようだ。二十分間、彼はミスを犯さなかった。だが最後にとんだへまをやらかした。

夜、人間の目には三十マイル遠くの蠟燭の火が見える。したがって懐中電灯は使えない。たとえ赤いフィルターがついていてもだめだ。光を発する電子装置も使えない。もちろんタバコは厳禁だ。言ってみれば厳格な灯火管制だ。

おれはタコス男をプロだと思っていたので、マッチの光を見たときには呆気にとられた。本能的に目を閉じ、時間をかけて暗順応した目を守る。火をつけるのに充分な時間が経ったと思ったところで、目を開けた。それだけの時間が経てば、網膜の桿細胞は視紅を形成しつづけられる。

まぎれもなくタバコの匂いだ。芳醇な香りが漂ってくる。マッチの火が消えたあたりを見つづけたら、タバコの先が明るくなりはじめた。煙を深く吸っている男が見える。タバコの先は華氏千三百度になり、赤い光を放つ。それだけの光があれば、充分に相手の顔を見分けられた。四十代初めの白人男性だ。だるそうに背を丸めている。腹がやや突き出ているが、ほかにこれといった特徴はない。腕力はあっても、スタミナはあまりなさそうだ。一時雇いの用心棒に違いない。この仕事のために駆り出されたのだろう。

近距離なのでここから頭に二発撃てるが、ほかの見張りの位置がわからないので、周囲に察知されないように殺す必要があった。

そのためには、昔ながらの方法を使うことになりそうだ。

99

おれはシグの短機関銃の肩掛けをきつく締め、グロックをホルスターに収めて、フェアバーン・サイクス戦闘ナイフを鞘から抜き出した。

タコス男までは三十ヤード、一歩一歩が作戦の成否に関わる。これまでも音をたてずに移動してきたが、ここからはいよいよ近接目標偵察モードだ。これはSASやネイビー・シールズの隊員が近接して敵を観察するときに使う方法だ。それも至近距離から。十ヤードの距離から。近接目標偵察のための歩きかたは、いままでのようにすり足とテストを繰り返すのとは違う。一歩踏み出すたびに、硬い草や木の枝など、音の原因になるものを踏まないように足を上げなければならない。体重は後ろ足の踵(かかと)にかけ、前足のつま先を使って障害物を感知する。障害物がなければ、踵を地面に下げて、体重を徐々に後ろ足から前足に移すのだ。音ひとつたてずに動かねばならないときには、そうやって歩く。

それから一時間かかった。

三十ヤードの一インチごとに生死がかかっていたのだ。チワワ砂漠の夜の静けさでは、枯れ草に足がこすれてもおれの居場所が悟られただろう。そうなったら、その距離から撃つ以外に選択肢がなくなる。

ようやく、相手の息遣いが聞こえる距離まで近づいた。おれには見えないイヤホンから、かすかな話し声も聞こえてくる。当然のことだ。彼らはなんらかの手段で連絡を取り合わなければならない。

相手の正面から近づくのは論外だ。いくら音をたてないようにしても、こちらの姿は見えてしまう。おれはタコス男の左側を狙った。つまりおれの右側だ。相手を迂回し、後ろに回りこむ。残念ながら、おれが目的を果たすには相手を殺さなければならない。映画なら銃把で相手を殴って気絶させてもいいが、現実の世界では鈍器で相手を気絶させるのは難しい。グロックの銃把で相手の頭蓋骨を強打したら、ふたつのうちどちらかが起きるだろう――相手が脳出血でゆっくり死ぬか、痛みに悲鳴をあげるかだ。

相手から一ヤード足らずまで近づいたところで、初めておれは躊躇した。このまま黙って通りすぎるべきだろうか？　彼が死ぬ一歩手前だったことを知らせないまま、GU本社へ向かうべきだろうか？　そうしようと思えばできる。そのほうが人道的だろう。何も全員を殺す必要はない。タコス男の手を見ると、結婚指輪をしていた。既婚者なのだ。だったら子どももいるかもしれない。雇われ用心棒にだって私生活がある。彼を殺さずに生かすのは、きっと正しいことだろう。

おれがまだ迷っていたとき、彼が無線に応答した。定時確認らしい。

「こちら二十三号、感明度良好」彼はマイクにつぶやいた。マイクをつけているのを、おれは最初見逃していた。

それで迷いは消えた。タコス男が二十三号なら、ほかに二十二人はいると考えるのが合理的だ。さらにおれは中央からヘリオスタット群に近づいたわけではないが、いちばん外れでもない。二十三人が最大の人数とは思えなかった。

ノースは思った以上に多くの兵力を使えるようだ。

これで、タコス男を始末しなければならない理由がふたつできた。ひとつは単純な数の問題だ。おれが彼を生かしておいたら、彼をおれの真後ろに残すことになる。おれが隠密行動から戦闘行動に移行したとき、彼はおれから最も近く、しかも後ろにいるのだ。彼を舞台から退場させておけば、おれは貴重な数秒を稼げる。

しかし主な理由は、外縁にいるほかの見張りの男たちに、戦闘意欲を喪失させることだ。彼らが戦闘意欲を喪失する大きな理由は恐怖だ。最大の理由とも言える。自分が向かっていく相手が恐ろしかったら、全力では走らないだろう。多少は時間稼ぎするかもしれない。ほかの人間に、自分より先に行かせるかもしれない。立ち止まり、靴紐を締めなおすこともありうる。いや、戦闘そのものを放棄するかもしれない。それに見合う給料をもらっていないと考えて。

無線での確認に同僚が応答しなかったら、恐怖の波が起きはじめる。誰かが命令され、タコス男がなぜ応答しないのか見に行かされるだろう。そして死体を発見し、彼を殺した男がまだあたりにいることを知る。その男は暗闇にひそんでいる。すぐ近くにいるかもしれない。こっちを見ているかもしれない。

誰だって、自分の死が這い寄ってくるような場所には一人でいたくないものだ。

全員が恐怖に囚われるとはかぎらないが、一部の人間は囚われるだろう。タコス男を殺したら、そうした効果が期待できる。そうする必要性はあった。

こうして、おれは確固とした決意を抱いた。首筋に流れる汗に気づかないふりをして、おれはフェアバーン・サイクス戦闘ナイフをかざした。

音をたてずにナイフで相手を殺すにはふたつの方法がある。まずはどちらの場合も前腕で相手の口をふさぎ、パニックによる最初の悲鳴をふさがねばならない。そのうえで第一の方法は、相手の背中を何度もナイフで突き刺すことだ。これは効果的だが、誰でも確実にできる保証はない。相手がボディアーマーを装着している可能性もある。ナイフの鍔が相手の服に引っかかるかもしれない。刺す場所を間違え、ナイフが骨を突き刺してしまうこともありうる。相手の体内で刃が折れるというのは、決して珍しくはないのだ。だが、相手が中世の鎧を着ているのでないかぎり、喉はつねに無防備だ……。

おれはためらわなかった。

かがんだ姿勢から反動をつけて襲いかかり、左腕をタコス男の口に叩きつけて、渾身の力で相手をおれの胸に引き寄せた。恐怖に駆られた悲鳴がくぐもった。おれは相手の首をぐいとそらし、喉元をむき出しにしてフェアバーン・サイクス戦闘ナイフの刃で首をかき切った。狙った場所は、頸静脈と頸動脈が最も近づく交差部だ。皮膚がゴム紐のように弾けた。これだけで致命傷だが、おれはやめなかった。迅速に死んでもらう必要があったからだ。

鋸で引くように、おれはナイフを往復させて相手の喉を切った。鋭利な刃は、皮膚も筋肉も血管もなかったかのように喉を切り裂いた。乾いた夜気に動脈血がとめどなく噴き出し、心臓が鼓動するたびに勢いよく放たれる。おれは相手の喉笛を切断した。そこから空気が漏れ出し、悲鳴をあげようとしても胸に引っかかり、ぜいぜいとしたあえぎが漏れるだけだ。おれの両手は血にまみれ、ナイフの柄は滑りやすくなったが、刃が頸椎に当たるまで切り裂きつづけた。そして、そこで止めた。首を切り落としたくはなかったからだ。

おれはタコス男を死ぬまで抱えていた。血液が身体から失われていく。最初のうち、鼓動による出血は勢いよくほとばしっていたが、体内の血液が空になるにつれ、しだいに緩慢になり、弱まってきた。循環器系は液圧で動いている。充分な液体がなくなれば、そこで止まるのだ。人間の場合は、その目安は四〇パーセントとされる。タコス男ぐらいの体格だと、半ガロンに相当するだろう。砂漠の地面に吸いこまれた血液はもっと多かったと思う。


血が止まった。タコス男は死んだ。要した時間は二十秒以下だ。

おれは彼の身体をさらに一分ほど抱えてから、地面に横たえた。飲み水の容器を見つけたので、それで両手と両腕を洗い、フェアバーン・サイクスも洗った。残りは飲んだ。

無線装置が彼のベルトについている。イヤホンからは線が伸びていないので、ワイヤレスのようだ。無線をおれのベルトにつけ、マイクつきイヤホンも外した。シャツでできるだけ血を拭ってから、おれの耳に装着する。

こうしておれは、目だけでなく耳も手に入れた。

100

GU本社に到達したら、警戒態勢は一段階上がるだろう。本社まではまだ距離があり、そろそろペースを上げるときだ。ノースに雇われた見張りの男たちは、無線封止を徹底して守っている。おれにとっては不運なことだ。おれが本社に到達するまでに、タコス男の死体を発見してほしかった。心配はしていない。その気になれば、いつでもこっちから知らせてやれる。

ヘリオスタット群に身を隠しながら、おれはGU本社へのおおよその方向へ進みつづけた。

もうすぐ道しるべが見えてくるはずだ。

おれのしわざに向こうが気づいてくれるまで、一時間かかった。最初の徴候は、イヤーピースにカチカチという音が聞こえたことだ。おれ自身、内密の張りこみ捜査を長くやってきたので、それが何かの合図であることはわかった。あらかじめ決められた合図として、誰かが通話ボタンを二度押したのだ。

立ち止まり、耳を澄ました。

応答が聞こえはじめた。各自の持ち場から「異常なし」を伝える方法は、めいめいが決めているようだ。それでも各自には番号が割り振られている。おれは二十三号の番がまわってくるのを待った。

一号から二十号までが、合図を送ってきた人間に、それぞれ「異常なし」と告げた。二十一号は「二十号に同じ」と言い、二十二号は「とくに何も起きていません」と言った。

二十三号の番が来たが、おれは答えなかった。得体の知れない不安が全員に広がる。

「マニー、どこにいる?」男の声がした。

ノースの声だ。どこにいようと、やつの声はわかる。苛立っているようだ。

沈黙がこだまする。きょうというきょうは、マニーは応答しない。

ノースがパニックに襲われることはなかった。マニーの無線が故障したのかもしれない。立ち小便をしているときに転倒し、気を失ったのかもしれない。ガラガラヘビに襲われたのかもしれない。あるいは、彼が警戒するよう命じられた張本人に喉笛をかき切られた可能性もある。

公平を期して言えば、ノースは時間を無駄にしなかった。マニーが応答しないことがわかるとすぐに行動を起こした。怒りだすこともなければ、パニックに囚われることもない。淡々として実務的だ。彼はやるべきことをした——見張りを確認に行かせたのだ。

反射的におれの手が銃に向かい、動作を確認した。グロックをホルスターに収めると、シグ・ザウアーＭＰＸ‐ＳＤを肩掛けホルスターから外す。チェンバーチェックし、いつでも撃てるよう構えた。サイレンサーつき銃口のずんぐりしたシルエットは、おれの目にも禍々しく映った。

その場にうずくまり、混乱が起きるのを待つ。ほどなくそうなるだろう。

無線を叫び声がつんざいた。「うわあ、なんてことだ！　マニーは死んでます、ボス！」

沈黙が降りる。

「ちくしょう、ひどいことをしやがって。首をほとんど切られています」

ノースが応答した。冷静沈着だ。もしかしたら、ようやく事が起きたのを喜んでいるのかもしれない。待ちくたびれたのだろうか。「マニーの無線は？」

「無線、ですか？」

「マニーの無線はそこについているか？」ノースがさらに言った。

「ちょっと待ってください」雑音が響く。確認役の男が通話ボタンから指を放すのを忘れたのだ。ややあって、死体の確認が終わった。「無線はなくなっています、ボス」

「全員、本社に戻れ」ノースが即座に言った。「社内の警戒を固めろ」

次の瞬間、ＧＵ本社の照明がいっせいに点灯した。戦闘配置だ。

ようやく、方向がわかった。

おれは走りだした。

101

中間点まで到達するのに三時間かかっていた。残りの半分は十分で駆け抜けた。

ヘリオスタット群の最後の一列まで来たところで、おれはスピードを落とした。本社の建物を襲撃する前に、呼吸を整えたかったのだ。

そのあいだ、次の段階で使う必要のある武器を整理した。スタングレネード。サイレンサーつきのグロック。シグ。とっておきの切り札。どれもすぐ摑める場所に収めるか、バックパックの上に入れておいた。

構内全体がよく見える場所を見つけ、そこに座った。相手を待つ余裕はあった。背後から戻ってくる見張りたちは慎重になっているに違いない。

誰一人、次のマニーにはなりたくないだろう。

建物の入口には扉がいくつもあった。ノースが温存している男たちがその向こうで待ちかまえているはずだ。彼らは精鋭部隊だ。実戦で鍛えられた私兵たちだろう。見張りが一人殺されたぐらいで動じるような連中ではない。おれは連中の移動を妨げ、混乱を引き起こす必要がある。六年前なら、部下に電気を止めるよう指示すればよかった。強制捜査する建物を真っ暗闇にし、容疑者たちが互いに叫んでいるあいだに突入するのだ。しかし今回はそうするわけにいかない。連中は自前で発電しているのだから。

シグを構えて待つ。一分後、作業場の扉がひとつひらいた。一人の男が建物から出てくる。顎鬚を生やし、ジーンズ穿きで格子縞のシャツを着ていた。AR-15の安全装置を外し、いつでも撃てる態勢だ。周囲をすばやく見まわし、配置に就く。戻ってくる見張りの男たちを建物に入れる役割なのだろう。

おれは連中の機先を制する必要があった。

かがんでいた態勢からすばやく立ち上がり、ひらけたスペースへ駆けだす。作業場の扉から二十ヤードのところで、おれのブーツの足音に男が気づいた。こちらを向いた男は啞然(あぜん)とし、恐怖と衝撃の表情を浮かべた。

おれはそこで止まり、MPX-SDを構えて男の〝Tボックス〟を狙った。両目の眼窩を結ぶ横線と、鼻梁から上唇までの縦線だ。その線を結べば自然にT字型になる。相手のTボックスを撃てば、意識と生命を完全かつ即座に奪うことができる。弛緩性(しかんせい)麻痺と呼ばれる。無意識の痙攣は起こらない。つまり、絶命するときに反射的にAR－15を発砲することはないのだ。

おれは息を止め、引き金を引いた。反動でシグが自然な弧を描く。おれは反動に抗わなかった。ふたたび照準を相手の頭に向け、二発目を撃つ。瞬間的な動作だったので、銃声はフルオートで撃ったように聞こえただろう。二発とも顔の真ん中に命中した。血、骨、頭蓋骨の断片が後頭部から弾け飛んだ。男が地面に倒れるときにも、顔の残った下半分には衝撃の表情が張りついたままだった。使用済みの薬莢がコンクリートの床に当たるのと、男が倒れるのは同時だった。頭があった場所に深紅の飛沫が飛び散る。

恐ろしい沈黙がこだましたが、おれはもう隠密行動はしていなかった。長年受けてきた訓練でどの部隊でも必ず言われたのは、隠密行動から戦闘行動に移行して音をたてなければならないときには、盛大に音をたてろということだ。耳をつんざくほどの騒音をたてれば、相手は混乱する。恐ろしくなるからだ。そうすれば、敵がこちらの居場所を特定し、交戦するのは難しくなる。こちらが小人数の場合は騒音を味方につけることだ。

そしてM84スタングレネードは、このうえない大音響を発する。

車庫の壁に隠れながら、おれはガスマスクを装着した。建物の中で男たちが走りまわり、叫んでいるのが聞こえる。相手の援護が駆けつけるのをおとなしく待っているつもりはない。この扉まで来たらすぐ、連中は死体を発見するだろう。

おれは手榴弾のピンを引き抜き、屋内に投げこんだ。

炸裂するまで、二秒。

二千万燭光以上のまばゆい閃光が起き、ボーイング747の離陸より大きな爆発音が響いた。目を固く閉じていても、頭蓋骨の裏に網膜の輪郭が見える。すさまじい音はその場に立っていられないほどだ。

戦闘時の音よりも大きい。

それは予期していた。

SASでは五秒から十五秒と見積もっている。襲撃を受ける側は、五秒から十五秒は完全な麻痺状態に陥ると。炸裂音が収まると同時に、おれはシグを構えて作業場に突入した。

屋内は地獄絵図そのものだ。男たちはみな頭を抱えている。あるいは目を覆っている。よろめいて歩きまわり、互いにぶつかり合っている。耳から血を流している者もいた。悲鳴が飛び交い、嘔吐する男もいる。援護に駆けつけるどころではなさそうだ。だが、デイヴィッド・ハックワース元大佐がいみじくも言ったように、「相手と互角の戦闘になるのであれば、それは作戦計画を適切に立てていなかったということだ」

ネイビー・シールズでも陸軍のレンジャー部隊でも、ほとんどの隊員は軍歴を通じて、怒りに駆られて発砲することはない。連邦保安官局の特殊作戦群（SOG）は、ほぼ毎週のように出動していた。しかし、おれが受けてきた比類のない訓練プログラム、以前にしていた仕事、ウルバッハ－ビーテ病、いまここにいる目的と動機、おれが突き止めたここの環境と、目の前の敵がやってきたこと——それらすべてによって、おれは完璧な殺人マシンと化した。

冷酷非情な。

恐れを知らない。

おれは発砲しはじめた。立てつづけに。寸分の狂いもない正確さで。全弾、標的の男たちの頭に命中した。シグはおれの身体の延長となり、筋肉に刻まれた記憶と集中で、標的に命中したかどうか目で確かめているあいだにも、身体は反射的に次の射撃姿勢に移っていた。昔なじみの習慣は簡単には忘れないものだ。この射程では連射するまでもなかったのだが、それでも連射した。標的それぞれの頭に二発ずつ。

射撃と移動。

新たな標的を捕捉。

射撃と移動。

命中した標的が倒れる。

弾丸を無駄にするな。弾数を数えろ。

衝撃を与え、畏怖させろ。

全力で走り、姿勢を低く保て。プップッと響く連射の音。コンクリートにぶつかる熱い薬莢。砕け散るガラスと飛び交う悲鳴。血や尿に濡れる床。

まったき混沌。

完璧だ。

シグのサイレンサーの性能は非の打ちどころがなく、スタングレネードからはおびただしい火煙が上がるため、まだ生きている人間はおれの存在にすら気づいていないかもしれなかった。それとも、もしかしたら反撃しないように命じられているのかもしれない。おれを殺すのはクインを殺すのも同然だからだ。だがそれを知らないか、あるいは殺しても構わないと思っている男が一人いた。そいつは一発撃ってきた。銃弾が高く右に逸れ、屋根の金属の梁に当たってこだまする。そいつがもう一発撃ってくる前に、おれは相手の顔を二発撃った。一発は鼻を吹き飛ばし、もう一発は頬を貫通した。そして耳から出てきた。男は作業場の床に倒れ、そのときに彼のAR-15が壁に点々と弾痕を作った。

さらに二人が工具箱の陰から撃ってきた。背の高い車輪つきの工具箱だが、二人とも腰が引けており、ろくな撃ちかたを知らなかった。構えるのはいいが、撃ってから狙っている。撃ったあとは神頼みということか。二人の銃弾は壁に穴を開け、木っ端が榴散弾さながらに飛び散ったが、一発もおれには当たらなかった。『スター・ウォーズ』のストームトルーパーのほうがまともに撃てるだろう。物陰から撃っていては銃撃戦には勝てない。そのためには射撃姿勢を取り、しっかり照準を合わせて標的と交戦しなければならないのだ。この二人がやっていることは銃弾の無駄遣いでしかない。おれはそいつらの弾倉が空になるのを待ってから、工具箱に近づいた。二人は慌てふためいて弾薬を再装塡しようとしている。おれは工具箱から身を乗り出し、二人の頭を撃った。樽の中の魚を撃っているようなものだ。いわば樽が工具箱で、魚がその陰で縮こまっている男たちだ。

おれは向きなおり、次の標的を探した。もう一人いた。バーボンの一クォート瓶をあらかた飲んでしまった男のようによろめいている。耳から血が出ていた。スタングレネードが破裂したときに近くにいたのだろう。

プップッ。敵がもう一人減った。

ほかに殺すべき人間が残っていないか探す。一人もいない。戦いはまだ終わっていないが、この区画は終わった。奥へ進もう。

作業場はクリストファー・ネヴィンソンの『栄光の道』さながらの様相を呈していた。第一次世界大戦の西部戦線で戦死した兵士たちを描いた絵画だ。イギリス政府の軍務省が検閲しようとした作品である。ネヴィンソンの絵と同じく、ノースの私兵たちは銃撃されたその場に倒れていた。這って逃げられるほど生き延びた者は一人もいない。互いに折り重なっている者も、一人で死んでいる者もいた。その誰もがむごたらしく頭を撃ち抜かれている。

砕け散ったガラスが雹(ひょう)のように床を覆っていた。頑丈なブーツで一歩進むたびに、砕けるガラス片の音が聞こえる。スタングレネードの火から出た煙は濃く油っぽく有毒だ。作業場の床で漏れ出したガソリンが虹色に光り、血と混じり合う。コルダイト火薬のかすかな臭いがガスマスクに入ってきた。おれはストラップをきつく締めた。これからやることを考えたら、かすかな漏れも許されない。

これがSOGの捜査任務であれば、心の準備をしなければならないところだ。否応なしに聴聞会に呼び出されるだろう。

しかしこれはSOGの捜査任務ではなく、したがって心の準備をする必要もない。

第一段階が終わったので、おれは構台へ向から金属製の階段の陰で、すばやく弾薬と武器の点検をした。すべてスムーズに動作する。襲撃の途中、一度弾倉を交換しなければならなかった。シグの弾倉はまだ空ではなかったが、それでもおれは交換しておいた。

作業場は端から端まで四十ヤードで、おれは金属製の階段を駆け上がって構内の奥へ向かった。扉をひらく前に、バックパックの上から円筒弾を一個取り出す。オーデルに頼んでおいた、とっておきの切り札だ。

エアロゾル化したクロロベンジリデン・マロノニトリル。

簡単にいえばCSガスだ。

おれは円筒弾のピンを抜き、死体が累々と横たわる作業場に放り投げた。

おれはかつてCSガスの徹底した訓練を受けたことがあり、そのときにこのガスを防げるものはひとつしかないと知った——顔全体を覆う活性炭フィルターつき戦闘用防毒マスクだ。CSガスはどこにでも侵入してくる。そして吸った人間にまとわりつく。息を止めても、目に入ってくる。目を閉じると、今度は鼻に入ってくる。そして一度入ってくると、外に出てくれない。初めてCSガスにさらされたときの経験は忘れられない。おれは化学には疎いが、その効果は熟知している。法執行機関の人間でCSガスを扱う者はみな、一度身をもってその効果を知ることが義務づけられているのだ。ひとつにはそれを使われた人間がどれほど苦しむかわかるからで、もうひとつは防護装備の効果に自信を持てるからだ。まず、粘膜のある箇所はすべて焼けるように痛くなる——目、まぶた、鼻、喉。目は無意識のうちに閉じるが、とめどなく涙が出てくる。鼻からはカスタードクリームのように粘液が流れ落ちる。咳が止まらず、発作のようなくしゃみがそれに輪をかける。肺には火がついたようだ。

使われた人間は、完全に無力化する。

さらに言えば、時間の制約上、オーデルが調達できた円筒弾は野外用だけだった。大きな赤い文字で、屋内では決して使わないよう警告が記されている。文末には感嘆符があり、「決して」は太字で下線が引いてあった。製造者のウェブサイトを見ると、説明書に「容器の上に四カ所ある噴射口から四十秒間、大量のガスが連続噴霧されます」と書かれている。

屋内では、気体の濃度は五十倍強くなる。その効果は破壊的で、命に関わる可能性もあった。一九二五年、ジュネーヴ議定書は化学兵器の使用を禁止したが、ノースにとって不運なことに、おれはその議定書に署名していない。

円筒弾はペンキで塗装されたコンクリートの床に当たった。数秒後、シューという音とともにガスが噴き出した。作業場には瞬く間にガスが充満した。分厚い有毒ガスの霧だ。ガスマスクをしっかり装着していても、CSガスの臭いがする。目が痛くなってきた。刻んだハラペーニョを目にこすりつけたようだ。おれは痛みに構わなかった。そのうち収まるだろう。

ノースがヘリオスタット群に配置した見張りの男たちが戻ってきたとき、CSガスを通り抜けることはできない。作業場は通行不能だ。ＳＯＧのチームに背後を固めてもらうより心強い。

扉に向かい、建物の奥を襲撃する準備を整える。いとも簡単にこれだけ大勢の人間を掃討できたことに、自己嫌悪を覚えた。とはいえ、このほうが容易なのは確かだ。ＳＯＧでは、最初に標的に警告しなければならなかった。しかしいまは、問答無用で頭を撃つだけだ。

ノースに夕食に招かれたときにざっと見学していたので、これから入る廊下が長いのはわかっている。おれは最後のＭ84スタングレネードのピンを抜き、扉を開けて、できるだけ遠くへ放り投げた。

102

廊下は無人だった。扉が八枚あり、両側に四枚ずつ並んでいる。互いに向かい合っており、まるで四の目がふたつ並んだドミノの札のようだ。廊下の突き当たりには大きな防犯扉があった。両側の扉はもろく、おれはすべて開けてみたが誰にも会わなかった。八部屋とも事務室だ。きっと現場責任者の部屋だろう。コンピュータやファイリングキャビネットが並び、家族の写真を飾ってある。壁には図表の類が貼ってあった。

先へ進む。

廊下は現業部門と管理部門を繋いでいた。ノースがおれに発電プラントを見せてくれたときにここを歩いたことがある。カーペットは敷いているものの、簡単に交換できるような汎用品だ。きっと一日中、技術者が行き交っているのだろう。

廊下の突き当たりにある防犯扉は、電子制御のキーパッドで開閉する仕組みになっていた。おれは工場見学ツアーのときに、ノースが番号を押すのを見ていた。たぶんまだ番号は変更されていないだろう。

4――2――8――9。

点灯したのは赤いライトだった。緑ではなく。ノースは思っていたより用心深い。

それでもよかった。パイを食べる方法はひとつではない。それにおれは隠密行動から衝撃と畏怖を与える行動に移行していたので、露見しないように気を遣う必要もなかった。シグの未使用の弾倉を外し、さっき作業場で男たちを殲滅（せんめつ）したときに使った、弾薬が半分残っている弾倉に替えた。セレクターをフルオートにし、防犯扉の蝶番を三発ずつ撃つ。扉の周囲の木材が飛び散った。鋭い破片が投げ矢のようにおれに飛んでくる。ひとつが太腿に刺さった。それを手で払いのける。扉が戸枠から外れて倒れた。

おれはあとずさり、選択肢を考えた。この時点では前に進むしかない。背後は固めてある。CSガスの円筒弾はただの煙とはわけが違う。ガスは長時間、残留するのだ。ヘリオスタット群から戻ってくる男たちは、ガスマスクがなければ戦闘に参加できない。おれは新たなCSガスの円筒弾のピンを引き抜き、破壊された防犯扉の向こうに放った。それに続き、転がるように突入する。ガスの煙に覆われる前に、室内の角を一瞥した。誰もいない。

そこは会議室だった。前回来たときにここを通った記憶がかすかに残っている。ホワイトボードやテレビのモニターが壁にかかっていた。管理職や従業員が集まるのだろう。室内にはほかに二枚の扉があった。どちらも内部へ通じている。クインの執務室と役員用の正餐室は、最上階で建物の左側にあった。おれが行くべき場所はそこだろう。右側の扉に近づき、ノブを試してみる。鍵がかかっていた。ガラスの覗き窓を叩き割り、円筒弾を投げ入れる。CSガスで封鎖するのだ。

左側の扉は開いていた。その先はさっきより狭い通路だ。端まで十ヤードもない。接続用の通路で、壁には扉がなかった。突き当たりの扉にも鍵はかかっていない。さらにCSガスを投げ入れ、待ってから突き当たりの部屋を通過した。おれは複雑きわまる建物内を、本能のままに進んでいた。CSガスを投げ入れ、部屋を駆け抜け、角を通過して、次へ向かう。階段を駆け上がる。上階へ、さらにその上階へ、部屋から部屋へ。通った跡に毒ガスを撒いて。

途中、抵抗にはいっさい遭わなかった。

しかし、いずれは抵抗に遭うだろう。

103

ノースが抵抗の拠点に選んでいたのは最上階だった。そうとしか考えられない。ほかの階はすべて見てきた。残っているのは正餐室、役員用会議室、幹部の執務室だけだ。

おれは立ち止まった。特殊作戦群(SOG)で使われていた符牒(ふちょう)がある――JDLR。どうも不自然に見えるの頭文字だ(Just Doesn't Look Right)。そして正餐室は不自然に見えた。あれだけ盛大な音をたてたのにもかかわらず、扉が開け放たれているのだ。半びらきですらない。ここへ来るまでは、どの扉もすべて閉まっていた。そのほとんどには鍵がかかっていた。正餐室の扉が開いているのは罠に思える。いや、罠であることはほぼ確実だ。これがSOGの任務だったら、おれはいったん撤退し、専用の機器類を持ってこさせて内部の様子を調べるだろう。

しかしいまはおれ一人で、SOGはいない。そして撤退するという選択肢はない。

いままでと同じことをしたいという誘惑に駆られた。CSガスの円筒弾を放り投げ、室内に隠れているやつらが痛みに悲鳴をあげるのを待って、一気に突入する。そして室内の全員を殺すのだ。それがいい選択肢だと思うのには、いくつか理由がある。最も大きいのは、これまでその方法が有効だったということだ。しかしひとつ問題があった。ノースが今回の戦いに参加しているのなら、おれは彼の居場所に近づいているはずだ。そして彼はマーサを連れている可能性が高い。ノースにとってはそれが賢明だからだ。つまりおれは、無分別な行為をするリスクを冒せない。

だとすれば、今回はガスを使えない。

SASで訓練をしていたとき、彼らはどの部屋でもガス、スタングレネード、破砕性手榴弾などをいっさい使っていなかった。地面に近づき低い姿勢で突入するだけで充分な場合もある。人間の脳は頭の高さで危険を探すようにプログラムされているからだ。それは進化によるもので、狩猟採集していた時代にさかのぼる習慣だ。相手が地面の高さに意識を修正するのにかかる一瞬のうちに、おれは相手の頭に連射できるかもしれない。床を転がるとシグの銃身が妨げになりそうなので、おれはシグを背中の肩掛けホルスターに収めてグロックを取り出した。こちらのほうが操作しやすい。正確性は劣るが、すばやく反応できる。

低い姿勢で突入しようとしたところで、ひとつの考えが脳裏をかすめた。さらに相手の裏をかくのだ。室内にいる人間がCSガスを予想しているのなら、CSガスをくれてやればいいではないか？　あるいはガスを撒くふりをするのだ。ピンを抜かないで円筒弾を放り投げてやればいい。ともあれ、扉から相手の目を逸らす効果はあるはずだ。

それでおれはそうした。最後の円筒弾をベルトから外し、正餐室の向こう端に届くよう力一杯放り投げたのだ。円筒弾は向こうの壁にぶつかった。そのとき何かが動いた。

おれは部屋に飛びこみ、床にぶち当たって、転がりながら銃を撃った。

104

作業場を制圧したあと、初めて反撃に遭った。方向はともかく、おれを狙い撃ちしてきた相手は初めてだ。

痩せぎすで凶悪そうな、クルーカットに山羊鬚の殺し屋が撃ってきた。標的は狙いから四ヤードも外れていたと相手が気づくころ、おれは殺し屋の胸の上部と肩を一発ずつ撃っていた。どちらも致命傷ではなかったが、相手はもんどり打ってどうと倒れた。床が震動する。殺し屋の隣にいる男が、恐怖に身をすくめている。たぶん間際になって駆り出されたのだろう。持っている銃はだらりと床を向いている。おれは倒れた殺し屋から銃を逸らし、男の頭を狙った。

「やめろ!」彼が悲鳴をあげる。

おれの銃弾が彼の顎を吹き飛ばした。悲鳴がやんだ。男は倒れ、そのまま動かなくなった。

おれが胸と肩を撃った男は、苦悶のうめきとともに死のうとしている。おれの銃弾の一発が肺に当たり、呼吸に支障を来たしているのだ。呼吸するたびに、銃弾で空いた穴から泡が吹き出ている。ゴボゴボという音が聞こえた。応急処置の方法を知っていれば、生存させることは可能だ。おれはその方法を知っている。しかし相手は、おれを殺そうとした男だ。たとえそうであっても、このまま自らの血に溺れて死なせるのは残酷というものだ。おれはグロックを上げ、相手の眼窩の下の骨に穴を開けた。男は一度痙攣したが、それきり静止した。

室内に不気味な沈黙が広がる。聞こえるのは、おれの銃身が冷めるカチカチという音だけだ。おれはガスマスクを脱いだ。コルダイト火薬の臭いとCSガスの臭いが混じり合い、服にまとわりついている。その臭いで目が痛くなり、おれは目をしばたたいて涙を払った。あとずさりし、正餐室のバーカウンターに向かう。天然の煉瓦の壁だ。高速弾で撃たれたら防げないが、態勢を立てなおすにはいい場所だ。装備の点検や弾倉の再装塡には。

だが、おれはミスを犯した。

煉瓦の壁の前にいるより、煉瓦の壁の陰に隠れるほうがいいと思ったのはおれだけではなかったのだ。バーカウンターの陰から男が立ち上がった。ここで夕食を摂ったときにいたバーテンダーだ。

そいつはおれを銃で狙っている。

そして撃ってきた。

最初に侵入したのがこの部屋だったら、おれの生存本能は鈍っていて助からなかっただろうが、このときは違った。相手が引き金を引くころには、おれはすでに動いていた。

銃弾はおれの胸を逸れ、左腕に命中した。

防弾ベストを着けている場所に撃たれたほうがまだしもよかった。即座に激痛が走ったが、それでもおれは相手の方向へ三発撃ち返した。どれも外れたが、それは問題ではない。銃撃戦で生き残るには、攻撃的になることだ。そうすれば、相手はおれ以上に遮蔽物に隠れたくなるだろう。

おれは立ち上がり、発砲した。左腕が使えなくなり、横でぶらぶら揺れている。男はラテン系だった。この建物を襲撃してからラテン系に出くわすのは初めてだ。相手は身をかがめ、バーカウンターの端へ走りながら、肩越しに撃ってくる。おれには一発も当たらなかったが、おれの撃った弾も相手に当たらない。左肩の震えを抑えられなくなり、おれが一インチ先に当てるのは、相手が一ヤード先に当てるのと同じぐらい難しいだろう。

それでも構わなかった。相手はもうすぐ行き止まりだ。こっちが撃ちまくれば、相手は身をかがめるだろう。そうしたらバーカウンターに身を乗り出し、頭を撃ち抜いてやる。

有効な方法に思えた。作業場ではその方法でうまくいったのだ。それにこっちは、この室内を丸ごと使える。相手が使えるのは、バーカウンターと壁のあいだだけだ。おれはバーカウンターの端へ向かい、相手が頭を上げられないように弾丸の雨を注いだ。

しかし、おれはミスを犯していた。もうひとつの。正餐室は広く反響も大きいので、おれに聞こえたその音は、バーテンダーにも間違いなく聞こえた。

弾切れの音だ。

引き金を引いても、もう弾丸はない。

銃撃戦は打ち止めだ。

なんと言われてもしかたのない失態だが、何も起きないという音は恐ろしく大きく聞こえた。新人がよくやるミスで、おれがいままでこんなことをしでかしたためしはなかった。カチリという音だけではない。弾倉が空になったとき、グロックのスライドは後退したまま戻らなくなる。それを目にしたときの恐ろしさと言ったらなかった。

バーテンダーの男はカウンターの向こう側からまわってきて、リキュールのボトルや高価な葉巻を陳列しているガラス棚のかたわらに立った。にたりと笑い、静かにリボルバーを構えておれの頭に突きつける。仮におれを殺すなという指示が出ていたとしても、この男は聞いていなかったのだろう。あるいは、いましがた殺した男たちが彼の友人だったのかもしれない。死ぬときに痛みは感じるのだろうか、とおれは思った。

男が撃った。

ところが、彼の銃も弾切れだった。無駄弾を撃ちまくっていたのは、おれだけではなかったようだ。

今度は再装塡する命懸けの競争が始まった。

先に装塡できたほうが生きられる。

かなりきわどい闘いになりそうだ。相手は両手を使える。片やおれはウルバッハ－ビーテ病だ。

おれたちは二人とも、両膝を突いた。相手も元軍人か元警官に違いない。実戦経験のある者は、再装塡したり詰まった銃弾を取り除いたりするときに、かがみこんで自ら的を小さくするのが第二の天性になる。相手がバーカウンターの陰に戻って隠れたとき、おれは右手の親指でマガジンキャッチを押した。空になった弾倉がタイル張りの床に落ちて音をたてる。そこまでは簡単だ。片手でできる段階だ。

予備の弾倉はすべて手の届くところにあり、おれは片手しか使えなくなった場合を想定して受けた訓練を実行した。グロックを左の脇に挟んだのだ。拳銃を脇に抱えたまま、防弾ベストの胸ポケットから新しい弾倉を取り出す。弾倉をしっかり押しこみ、グロックの銃把を握って、目印の線が刻まれたスライドストップを親指で押す。スライドは前に送られ、最初の九ミリ弾を拾って薬室に送りこんだ。

準備完了だ。

バーテンダーはまだだった。

彼はおれを見上げた。「頼む」ささやき声で、さっきおれには示さなかった慈悲を懇願する。

おれは引き金を引き、彼は酒を並べた棚に向かって倒れた。棚はひっくり返り、気が遠くなるほど高価なテキーラのボトルが棚から落ちて、硬い床に叩きつけられる。酒の匂いがおれの鼻をくすぐった。死んだバーテンダーを見下ろす。血や脳の組織が濃厚な酒と混じり合うのが見えた。この男にはどんな経緯があったのだろう。どんな行きがかりで、おそらく自分では飲み食いできなかった正餐室で息絶えることになったのか。

それはよけいな考えであり、取り合うべきではなかった。そのとき背後で扉がひらく音が聞こえたが、おれが踵(きびす)を返す前に、声が言った。「もういい、これで充分だ」

声の主はペイトン・ノースだった。この前とは違うどぎつい黄色のスーツを着ている。表情は平静そのものだ。あざけりの笑みが戻っていた。四人の手下が両脇を固めている。その一人は巨漢のアンドリューズだ。

おれはグロックを落とした。シグのホルスターを緩め、それも床に落とす。ノースに命じられるまでもなかった。

マーサの喉元にナイフが突きつけられ、すでに血が流れていたのだ。

105

ノースがうなずくと、三人の手下がおれに近づいてきた。巨漢はノースのかたわらに立ったままだ。アンドリューズの表情はトーテムポールのようで、感情が窺えなかった。

近づいてきたノースの手下に、おれは右腕を上げた。左腕は動かせなかった。左腕は震え、血が流れてひどく痛むが、それはよい徴候だ。おれが懸念していたほど重傷ではないことを意味するからだ。力が入らないのは神経性ショックによるものだろう。いずれ収まる。おれは近づいてくる男たちを無視し、マーサとのアイコンタクトに集中した。彼女を落ち着かせたかったのだ。事態がいかに絶望的に見えても、おれにはすべてを制御できる目算があることを伝えたかった。

マーサは目を見張り、そこには恐怖と混乱がない交ぜになっている。高い頬骨と滑らかで輝くような肌はかつてと変わらず、おれの記憶どおり魅力的だ。寮の部屋で見た写真より少し痩せているが、健康状態に問題はなさそうだった。

「ベン！」彼女が当惑顔で言った。

「やあ、マーサ」おれは答えた。「また会えてうれしいよ」

「一体全体、どういうこと？　お父さんはどこなの？」

答える前に、リーダー格の男がおれの前に立ち、視野を遮った。おれは頭の向きを変えてマーサを見つづけようとしたが、相手はそれを許さなかった。手にしていた戦闘用散弾銃を振り上げ、おれの口に銃把を叩きつけたのだ。白熱した痛みが走った。炎が炸裂して頭を通り抜けたようだ。どうにか意識は保ったが、立っていることはできず、床に崩れ落ちた。男はおれを見下ろし、今度は銃身を耳に押しつけてきた。「わけを言いやがれ、くそ野郎」男は低い声で言った。「こんなことをしたわけを」

おれは犬歯のかけらを吐き出した。残った歯に舌を這わせる。剃刀のように鋭かった。いま笑ったら、半分だけ吸血鬼のような顔になるだろう。

おれは散弾銃で頭を高価そうな絨毯（じゅうたん）に押しつけられたまま、身体検査された。すぐにフェアバーン・サイクス戦闘ナイフが見つかり、おれは不快な気持ちになった。それを奪われることに対してではない。ここにいるような類の人間が、この歴史的なナイフの持ち主になるべきではないと思えたからだ。手下の一人がおれのバックパックから手錠を見つけた。それをためつすがめつする。そして手錠の鍵を外した。仕組みを調べている。しっかりした手錠だ。

　手下の男はそれをかざし、ノースに見せた。「連邦政府の支給品です。いい状態ですよ」男は懐かしそうな目だ。もしかしたら、この男もかつては法執行関係者だったのだろうか。ノースはうなずき、男はおれの手首に手錠を嵌めた。精一杯きつく締められたので、すぐに両手がひりひりしてきた。

　散弾銃を持った男が、まだ銃身をおれの耳に押しつけてくる。手心を加えるつもりは微塵もなさそうだ。絨毯は一級品だった。豊かな色には温かみがあり、紋様も精細だ。アフガン絨毯だろう。もちろん絨毯は中東の発祥だ。どこかで読んだことがあるが、ペルシャ絨毯の名匠は絨毯を織るときに必ず、どこか一ヵ所にわざと傷をつけるそうだ。完璧なものを作れるのはアッラーだけだという信仰によるものらしい。おれの口や腕から流れ出している血は、その名匠がつけた傷を覆い隠すだろうか。

　おれの頭は、さっき殺した男たちの一人に向かい合っていた。胸に銃弾の穴が空いた男だ。おれたちの顔は二フィート足らずしか離れていない。生命を失った目はすでに曇っている。眼窩の下に空いた穴は縁がぎざぎざしていた。赤紫の擦過傷ができている。そこから赤黒い血が滲み出し、凝固していた。

　ノースはマーサをアンドリューズに見張らせ、もう一人の遺体をまたいだ。おれが口を撃って死なせた男だ。そしておれに近づいた。

彼はおれを見下ろした。「もうおしまいだな、ミスター・ケーニグ?」その口調には一定の敬意がこもっていた。

散弾銃を耳に押しつけられながらも、おれは小さくうなずいた。口の痛みが募ってくる。

「よろしい。これで終わりにしよう」

ノースがおれを殺さないことはわかっていた。いまはまだ。スペンサー・クインを取り戻すのが先決だろう。

「早かったな」ノースは言った。

「あんたも予期していたはずだ」

彼は笑みを浮かべた。「だんだんきみのことがわかるようになってきたよ。きみがおとなしく投降するはずがないとわかっていた。それはあまりに……ケーニグらしくない。ところでCSガスを使ってくるとは、さすがだな。まったく予想できなかったよ。秀逸な着想だ。ほかの状況であれば充分に勝てただろうが……」ノースは振り向き、マーサを指さした。「……今回ばかりはそうはいかない。わたしはつねに勝つ側なのだ」

おれは答えなかった。

「用意はいいかな?」ノースは訊いた。

おれはふたたびうなずいた。それだけでひどい痛みが走る。

「では、行こう」彼は手下たちのほうを向いた。床に転がる死体を指さす。「それから、この汚いものを片づけておけ」

おれたちはさっきノースが出てきた部屋に連れていかれた。そこは豪奢な執務室で、至るところにスペンサー・クインの痕跡があった。骨董品の登山用具が陳列されているそばに、いろいろな山の写真が飾ってある。おれにはどこの山なのかわからないし、関心もなかった。部屋の中央には、広々としたチーク材の机が鎮座している。窓はひどく大きく、発電プラントとヘリオスタット群の両方が見わたせた。建物と一体になっている崖は、左の窓から見えた。

机の背後の壁際に、床から天井まで埋め尽くす重厚な本棚があった。特注の凝ったもので、あたかも本を溺愛している人間が作ったかのようだ。やや色褪せた棚に砂漠の景色が彫刻されている。

ノースはその本棚に歩み寄った。そしてひざまずき、背後に手を伸ばした。

機械が動く音がした。

彼は立ち上がり、そっと本棚を押した。本棚は壁に固定されてはいなかった。レールで動く仕掛けなのだ。本棚は音をたてずに滑り、その陰から金属製の扉が現われた。隠し扉なので鍵は必要ないのだが、それでも鍵があった。掌紋認証スキャナーだ。クインの話では、ここに登録されている人間はごく少数だった。ノースはその一人だということだ。彼はスキャナーに掌を置いた。ウィーンという音とともに、扉がわずかに内側にひらく。ノースは扉を押し、おれたちに入るよう身振りで促した。

おれは扉へ向かって歩き、場違いな昂揚感を覚えた。これから目にするもので、真相が明らかになるだろう。

第五部　人間は計画し、神は笑う

106

これは秘密でもなんでもないが、コカインの密輸を生業とするギャングは、あの手この手でアメリカ国境の警備をかいくぐろうとし、その方法は年々洗練されてきている。数百万ドルもかけて潜水艇を自作して密航したり、トンネルを掘って運んだりするような方法はもうありふれた話で、新聞の一面を飾ることすらない。そうした手はあらかた使い古されてしまった。どこそこへ行き、かくかくしかじかのことをやり、Tシャツを買った、という程度の陳腐な話でしかない。

新たな密輸の方法が編み出されるたびに、それを探知する方法も進化しつづけている。たとえ探知率が低く、すでに莫大な利益を稼ぎ出していても、麻薬カルテルの熾烈(しれつ)な競争でリードしつづけるには、〝商品〟を運ぶ革新的なやりかたを追求しなくてはならない。

あらゆるビジネスと同様、自分たちが拡大しなかったら、競争相手が拡大するだろう。やがて創意に満ちた解決策が生まれた。単純な工程により、彼らはコカインをプラスチックに加工したのだ。そしてそのプラスチックは、なんでも彼らの望むものに姿を変えられる。

たとえばおもちゃに。

あるいは園芸用のホースに。

あるいは飲用のストローに。

あるいはプラスチックのフィルムに。たとえばトラックの荷台に積んであった反射鏡(ヘリオスタット)の保護フィルムのような。

その工程は目新しいものではない。コカイン塩酸塩すなわち麻薬の粉末は、熱した液状プラスチックに混合され、現在使われているどんな形の鋳型にでも注入できる。その結果、本物のプラスチック製品と見分けがつかないように、純度三〇パーセントまでコカインを含有することができるのだ。プラスチックで臭いもごまかせるので、麻薬探知犬や薬物探知機をもってしても、見つけ出すのはいままでよりはるかに難しくなる。一度国境を越えてしまえば、プラスチックを酸化分解させて工程を逆にすれば麻薬を取り出すのは容易だ。

だが……この方法は麻薬取締局(DEA)の知るところとなり、現在では合衆国税関・国境警備局は、どんなにわずかでもプラスチック成分を含む製品はすべて検査している。定期的にサンプルも提出させている。

かくして麻薬の密輸商とDEAのいたちごっこは続くのだ。

蟻とサンドイッチの包みを目にしたことがきっかけで、連中がガントレットから何を密輸しているのか、おれにはだいたい見当がついた。そうすると問題は、なぜなのかだ。コカインをプラスチックにしている理由ではない。それはわかりきっている。そうすることで得られる利益は、工程に必要な費用を何倍も上回るだろう。問題なのは、なぜガントレットなのかだ。コカインがここで生産できるわけではない。そのために適した気候ではまったくないからだ。それにコカインがガントレットに粉末の状態で運ばれ、GUの発電プラントのどこかでプラスチックのフィルムにされているとしたら、なぜわざわざそんなことをする必要がある？　国境を通過したコカインをガントレットでプラスチックにするのはまったく無意味だ。すでに難関は突破しているというのに。国境での検査は厳重を極める。国内に入ってしまえば、検査はなきに等しい。コカインがいったん国境を通過したら、それを消費地へ届けるのは造作もないことだ。

ガントレットでプラスチックに加工するのは無意味ではないか。

だがその疑問は、ニシダイヤガラガラヘビが出てきてクビワトカゲが逃げ出したときに解決した。

107

ＧＵ本社の場所がなぜここなのか、おれはずっと腑に落ちなかった。公式のストーリーはあまりに感傷的だ。話ができすぎている。友人を失った若者が、友人の死に場所で起業したというのは。もちろんおれは、利他的な理由で物事を始める人々を端から認めないという人間ではないが、太陽熱発電の事業を興す場所としてガントレットを選ぶのは、どうにも釈然としなかった。まったく立地条件に恵まれていないのだ。Ｊ．Ｔ．もそう言っていた。ヘリオスタット群を造成するなら、もっと適した場所がいくらでもある。ガントレットにはインフラが整備されていなかった。労働力や人材に恵まれた土地でもない。住宅も不足している。交通も不便だ。電力網にも容易に接続できなかった。

それでもクインはここに本社と発電施設を構えた。

ほかの選択などありえないと言わんばかりに。

そうしたわけで、プラスチックフィルムとの繫がりに気づく以前から、おれはこう考えていた――スペンサー・クインとガンナー・ウーリッヒはここで何か価値のあるものを偶然発見したのではないか。

たとえば銀を豊富に含む鉱石サンプルを見つけたとか。

あるいはアステカ族から略奪された金の隠し場所とか。

それとも原油の鉱脈だろうか。

ティラノサウルスの化石かもしれない。

そしてなんらかの理由で、それを採掘する正規の許認可を得ることは不可能だったか、もしくは許認可を得ないほうが好都合だったに違いない。実際クインは、それをこそこそと掘り出すことにしたようだ。そう解釈するのが、おれがその時点で知っていた事実と符合した。しかしその解釈は説得力がなく、非論理的でもあった。仮にそれが鉱物資源の違法な採掘だとしたら、なぜわざわざ太陽熱発電のフロント企業を興す必要があったのか？もっと簡単な隠蔽（いんぺい）工作で充分だったはずだ。

しかし、連中がプラスチックフィルムの梱包材に何を隠しているかわかってからは、二人が発見したものを突き止めるのは容易になった。

何も回りくどいことをする必要はなかった。教えてくれたのはクビワトカゲだ。ニシダイヤガラガラヘビが戻ってきたとき、J.T.の崖でひび割れや裂け目や割れ目に逃げていくクビワトカゲを見た瞬間、おれは不意に答えを突きつけられて顔をひっぱたかれたような衝撃を覚えた。

クインとウーリッヒがあの崖で見つけたのは、貴重な鉱物資源ではなかった。原油の鉱脈でも、アステカ族から略奪された金でもない。実際、ガンナーがあの崖にSLCDを打ちこんでそれを発見したとき、二人の若者が見つけたのはモノではなかった。

二人が見つけたのは、途方もなく広がる虚空だ。

それは人生で一度あるかないかの大発見だった。

ここできわめて重要なのが、地理的条件や地域情勢だった。ジョージタウン大学で国際経済を専攻していたクインには、ここに広がる〝虚空〟に巨額の金を払う人々がいることがわかっていた。

ただしそれは、その人々だけが独占的にそれを使える場合にかぎられる。そしてウーリッヒは、環境の持続性に配慮し大自然の驚異を畏敬していたので、驚くべき発見をそんな形で汚されることは認めがたかった。そしてウーリッヒは抵抗した結果、崖から突き落とされたのだ。

かくしてクインには、麻薬カルテルに接近する道がひらけた。彼が話を持ちかけるカルテルはひとつに絞られた。おれがジェンに調べてもらったのは、GUが操業を始めて以来、飛躍的に業績を伸ばしているカルテルがあるかどうかだ。たとえば、密輸する麻薬の一〇〇パーセントを国境通過させるとかして。

彼女はそうしたカルテルの存在を裏づけてくれた。カルテルは利益を他人と分かち合うのを好まないので、クインには自らの発見を守る安全装置が必要だった。だからこそ、いわばデジタルの刺客として、メールサービスのプロバイダー二社と契約していたのだ。彼は三十のさまざまなアドレスにいつでもメールを送信できるようにしていた。法執行機関や国立公園局、ジャーナリストなど、彼の情報に興味を持ちそうな組織や人々に。カルテルは利益の五パーセントを配送料としてクインに支払わなければ、何も利益を得られないと迫られた。

こうして、取引が成立した。

巨額の資本が注ぎこまれた。

インフラが整備された。

操業が開始された。

数百万ドル規模の事業が、チワワ砂漠の砂塵の中から立ち上がった。

同時に、死人が出はじめた。

すべては洞窟のためだった……。

108

長大な洞窟網は北アメリカにもあることはある。決してありふれた存在ではないが、かといって稀なわけでもない。ケンタッキー州のマンモス・ケーブは全長四百マイル以上だ。サウスダコタ州のジュエル・ケーブはほぼ二百マイルある。アメリカ合衆国とメキシコの国境をまたぐ洞窟もすでにいくつかある。それらは有名で、往来は厳しく規制されている。

最初に発見したのは、SLCDに体重をかけてテストしていたガンナー・ウーリッヒだった。二人が登っていた崖の裂け目に、彼がその登山用具を打ちこんだのだ。すると裂け目が抜け、大きな岩の塊が外れた。そうしたことは珍しくない。だからこそ最初にテストするのだ。だが珍しかったのは、外れた岩が占めていた空間の向こうに穴が広がっていたことだ。まさか崖の中の巣でガラガラヘビが愛し合っているわけではないだろうなといささかばかげた想像をめぐらせながら、ウーリッヒが手を伸ばしてみた。すると、腕が丸ごと入っていった。彼はクインを呼び、二人の若者はもろい岩を削って人間が入れるぐらいの大きさまで穴を広げた。

未知の洞窟には、発見者の名前をつけられることがある。穴の中に入ってその途方もない広がりを目にしたとき、二人の胸をよぎったのはそうした期待や興奮だけだった。だが二人の装備は洞窟探検用ではなく登山用だったので、光が届く範囲までしか行けず、その先は暗すぎて引き返すしかなかった。二人は登山を終え、いずれまた装備を整えてここを訪れ、洞窟探検をしようと誓い合った。懐中電灯、予備の電池、食糧、経路を記録するためのスプレー塗料。寝袋も必要かもしれない。

せいぜい一日ぐらいの気分転換と思っていた探検は、それではすまなかった。洞窟はその土地だけの小さなものではなく、かつての地下河川だったようだ。おそらくは大河の支流で、その大河が渓谷とガントレットが位置している盆地を形作ったのだろう。

洞窟網は入り組んでいた。ハムスター用のトンネルみたいに丸く、滑らかな場所は簡単に歩けた。かと思えば、チーズの圧縮器のように幅広で平坦だが天井が低い場所もあった。洞穴もあった。聖堂のように巨大な洞穴には声が反響し、かつては地底湖だったと容易に想像できた。洞窟網は曲がりくねっていたものの、方角は一定して北から南へ延びていた。

二日目の終わり近く、クインはドライフルーツの最後のひと袋を開けた。彼はそろそろ引き返したほうがいいと提案したが、ウーリッヒは先へ進みたがった。彼の見立てでは、二人が歩いているのは最後の一マイルの緩やかな上り坂だった。この洞窟の出口がどこかにあるのなら、もうすぐ出られるはずだ。そしてウーリッヒは、幸運のなせる業か北欧人の神秘的な力のせいかはともかく、正しかった。それからほどなく、洞窟の行く手からひと筋の光が差してきたのだ。さらに二百ヤードほど這い進んだところで——洞窟はふたたび狭くなりかけていた——光はさらに強くなり、懐中電灯を消してもあたりが見えるようになった。

出口は幅の広いひび割れといった程度で、豚の貯金箱の投入口ぐらいに見えた。それは二人の真上にある。最も狭いところの幅は一インチもなく、最も広いところで六インチほどだ。どこかで岩を動かさなければならない事態を想定していたので、二人は登山用の斧を持参していた。クインがウーリッヒの肩に乗り、斧を振るってすぐ、どうにか通り抜けられるほどの隙間をこしらえた。

モグラさながら、まばゆい日光に目を細めて、クインはおおよその方角を割り出そうとした。彼がいるのは岩の露頭の上で、灌木(かんぼく)やいじけた低木に囲まれている。人が住んでいそうな気配はなかった。クインはいったん出口に引き返し、ウーリッヒのために隙間を広げる仕事にかかった。上から斧を振るったほうが楽で、穴の幅はすぐに大柄な男でも通り抜けられるほどに広がった。

二人は息もつかずに手を握り合い、抱擁を交わした。それまで二人とも分岐するトンネルを見ておらず、入口も出口も人手を加えないと出入りできなかったので、ここが未知の洞窟網であることは明らかだった。二人はどちらの名前を先につけるか、たわいのない論議を戦わせた。クインに言わせると、ここはクイン－ウーリッヒ洞窟と名づけるべきで、それは彼が先に出たからだが、ウーリッヒによればウーリッヒ－クイン洞窟にすべきで、それは彼が最初に発見したからだ。

周囲の環境をひととおり探索したあと、二人はどこか食事ができる場所がないか、もしかしたらガントレットへ戻れるバスがないか探しに出た。五マイル歩いてようやく人里が見つかった。

しかしそこは、二人の思っていたような場所ではなかった。

自分たちが気づかないうちに国境を越え、いるべきではない場所へ来てしまったのではないかと最初に思ったのは、平然とＡＫ－47を提げている男の姿を見かけたときだった。二人はその男を避けて迂回し、歩いていくうちに酒場のある小さな町を見つけた。メキシコ料理のエンチラーダと冷たいビールで腹を満たし、片言のスペイン語を使って、二人は本当に国境を越えていたことを知った。二人がいる場所はメキシコのコアウイラ州だった。

その自治体はバンドレロスという小さな麻薬カルテルに牛耳られていた。ＡＫ－47を提げた男は、彼らの勢力範囲をパトロールしていたのだ。

国境までヒッチハイクし、アメリカの国境警備隊に出頭しようかという考えも二人の脳裏をよぎった。結局そうしなかった理由はふたつあった。ひとつは、二人がなぜ国境を越えてしまったのかを説明するには、洞窟探検で道に迷ったと明かすしかなかったからだ。そして二人は洞窟の場所を明かしたくなかった。二人の発見が正式に登録されるまでは。さらに重要なのは、二人が麻薬カルテルの勢力圏の真っ只中にいることだ。そうすると、二人が無事国境へたどり着けるという保証はなかった。ＤＥＡの捜査官がさまざまな扮装をして嗅ぎまわってくることをカルテルの構成員は承知しており、たとえ二人の若者が連邦捜査官ではないと主張しても、彼らがそれを受け入れてくれるかどうかはわからない。来た道をそっと引き返すのが得策だ。

二人は水と辛いジャーキーを補給し、ＡＫ－47をぶら下げた男たちを避けて洞窟を引き返した。

洞窟を悪辣（あくらつ）な用途に使うことをいつ思いついたのか訊いたとき、真相を明かすクインの口調は心もとなかった。本当に覚えていないのかもしれないとおれは思った。しかし実際には、二人がガントレットの洞窟の入口まで戻った時点で、クインは計画を完成させていた。

コカインの生産と配送は違法であるにもかかわらず、やはり規模の経済（工場設備や企業規模の拡大によって生み出される利得）原理が作用する。麻薬カルテルは〝商品〟を運ぶ必要があり、小規模なカルテルはそこから競争でつまずくことになる。まず彼らには、国境を越えて麻薬を運ぶ洗練された方法を実行する金がなく、そのための人材もいない。彼らはおのれの勢力圏に封じこめられ、大規模なカルテルと異なり、アメリカ沿岸警備隊が監視している四千万平方カイリをかいくぐれる潜水艇もない。しかるべき権力者を懐柔させる賄賂も工面できない。さらに殺し屋（シカリオ）を雇って勢力圏を守る金もない。

麻薬の配送網の保証率は、資金力に比例するのだ。

スペンサー・クインは当初、ガンナー・ウーリッヒは事故死したと主張していた。ウーリッヒは墜落死したのだと。岩の露頭に激突し、即死したのだと。だがおれがグロックを彼の股間に突きつけ、引き金にかけた指に力を加えると、クインは局部のほうが自尊心より大事だと決めた。そして彼が登山用の斧でウーリッヒのＳＬＣＤを外し、墜落させたことを認めた。クインが崖を下りたとき、ウーリッヒはまだ生きていた。

ウーリッヒが死ぬのを待ちながら、クインは洞窟の入口から遠く離れた、実際の落下地点とはまったく違う崖を〝事故現場〟に選び、ロッククライミングでの事故をでっち上げる偽装工作に精を出した。後日、当局による実況見分が行なわれ、ウーリッヒの事故死にまつわる調査が行なわれるのはわかっていた。そこでクインは〝現場〟まで登り、岩肌に傷をつけた。さらに、その場所にウーリッヒの登山用具の一部を置き、血液を採取して〝現場〟に撒くという念の入れようだった。

クインがおれに明かしたところによると、ガンナー・ウーリッヒが崖から落とされて死ぬまで八時間かかった。それからクインは助けを求めるふりをして彼の遺体をガントレットの町まで引きずり、登山中の不運な悲劇という偽りの物語を吹聴しはじめた。

クインは愚かではなかった。彼は自らが発見したものの価値をよくわかっており、麻薬カルテルが赤の他人に決して好意的ではないことも承知していた。そこで誰かに接近する前に、それらを記録した証拠を残すことにし、彼が死んだら、洞窟網のGPS座標や入口と出口の詳細な位置が、メールサービスのプロバイダー二社に登録した関係者全員のアドレスに送信されるようにしておいた。

バンドレロスについていくらか調べてみると、幹部の名前がわかった。とはいえ、あまり上級の幹部になると、危険を避けて見知らぬアメリカ人とは話さない。クインが狙いを定めたのは、ペペという名のシカリオだった。白人の血が混じったラテン系アメリカ人で、非の打ちどころのない英語を話し、黄色のスーツを好んで着ている。ペペは彼らの稼業で屈指の知性を持つ精神病質者だ。サッカーを偏愛しており、ペペという名前も崇拝する英雄にちなんでつけた。レアル・マドリードにいたポルトガル国籍の、ラフプレーで物議を醸した選手だ。やがてクインは、ペペがバンドレロス傘下の酒場へサッカー観戦に通っていると知った。レアル・マドリードと宿命のライバル、バルセロナの試合があるときには必ずペペが現われるという。

試合当日、クインはキックオフの一時間前に店に着いた。ペペは三十分前にやってきてテキーラのボトルを注文した。酒場でテレビが最もよく見えるテーブルに座っていた男は、席を空けた。ペペはテレビの真ん前に陣取り、葉巻に火をつけて落ち着くと、試合開始を待ちかまえた。

クインは試合が始まる前に話しかけたほうがよいとわかっていたので、躊躇なく行動を起こした。空のショットグラスを持ってきて、ペペの隣の席に座ったのだ。そしてボトルのほうへグラスを突き出した。池に小石を投げたように、酒場にざわめきが広がった。ペペはそのアメリカ人を一瞥し、眉を上げたが、彼に酒を注いだ。

「話を聞こうか」ペペは言った。

その十分後、クインとペペは酒場を出た。試合はキックオフ直後で、店の客はテレビの真ん前の席が空いたのかどうか確信が持てなかった。

結局、どの客も危険を冒さないことにした。

それから三カ月ほどでカルテルの上層部への説得がなされ、同意が得られた。精緻(せいち)な計画が練られ、利益の分配率が取り決められて、カルテルが支配している銀行からの融資が進められた。

ペペは名前をアメリカ風にペイトン・ノースと改め、洞窟の開発工事を監督した。一部は幅を広げなければならず、二カ所の土地を追加で取得する必要があった。そのうち一カ所は新たにドリル掘削し、幅二インチの換気シャフトを取りつけるため、もう一カ所はメキシコ側の入口をふさぐために。なんの特徴もない建物が穴を覆うように造られ、真の目的を隠蔽した。そしてどちらの側からも洞窟が襲撃されないよう、防護設備がいくつも置かれた。

ノースが洞窟の開発で多忙を極める一方、クインは太陽熱発電会社の立ち上げに奔走した。土地が購入され、許認可手続きが進められた。本社ビルは崖とじかに接触するように建設され、洞窟の入口を隠した。

ガンナー・ウーリッヒが突き落とされて死んだ一年半後、最初のコカインが洞窟網を通って積み出された。コカインは巨大な洞穴のひとつでプラスチックに加工された。洞窟網の存在を絶対に知られないためだ。いまやその洞穴は、精製工場としてフル稼働していた。そしてコカインは、プラスチックフィルムのロールとなってガントレットから運び出された。

修繕用のヘリオスタットを積んだ最初のトラックがオースチンへ向かい、梱包材のフィルムがコカインに戻されたとき、ノースとクインは七百ドルのテキーラのボトルを開け、成功を祝って乾杯した。

カルテルは合計で三千万ドルを投資していた。

その投資額は八カ月で回収された。

109

洞窟網の入口は暗く湿っぽく、濡れているものと思っていた。蜘蛛の巣が張り、コウモリの群れが飛んでいて、空気は埃っぽいのではないかと。なぜなのかはわからない。だがノースとクインは数百万ドルを動かす事業を展開している。それだけのことはあり、入口は清潔で歩きやすかった。クインの執務室と崖の岩肌のあいだには、明るく照らされた金属製の通路があって架け橋の役割を果たしており、おれはそこを歩いた。踏み板には滑り止めがついている。菱形の模様が浮き上がっていた。橋にしては不安定だと思い、見下ろしてみた。よく見ると橋ではなく、空中に上がった可動式の足場だった。十字に交差した金属板が、鋏のように動いて足場を上下させるのだ。通風ダクト技術者の高所作業用に使われるような設備だ。クインの執務室と洞窟の入口のあいだの空間は、工業用の照明にまばゆく照らされていた。おれは足場の縁から下を覗いてみた。さまざまな設備が地面にあり、岩肌に押しつけられている。両開きの防犯扉もあった。麻薬の精製工場の入口に違いない。

地面から足場まで上がるには、移動式の階段を使う。空港で乗客を滑走路から飛行機に乗せるタラップのような設備だ。確か、旅客搭乗ランプとかいう名前だった。それは大がかりな設備だった。エアバスA380の乗り降りに使われるような設備だ。つまり、いまおれたちがいる足場へ誰かが上がりたいときに、いちいち足場そのものを地面まで下げる必要はないということだ。きっと足場は、ふだんは機械部品やプラスチックフィルムのような大きくて重い貨物の出し入れだけに使われているのだろう。たぶんそうに違いない。作業服を着てヘルメットをかぶった従業員がCEOの執務室を通り抜けるのも、三千ドルのスーツを着た幹部役員が油にまみれた作業場を通り抜けるのも不都合だろうからだ。

洞窟の入口がある崖の岩肌は、スプーンの内側のように凹状にくぼんでいた。GU本社の裏側がその部分を完全に覆っている。GU本社の設計建築に携わった人々は、クインの執務室の奥に非常口を設けているのだと思ったに違いない。最上階の人々が火災での避難に使えるような非常口だ。太陽熱発電のような事業では、そうした設備が疑惑を招くことはなかったのだろう。

凹状のくぼみは入口が最も広く、奥行きは十メートルほどだ。物を出し入れするには充分すぎる大きさで、運ぶためのレールが必要なほど広すぎもしない。おれは見上げてみた。

ＧＵ本社の屋上が建物からせり出し、何もかもふさいでいる。その端は建物のような直線状ではなかった。崖の岩肌の輪郭にぴったり合うように造られていた。

つまり本社の建物や発電プラント全体は、カモフラージュ以外の何物でもなかったのだ。それらの最重要な目的は洞窟の入口を覆い隠し、安全確実に洞窟と行き来できるようにすることだ。確かに、本社の建物にはほかの用途もある。プラスチックフィルムに加工されたコカインを受け取り、オースチン行きのヘリオスタットをフィルムで梱包して、関係者全員が必要な場所にいる理由を作ることだ。しかし、本質的な役割は洞窟を覆い隠すことだけだ。

せり上がった足場の行き着く先には、もうひとつの金属製の扉がある。その扉は岩肌そのものにぴったりとはめ込まれていた。潜水艦の区画で使われるような水密扉だ。扉は大皿ほどの大きさがある手回しハンドルで密閉されていた。その向こうに何があるのかは、推測するまでもない。

ノースが手回しハンドルをまわし、扉を開けた。

いよいよ、謎に包まれていた洞窟の内部が明かされる。

おれは扉の向こうへ足を踏み入れ、硬い岩の上に立った。そこはひらけた空間だった。

岩は滑らかで、相当な労力を費やして整備されたことが窺える。岩には工具の跡がまだ残っていた。三台の四輪バギーがおれたちを待っていた。いずれも小型で、子ども向けのように見える。どのバギーも荷台のついた車を牽引していた。なるほど、これも筋が通っている。メキシコまで通じる長大な洞窟網には、輸送手段が必要だ。オフロードの四輪バギーならうってつけだろう。だが、端から端までは使えない。クインはおれに、ほかのカルテルの襲撃を防ぐために、洞窟の一部はわざと狭くしてあると言っていた。途中四カ所で乗り換え用の四輪バギーが、リレー形式のポニーの急送便さながらに待機しているという。

「乗れ」ノースは言い、真ん中のバギーが引く荷台を指さした。マーサは苦もなく上ったが、おれは腕に銃弾を受けているうえ、後ろ手に手錠を嵌められている。倒れこむようにして乗るよりほかなかった。

「大丈夫か？」おれはマーサに訊いた。

彼女はうなずいたが、無言だった。きっとショックを受けているのだろう。誘拐されてから彼女がどんな待遇を受けていたのかはわからないが、役員用の正餐室で暴力行為を目の当たりにしたことは、最悪の経験だったに違いない。

前と後ろの四輪バギーが満員になったところで、ノースが手で発車の合図をした。おれは道順を覚えることに集中した。分かれ道や迂回路や渋滞しそうな箇所を覚えておくのだ。

あとで役に立つかもしれない。

進みはじめて百ヤード足らずのところで、洞窟が右に曲がり、そこから先は真の意味での洞窟になった。

四輪バギーのヘッドライトが、ぞっとするような暗闇に吸いこまれていく。地面には小さな軽石がいくらか散らばっているものの、それ以外は驚くほど清潔だ。洞窟の内部はおおむね卵形をしていた。洞窟はまるで蛇の抜け殻のように、細く曲がりくねっている。かつてここを流れて洞窟を掘り抜いた水は、直線につゆほどの関心も持たなかったのだろう。しかしいまは湿っぽい臭いはなく、化学薬品とガソリンの入り混じった土臭い臭いがするだけだ。

人間が加えた改良の痕跡は至るところに見えた。カーブは幅を広げられ、四輪バギーが通行できるようになっている。天井の一部にはいまだに工具の跡が残り、かさ上げしたことがわかる。洞窟の両側には太い電力ケーブルが、手すりのように走っていた。高さが五フィート以上の場所は一カ所もない。直立して歩くのも、大人用の四輪バギーに座るのも不可能だ。これもまた、ノースが講じた外敵を防ぐための措置に違いない。『ノートルダム・ド・パリ』の主人公さながらに背中を丸めて銃の狙いを定めるのは難しいだろう。何度か、天然のくぼみがある岩壁の横を通りすぎた。機器類が設置されたくぼみもあったが、大半には何もなかった。

おれは身震いした。テキサスの暑熱もこれほど地下深くまでは届かず、おれの服装は洞窟用ではなかった。マーサは厚手のコートを着ている。おれたちは、彼女がずっと囚われていた場所へ向かっているように思えた。

曲がりくねった道を四輪バギーがさらに二百ヤードほど進んだところで初めて、なんらかの活動の徴候が見えてきた。音と光だ。先頭のバギーが速度を落とし、大きな洞穴に入った。そして左折して駐まった。ほかの二台もその横に並んで駐車した。

その洞穴はバスケットボールのコートぐらいの大きさがあった。天井は照明を吊るせるほどの高さがある。照明は針金の格子に入っていた。働いている少人数の男たちは、こちらを見向きもしない。大型の機械類が並んでいた。大半の機械の仕組みはわからないが、それらの目的は一目瞭然だった。ここで生のコカインを液状プラスチックに混合し、ポリエチレンシートにしているのだ。一台の機械の用途は見当がついた。それは押出成形機で、原料となるプラスチックが入れられ、フィルムとなって出てくるまで、それ一台でできる仕組みだ。機械の上には大きな真四角のじょうごがついている。一人の男が原料のごつごつしたプラスチックのかけらをじょうごに入れていた。彼らのしていることには一見なんの変哲もなさそうだが、ここは一連の工程の仕上げであり、始まりではないので、プラスチックにはすでにコカインが混合されているのだろう。おれが見ている前で、プラスチックがパイプを下りていく。押出成形機に関するおれの知識からすると、ここにある機械の役割はプラスチックを徐々に熱して接合し、圧縮して薄く引き伸ばすことだ。原理はパスタ製造器と変わらない。ただ自動化され、千倍も大きいだけの違いだ。いちばん端には巻取機があった。その機械はゆっくりと回転し、定量になるまで製品を巻き取るようだ。

その製品とは、百万ドルものプラスチックフィルムロールだ。

配管がついた換気装置はダクトのない工業用換気フードに通じている。コカイン工場は電力も換気も、完全に自己完結しているのだ。換気フードのフィルターはときどき交換する必要があるだろうが、原料があるかぎり工場は稼働しつづけられる。

見事なものだ。三本の巨大なフィルムロールがすでに荷運び台に積み重ねられている。それを見ておれには、四輪バギーが三台とも荷台を牽引している理由がわかった。三台とも空荷(からに)で帰ることはないのだ。

トンネルはメキシコまで続いているが、ここから先には電力ケーブルがなく、それほど整備が行き届いているようには見えなかった。また、そうする必要もなさそうだ。懐中電灯を持った男が一人いれば、コカインの包みは運べる。それにトンネルを暗くし、工場の区画に近づけないようにしておいたほうが保安上は安全だ。最悪の事態が起きた場合、そのほうが防御しやすい。

洞穴にはプレハブのパネルで遮られた区画があり、そこが部屋になっていた。開いた扉の向こうに寝台が見える。男たちがここで寝泊まりしているのだ。交替制で働いているのだろう。

「驚いたか？」ノースが訊いた。

おれはうなずいた。そうせずにはいられなかった。

ノースは笑みを浮かべ、マーサのほうを向いた。「もうすぐだ、マーサ。もちろんわれわれには保証が必要だが、きみはもうすぐ家に帰れるだろう」

彼女はそっけなく肩をすくめた。明らかにノースの言葉を信じていないのだ。ノースはおれに向きなおった。「ボスの居場所を話す気はなさそうだな？　きみの自主性にまかせてもいいが」

おれは取り合わなかった。

ノースは腕時計を見た。「迎えはあと数時間来ないから、きみにはもう少しわれわれのもてなしを楽しんでもらうとしよう、ミス・バリッジ。もちろん、ミスター・ケーニグはどこにも行かない」

マーサはおれに顔を向け、じっと見つめた。おれはかすかに頭を振った。ノースの言葉は虚偽だという印象を与えたのだ。彼女は騙されていなかった。

「二人を閉じこめておけ」ノースは同行してきた男たちのうち二人に命じた。そしておれを指さした。「それからこいつは自由にさせるな。あたりをうろつかせてはならん」さらにおれを見て、「ここでも地上でも、何か起きたら最初に撃たれるのは彼女だ。わかったか？」と言った。

おれはうなずいて了解した。

マーサは見張りの男から身を振りほどき、堂々とした足取りで仕切られた部屋のほうへ歩いていった。そして扉のそばで待った。同じ見張りの男がおれをそこまで歩かせた。男が扉を開け、おれたち二人を部屋に押しこむ。そこには簡易ベッド、バケツのほか、いくらかの食べ物と本が載ったテーブルがあった。携帯用のストーブもある。蛍光灯の明かりがちらついていた。床は洞窟の地面のように見える。面白いことだ。

「責任者に会わせてくれないかな」おれは蛍光灯に顎をしゃくって言った。「ちらちらすると頭が痛くなる」

「向こうを向け」手下の一人が言った。おれの右手が手錠から外される。右手を曲げてみた。針で刺されるように痛みはじめている。

「座れ」男が言い、鉄製のベッドの枠を指さした。おれはマットレスに座った。

「床だ」男が不満げに言った。

　おれが床に移動すると、男は手錠をふたたび後ろ手に嵌め、ベッドの枠にくくりつけた。男は手錠を強く引き、しっかり固定されているかどうか確かめた。手錠は固定されている。ようやく戻りかけた手の感覚は、ふたたび麻痺しはじめた。

　少なくともそれで、銃創の痛みは多少紛れた。負傷直後の麻痺状態が終わったあと、おれは左腕を緊張させ、傷の程度を調べようとした。紫の傷は膨れ、多少の出血はあったものの、骨も腱も損傷はしていないようだ。月並みなかすり傷だ。通常の状況であれば問題にならない。傷口を消毒し、湿布をして、包帯を巻けばそれですむ。それでもひどく痛むが。しかし腕の傷は、口の裂傷に比べれば問題にならなかった。散弾銃で殴られた口の傷はかなりひどかった。舌を歯に這わせると、一本は砕けて針のようになっている。その隣の歯はひびが入り、割れていた。傷は深く、神経が露出している。白熱した痛みは耐えがたいほどだ。おれはその痛みに知らんぷりしたかったが、冷たい空気が患部を通り抜けるたびに、悲鳴をこらえるのがやっとだった。

　見張りの男たちはマーサに注意を向けた。ノースからは指示を受けていなかったにもかかわらず、彼女もベッドの向こう端に結束バンドでくくりつけられた。おれたち二人とも、いまは身動きできない。それは問題にならなかった。どのみち、ほどなくすべてが終わるのだ。

男が扉を閉めて出ていくと、おれは笑みを浮かべた。

ここは地下四分の一マイル。助けを呼ぶすべもなければ、おれの居場所を知らせることもできない。武器は取り上げられ、おれ自身も撃たれている。武装した男たちが外を固め、おれは金属製のベッドの枠に手錠でくくりつけられている。

ここまでのところは、まずまずだ。

110

一時間経ち、おれは喉が渇いた。それで飲み物をよこせと大声で叫びつづけた。やがて扉が開き、いかにも愚鈍そうな男が入ってきた。鼠に似た顔にはあばたが浮き、歯は粗雑な詰め物で一杯だ。役員用の正餐室でノースのそばにいたやつだ。

「ワインのメニューを見たいんだが」おれはにやりとして言った。

「ここはホテルじゃねえぞ」男は一蹴した。

「飲めるものならなんでもいいからくれ。あんたは組織の上の人間にはとても見えん。ここで本当は何が起きているのか知らないはずだ。それにあんただって、見張っている囚人が脱水症状で意識を失ったとノースに知らせる役にはなりたくないだろう」

おれの言葉は図星だったようだ。鼠男はひと言も反論せずにテーブルへ近づき、コップに水を入れておれの唇にあてがった。おれは冗談を言っていたのではない――抱えてきた武器、手榴弾はじめ、使っていた装備はすべて奪われてしまった。かなりの出血も強いられた。いまのおれには水分が必要なので、ごくごくと飲み干した。歯の露出した神経に水が触れる。おれは痛みにうなった。

水を飲み終わると、鼠男がマーサのためにコップにふたたび水を入れたが、彼女は拒んだ。男は何も言わずに部屋を出た。

「そろそろ、あなたが本当はここへ何をしに来たのか話してちょうだい、ベン」ふたたび二人きりで閉じこめられるとすぐ、彼女は言った。さっきも訊かれたのだが、そのときは黙っていた。連中に立ち聞きされていると思ったのだ。おれが彼らの立場だったらそうする。

「きみを助けに来た」おれは答えた。

マーサは、ベッドにくくりつけられ、血を流しているおれを見下ろした。「それでこうなったわけ？」

おれは笑おうとしたが、口が痛くて無理だった。結局、不気味に顔をゆがめただけだ。

「父に送りこまれてきたの？」

おれはうなずいた。

おれがそれ以上何も説明するつもりがないと見て、彼女は語を継いだ。「ペイトン・ノースはあなたに、早かったなと言ったわね。あれはどういうこと？」

「おれはあすの午後九時まで投降しないことになっていたんだ」

マーサの鼻腔が膨れあがり、おれは口が滑ったのに気づいた。「いったいどういうことなのよ、〝投降する〟ですって？」彼女は詰問し、おれを睨んだ。返事を待っている。

「あすの午後九時、きみがヘリコプターでここを離れるという条件でおれは同意したんだ」それは一応の返事ではあったが、直接の答えにはなっていなかった。

「なぜ連中がわたしを解放するの？」

「きみの安全が確保されたら、おれはやつらのCEOの居場所を教えることになっているからだ」

「スペンサー・クイン？　あなた、スペンサー・クインを拉致したの？」

おれはうなずいた。

「彼の居場所は？」

おれは首を振った。「口は禍のもとだ」

マーサはその言葉をじっくり考えた。「そうね、あなたがあの男の鼻を殴ってくれたことを祈るわ」

おれは答えなかった。それでも待っているあいだ、おれたちには時間があった。マーサはここに連れてこられるまでの経緯を話した。「わたしは学期末の論文のテーマを探していたの」

「マーストン教授のゼミだな？」

「彼に会ったのね？　ちょっと傲慢なところはあるけど、教授は法廷会計学の権威よ。わたしのことを心配していないといいんだけど」

「彼は死んだ」

「な、なんですって？」マーサはあえいだ。

「もう少し言葉に気をつけたほうがよかったかな？」

「当たり前でしょう！」

「すまない」

「死因は？」

「クインとノースに雇われた人間に射殺された。その女は大学の警備員も殺した」

彼女はまたあえいだ。「その女？」ややあって、そう言った。

「女性の暗殺請負人だ。めったにいないが、たまにはいる。その女も死んだ」

「あなたが殺したの？」

「違う。おれと仕事をしている人間だ」

「その人は味方なの？」

「いい質問だ、マーサ。実をいえば、おれにもまったく見当がつかない。どちらかと言えば、ノーだろうな。あの女はおれの味方ではない」

「わたしにはさっぱりわからないわ」

「おれだってそうだ」おれは認めた。「だが、だんだん見えてきたような気がする」

マーサはおれを見つめたが、おれはそれ以上説明しなかった。「なぜマーストン教授は殺されたと思う？」少ししてから彼女は訊いた。

「おれが教授を訪ねたからだ」

「どうしてあなたが――」

「きみの論文が扱ったテーマを、彼は警察に明かそうとしなかった。それでおれは、彼の考えを変えてもらおうとしたんだ。警察に頼まれた時点ですべてを渡していれば、あの愚かな男はまだ生きていられただろう」

「愚かな男」彼女は鸚鵡返しに言った。

「きみの論文はスペンサー・クインに関することだったのか？」おれはマーストンからマーサの気持ちを逸らそうとして訊いた。

「クインとガンナーはわたしと同じ寮にいたわ。テキサスでサクセスストーリーになったビジネスモデルをわたしが調べたら、親近感のこもった論文にできると思ったの」

「それで、何か見つかったのか？」

マーサはうなずいた。「銀行に不審なところがあるとわたしは考えた。それまで、太陽熱発電事業に投資した実績がなかったのよ。細かいことかもしれないけど、わたしは細かいことに目を向けるよう教わってきたわ」

クインも同じことを言っていた。9・11以降、一万ドル以上の支払いはすべて内国歳入庁（IRS）に報告することが義務づけられている。監査証跡だ。つまり、多額の取引はすべて明確に処理されなければならないということだ。

「とにかく」マーサは続けた。「わたしは論理的な説明がなされなければならないと考えていたの――もちろん、太陽熱発電事業に関してよ。それでいくつか質問をしてみたわ。最終的にコアウィラ国民銀行に電話して、融資を承認した責任者と話をさせてほしいと頼んだ。ところがそうしたら、朝のジョギングをしていたときにバンに押しこまれ、ここまで連れてこられた。誘拐されてから、洞窟を出られたのはきょうが初めてよ」

互いに知りたかった内容の情報交換がひとまず終わると、おれたちはしばらく沈黙した。おれはこの間に合わせの監獄の耐久性を分析するのに没頭した。たぶんここは、もともと物品庫として設計されたのだろう。自由に行動できれば、扉に肩からぶつかってぶち破るのは簡単だ。もちろんここを出たところで、作業場には武装した男たちが大勢おり、地上までは複雑な洞窟をたどらなければならない。だが、一度にひとつずつ取り組むことだ。マーサは虚空を見据えていた。心配そうな表情をしている。本当は彼女にこう言いたかった——落ち着くんだ、見かけほど事態は悪くない、と。しかしそれはできない。それでこれからどうするのか彼女に訊かれると、おれはこう答えた。「待つことだ」

立ち聞きしている人間が「待つことだ」という言葉を聞いたとしても、不審には思わない。ノースとおれは共通の予定に沿って動くことで合意した。だからノースは、おれを地下に連行したのだ。待つために。ノースも承知しているように、マーサの身の安全が確保されないかぎり、おれがクインの居場所を明かすことはない。だが彼女がここを去り、クインの身柄を取り戻したら、ノースはおれを手厳しく尋問するだろう。おれのほかにこのことを知っているのは誰か？　おれが話した相手は？　おれを捕まえてからも、連中が危険にさらされる可能性はあるのか？　だからこそノースは、合意していた時間より早くおれが来ると予期していたに違いない。機先を制することで、おれが車のバッテリーの電流を流されたり、チェーンソーで手足を切られたり、バットを叩きつけられたりするような目に遭うのを避けようとするだろう、と。

それでおれたちは待っている。

ノースはスペンサー・クインの身柄を取り戻すのを。マーサはヘリコプターでここを離れるのを。

では、おれは？　おれが待っていることはほかにあった。

111

おれはノースの手下に腕時計を奪われており、時間を知る必要があった。時間が重要だったのだ。おれはマーサに、男たちの交替に決まったパターンがあるのか訊いたが、彼女はそうしたパターンはなさそうだと答えた。

「同じ男が何日も見張っていることもあれば、一週間そいつを見かけないこともあるわ」

だいたい予想どおりだ。コカインの密輸は年中無休の仕事だ。ノースの手下はたぶん、一週間交替で働いているのだろう。仕事が一段落するまで、ここで寝起きし、食事を摂るのだ。その役割が非合法であればそれだけ、外界との接触は少なくなる。おれの考えでは、コカインを混合させたプラスチックの製造に関与している男たちはほとんど、カルテルに支配されているメキシコ側から来ているはずだ。ガントレットで太陽熱発電事業に携わっている従業員は、彼らの勤め先が手がけている闇ビジネスの存在すら知らないに違いない。

男たちが動かしている機械の低いうなりが、扉越しに聞こえてくる。ノースはこれから起きる事態に備えているだろうが、だからといって事業を停滞させることは許されない。ここの工場がたとえ一日でも稼働を停止すれば、いくらの損失になるのだろう。数十万ドルか？　数百万ドル？　コカインで得られる利益は巨額にのぼるだろう。

「腹は減ったか？」おれはマーサに訊いた。

「冗談でしょう」

「おれはこれから、何か食わせろと叫ぶ。あいつらが食い物を持ってきたら、きみの結束バンドを外しておれに食べさせようとするだろう。そのときにひとつ、やってほしいことがあるんだ」

「どんなこと？」

「鼠男の腕時計を見て、時間を教えてほしい」

「なぜ？」

おれはその質問に答えず、ふたたび叫び声をあげた。鼠男が扉を開け、首を突き出してきた。

「今度はなんだ？」

「食い物をくれ」

「ずいぶん食い意地が張っているんだな？」

「何もご馳走をくれとは言っていない。あんたらが食っているのと同じ残飯で充分だ」

「くそったれ」男はつぶやき、扉を閉めた。

「おれはうんと食うぞ」おれはマーサに言った。


十五分後、鼠男はトレイに食事を載せて戻ってきた。果たして、男はマーサの結束バンドを外したが、おれの手錠はベッドに繫いだままにした。そしておれを指さして言った。

「こいつが食いたければ、あんたが食わせてやれ」

男が出ていくと、マーサは言った。「ごめんなさい、ベン。腕時計が見えなかったわ。あいつがトレイを下げに来たら、今度こそ必ず見るから——たとえ腕を摑んででも。両手が自由に使えるから、今度は簡単よ」

二人とも空腹ではなかったが、おれにはエネルギーが必要だった。マーサにもできるだけ食べておくように言った。理由は説明しなかったが、彼女は束の間(つかま)でも役割を与えられてうれしそうだった。おれたちは皿に載ったサンドイッチ、ポテトチップス、ぬるくなったスプライトを分け合った。マーサは幼子に食べさせるような手つきだった。

しばらく経ち、鼠男が戻ってきた。マーサをベッドの向こう側にくりつけてから、おれの手錠をもう一度確かめて——たぶん自分がばかではないことを証明したかったのだろう——彼女がおれを解放しようと細工していないか調べた。男がそうしているあいだに、おれはマーサを一瞥した。彼女はうなずいた。

鼠男がトレイを下げ、部屋を出ていった。

「五時五十分よ、ベン」扉が閉まった瞬間、マーサはささやいた。

思っていたよりずっと時間が経っていた。

待つのはもうすぐ終わりだ。

「いいかマーサ、これから何が起きても、おれから離れるんじゃないぞ。わかったか？」

「いったい何が起きるの、ベン？」

「わかったか、マーサ？」

「わかったわ」

「それでいい」おれは言った。「ここでこうしているのも、もうすぐ終わりだ。さて、手品をひとつ見せようか？」

「手品……」

おれは両腕を反対方向にひねった。筋肉が裂けそうになるまで、手錠を目一杯引っ張る。

右手の手錠が勢いよく外れた。

112

ロング保安官はおれに訊いた。なぜおれが連邦政府の支給品の古い手錠を持ち歩いているのか、と。見つかったら厄介なことにしかならない手錠を。そして彼女は、おれがかつて何者だったのかを記憶にとどめるためにそうしていると推察した。

彼女は間違っていた。

おれが初めて特殊作戦群(SOG)チームの指揮をまかされたとき、非公式の役割として補給係も務めていた。あるとき、マット・ウェスターホフ——中西部の農業州出身の、トウモロコシを食べて育った大男だ——がおれのところに手錠をひと組持ってきて、欠陥品だと言った。そしておれにそれを手渡した。おれはひととおり試してみたが、不具合はなさそうだ。鍵はきちんと外せるし、両腕を固定する歯止めもしっかりしている。力一杯引っ張っても外れなかった。おれは不思議に思い、マットを見た。

「見ていてください」

マットはおれに見えるよう、両腕を前に出して自分で手錠を嵌めた。手首はおれの上腕ぐらい太く、手錠にぎりぎり収まるほどだ。当時、保安官局では鎖の手錠より頑丈かつ軽量なリジッド手錠に移行しはじめたころで、まだ品質の安定した供給業者を模索していたころだ。

マットは両腕を力一杯引っ張り、額の血管が破裂しそうに見えた。同時に両腕を反対方向にひねった。

右の手錠が勢いよく外れた。

おれは唖然として見ていた。

「リベットの片方に欠陥があるんです」マットは説明した。「長さが充分ではありません。両腕を反対方向にひねったら、リベットが浮いて横方向に動かせるようになり、つめが歯止めから外れてしまうのです」

つめは歯止めの歯を固定する機構の一部だ。手錠を外す方法はひとつしかない。つめを外さなければならないのだ。鍵はまさしくその役割を担っている。幸いにも、マットがこの欠陥を発見したのは訓練期間中だった。これが本物の捜査中に起きていたら、恐ろしい事態を招いたかもしれない。殉職者が出た可能性もあった。

マットとおれはキャンプ・ボーレガードにあるSOG訓練センターで、手錠の在庫をすべて点検した。百組近くの手錠のうち、同じ欠陥が見つかったのはほかにひと組だけだった。その後おれは、何組かの手錠で十二ミリのリベットが十五ミリのリベットと混じっているのを発見した。そして捜査支援部の部長本人と電話で協議し、この契約は取り消しになった。おれは在庫の手錠をすべて返品する手配をした。欠陥品が新品と混じってしまうのを避けたかったからだが、どういうわけか、マットが欠陥を実演して見せたときの手錠だけが、返品されずに残ってしまった。おれの机で抽斗（ひきだし）の底に入れっぱなしになっていたのだ。ずいぶん経ってからようやく気づいたのだが、そのころには何をするにも手遅れだった。だがおれはその手錠を捨てなかった。もしかしたら補給に携わる誰かが、手錠がひと組紛失していることに気づくかもしれない。そのときに自腹を切って五十ドル弁償するのはご免だった。おれは古い物品袋にそれをしまったきり、長らく忘れていた。

そしてロシア人に追われる羽目になったとき、おれは急いで荷造りをして逃亡する際に、その物品袋に持ち物を放りこんだ。逃亡先できちんとしたバックパックを買い、持ち物を移したときに初めて手錠を発見したのだ。そのときおれは、手錠を捨てようとした。持ち物は軽いほうがいい。少なくとも最初の数週間は、公共交通機関も避けて、どこへ行くにも歩いていた。

だが、おれは思いとどまった。

結局、手錠は上級者向けの脱出ゲームのようなものになった。おれは退屈しのぎに、マットが実演したようにやってみたのだ。自分に手錠を嵌めるときにはいつも両手を前にし、手の届く場所に鍵を置くよう気をつけた。そしてある日、おれはついに一人で手錠を外すことに成功し、どんなことでもそうだが、一度成功すると、二度目はもっと簡単にできるようになった。

暇つぶしの方法としては、なかなか面白かった。しかしおれはほどなく、もうひとつの用途がありうることに気づいた。おれはいつか、誰かに捕まるだろう。懸賞金はあまりに高額なので、金目当ての連中がそう簡単に断念するとは思えない。やつらが僥倖に恵まれるかもしれないし、おれが思いもよらないような成り行きから、そうした状況に陥る可能性は必ずある。

そしておれはこう考えた。警察に根深い恨みを持つ人間が生きていたら、おれが犯人逮捕に使っていた手錠でおれ自身を拘束する皮肉を楽しむだろうと。とりわけ、おれたちが支給されたリジッド手錠のように頑丈な製品を見たらなおさらだろう。のみならず、その手錠には「連邦保安官局」の標章さえ刻まれているのだ。

それはひとつの仮説にすぎない。だが人間の心理は、そのようにできている。

そしてあらゆる仮説と同じく、実地に試して初めて、正しいかどうかが証明されるのだ。

113

マーサは口をぽかんと開け、勢いよく外れた手錠を見つめた。あっぱれなことに、彼女は声をあげなかった。マーサがミッチの分別を受け継いでいることをおれはありがたく思った。おれは手を後ろにまわしたまま、慎重に右手を曲げ伸ばし、血行が回復するまでそれを繰り返した。痛みはすさまじかったが、表情には出さないようにした。誰も見ていないだろうが、不必要なリスクを冒すことはない。左腕も試してみた。拳を握ったり、肘を曲げたり伸ばしたりすることができた。どうやら、ふたたび動かせるようになったようだ。

そろそろ時間になったはずだ。おれが予期している出来事は、起きるか起きないかのどちらかだ。それが現実に起きれば、次の段階に進める。起きなかったら、おれは死んだも同然だ。

マーサが何かささやきかけてきたが、おれは苛立って首を振った。おれが望みを託している出来事が本当に起きているのかどうか、ここからは遠すぎて聞こえないのだが、その出来事に対する反応は聞こえるはずだ。おれたちがいまいる場所のすぐ外で、その反応は起きるだろう。

永遠にも思える五分間、何も変化は起きなかった。男たちは声をひそめて話しつづけている。機械は相変わらず低いうなりをあげていた。誰一人、度を失っていない。すべて平常どおりのようだ。おれたちはこのまま取り残されるのか。

異変が起きたことを示す最初の徴候は、沈黙だった。おれたちの部屋の外にいる男たちが、いっせいに話すのをやめた。続いて叫び声があがり、男たちが狼狽して走りだす足音が聞こえた。おれは丸一分待った。一刻も早く動きだしたくてたまらなかったが、早まったら何もかもがぶちこわしになってしまう。外には銃を持った男たちがいる。彼らの大半がここを出ていくまで待たねばならない。

六十まで数えたところで、おれは立ち上がり、右手をポケットに入れて、銃器の見本市で買った本物そっくりのコインを取り出した。おれは初期の007シリーズのジェイムズ・ボンドになったような気がした。映画の冒頭で補給品担当の〝Q〟がボンドにくれた武器が、大詰めでまさに必要になったときのような気分だ。おれはコインから刃を出し、マーサの結束バンドを切断した。

「おれはこれからこの扉をぶち破るつもりだ、マーサ。そして邪魔しようとする者はみんな殺す。わかったか？」

彼女はうなずいた。

「銃の撃ちかたは知っているか？」

マーサはふたたびうなずいた。当然、銃の撃ちかたは心得ているだろう。ミッチ・バリッジの娘なのだから。

「願わくは、そういう事態にならないことを祈る。おれの読みが正しければ、銃を撃てる人間は全員、いまごろは地上へ向かっているはずだ」

「でも、何が起きているの？」

おれたちは忍び足で扉に近づいた。

「聞いてみるんだ」

二人とも身を乗り出し、薄っぺらな戸板に耳をくっつける。

大勢の人々が怯え、いっせいに話していた。ひとつの言葉が何度も繰り返されている。

「シナロア！　シナロア！」

マーサは驚きに打たれ、おれを見た。

「あなた、メキシコのシナロア・カルテルが襲撃してくるのを知っていたのね！　どうして？」

だが、扉の外側にいた男たちは間違っていた。襲撃してきたのはシナロアの構成員ではない。

ロシアマフィアだ。

114

マーサの救出計画は、敵を不意打ちして奪還するというものではなかった。映画に出てくる伝説の殺し屋ジョン・ウィックさながらに銃をぶっ放してマーサをかっさらい、邪魔者を撃ち殺して脱出路を切りひらくようなわけにはいかない。おれは優秀だが、無敵ではない。たとえ圧倒的な敵をはねのけられたとしても、マーサがまだ洞窟に閉じこめられているという確証はなかった。そして洞窟にいるとしても、すでにクインから聞いたように、入口は掌紋(しょうもん)認証テクノロジーによって守られているのだ。

しかもおれにはわかっていた。たとえノースと条件交渉して合意を取りつけても、連中が約束どおりマーサを解放するはずがないことを。そんなことができるはずはないのだ。連中だって彼女の人となりを知っているから、いくら脅し文句を並べてもマーサを長期間沈黙させることはできないとわかっていただろう。あの父親を持つ娘なら、必ず口をひらくだろうと。マーサは何もかも知っているわけではないものの、充分な事実を知っている。

自分がどうして誘拐されたのかを知っており、キーパーソンの一部が誰なのかも、洞窟に監禁されたことも知っているのだ。それだけの材料があれば、これまで見たことがないような規模の連邦捜査官チームが大挙して〈GUソーラーエナジーシステムズ〉本社の強制捜査に乗り出してもおかしくないだろう。

これまでに、捜査機関の圧倒的な実力行使を生き残った犯罪組織は存在しない。そうすれば構成員の誰かが寝返るだろう。〝最初に口を割った人間が得をする〟というお決まりの法則は、これまでに何度も実証されているから有効なのだ。犯罪組織での忠誠の誓いは、何もかもうまくまわっているときには守られるだろう。だが一度も口を利いたことのない幹部たちのせいでとんでもない厄災が降りかかってきたら、そのときから急に、下っ端が連邦機関に証言をするのは忌まわしい裏切り行為ではなくなるのだ。そして一人が口を割れば、堰を切ったように構成員の誰もが組織を見限る。椅子取りゲームで音楽が止まったとき、座る椅子がないという事態に遭うのは誰しもご免だ。

確かにノースの手下たちは、おれが取り決めで指定した場所にマーサを送り届けるだろう。しかし、彼女から無事だという知らせをおれが受け取ったら、次の瞬間から無事ではなくなる。連中はマーサを追跡し、ふたたび拉致しようとするに違いない。マーサが生きてテキサスを出られることはないだろう。

そしておれも。

では、おれが絶対に勝てないルールのゲームではどうすればいいか？

もちろん、相手を騙すのだ。

予定より二十四時間早く本社施設を襲撃することで、おれはノースに、まさしくそうする男だと確信させた。おれは相手を騙す男だと。おれはノースに、自分がルールを理解した上で、残った唯一の方法を試していると思わせた。おれの最後の手段は破れかぶれのくだらないものだった、とノースに思わせた。おれは役員用の正餐室で惨劇を繰り広げた後、彼の目の表情を見た。ノースは失望していた。おれならもっとやると思っていたのだ。ノースはおれを買いかぶっていたと思っているだろう。

しかしGU本社を襲撃したのは、単なる目眩ましでしかない。

なぜなら、不正に操作されたゲームで相手に勝つ唯一の方法は、そのゲームをやらないことだからだ。

反対に、そのゲームをおれに有利な方向に操作するのだ。

〈ソルンツェフスカヤ・ブラトヴァ〉はこの五年近く、敗北を重ねていた。おれがそれを知っているのは、彼らの動きにずっと目を光らせてきたからだ。彼らの勢力が小さくなりすぎたら、おれの首にかかった懸賞金は信憑性を失う。懸賞金稼ぎの連中は、果たして本当に支払われるのか心配になるだろう。どんな間抜けな刺客でも、単純な費用対効果の計算はできる。

不運なことに、彼らの退潮傾向はずっと続いていた。生まれつきの攻撃性、母なるロシアにいる妥協を許さないボスたち、おぞましい暴力行為への意欲からすれば、いつでも金を稼げるはずなのだが。ところが、そうなりはじめた時期が興味深かった。おれの計算では、ブラトヴァが下り坂になったのは、クインとノースの最初の積み荷がガントレットを出発したころと一致していた。ジェンにその点を確かめてもらったところ、クインとノースが属するバンドレロスはニューヨークの五大ファミリーの主要な麻薬供給者にのし上がっていた。バンドレロスは競争相手のカルテルより間接費が少ない。彼らには安全確実な輸送システムがある。そうすると中間コストが削減される。おかげでバンドレロスの収益は増加し、彼らの仕事仲間も潤っていた。

あけすけに言えば、ロシアマフィアはマーケットでの価格競争に敗れたのだ。ロシアマフィアが提携している麻薬カルテルは、バンドレロスの価格に対抗できなかった。彼らは取るに足りないマーケットを奪い合うしかなくなった。自分たちの勢力下ではない土地で、より高い商品を売るしかなかったのだ。

おれがこうしたことに気づいたのは、J．T．の崖にいたときだ。しかるべき立場の人間がコカイン密輸の世界で起きていることを把握すれば、数百万ドルを稼げる。いや、数千万ドルかもしれない。

だが、おれが必要なのは金ではなかった。それとは別のことだ。

それでおれは、ヤロスラフ・ザミャーチンに電話し、最近の知らせは虚偽で、おれはまだ生きていると納得させた。

それから、ザミャーチンに公正な競争の場を提供したいと申し出た。

115

おれの申し出は理にかなったものだった。命乞いはしなかった。あのダークウェブで懸賞金を復活させないでほしいと頼んだわけでもない。おれが申し出たのは、〈ソルンツェフスカヤ・ブラトヴァ〉の競争力を取り戻すことだけだ。

そのために、できるかぎり大勢の手下を集め、午前六時きっかりに〈GUソーラーエナジーシステムズ〉を襲撃してほしいと言った。その理由は説明しなかった。洞窟網や誘拐された娘のことも何ひとつ言わなかった。おれが言ったのは、ザミャーチンがそれを実行すれば、バンドレロスはアメリカ国境側で稼業を続けられなくなるということだけだ。そしてバンドレロスがやっていることが大規模な麻薬カルテルに知れわたったら、メキシコ側でも潰されるだろう、と。

さらにおれは、事前にロシアマフィアがやりやすいようにしておくと言った。おれができるかぎりノースの手下を減らしておくと。

おれには確信があった。いかに突拍子もない話に聞こえても、あの策略に長けたロシア人の古狸(ふるだぬき)がおれの生存をひとたび信じれば、おれの話も信用してくれるだろう。ザミャーチンは目上の人間と協議すると約束した。

彼らはおれの申し出を拒めないはずだ。そう願うしかなかった。

扉の外での混乱ぶりから察するに、ロシアマフィアはおれの申し出を拒んでいなかったようだ。いまや時間が鍵を握っている。ノースの手下には、実戦で鍛えられたロシアマフィアの大攻勢を食い止めることはできないだろう。火力で劣勢に立たされたと気づいたら、ノースの手下は安全だと思う場所へ逃げこむに違いない。洞窟へ。

ということは、おれのところへ戻ってくるのだ。

おれはマーサを見て言った。「ついてこい、いいか？」

彼女は怯えた表情だったが、毅然としてうなずいた。

おれは部屋の反対端まであとずさりし、扉へ向かって突進した。ありったけの怒りをこめて肩をぶつけると、扉は吹き飛んだ。勢いあまって外に飛び出し、おれは頭からクリップボードを手にした男に衝突した。

男はパニックに駆られておれを摑んだが、おれが相手の頭を洞窟の壁に叩きつけるとぐったりした。死んでいないことを祈った。ここにいるのは貧しい労働者ばかりで、地元の農民と大差ない。金をちらつかされたか、脅されたかして、ここで働かされているのだ。向こうがおれを放っておいてくれれば、おれも彼らを放っておく。立ち上がり、状況を見極めた。このときには、作業場に残っているのは五人の男たちだけだった。その誰一人として戦闘員には見えない。

「銃はないか？」おれは叫んだ。

誰も答えなかったので、おれはもう一度、もっと大きな声で叫んだ。

「ベン！」マーサが叫ぶ。

おれは振り向いた。

鼠男が洞窟に駆けこんできたところだ。おれたちの姿を認め、横滑りして止まった。おれはこの男を見誤っていた。人の尻馬に乗る類の男だと思っていたのだ。弱い者いじめをする子どものようなもので、手錠をしている相手には喜んで唾をかけてあざけるが、厄介事が起きたらたちまち逃げ出すだろう、と。

鼠男は駆けだした。

だが、おれの予想に反し、トンネルの奥へ逃げたのではなかった。まっしぐらにおれに向かってきたのだ。おれの横隔膜を摑み、二人とも地面に倒れた。彼はよけいな御託に時間を浪費せず、おれを殴りだした。ふだんならわけなく倒せる相手だが、まだおれの両手は麻痺しており、パンチが決まらない。したたかに殴られ、おれの体力は弱りはじめた。結局おれは、相手の頭を摑み、親指を目に突き立てるしかなくなった。鼠男は悲鳴をあげ、頭を振りほどいた。おれは彼の喉を突き、勝負をつけた。立ち上がり、相手の頭を力一杯蹴る。首の骨が折れる音がした。死んではいないが、当分バスケットボールはできないだろう。

おれは振り返り、思いがけないものを見て顔がほころんだ。見間違いでなければ、サミュエルにもらったグロックが、技術マニュアルの束の上に載っていたのだ。シグ短機関銃やフェアバーン・サイクス戦闘ナイフはどこにも見当たらないが、すべてを求めるわけにはいかない。弾倉は一杯で、チェンバーチェックして薬室に実包を装塡してみた。装塡できた。サイレンサーをきつく締める。ようやくおれは無防備な感覚を払拭できた。手錠の鍵は小さな灰皿に入っている。おれは左手に嵌まったままの手錠を外し、痺れてピリピリする感覚は顧みなかった。

おれの防弾ベストが既製品のプラスチック椅子の背もたれにかかっていた。何か役に立つものが残っていないかベストを確かめたが、すべて奪われて空っぽだった。手錠と鍵を大きな前ポケットに入れ、マーサに向かって言った。「これを着るんだ。いやだとは言わせないぞ」

返事がない。

おれは弾かれたように振り向いた。

マーサがいない。

116

「彼女はどこだ！」おれは叫んだ。

洞穴に残った作業員たちは恐怖に駆られたまなざしをおれに向けた。そのうちの一人が鼠男を見て十字を切った。明らかに彼らは何も見ていないのだ。見ていたら、誰かが指をさしただろう。作業員たちに訊き出す時間はなかった。彼らはおれを恐れているが、ノースを恐れているのも間違いない。仮に話したとしても、その言葉を額面どおり信じるわけにはいかなかった。

トンネルの方向はふたつしかない。GU本社へ戻るか、メキシコ側へ向かうかだ。コイントスのようなものだ。確率は五分五分だろう。いや、違う。そんなことはない。マーサを連れ去った人間は、襲撃してきたのがロシアマフィアであることを知らないはずだ。メキシコのシナロア・カルテルが襲ってきたという叫び声を聞いてから、まだ五分も経っていない。本当にそのとおりだとしたら、メキシコ側のトンネルも攻撃されているに違いないし、さらに悪いのは、ＤＥＡとメキシコの法執行機関の国際共同捜査である可能性だ。ＤＥＡがＧＵ本社側にある洞窟の入口の存在を知っていたら、メキシコ国境警備隊もまたメキシコ側の出入口を知っていると考えるのが妥当だろう。このように、ノースの手下の立場になって選択肢を考えてみた場合、メキシコ側に逃げるのは論外だ。その手下がメキシコに逃げたところで、何もいいことはない。ＧＵ側に引き返すしかないだろう。ノースがマーサを交渉材料にし、彼らの逃亡ルートを確保してくれることを期待して。

おれは四輪バギーに乗り、ＧＵ側へ方向転換してエンジンを吹かし、洞窟の入口めざして走りだした。

塵芥が風に飛ばされ、渦を巻く。空気はまだ静まりかえっているが、いまは洞窟網全体に風が吹いていた。出入口が両方とも開いているに違いない。作業員たちはメキシコ側へ逃げ、ノースの配下の殺し屋(シカリオ)たちはロシアマフィアとの戦いに加わろうとしているだろう。

はやる気持ちを抑え、おれは速度を落とした。スピードを出しすぎたら、四輪バギーがカーブを曲がりきれず転覆しかねない。徐行しても、十分ほどで入口まで戻れるだろう。遠くにひと筋の細い光が差してきたところで、おれはブレーキをかけ、エンジンを切った。ここから入口までは歩いていける。

バギーを降り、グロックを胸の前で構えて残りの道を走る。トンネルは左に曲がり、ふたたびまっすぐになった。おれは立ち止まった。洞窟の入口はすぐそこだ。空中の足場の上に設置された照明の光が、まるでステージライトのようにトンネルの最後の数ヤードを照らしている。洞窟の入口を守っている金属製の扉は開け放たれていた。スペンサー・クインの執務室で、本棚の陰にあった扉も同じだ。戸口の半分ほどはレールに残った本棚でふさがれていた。誰かが急いで通り抜けたようだ。つまり、こっちからクインの執務室の内部はほとんど見えないが、おれが空中の足場を突っ切っても向こうからは見えないことになる。

そしてまだ銃声が聞こえてくる。よい徴候だ。ノースの手下の大半はロシアマフィアに釘づけになっている。連中はおれに背を向けているだろう。おれは足場に乗り、洞窟の扉を閉めた。手回しハンドルをまわし、鍵をかける。いまごろ銃撃戦が本社一階の作業場まで達しているのは間違いないだろう。足場を通って洞窟へ逃げようとするノースの手下に、移動式の階段を上がってこられたくはない。おれは足場の手すりに摑まって反動をつけ、移動式の階段を蹴った。階段はひっくり返り、岩肌にぶつかって止まった。さらにおれは手錠を摑み、ハンマーのように足場の制御盤に叩きつけた。地上にも制御盤があるのかもしれないが、仮になかったとしたら、空中の足場には梯子でも使わなければ誰も上がってこられなくなる。

おれはグロックをチェンバーチェックした。ノースはこの建物のどこかにひそんでいるだろう。戦いの指揮を執るために最前線を選ぶかもしれないが、不利になったら逃げ出せるように距離を置いているかもしれない。おれの見当では、最上階のひとつ下にいるだろう。アンドリューズを従えているはずだ。あの巨漢は片時もノースのそばを離れない。それが用心棒の仕事だ。危険が差し迫っているときには、彼らは主人のそばにいるものだ。

そしてマーサもそこにいる。洞穴にいた男が彼女をアンドリューズに引き渡し、アンドリューズはすぐさまノースに引き渡したに違いなかった。自らの会社も裏稼業もカードの家さながらにもろくも崩れ落ちるのを目の当たりにし、ノースは彼女を人質にして利用しようとするだろう。メキシコに逃げ延びるための交渉材料にしようと。

いま、おれがやるべきなのは、事態がそこまで悪化するのを阻止することだ。おれはレールに沿って本棚を動かし、戸口からクインの執務室に足を踏み入れた。

そこにいたのはアンドリューズだった。

117

ノースの用心棒の巨漢がおれを待ちかまえていた。

おなじみの甲高いエンジン音が聞こえてくる。ヘリコプターが暖機運転しているのだ。ノースは初めから、マーサを交渉材料にして逃げ道を確保しようなどと考えてはいなかった。そんなことをするにはもう手遅れだ。彼はメキシコへ飛ぶつもりなのだ。カラスのようにまっしぐらに。刑務所行きは免れないだろう。それでも生きながらえ、他日の反撃を期すことはできる。

しかしマーサは、生きながらえることはできない。

メキシコの領空に入るとすぐ、ノースは足手まといになったマーサを処分するだろう。着陸するまで待たずに、ヘリのドアを開け、東シエラマドレ山脈を覆うマツやオークの樹海に彼女を放り投げるに違いない。彼女の遺体はいずれ発見されるかもしれないが、おそらく発見されないだろう。東シエラマドレ山脈にはアメリカクロクマ、ハナグマ、コヨーテがうようよしている。彼らはこぞって天から降ってきた食事にありつくだろう。

おれはいままでにさんざんヘリコプターに乗ってきたので、屋上のヘリが離陸するまであと五分もないのがわかった。ノースはアンドリューズを待つだろうが、そう長くは待たないはずだ。おそらくこの主従のあいだには暗黙の了解事項がある――ノースの安全が最優先だと。アンドリューズは、ノースが自分を待つことを当てにしていない。ヘリのエンジンの離陸準備が整い次第、ノースはパイロットに離陸を命じるに違いない。

アンドリューズは白と黒の迷彩柄のズボンに、砂漠戦用ブーツ、オリーブグリーンのタンクトップといういでたちだ。右腕の三角筋の力こぶに刺青が入っている――パラシュートの下に黒いフクロウ。フランス外国人部隊第一外国人落下傘連隊市街戦部隊の記章だ。精鋭部隊だ。

無表情でじっと立っている姿は、まるで人造人間（ゴーレム）のようだ。左手にＦＡＭＡＳ（ファマス）を持っているが、ぶら下げている。銃口は床を向いている。ファマスはフランス人によって設計製造されたアサルトライフルだ。一分間に千発以上撃てる。フランス兵がらっぱ（ル・クレロン）という渾名をつけているのは、キャリングハンドルが大きくて形が似ているからだ。名銃だが、床に向けていては意味がない。

なぜアンドリューズはこの銃でさっさとおれを殺さなかったのだろう。

その理由がわかった。アンドリューズが右手を上げ、おれを手招きしたのだ。彼はおれを撃ちたいのではなく、おれと格闘したいのだ。彼が格闘したいとしても、こっちにはグロックがある。この会社で脳みそがあるのはノースだけなのだろう。おれは銃を構え、相手の頭を狙って引き金を引いた。

カチリと音がした。

銃弾は発射されなかった。この二十四時間で、おれがこの音を聞くのは二度目だ。おれは信じかねてグロックを見た。実包は装塡されている。足場を上がるときにチェンバーチェックもした。銃の動作は正常だった。さっきはこれで相手を殺したのだ。

アンドリューズがにやりとした。彼が感情を表わしたのは初めてだ。

おれの撃った弾が不発だったことはいままでに一度もないが、経験者の話を聞いたことはある。雷管体が薬莢から遠すぎた。爆粉（ぼうふん）（雷管の起爆薬）が分解して発火金（起爆薬を発火させる金具）から離れてしまった。人間が作ったものがうまく機能しない理由はほかにもあまたある。遅発の憂き目に遭った男も知っている。引き金を引いてから、発射薬が点火するのが遅れる現象だ。おかげで彼は自分の足の小指を撃ってしまった。それ以来、足を引きずっている。狙撃手の悪夢と友人からは呼ばれていた。だがそうした現象は、統計的にはかぎりなくゼロに近い。不発弾が発生する可能性は三十万分の一だ。

ともかく、おれはスライドを引いて不発弾を排出した。クインの机に実包が音をたてて落ちる。だがふたたび引き金を引く前から、今度も不発弾になるのがわかった。アンドリューズが笑みを浮かべたままだからだ。彼は楽しんでいた。ポケットに手を入れ、何かを取り出しておれに見せる。

撃針だ。おれの撃針だった。

おれは自分の大原則をないがしろにしていた――自ら試射していない武器を使ってしまったのだ。急いでいたあまり、そもそもなぜおれのグロックがあそこにあったのか、立ち止まって考えようとしなかった。それ以外の武器はなかった。シグMPX－SDもフェアバーン・サイクス戦闘ナイフも。ところが、グロックだけがあそこにあったのだ。おれが絶対に見逃すことのない場所に。

ノースは本当に抜け目のないやつだ。おれがどうやって逃げ出すのかわからなかったからといって、おれが逃げ出せないと思っていたわけではない。それで彼は保険をかけておくことにした。おれの撃針を、やすりで削った鉄片とすり替えたのだ。おれが洞窟内で試射しないかぎり、そのことを知る方法はない。専用の測定器か、雷管に蠟を詰めた空薬莢でもなければ無理だ。

アンドリューズはファマスを手近な椅子に置き、おれをふたたび手招きした。彼はまだ闘いたがっている。おれに勝ち目はない。それはわかっていた。向こうはかすり傷ひとつないのに対し、おれは腕に銃弾を受けている。向こうはおれより力が強く、体格も上回っている。アンドリューズと格闘するのは、とても対等な攻撃の応酬ではない。彼は自己防御にいっさいエネルギーを割く必要がない。一〇〇パーセントのエネルギーをおれに対する攻撃に使える。それに彼が第一外国人落下傘連隊で受けた訓練はおれほど広範囲のものではないにせよ、充分に優れている。彼はマジノ線のようなものだ。それはフランスがドイツの侵攻を撃退するために築いた難攻不落の要塞線だが、ドイツ軍は迂回して北海沿岸低地帯（現在のベルギー、オランダ、ルクセンブルク）に侵攻した。しかしいまのおれは、アンドリューズを迂回することはできない。空中の足場は自分で破壊してしまったから、ここを通るしかないのだ。

ヘリのエンジン音が高くなってきた。おれの見積もりでは、あと三分でマーサは永久に手の届かないところへ行ってしまう。

チクタク。

アンドリューズはヘリが離陸する身振りをし、それから喉に指を走らせた。手話はすべて自己流のようだが、それでも意味はわかった。言いたいことは明白だ――ノースは離陸したら、マーサの喉を切るつもりだということだ。

おれは頭を低くし、アンドリューズに突進した。

118

おれが向かってくるのを認め、アンドリューズはにたりとした。準備運動するように肩をまわし、首の筋を伸ばす。おれは左に向かうと見せかけたが、相手はその手に乗らなかった。じっとおれの目を見据えている。おれは彼の目に向けて指をさっと動かした。まるで手についた水を跳ねかけるように。反応がない。相手は身じろぎもしなかった。

この男は命懸けで闘った経験があるのだ。

おれは相手の右にまわりこみ、首の横を殴った。渾身の力をこめて。パンチの威力は何パーセントの力を伝えられるかで決まる。人体には柔軟性を持った部分があまりに多く、強打するたびに位置エネルギーを一〇〇パーセント伝えるのは難しい。しかしこの一発は見事に決まった。すべてが申し分なく、力学もタイミングも命中点も完璧だった。それなのに、おれの拳はランフラットタイヤをパンチしたかのように跳ね返された。それでもおれは勢いを駆り、肘を相手の後頭部に叩きつけた。彼は一歩前進して衝撃を吸収し、とてつもなく大きな拳を振りまわして反撃してきた。おれは腕を上げ、肩で受け止めた。まともに頭に受けていたら、死んでいただろう。衝撃波が全身の骨に及ぶのがわかった。「まるで婆さんみたいなパンチだな」おれは低い声で言い、後ろに下がって反動をつけ、喉をめがけて強く突いた。彼は頭を少し下げたので、おれの手は相手の顎に当たった。いくらか血が出た。アンドリューズは唇から血をなめとり、いま一度笑みを浮かべた。おれは右足をさっと動かし、ブーツで膝の横を蹴りつけた。相手は少しよろめいたものの、倒れなかった。ふつうの相手なら床に崩れ落ちているはずだ。間違いなく関節に当たった。おれは一歩下がり、作戦を考えなおした。相手はびくともしていない。分厚い筋肉で守られている。耐爆スーツでも着ているかのように難攻不落だ。爆発物処理班の隊員が即席爆発装置（IED）に近づくときに着るスーツだ。目を突くことは可能だろうが、それには接近しなければならない。接近するのはアンドリューズの望むところだ。彼はスパーリングマッチなどに興味はない。殴り合いをしたいわけではないのだ。彼はおれを押しつぶして殺したいと思っている。おれが最後の息を引き取るまで、じっと目を見ながら。

　おれは相手の肩の向こうを一瞥した。ヘリの回転翼が速度を増し、埃を巻き上げている。

　チクタク。

　おれは相手に肉迫し、彼の伸ばした両腕をかいくぐって、目のまわりの柔らかい繊維を指で突いた。出血はしたが、充分ではない。

アンドリューズはおれのシャツの背中をむんずと摑み、くるりとまわした。相撲取りさながら、正面からおれを押さえつける。おれの肋骨が折れるのがわかった。右腕は脇から動かせない。左腕は銃弾で負傷している。彼はおれを締めつけはじめると、じっと目を見た。悦に入った表情ではない。それよりも好奇心を抱いているようだ。彼にベアハグされた側の人間はどんな気持ちになるのか、知りたがっているのだろうか。おれはブーツの縁を相手の向こうずねに思いきりこすりつけ、右足の甲を踏んづけた。彼はおれを放さずによろめいた。まるでウィンナワルツを踊っているようだ。おれは身を乗り出し、耳を嚙んだ。口が銅のような血の味で一杯になる。彼は前かがみになっておれを振り落とそうとし、おれはその隙に手を伸ばして相手の睾丸を摑んだ。思いきりひねり、全力でねじる。彼は口を開け、静かに悲鳴をあげた。声を出していたとしても、犬にしか聞こえない音域だろう。彼はおれの顔面に頭突きをしてきた。まるで頭蓋骨にボウリングの球を叩きつけられたようだ。頭はおれの鼻に激突し、残った歯が緩んだ。ケチャップを容器から絞り出したように、鼻孔から血がほとばしる。おれはぐったりしたが、それは一瞬だけだった。

おれはすぐさま頭突きをお返しし、額を相手の側頭部に叩きつけた。したたかに当たり、相手の内耳に衝撃が伝わっただろう。彼の頬骨が縮み、顎が外れるのがわかった。病院で手当てが必要な怪我だが、アンドリューズの勝利への戦略にはなんの影響もない。まるでニシキヘビに締めつけられるようだ。おれが息を吐くたびに、締めつけが少しずつ強くなってくる。もはやおれの力ではどうにもならないのか。

目が霞みはじめた。身体に酸素が行き渡っていない最初の徴候だ。圧縮性窒息と呼ばれている。その次はおれの気道が泡を吹きだすだろう。そして目の毛細血管が弾ける。すでにアマガエルのような目になっているだろう。熱帯雨林でしか見られない赤い目の蛙だ。肌が青くなる前に何かしなければ。肌が青くなったら、一巻の終わりだ。

おれは銃創のある腕をできるかぎり伸ばし、相手の髪を摑んで引いた。頭髪をむしり取る。それでもアンドリューズは手を緩めなかった。もう一度やってみたが、手応えはない。髪を抜かれたら鋭い痛みを覚える。感じないはずがない。しかしアンドリューズは泰然としている。おれの目から目を逸らさずに。その目からはなんの感情も窺えなかった。

視界がぼやけてきたが、ヘリコプターの音が変わるのはわかった。金属的な響きからキーンという甲高い音に変わっていく。離陸まであと一分もないだろう。六十秒以内にけりをつけなければ。

チクタク。

本気を出せ、海兵隊員！　無意識のうちに記憶が浮上してきた。穏やかな海中でひれを動かしたように。海兵隊の退役曹長が、おれの耳元でがなっている。あのとき、おれはLINEの訓練を受けて三週間が経っていたが、習得できていなかった。LINEとは交感神経を過覚醒させて極限状況を克服する戦闘法（Linear Involuntary Neurol-override Engagement）の頭文字だ。おれはなぜLINOEと呼ばないのか質問したが、曹長は説明しようとしなかった。要は戦闘部隊のために開発された近接格闘術だ。おれが果たしてこの技能は倫理的なのかと訊いても、曹長は「本気を出せ、海兵隊員！」とがなるばかりだ。おれの考えでは、この格闘術はあまりに粗暴だった。動物的と言おうか。LINEは四つの原則にかなうよう組み立てられていた。ひとつは、視界が利かない場合でも有効であること。次に、敵の戦力が圧倒的な場合でも有効であること。三つめは、海兵隊員が疲労困憊しているときでも使えること。最後は、この技能を適切に行使したら相手を死に至らしめることだ。おれは当時、現役の法執行官だった。相手を殺すような技能は学びたくなかった。それでもおれは、本気を出せ、海兵隊員と怒鳴られるばかりだった。

十秒経ってから、おれはいま、まさにLINEの想定している極限状況に陥っていることを知った。それから十秒でどんな技を試せそうかわかった。訓練で見せられた模範演技とは違うが、きっとあのときの曹長も認めてくれるだろう。

おれは相手のキスを求めるように頭を傾けた。アンドリューズがぎくりとしてのけぞった瞬間、おれは彼の喉元に嚙みついた。インパラを仕留めるチーターのように、力のかぎり食いつく。嚙みついて相手を窒息させるのだ。砕かれて割れたおれの歯は鋭くなり、釣り針のように突き刺さった。喉笛は筋肉に守られておらず、静かなる巨人でさえも、呼吸できなくなったら戦闘をやめるだろう。

アンドリューズの変化は一目瞭然だった。動転し、パニックに陥ったのだ。釣り上げられた魚のようにあがき、手足をばたつかせる。しかしこうなっては、簡単におれを振りほどくわけにはいかない。そうすれば、自らの喉を嚙みちぎられてしまう。彼はその代わりに、力を倍増しておれを押しつぶそうとした。だがそれは一か八かだ。おれは窒息するかもしれないが、しないかもしれない。彼にはそれ以上、おれの呼吸を止めるすべはない。

こうして、おれたちは二人とも窒息しかけた。今度はどちらが空気飢餓に打ち勝てるかの闘いだ。アンドリューズの目に狂気が宿っている。そして怯えの色があった。彼はおれを喉元から振り落とそうとしつづけている。それは自殺行為だ。むしろ、おれが窒息するのを待つべきだった。おれはすでに三分の二の酸素を失っていた。向こうは肺に一杯息を吸いこんでいる。しかし彼は待とうとしなかった。まるで無限に供給されると思っているかのように、酸素を燃やしつづけた。

彼がベアハグの締めつけを緩めた。締めつけるのをやめ、押しのけようとしている。おれの頭を首から離そうと。おれは両腕を彼の腰に巻きつけ、きつくしがみついた。あとはタイミングの問題だ。ファマスが載っている椅子は向かいの壁の大きな窓際にある。おれは左足を床から浮かせた。それまで前後に押し合い格闘していたおれたちは、円を描いてまわりはじめた。相手の背中が窓を向いたとき、おれは口を開け、彼の腰から両腕を放した。バネ仕掛けのように身体が振り落とされる。おれは床に落ちた。二度横転し、起き上がってファマスを握りしめる。アンドリューズは顔の前に両手を伸ばし、おれに突進してきた。彼はサイのようで、おれはサファリのツアーガイドのようだ。おれは銃をフルオートにし、引き金を引いた。5・56ミリ弾は標的を行動不能にするストッピングパワーで名高いわけではないが、ほとんどのものを貫通する。巨漢の両手も。

彼は銃弾を受けても勢いで走りつづけたが、おれの足下に倒れるころには、ほぼ死んでいた。おれの経験では、5・56ミリ弾はたいがいきれいに当たる。射入口は小さく、射出口はわずかに大きい。だがおれの撃った弾は最初に手を貫通した。それで軌道が大きくずれ、正確な弾道が変わった。二発は横からアンドリューズに当たった。その結果は目を覆いたくなるようなものだった。顔の下半分が吹き飛んだのだ。舌がネクタイのようにだらりと垂れていた。

おれは銃口を相手の頭に押しつけ、さらに五発撃った。

曹長はおれを誇りに思うだろう。

119

おれはアンドリューズから奪ったファマスの弾倉を入れ替え、クインの執務室から駆けだした。屋上への扉がどこにあるのかはわからないが、おれがいままでに見た場所のどこにもないのはわかっていた。屋上には定期的なメンテナンスが必要な設備や機器類がある。ということは、GUの役員だけでなく作業員も屋上に出入りする必要があり、そのどちらも出入りできる扉が必要だ。お互いに邪魔にならない場所に。GU本社の崖の岩肌に突き出している部分ではありえない。崖側の屋上の下には何もなかった。いまは可動式の空中の足場さえもない。屋上の中央部でもないだろう。そこにはヘリコプターの発着場があるからだ。正面にもないはずだ。正面に扉をつけたら、幾何学的な建物の輪郭を損なってしまう。そうすると残るのは、建物の向こう端しかない。役員たちは、いまおれがいる煌々と照らされた廊下を通ったに違いない。メンテナンス作業員は裏側の階段を使うのだろう。

角を曲がると扉があり、その上に明かりのついた看板が二枚あった。二枚とも緑で、文字は白い。一枚には〈出口〉、もう一枚には〈ヘリコプター発着場〉と書かれていた。その上にはヘリコプターの絵が描いてある。『きかんしゃトーマス』の友人ハロルドに似ていた。おれは扉へ走り、力一杯開けた。

洞穴で見た覚えのある長髪の男が、驚きに目を見張った。たぶん、おれが鼠男と格闘していたあいだに、こいつがマーサをさらっていったのだ。男は武装していたが、ヘリが巻き上げる砂埃を防ぐために両手で顔を覆っていた。そいつは武器に手を伸ばしたが、おれはすでに銃を向けていた。おれは相手の上半身に向けて二度、三連射した。照準は自分用に補正していなかったので、弾着は狙いより高かった。弾丸は男の首にミシンのように穴を開けた。相手は膝も曲げずに倒れた。屋上の床に倒れる音は、ヘリの音に紛れて聞こえなかった。男の身体は動かなくなったが、頭はそうではなかった。一フィート後ろに転がっていく。二度の三連射で、首が切り離されたのだ。彼には残念だったが、おれには朗報だった。走って通りすぎるときに、脈拍を確かめる手間が省けるからだ。こういうことは時たまある。以前、戦闘用散弾銃で相手を撃ったときも、頭が肩からきれいに吹き飛んだ。

ヘリコプターが離陸した。パイロットはホバーチェックをしている。これはホバリングの出力に余裕があるかどうかの確認で、離陸したら真っ先に行なうことだ。そのときのヘリの高さでは、おれがドアに手を伸ばしてパイロットを引きずり下ろすことはできなかった。後部座席にノースの姿が見える。彼はマーサにしがみついていた。おれが撃てないようにしているのだ。パイロットの隣の座席には、目がよどみ年老いたメキシコ人がいた。カルテルの幹部だろう。クインの右腕のようだ。その老人は見るからに怯えていた。

しかしノースに怯えの表情はなかった。ノースは笑っていた。おれに勝ったと思っているのだ。

だが、そうではなかった。まだ勝負は終わっていない。ヘリコプターは繊細なバランスで飛んでいる機械だ。大半の重量はメインローターのエンジンに集中している。だからこそ、後尾にテールローターが必要なのだ。テールローターはヘリの機体に逆方向の回転力（トルク）を与えている。そのトルクがないと、ヘリの機体がぐるぐるまわってしまうのだ。テールローターのエンジンはメインエンジンよりはるかに小さい。そうでなければ、飛行は不可能になってしまう。

つまり、狙うならテールローターだ。

120

おれはテールローターを狙って二度、三連射した。なんの効果もない。ピンという鋭い金属音が聞こえたが、ローターは回転しつづけている。プロペラの翼は重く、5・56ミリ弾では効かないのだ。すべて弾き飛ばされてしまう。卓上扇風機に飛ばされる砂のようなものだ。

おれはふたたび発砲したが、今回はプロペラの翼を避け、そのわずかに右を狙った。燃料パイプが通っているあたりに見当をつけたのだ。引き金を引き、連射しつづける。

今度は高く鋭い音に続き、爆発が起き、テールローターのエンジンを覆うカウリングから戦闘機のアフターバーナーより熱い炎が噴き出した。おれがいままでに読んだ本によれば、ヘリはテールローターがやられると、あとは瞬く間に墜落するという。

実際にそのとおりのことが起きた。

ヘリコプターは不規則に縦揺れしはじめ、それから身を振りほどこうとするように機体を震動させた。キャビンが回転を始める。パイロットは揺れを制御できなくなっていた。墜落したときの高さはわずか五フィートだったが、すさまじい音をたてて屋上に激突し、それからもさらに回転した。円形の窓が砕ける。メインローターは空中へ飛んでいき、本社ビルの横へ消えていった。ヘリコプターの破片が榴散弾のようにあたりに飛び散る。

エンジンの断末魔の響きが大きくなっていった。ボーイング747の真下に立っているような音だ。それからエンジンは不意に止まり、ゴツンという音のあとはあたりが静まりかえった。金属がカチカチと鳴って冷える音のほかは、恐怖に駆られたパイロットの悲鳴がこだまするだけだ。彼が部外者なのかどうかはわからない。だがこの男が冷血な殺人者と人質を乗せて銃撃戦から逃げようとしたことはわかっている。おれはふたたびファマスを構え、パイロットの頭を撃った。弾丸が彼のヘッドホンを貫通する。ヘルメットもサングラスも吹き飛んだ。その隣にいた老人は撃つまでもなかった。頭が右に傾き、肩に載っている。首の骨が折れたのだ。誰なのかはわからないが、即死したようだ。

おれは銃をチェンバーチェックした。薬室には弾薬が装塡されている。ヘリを撃墜するのに何発撃ったのかはわからないが、ファマスの発射速度は非常に速いので、これが最後の一発であってもおかしくない。

だが、そんなことには意味がなかった。ノースが機体の残骸をよじ登ってきたとき、彼はマーサの身体を抱えて盾にしていたからだ。ノースは負傷して足を少し引きずっていたが、それでも油断ならぬ危険な男であることには変わりない。彼はばかではないので、マーサの肩越しにこちらを窺うようなへまはしなかった。顔を出しておれに狙われないようにしているのだ。おれの印象では、この男が人間の盾を使ったのは彼女が初めてではないだろう。ノースは左腕で彼女の胸を押さえつけていた。そして右手でナイフを持ち、彼女の喉に突きつけている。おれから奪ったフェアバーン・サイクス戦闘ナイフだ。喉から血が出ていた。だがそれ以外には、マーサはヘリの激突を無事切り抜け、額を切っただけのようだ。

「なかなか面白い状況になったようだな、ミスター・ケーニグ」ノースは言った。

「状況もへったくれもない、ペイトン」おれは言い返した。「おれはあんたを殺す。それからマーサをお父さんのところへ返す」

「ずいぶん確信があるようだな」

「なんのためにおれがここにいると思っているんだ？　あんたの手下はみんな死んだ。おれはあんたの巨漢の用心棒を殺した。スペンサー・クインは昨夜、失血死した。あんたのヘリコプターも撃ち落とした。これでもまだおれの本気を疑うのか？　おれがマーサを救出すると言ったらするんだ」

ノースは無言だ。

マーサは言った。「アンドリューズを殺したの？　どうやって？」

「喉笛に噛みついてから、銃を奪って頭を撃った」

彼女は絶句し、それから言った。「だったら、ミスター・ノースはもう終わりね」

「おれはここの屋上から出ていく。このあばずれもいっしょだ！」ノースははねつけた。

「止めようとしたら、この女の首が血まみれになるぞ」

「あんたが屋上を出ていったとして、それからどうする？」

「それからこの女を解放してやろう」

「それを信じろというのか？　おれにあんたを見逃せと？」

「そうとも！　ミス・バリッジを連行したのはビジネス上の決定だった。それ以上ではない。きみのおかげでこのビジネスはもう終わりだ。あとはこの女が生きようが死のうが、わたしには関係ない」

「きみはどう思う、マーサ？」おれは訊いた。「きみはミスター・ノースといっしょに行きたいか、それとも家に帰りたいか？」

「家に帰らせて、お願い」

「すまない、ペイトン。あんたの申し出は受けられない」

「これは申し出なんかじゃない、このくそったれ。これは現実だ。この女を撃ち抜きでもするなら別だが、もう話し合いは終わりだ」

「おれを信じるか、マーサ？」おれは言った。

「ええ、たぶん」

「たぶん、ではだめだ、マーサ。きみは本気で、おれを信じるか？」

「信じるわ、ベン」彼女は答えた。その声ははっきりしていて断固とした響きがあり、彼女が本気であることがわかった。

「じっと動かずに立っていてくれ」

マーサはそうした。固唾を呑んでいる。

「オーケー、ペイトン」おれは言った。

「何がオーケーなんだ？」

「おれは彼女を撃ち抜く」

おれはそうした。

121

おれは数年前、シークレット・サービスと合同で任務に就いたことがある。大統領がボストンを訪れた際、うまく言いくるめられて警備に駆り出されたのだ。ほかにも大勢の警察官、保安官補などの法執行官が休暇を返上した。それもこれも、したり顔でテレビに出ておれたちをこき下ろした愚か者どものせいだ。

大統領の警護担当者はおしなべて礼儀正しく、高い職業意識の持ち主だが、必要とあらば躊躇しない――自由世界のリーダーに脅威をもたらす人間を殺すためなら、たまたま近くに居合わせた無関係の人間を撃つこともためらわないのだ。大統領の命に危険が迫ったときに彼らがやるべきことのリストがあるとしたら、警官を撃たないことは十位にも入らないだろう。いや、百位にも入らないかもしれない。あなたが大統領の近くに居合わせたときに誰かが銃を抜いたら、最善の対応は地面に伏せて成り行きを見守ることだ。

そういうわけでおれは、犯人を殺すために近くの人間を撃たねばならない事態は想定していた。そして、銃創の大半は致命傷ではないことを知っていた。身体のある部分を撃たれるのは、ほかの部分を撃たれるより明らかにましだ。たとえば手を撃たれるほうが、頭を撃たれるよりはいい。足を撃たれるほうが、胸を撃たれるよりはいい。膝を撃たれるほうが、胃を撃たれるよりはいい。

　肩はその中間だ。最悪ではないが、最善でもない。肩には鎖骨下動脈が通っている。腕(わん)神経叢(しんけいそう)は、大きな神経網だ。そのほか、骨がいくつも組み合わさっている。肩の銃創で五発のうち四発は致命傷ではない。生存率は八〇パーセントだ。それでも、コップに水があと半分しかないと思う人間なら、二〇パーセントの肩の銃創が致命傷であることを重視するかもしれない。

　しかしノースは精神病質者(サイコパス)で、マーサの喉にナイフを突きつけている。おれの考えでは、彼に殺されるリスクは二〇パーセントよりはるかに高かった。

　おれはファマスのセレクターを単発に切り替え、マーサの右腕上端の一インチ下を狙った。そこには主要な血管がなく、腕神経叢はもっと下だという確信があった。そしてマーサの肩の上端を撃てばノースの胸に当たる。もしかしたらマーサの骨が二本ぐらい削られるかもしれないが、その弾丸がノースの腕神経叢に当たることを願った。そのあと、やつがナイフを握れるかどうかでわかる。おれは呼吸を制御した。おれは暴走しているのだろうか。ウルバッハ－ビーテ病のせいで、さらに一人死なせようとしているのか。
おれは引き金を引いた。

122

おれが引き金を引いたあと、複雑に連関した出来事が起きた。それはすべて、位置エネルギーが運動エネルギーに転換する過程で生じる現象だ。逆鉤（ぎゃっこう）が外れて撃鉄を倒し、撃鉄が軸を中心に激しく回転して撃針を叩く。さらに撃針は雷管を叩き、伝火孔（でんかこう）を噴出した火炎が発射薬を点火させ、膨張性ガスとなって弾薬から弾丸を分離し、弾丸は秒速九百メートルで銃身から発射される。これらすべてが千分の二秒以下で起きるのだ。これはニシダイヤガラガラヘビが獲物を攻撃するスピードより二十五倍速い。

マーサの腕の上端に銃弾が当たった。血がぱっと噴き出し、骨の断片が飛び散るのが見えた。彼女は痛みに絶叫し、その場にくずおれた。まるで椅子に座ろうとしたのに、そこに椅子がなかったかのように。

ノースも痛みに咆吼（ほうこう）した。そして彼もまた、ろくろから飛び散る粘土のように弾き飛ばされた。屋上のアスファルトに倒れ、勢いでさらに転がる。フェアバーン・サイクス戦闘ナイフは手を離れて飛び、空調設備にぶつかった。慌てて立ち上がろうとしたが、肩が動かない。彼は倒れこんだ。あおむけになり、まだ動く腕で上半身を起こす。

「ミスター・ノースから離れるんだ、マーサ」

彼女は立ち上がり、おれの指示に従った。右肩を左腕で摑む。

「大丈夫か？」

「そうでもないわ」彼女は答えた。「どこかのばかやろうに撃たれたから」

「ああ、すまなかった。難しい判断を迫られた」おれは間を置いて言った。「だがミッチに訊かれたら、きみの考えだと言ってくれ」

マーサは声をあげて笑った。何かおかしいことを見つけたからではなく、鬱積（うっせき）した恐怖心を払いのけるために笑っているのだ。「今シーズンのボート大会には出られそうにないわね」ノースを一瞥し、それから目を逸らす。「彼はどうするの、ベン？」

おれは答えなかった。ノースが生きているかぎり、彼女は絶えざる不安とともに暮らすことになる。テキサス州の地方検事はこの男を殺人罪で起訴するに違いないが、有罪にはできないだろう。ノースは弁護士を雇い、自分は太陽熱発電会社の一従業員にすぎないと主張するはずだ。それ以上の何者でもないと。そしてスペンサー・クインがやっていた稼業については何も知らなかったと言うだろう。そうした主張を否認できる人間は、一人残らずおれが殺してしまった。ノースは無罪放免されるだろう。

やはり、いまここで終わらせなければならない。おれは自分のフェアバーン・サイクス戦闘ナイフを取り戻し、ノースに近づいた。彼はおれから逃げようとしたが、もうどこにも行くところがない。片方は硬い岩場で、もう片方は断崖だ。おれは手を伸ばし、ノースの髪を摑んだ。彼は何も言わなかったが、最期の言葉を聞くには値しない男だ。おれはナイフの切っ先を顎の柔らかい部分に押しつけ、脳へ向けて深く突き刺した。

ようやくすべてが終わった。

123

いや、まだすべてではない。

銃を持ったロシア人たちがGU本社の施設をうろつき、殺すべき人間を捜している。カルテルの麻薬ビジネスに関わっている人間を。おれたちができる最善の対応は、どこか安全な場所を見つけ、連中がいなくなるまでそこに隠れることだ。ロシア人は永久に居座るわけではない。ほどなく警察が到着するだろう。しかしそれまでは、屋上がどこよりも安全だ。おれが扉をふさぎ、彼らが去るのを待てばよい。

マーサにそのことを説明しようとしたが、彼女は目を閉じ、首を傾けている。何かが聞こえたのだ。おれには聞こえなかったが、彼女の耳のほうがおれより若い。

誰かが叫んでいる。今度はおれにも聞こえた。かすかな声で、屋上より二階ぐらい下から聞こえるようだ。言葉は聞き取れないが、ロシア語ではなさそうだった。マーサが目を見ひらいた。その顔からは恐怖も疲労も消え失せている。

「お父さん！」マーサは叫んだ。弾かれたように立ち上がり、おれの手を振りほどいて屋上の扉へ駆け出す。

「マーサ、待て！」おれは背後から叫んだ。彼女は止まろうとしない。陸上競技で大学の代表選手である彼女に追いつけるかどうかは怪しかったが、ともかくおれは彼女を追って屋上をあとにし、GU本社内に入った。マーサは敏捷に廊下を駆け下り、あっという間に作業場のスペースへ出た。CSガスが残留している危険を顧みず、彼女は部屋から部屋へ進み、累々と横たわる死体をよけようともせず、飛び越えた。おれは彼女に追いつこうと必死だった。

声が次第に大きくなり、彼女が我を忘れている理由がわかった。

ミッチが娘を呼んでいるのだ。彼の声には希望と絶望が入り混じっていた。

やがてマーサの「お父さん」という叫び声が聞こえたのか、ミッチの声が切迫しはじめた。

数分後、歓喜の叫びが聞こえてきた。

おれは疲労困憊し、その場に座りこんだ。

ついに仕事をやり遂げたのだ。

英国陸軍で一八六〇年代から使われている言いまわしがある——名前がわからなければ、懲罰の軍装行進をさせることもできない。犯人がわからなければ、罰を下せないということだ。

ミッチにどうやってここがわかったのかは知らないが、彼は連邦機関の長官であり、おれが知らない情報を入手できるのは間違いない。あるいはジェンが知らせたのかもしれない。しかしどう考えても、ミッチがどうやってロシアマフィアと同じ時間にここへ到着できたのかはわからない。だがおれは気にならなかった。そうした疑問は、そのうちわかる。おれがいま抱えている問題は、ミッチがおれにあふれんばかりの感謝を覚えるだろうということだ。お礼に何をすればいいのかわからないだろう。おれを連れてワシントンDCに帰り、報告を聞きたがるに違いない。おれの行動にはいくらか……疑問の余地があるだろう。おれは何人も殺した。おれを殺そうとした相手もいたが、裁判なしの即決処刑でおれが殺した相手もいる。最善なのはおれが何も言わず、暗がりへ消えることだ。のみならず、おれは長官の娘まで撃ってしまった。その点についても説明したくはなかった。

おれがこっそり姿を消す必要があるのは、もっと差し迫った理由による。懸賞金だ。いまやロシアマフィアは、おれが生きていることを知っている。そしておれが彼らの主要な競争相手を潰したにもかかわらず、彼らにとって状況は複雑になった。事態は何も変わっていない。おれがボスの息子を殺したという事実に変わりはないのだ。さらにおれは自分の死をでっち上げ、彼らから五百万ドルをかすめ取った。それが彼らの見かただ。彼らにとって、連邦機関の長官の娘は関係ない。彼らにとってはただ、事態がどう見えるかという問題なのだ。

向こうの出かたをじっと待っているよりは、いまおれが動いたほうがよさそうだ。いずれかの時点で、ミッチは父親の帽子を脱ぎ、保安官局長官の帽子をかぶるに違いない。立場上、関係機関に連絡しないわけにはいかないだろう。FBI、DEA、さらには国土安全保障省も出てくるかもしれない。歴史上最大級の犯行現場の解明に。国境を越える無登録の洞窟網の主導権をめぐる銃撃戦の。

彼らが現われるときには、おれはどこか別の場所にいたほうがいい。

124

片腕を被弾しているので、崖を登るのは本来より難しかったが、少なくとも今度は岩の引っこんだ箇所や裂け目が見えた。下りたときには暗闇で何も見えなかったのだ。おれは崖の頂へあと一歩のところまでたどり着いた。

J.T.の崖の観察地点の様子が、出発したときと違う。スペンサー・クインの死骸は消えていた。セダンの姿も見えない。おれが置いてきた装備もあらかたなくなっていた。おれが出たあと、誰かが後片づけをしたのだ。

そしてそこには、ジェン・ドレイパーが立っていた。落ち着き払っている。彼女はヤロスラフ・ザミャーチンと話していた。

ほかに二人の男たちが、二台の黒いSUVのそばに立っていた。二人は無頓着に武器を提げているが、彼らの様子に無頓着なところはまったくなかった。知らない顔だが、どんな範疇の人間なのかはわかる。知力が高く、腕っ節も強い。善玉だが暴力に長けた男たちだ。おおかたネイビー・シールズかデルタあたりの元隊員だろう。

ジェンが振り向き、おれが這い上がってきたところを見た。「あら、ベン。あなたも仲間に入ってくれてうれしいわ。もう話の種がなくなりかけていたから」

ロシア人は低くうなったが、さほど気分を害したようには見えなかった。おれは無言だった。ジェンとおれには話し合わねばならないことがある。

「マーサはミッチのところに戻ったのね？」

「ああ、戻った」おれは言った。彼女と話すときに不快感がこみ上げてきたが、構わずに訊いた。「スペンサー・クインは？」

元特殊部隊の一人が、地面に置いたショベルを指さした。ひと言も付け加える必要はなかった。ほかに解釈の余地はない。クインはどこかの穴に埋められたのだ。遺体が発見されることはないだろう。

ジェンはロシア人のほうを向いた。「それじゃあ、用件に入りましょうか」

ザミャーチンは眉をひそめた。「なんのことかわからんが」

「わかっているはずよ」ジェンは言った。「ミスター・ケーニグにかかった懸賞金のこと。彼が殺されたあと、全額支払われたでしょう。彼が奇跡的に蘇ったからといって、返金したくないの。あなたがたは五百万ドル持ち出しになったけど、きょうここで起きた出来事からして、三カ月もすれば取り返せるはずよ。そういうことで合意しない？」

「電話を一本かける必要がある」ザミャーチンは答えた。「だが、乗り越えられない問題ではなさそうだ。きみが言ったように、ミスター・ケーニグの行動のおかげで、われわれの〝商品〟は競争力を取り戻せるからな」

「では、電話してちょうだい」ジェンは言った。

ザミャーチンは電話をしに歩き去った。

「この件はきっとうまく――」ジェンは言いかけた。

「この仕事のあいだに、死ぬ必要のなかった人間が何人も死んだ」おれは遮った。「友人のJ．T．。トラック運転手のネッド・アラン。愚か者のマーストンと大学の警備員。おれは五百万ドルを返すつもりはない。全額、遺族に支払う。それに大勢の人々が、太陽熱発電プラントで生計を立てている。創業の理由がいかなるものであれ、倒産させることは許されない。町の人たちは何も悪いことをしていないんだ。それがおれの条件で、交渉の余地はない。その手配はすべておまえにやってもらおう」

ジェンの顔が怒りで紅潮した。おれが彼女に命令したからだ。数日前にサミュエルに聞いた話からすれば、彼女は命令されることに慣れていない。だが、彼女の反応はいったん保留された。ザミャーチンが戻ってきたのだ。

「交渉成立？」彼女は言った。「息子さんが亡くなったことによる懸賞金は、再開されないんでしょう？」

「そのとおりだ。そっちのほうは取り下げになった」ザミャーチン(ダー)は請け合った。だが、浮かない顔だ。それは死んだ息子のことではなさそうだった。

「続きがありそうだな？」おれは訊いた。

「ああ。わしが意見を仰ぐ目上の人間は、きみがわしらの金を盗んだことが面白くないのだ。その負債を帳消しにすることはできないと言っている。上の人間は、わしらが金を盗まれてもいいとは思えんのだ。つまり確(ダー)かに、わしの息子が死んだことによる懸賞金は取り下げになる。だが、わしらの金が盗まれたことによる懸賞金は今夜午前零時から開始される。条件は前と同じだ」

「だったら、おれがいまここであんたを殺したらどうなるだろうな、ザミャーチン？」おれは言い、ファマスを構えた。「おれは人を殺したい気分で、あんたを殺したからといって事態が悪化するとも思えない」

「いいや、事態ははるかに悪化するだろう、ミスター・ケーニグ」ザミャーチンはくすくす笑った。「きみはまだ、わしらの組織の人間の考えかたをわかっておらん。わしらは九(ヒ)頭(ュ)の(ド)蛇(ラ)のようなものだ。きみがわしを殺しても、後を継ぐ者がいる。そしてヒュドラのように、次に繰り返し起きることは、前より悪いのだ。だから、わしを殺さんほうがいいだろう。わしの後を継ぐ者は、平気な顔で人を生きたまま酸でゆでるようなやつなんだ」

おれはファマスを下げた。そして「行け」とため息交じりに言った。「車に乗って、とっとと行ってしまえ」

ザミャーチンはそうした。黒いSUVの助手席に乗りこみ、崖を出ていく。あの男に、おれを放っておいてほしいと心から思った。そうすればボストンに戻り、かつての生活を取り戻せるかもしれない。たとえその一部なりとも。だが、もう二度と取り戻せないものもある。

おれはファマスをジェンに向けた。二人の元特殊部隊隊員が身をこわばらせ、武器に手を伸ばした。

「あんたたちは、武器の扱いをわかっているように見える」おれは言った。「だが、おれは悪いやつらを大勢殺したばかりだ。あと二人ぐらい殺したからって、どうということはない。その銃口のどちらかでもおれに向けたら、きょうチワワ砂漠に埋められるのはスペンサー・クイン一人じゃなくなるだろう」

ジェンが手を振ると、二人は安堵した。一人がポケットからガムを出し、仲間に一枚差し出す。二人はおれたちの話し声が聞こえないところへ歩いていった。

「何があったの、ベン?」その口調はまるで、おれが値ごろなレストランのチェーン店で注文した料理の味を訊いているようだ。「ちょっと頭にきているようね」

「どうやっておれの居場所がわかった?」おれは訊いた。

125

「どうしてあなたの居場所がわかったのかは、知っているはずよ」ジェンは答えた。「わたしのスティングレイはロージャック社の盗難車回収システムに登録してあるし、そのシステムが使っているGPSに誤差三メートル以内で現在位置が表示されるの。だから、あなたがどこにいるのかはずっとわかっていたわ」

おれはうなずいた。そう答えるだろうと予想していたのだ。あの晩、おれがモーテルに着いたときにもそう言っていた。ガントレットへ向けて出発した初日に泊まったモーテルだ。彼女はおれが到着すると同時に受付係に電話をかけ、スティングレイを盗んだおれに罵声を浴びせてきた。

「それは覚えている」おれは答えた。

「だったらなぜ、わざわざそんなことを――」

「あの晩、おれが二時間ばかりかけて、おまえのスティングレイを調べたからだ、ジェン。

おまえが電話をかけた受付係が、工具箱を貸してくれた。それで何がわかったと思う？ロージャック社の話は嘘っぱちだ」

ジェンは無言だった。どう答えたものか考えているようだ。

「それでサミュエルに電話した」おれは語を継いだ。「そして、あることを調べてほしいと頼んだ。彼にはおれの予想も知らせた」

「それはなんなの、ベン？」

「おれが調べてほしいと頼んだのは、民間諜報機関の一従業員がどうやって、八つの州をまたいで二千マイルも離れたところにいる一個人を追跡できたのかだ。ふつう、そんなことは不可能だ――おまえが自称しているとおりの人間であるならば。そんなふうに追跡するには、ドローンが何機も必要だ。四六時中監視するには、最低でも四機が要る」

「自分がいかにばかげていることを言っているかわかってるの、この利己主義者のくそったれ？」ジェンは言い返してきた。「ひとつ教えてあげましょうか。あなたが何をしているかなんて、端から誰も気にしていないの、ケーニグ。わたしがここにいるのは、自分の車を取り返すためだったのよ」

「ドローン四機だ」おれは続けた。「一機目は情報収集をし、二機目は給油に引き返し、三機目は給油をし、四機目は最初の一機と交替するために現地まで飛ぶ。そうすることで、おまえは四六時中、おれの居場所を知っていたんだ。そうすることで、おまえはいつ崖に行けばいいかを知り、ミッチに娘の居場所をいつ知らせればいいかがわかった。おまえはリアルタイムで、おれがGU本社を襲撃するところを見ていたんだ」

ジェンはため息をついた。「もっともらしい話ね、ベン」彼女は言った。「もちろん、全部でたらめだけど。でも、もっともらしい話ではあるわ」

「とにかく、サミュエルが調べるのに数日かかった。あれほどの技倆の持ち主にしては、それだけで異例のことだ」

「ふうん、それでサミュエルには何がわかったの、ベン?」

「おまえは〈アラデール・グループ〉の従業員ではない。おまえこそが〈アラデール・グループ〉だ。山小屋、ポルシェ、会社全体。その全部がおまえのものだ」

ジェンはため息をつき、「わたし本当に、サミュエルを採用したいわ」と言った。「それだけの能力の持ち主が、ずっと裏社会で仕事をしているのはもったいないもの」

「あいにくだが、彼は受けないだろう」おれは言った。「そうは見えないかもしれないが、サミュエルには厳格な倫理規範がある。彼がおまえといっしょに仕事をすることはない。給料をいくら出そうと」

「黙っていたことは悪かったわ、でもそれだけの話よ。いかにも、わたしは〈アラデール

・グループ〉の持ち主だけど、従業員でもあるのよ。そのほうが節税になるから。それにあなただって、あそこの屋上で冷酷非情に人を殺したじゃない。あなたもわたしも、天使ではないのよ」
「だが、それでも筋が通らない」おれは言った。「世界中どこでも、一民間企業が軍用クラスのドローンを入手することはできないはずだ。おまえがおれを監視するのに使ったようなドローンは」

「何を言いたいの、ベン?」

「何を言いたいかはわかるだろう」おれは告げた。「〈アラデール・グループ〉は単なる民間諜報機関ではない。CIAのフロント企業だ」

おれはそこで言葉を止め、ジェンの反応を見た。それ以上、強調する必要もないと思ったからだ。

ジェンは大声で笑い、頭を振った。「面白いわね。あなたほど知性があり、直観にも優れた人が、そんな大間違いをするなんて?」

「おまえはCIAの人間ではないと言うつもりか?」おれは言った。「おまえの正体はわかっているんだ。おまえが本国に配置転換されたのは、ひどく忌まわしい事件に関わったからだ。おまえはまだCIAに所属している。そう考えることで初めて、すべて筋が通るんだ」

「わたしはＣＩＡに所属していないわ、ベン。いまはもう」

「だったら、おまえは何者なんだ？」

「わたしはすべてを失った女よ」彼女は答えた。「そして長いこと、あなたを責めてきたの」

126

「サミュエルはあなたになんて言ったの？」ジェンは訊いた。

「おまえが海外へ赴任していたときに、おぞましい事件に関わっていたと言った」おれは答えた。「テロ容疑者を秘密収容所に移送し、CIAのマニュアルのどこにも載っていない〝強化された尋問〟を行なっていた。そしておまえはやりすぎ、この手の拷問を平気でやってのける冷血漢でもやらないようなことをした。おまえは拘束され、不名誉のうちに強制送還された。おまえが保安官局に配置転換されたのは、おまえの犯罪が明るみに出ても、CIAはすでに解雇したと主張できるからだ。そうだろう？」

ジェンはうなずいた。「ええ、でも実際は少し違うわ。わたしは哀れな囚人たちを飛行機に乗せたとき、その人たちは着陸した後、収容所で膝にドリルで穴を開けられることになるのがわかっていた。わたしがそうした〝セッション〟に立ち会ったのは――その言葉は幅広い意味で使っているけど――味方の人間が正当な質問をしているかどうか確かめるためだった。それが規定の方針だったし、わたしは命令に従っていた。あのときは戦争だったわ。戦争に反対するようなことを言えば、愛国心がないとみなされた。宥和(ゆうわ)主義者だと」

「それで何が起きた？」

「ある若者がいた。というより、まだ少年だった。ひと言も英語を話せず、尋問する人たちは彼の言葉を話せなかった。彼らは少年が嘘をついていると考えた。彼が本当は質問の意味をわかっているのだと。それで忌まわしい事態になった。酸が使われ、わたしはそれを止めようとした」彼女は袖をまくった。皮膚がまだらになっている。「そのときもみ合いになり、酸がかかって火傷したの」

「おまえはやかんの湯が沸騰して火傷したと言っていたが」

「あのときは嘘をついていたの」彼女は言った。「とにかく、わたしは基地に戻ったときに、責任者に面会してそのことを伝えた。彼はわたしの言葉に耳を傾けた。そして調査すると言ってくれた。でもその結果、わたしはまさしく自分が止めようとした行ないで告発された。翌日すぐに、飛行機に乗せられたわ。すぐに降格され、海外勤務を禁止された」

「現場の責任者が保身を図ったということか？」

「その男は影響力があったから、彼に都合のいい説明にわたしが反対できないように追いやりたかったの」

「だったらなぜ、おまえはCIAを免職されなかったんだ？」

「CIAで影響力がある人間は、彼だけではなかったからよ」彼女は答えた。「本当は何があったのかを知っている人たちがいた。もちろん、公には言えなかったわ。そんなことをしたら、アメリカが囚人を拷問していたことが表沙汰になってしまうから。でもその人たちは、わたしを救済しようとしてチャンスを与えてくれた」

「というのは？」

「ある男にDARPAが興味を持ったの。国防総省の研究機関だけど、知ってる？」

「DARPAが何かぐらいは知ってるさ」

DARPA（Defense Advanced Research Projects Agency）とは国防高等研究計画局の略称だ。最先端技術の研究開発に携わっている。『Xファイル』にときどき、脚色されたDARPAが登場することがあった。彼らはいつも悪役だった。

「ともかく、その男は連邦保安官局にいた」ジェンは言った。「どうやらその男は、恐れを感じる能力を持たないようだった。彼は事務職にまわされそうになっていたんだけど、長官がいろいろと心あたりにかけあっているところだった。その男を現場に残す方法はないかと。そして話がまとまった。その保安官補は彼のチームに残れることになったけど、それはＤＡＲＰＡとＣＩＡの監督下という条件だった。ＤＡＲＰＡがその保安官補の状態に関心を持ったのは、わが国の兵士をＰＴＳＤから回復させる研究をしていたからよ。でもわたしの見るところでは、ＣＩＡはただ、彼にどれほどの能力があるのか知りたがっていただけだと思う」

「ＣＩＡがおれの訓練を手配したのか？」

「そうよ。ミッチにそこまでのつてはなかったわ。そしてＤＡＲＰＡがすべてを監督していた」

「おれはおまえのモルモットだったのか」

「あなたは資産だった。価値ある投資の対象だったの。そしてわたしはあなたの工作担当者（ハンドラー）だった。あなたはそれを知らなかっただけ」

「ミッチは？」

「疑ってはいたわ。ただ、彼には決して知らされなかったけど」

「それで、おれの評価はどうだった？」

「あなたは期待を上回る働きをしたわ」

「ところがある日、おれは忽然（こつぜん）と姿を消した」

「ええ、そうよ。そのために、わたしのＣＩＡでのキャリアは終わった。〝目的は完全に失敗した〟と、解雇通告書に書かれたわ」

「なるほど。まずおまえは、おれのお守りをさせられる羽目になったので怒っていたのか」おれは言った。「そして次に、おまえのキャリアを終わらせたことでおれを責めた」

彼女は肩をすくめた。「なんと言えばいいのかしら、わたしは複雑な女性なの」

「だがいまは、成功した女性実業家になった。ゼロから〈アラデール・グループ〉をこれだけ成長させたのは、政府から契約を取りつける、よほど強力なパイプがあったからに違いない」

「CIAには、わたしが不当な処遇を受けたことを知っている人たちがいたわ」彼女は答えた。「その人たちが、わたしに契約を持ちかけてきたの。ある意味での報酬ね。少なくとも、わたしはそう思っているわ」

「というのは、どういうことだ？」

「どこかの誰かが、あなたのための計画を立てたの、ベン」彼女は言った。「そしてどういうわけか、わたしもそれに引きずりこまれたわけ」

127

「あなたがワシントンDCで逮捕されたとき、わたしに電話が来たわ」ジェンは言った。

「国防総省もCIAも、あなたの指紋に〝機密扱い〟のフラグを立てていた。だから表向きには誰の指紋か不明とされるけど、ひそかにあらゆる警戒態勢が発動される」

「おまえがおれを脱獄させたのか？」

「わたしじゃないわ。昔の同僚が手配してくれた。関係機関に根回ししたり、融通の利く関係者に耳打ちしたり。そういうことをして」

「ミッチが助けてくれたと思っていた」

「彼にそこまでの影響力はないわ。わたしはどこであなたを車に乗せ、あなたを止めようとする者がいたらどうするか指示された」

「そいつらは、おれを殺そうとするやつがいたことを知っていたのか？」

「すべてをつぶさに観察していたから。わたしは、あなたが再浮上してきた理由を突き止め、必要なあらゆる支援を行なうよう指示されたの」

「ただし、おれが要請したときにかぎる。そうだよな？」

「どうしてわかったの？」

「おまえとサミュエルがおれの死を偽装するのを手伝ったとき、サミュエルはここに残っておれを助けると申し出てくれた。本音ではそうしたくないのはわかっていたが、ともかく申し出ることはしてくれた。おまえは申し出ることさえしなかった。それが腑に落ちなかった。おれの知っているジェンはくそったれだが、戦いを前に尻込みするようなことはなかった」

「わたしはDCに戻れと命令されていたの。ドローンを飛ばして、成り行きを見守るように、と」

「だが、支援はするな、と」

「支援は決してしないよう、厳命されたわ。わたしの考えでは、あなたとスペンサー・クインやペイトン・ノースやろくでもないカルテルとの戦いは、彼らにとって一種の実地試験だったんでしょう」

「それにしても、なぜおまえなんだ？」おれは言った。「いまのおまえは一般市民だと言ったな。オーケー、それは信じよう。だがCIAはそんなふうには動かない。あいつらは自分たちのおもちゃを部外者と共有しないし、ましてや自分たちの情報を提供したりはしない」

「わたしはあなたのハンドラーだったのよ」彼女は言った。「だからわたしが、もう一度その役を演じるめぐり合わせみたいね」

「まっぴらご免だ」

「それにわたしたちのどちらにも、選択の余地はないの。それが現実よ。わたしが引き受けなかったら、政府はわが社との契約をすべてキャンセルし、〈アラデール・グループ〉を監視リストに入れるでしょう。いまのわたしには三百人の従業員がいるの。その全員の生活がわたしにかかっているのよ」

「だが、おれはそいつらのことなど知らん」おれは言った。「おれに何かを無理強いさせることはできん。六年間も見つからなかったんだからな。おれがここを立ち去り、さらに十年潜伏したらどうする？」

「いいことは何もないでしょうね」彼女は言った。「そうしたら彼らはDCで人を食い物にする検察官を探し、DCの留置場で囚人を殺した容疑であなたを起訴するつもりらしいわよ。さらに、ここであなたがしたことも洗いざらい調べて、攻撃材料を探すとも言っていたわ。あなたが以前に姿をくらましたのはわかっているけど、そのときはまだ、国中の警察官に指名手配されてはいなかった。考えてみるのね。わたしをひどい目に遭わせたのと同じ連中が、今度はあなたをひどい目に遭わせることになるのよ。わたしたちにとても勝ち目はないわ」

「連中の望みはなんだ？」おれはため息をついた。

ジェンは肩をすくめた。「ひとつだけよ」彼女は言った。「彼らは何も求めていないようだわ。いまのところはね。わたしの見るところ――わたしは中枢にはいないけど――あなたは保険なんだと思う。恐ろしい不測の事態が起きたとき、最後に投げる賽のようなものよ。わたしたちは高価だけど、いざというときには使い捨てにされる資産なの。きっとだからこそ、彼らはあなたがここを訪れて、トラブルに巻きこまれ、カルテルやロシアマフィアと乱痴気騒ぎをしても気にしなかったんでしょう。ＣＩＡに都合のいいカバーストーリーの信憑性が増すだけだもの。でも不測の事態が起きるまで、ただひとつの条件は、あなたとわたしが少なくとも月に一度メールで連絡を取り合うことだけよ。あなたがここへ来たときに、わたしたちが連絡を取り合ったのと同じ方法で。下書きフォルダーに、未送信のままメッセージを書けばいい」

「それだけか？」

「それだけよ」彼女は請け合った。「ひと月に一度、メールにログインしてメッセージを書けば、あなたは好きなことをできる。彼らはあなたの居場所や行動を監視しないし、いかなるデータベースにもあなたを登録しないでしょう。あなたは幽霊になるの。以前と同じように」

おれは返事をしなかった。目を閉じる。本当ならここで、J．T．の崖で眠ることもできるはずなのに。エボニーの木陰に這っていき、丸くなって三十六時間眠ることも。

「どうかしら、ベン？」ジェンは言った。「彼らは返事を待っているわ」

おれはバックパックを摑み、肩に担いだ。ストラップを締める。

「地獄に落ちろ」おれは言った。「おまえら全員、地獄に落ちろ」

おれは彼女に背を向け、歩きだした。

どこへ向かうのか、おれにもわからない。

謝　辞

わたしが本書『恐怖を失った男』（*Fearless*）の第一稿を書いたのは、二〇一五年のことだ。当時はイギリスを舞台にした警察小説を執筆しており、本書を書いた主な理由はその口直しをしたかったからだ。ただし、そのころのタイトルは*A Different Kind of Animal*〔変わり種の野獣〕だった（その後の年月で*A Man Apart*〔孤立無援の男〕さらに*Nobody's Hero*〔誰の英雄でもない男〕と変わっていった）。法律にも社会規範にも制約されない主人公を書くのは楽しい気分転換だった。わたしは誰にもその原稿を見せず、ときおり時間ができたときに、ファイルをひらいては見なおした（それに従ってタイトルも変遷していった）。それはいわば趣味の小説になり、決して日の目を見ることはないだろうと思っていた。それから新型コロナウィルスが発生した。そしてどういうわけか、わたしのかけがえのないイギリスの編集者クリスティーナ・グリーンに複数の原稿が〆切までに届かなかった。そのとき彼女はわたしに、なんでもいいから、彼女がまだ読んでいない原稿を書いていないかと訊いた。それでわたしは本書を送った。そのことは自分のエージェントにも言っていなかった。ところが、彼女はこの原稿を買ってくれた——ワシントン・ポー・シリーズの次回作の契約に上乗せして。それから、同じくかけがえのないフラティロン・ブックスのクリスティン・コップラッシュも原稿を買ってくれた。それから、世界最大級の動画配信プラットフォームも買ってくれた。こうして、この本はちょっとしたものになった。

つまりそれは、大勢の人たちが多大な時間をかけて、生半可な知識しかない粗野な大男が書いたつじつまの合わない散漫な文章を、もしかしたら読者が楽しんでくれるかもしれない本に仕上げてくれたということだ。その人たちはすばらしい仕事をしてくれたと思う。以下、順不同に——ジョアン・クレイヴン、デイヴィッド・ヘッドリー、エミリー・グレニスター、クリスティーナ・グリーン、クリスティン・コップラッシュ、レベッカ・シェパード、ジェレミー・ピンク、マクシーン・チャールズ、クリストファー・スターティヴァント、オマール・チャパ、ショーン・ギャレヒー、キース・ヘイズ、ケリー・ゲーツマン、デイヴィッド・リットマン、ベス・ライト、ブリオニー・フェンロン、エリン・キッビー、アメリア・ポッサンツァ、メアリー・ベス・コンスタント、ハワード・ワトソン、マーティン・フレッチャー、ケイト・トルーマン、エミリー・ヘイワード－ウィットロック。

みんな、ありがとう。

またいつか、いっしょにやろう。

解説

書評家　小財　満

　ただただ、ページをめくる手が止まらない。よく出来たアクション小説は、そうあるべきだ。そして本作、『恐怖を失った男』はまさに過剰なまでによく出来た、アクション小説である。

　さて、本作の作者、M・W・クレイヴンはイギリスの警察小説の書き手である――書き手だった。そう日本では認識されていた。本作、アクション小説の新シリーズ、〈ベン・ケーニグ〉シリーズの第一作『恐怖を失った男』が邦訳されるまでは。

　M・W・クレイヴン。現在四作まで邦訳がある『ストーンサークルの殺人』に始まる警察小説、〈ワシントン・ポー〉シリーズで親しまれてきた作者だ。そのワシントン・ポーのシリーズはといえば、アメリカでいうFBIに相当する、イギリスの国家犯罪対策庁（NCA）の部長刑事ワシントン・ポーが、変わり者の天才データ・サイエンティスト、ティリー・ブラッドショーを相棒に連続殺人事件の捜査を行うスリラーだ。連続焼殺魔イモレーション・マンとの対決の末に自らの出生と対峙する第一作『ストーンサークルの殺人』、ポーがかつて逮捕した殺人犯だったはずの男ジャレド・キートンが無罪放免を企てポーが窮地に追い込まれる第二作『ブラックサマーの殺人』、第二作で扱われた〈操り〉テーマを昇華させ、連続殺人の現場に必ず遺される「#BSC6」という文字列の謎を追う『キュレーターの殺人』、ポーの住むカンブリアで行われる首脳会議を前にMI5に要請され三年前の強盗事件と売春宿での撲殺事件の関連を捜査する国際謀略色の強い第四作『グレイラットの殺人』と、作品が発表されるごとに伏線の妙とドンデン返しがパワーアップしてきた、個人的には謎解きのロジックというよりも「あっ！　そ、それ伏線だったのかッ！」という驚きの魅力にあふれたシリーズである。シリーズを通して、短くクリフハンガー的な作りでページをめくらされる文章の作りで、主人公とティリー・ブラッドショーのバディものとしても楽しいエンタテインメントに忠実なスリラーなのだ。ワシントン・ポーのシリーズも引き続き第五作は本国で発表されており、まだまだ先の期待も持てるのだが、この未邦訳の第五作ののちに本国で発表されたのが本作、連邦保安官局のSWAT部隊である特殊作戦群（SOG）の元指揮官、ベン・ケーニグを主人公とした新シリーズの第一作『恐怖を失った男』だ。

まずはあらすじと行こう。

決まった住まいを持たず六年もの間、流れ者としての生活を送ってきたベン・ケーニグは、ニューヨーク州ウェイン郡の小さな町のホテルのバーでついていたテレビの画面に、自分の顔が映っていることに気づく。なぜかケーニグは合衆国連邦保安官局の手によりお尋ね者として彼の顔を見かけたら通報しろという最重要指名手配の放送が流されていたのだ。そのままバーになだれ込んできた保安官補たちに拘束を許し、保安官事務所の独房で勾留されるケーニグの前に連邦保安官局SOG時代の上司ミッチが現れる。なぜミッチは、ケーニグの失踪から六年越しに、急になりふり構わず彼を捜索する気になったのか。

「何かあったんですね、ミッチ?」

「ベン、マーサが行方不明になった」

マーサ。ジョージタウン大学の学生で連邦保安官局長官ミッチ・バリッジの一人娘だ。すでに行方不明になって二カ月。警察、FBI、そしてSOG、合衆国が誇る捜査機関が束になっても、まだ見つからない。ケーニグは、九年前、ある病気が発覚し終わったはずの自分のキャリアを救ってくれた恩人——指揮官を降りる代わりにむしろ様々な特別訓練を経て最高の突入隊員としてさらに研ぎすまされる機会をくれた上司の言葉を待った。

「それで、おれに何をしてほしいんです、ミッチ？」

「娘を見つけ出してくれ、ベン！」

　おそらく娘は死んでいる。自分たちが保安官局で積んできた経験では、誘拐されて二カ月後に生還した被害者はいない。だからこそミッチは、亡霊のような超法規的な存在である〈頂点に立つ捕食者〉〈悪魔のブラッドハウンド〉ことベン・ケーニグを頼ったのだ。彼が望んだのは、娘の遺体と、そして復讐——。ベン・ケーニグはマーサの行方の手がかりを追い、ジョージタウン大学のあるワシントンDCへと向かう。

　色々な意味で〝過剰〟な小説だ。それは謝辞において作者がワシントン・ポーのシリーズを書く際の気分転換として書いた「いわば趣味の小説」だと語っている一文がすべてを物語っている。ある意味、舞台を自らの住むイギリスではなくアメリカとしたことも作者にとっては一種の非現実を描いているということなのだろう。過剰なウィットとエスプリに満ち、あるいは読者へのサービス精神も過剰であれば、アクション小説としてもその描写もまたハードすぎるほどに過剰だ。それはまるで非常に多読家でもある作者の、今まで読破してきたアクション小説（あるいは映画）の数々へのラブレターなのかと思えてしまうほどの過剰さを感じる。

　冒頭の保安官たちに拘束される場面では、元祖サメ映画『ジョーズ』の「もっと大きな船を呼んだほうがいい」というセリフを主人公に吐かせるところから始まる。フライドポテトはフランス人とベルギー人のどちらが発明したか、という話で保安官補たちを困惑させ、その後、自分がどのようにすれば彼らの包囲網を突破できるかを饒舌に解説してみせる。言ってはなんだが、中高生男子が最も頻繁に妄想する、と巷で言われるシチュエーション「もし自分が通う学校をテロリストが占拠したら」と同じ類の「もし俺がホテルのバーで警官に包囲されたら」という問いに対する最も理想的かつ最適な答えのような描写である（なお日本における「学校にテロリスト」は映画『ダイ・ハード』『沈黙の艦隊』『トイ・ソルジャー』などのシチュエーションが賀東招二『フルメタル・パニック！』シリーズなどを通して日本のライトノベル読者に定着しミーム化したと思われる）。静かに始まる冒頭から、作者のテンションがいかにフルスロットルであるか、ご理解いただけるだろうか。

イギリス人が書いた、アメリカを舞台にしたアクション小説——といえば、翻訳ミステリの、想起されるのはリー・チャイルドの〈ジャック・リーチャー〉シリーズだろう。未邦訳作品含めて二十八作を数え、トム・クルーズ主演で映画化もした大人気シリーズだ。リー・チャイルド自身、「例えば、日本には〝浪人〟の伝説があるだろ？」と語っている通りで、剣豪小説における丹下左膳、眠狂四郎のようなスーパーヒーローのアイコン的な主人公である。流れ者で定職、定住地を持たず、事件に巻き込まれては論理的思考で解決に導きながら敵をなぎ倒していく。ゴリラの体をもち〝ultraviolent mode（超・暴力状態）〟に設定されたシャーロック・ホームズ。西部劇の主人公がそうであるように、法にとらわれない自警団的な行動をとる主人公の、ハードボイルド・アクション小説だ。まさにベン・ケーニグがそうであるように。イギリス人がアメリカを舞台に描いたアクション小説という点で、本作が〈ジャック・リーチャー〉の延長線上に書かれていることは間違いない（ただしリー・チャイルドはイギリス生まれでもニューヨーク在住、M・W・クレイヴンは現在もイングランド北部に在住）。それはベン・ケーニグの元上司で今回の事件の依頼主ミッチが「きみは何も、ジャック・リーチャーのような流れ者になることはなかった」というシーンがあることからも示されている通りだろう。というよりも、現代のハードボイルド・アクション小説の書き手でリー・チャイルドやマイクル・コナリーのような巨匠の影響は必然である。それにしても、リー・チャイルドと同様に、作者が住むイギリスではなく、アメリカという舞台をアクション小説の舞台に選ぶというのは、やはりその広大さ、そしてそのジャンルには欠かせない銃器との親和性、また国境問題や麻薬戦争など国を取り巻く環境を考えればアクション小説の舞台としてアメリカという国を舞台にしやすい、という判断なのだろう。

本作が〈ジャック・リーチャー〉とは異なる魅力を放っているとすれば、それはベン・ケーニグという主人公のスーパーヒーロー的な強さというよりも、その〝弱さ〟や〝危うさ〟によってだろう。まずその姿を消した理由がなかなかのインパクトである。SOG時代の最後の事件を期に、ロシアマフィアの五百万ドルの懸賞首となったために賞金稼ぎから逃れて六年間も孤独な流浪の生活を送っている。表舞台には出られない素性の持ち主なのだ。また、これはケーニグの強さと裏腹だが、彼がSOGの指揮官を退かざるを得なくなった病気の存在も大きい。ケーニグはあるきっかけから脳を検査したところ、ウルバッハ－ビーテ病という右脳の扁桃体が石灰化し衰弱していく病が発見されたのだ。一般的にはこの病の患者は恐怖に敏感になりすぎ、社会生活を送れなくなってしまうのだが、彼の場合には逆に恐怖という反応が麻痺してしまう――恐怖、つまり生物的なリスク評価を感じるための脳が死んでいる状態なのだ。一般的には危険だと判断される赤信号の状況で、ケーニグは危険だと判断できずに突っ込んでしまう……突っ込めてしまうのだ。円月殺法が攻めではなく受けの技であることと同じようなものだろうか。最強がゆえの弱点である。だからこそ彼は一般的な任務から外され、マリン・リーコン、ネイビー・シールズ、デルタフォース、SAS、モサドと様々な国内外の部隊で白兵戦や暗殺を含む戦闘訓練を受け、感知できないリスクをも跳ね返す術を身につけた。ケーニグはマーサを捜索する中で自ら飛び込むようにいくつもの危機に対面するが、肉体的には多く傷つきながらも前進する戦車のように止まることはない――止まれないのだ。マーサ失踪の手がかりを追っては大学で銃撃戦を行い、舞台を変えてマーサが失踪前に調査していたという太陽熱発電施設の町へと向かうケーニグは、終盤、アクションに次ぐアクションで巨悪を前にこれでもかと孤軍奮闘することになる。発電施設の巨大な鏡面を前にスケールの大きすぎる『007／黄金銃を持つ男』、『燃えよドラゴン』の大立ち回りをした後に、『ランボー／怒りの脱出』あるいは『コマンドー』ばりの一騎当千の殲滅作戦である。いつ死んでしまってもおかしくない特性を持つ主人公を前に、読者は究極の、過剰なスリルを味わうこと請け合いだ。未読の方はぜひ細かいことは忘れて、頭を空っぽにして楽しんでいただきたい。ワシントン・ポーと同じく、いやそれ以上にひとつの章が平均五〜六ページと短く、抑制のきいた文体で、必ず次がどうなるのか気になる展開とセリフで別のシーンへと移っていく章立てで非常に読ませる。

主人公を取り巻く人物たちの魅力も忘れてはならない。親友であり上司であるミッチ・バリッジをはじめ、ケーニグの逃亡の協力者である偽造とITの天才サミュエル、そして何より登場シーンは少ないものの強烈な印象を残すのはケーニグのSOG時代の元同僚ジェン・ドレイパーだ。SOGの隊員たちと馴れ合わないケーニグの不倶戴天の敵であり、現在は民間諜報機関に転職している彼女は、反目しているケーニグをなぜか助けることになる。この奇妙な相棒（？）とのバディ小説としても楽しい一作だ。その関係性は、ジェンの保有する父の形見だという一九七三年型コルベット・スティングレイをケーニグが勝手に乗り回しても罵声を浴びせられる程度で済む関係性……といえばご理解いただけるだろうか。

最後に、物語の鍵であり舞台ともなるタワー型集光太陽熱発電所について解説しておく。太陽の軌道に追随して動く鏡面体（ヘリオスタット）が反射した太陽光を、高さ数十〜数百メートルのタワーの頂上の集熱器に集中させて六〇〇度以上に温め、そのエネルギーをもとに蒸気タービンやガスタービンを回し発電を行う。本作の舞台のように日照時間が長く晴れの日が多い乾燥地帯に向く。一方、5MWと比較的小型の発電所でも東京ドーム二個分、二〇二三年ドバイに建設された世界最大の700MWの発電所ともなると四四平方キロメートルと品川区と港区をあわせた面積を持つなど広大な敷地となる（ただ、発電効率はよいため同規模の太陽光発電所と比べれば小さな面積で済む）。また蒸気を用いる場合には乾燥地帯に建設されるにもかかわらず水源を必要とするなどのデメリットもある。大きなメリットとしては一般的な太陽光発電と異なり、光ではなく熱エネルギーを用いているため、高温を維持できる溶融塩にそのエネルギーを蓄熱することによって二四時間の発電が可能だ。この太陽熱発電を物語の軸に据えるとなれば、確かに気象条件としても必要とされる敷地面積にしてもイギリスが舞台とはいかないことは確かだ。

作者、一九六八年生まれ。イングランド北部に在住。学校を卒業した後、十六歳で英国陸軍に入隊し工兵隊として十二年勤務し、世界中を行き来する生活を送る。その後、ボディガードからカワウソの世話まで様々な仕事を経験した後、ニューカッスル大学で社会福祉の学位をとる。保護観察官のソーシャルワーカーとして十六年間働いたのち、癌を経験したことから執筆への情熱を忘れられなくなり、専業小説家となる。本作は当初、単発作品として書かれたはずだが、本国では〈ベン・ケーニグ〉シリーズの第二作 ***Nobody's Hero*** が二四年一〇月に刊行されることが発表されている。こちらは、本作でケーニグの過去を描かれる際に登場した、彼が証人保護プログラム（WITSEC）でも失敗すると判断され、死を偽装することになった女性が、突如、殺人の容疑者として姿を現したことからケーニグがCIAと共闘することになるようだ。

作品リスト

◇Avison Fluke シリーズ

1 *Born in a Burial Gown*（2015）
2 *Body Breaker*（2017）

◇Washington Poe シリーズ
1 *The Puppet Show*（2018）『ストーンサークルの殺人』
2 *Black Summer*（2019）『ブラックサマーの殺人』
3 *The Curator*（2020）『キュレーターの殺人』
4 *Dead Ground*（2021）『グレイラットの殺人』
5 *The Botanist*（2022）
6 *The Mercy Chair*（2024 刊行予定）

◇Ben Koenig シリーズ
1 *Fearless*（2023）『恐怖を失った男』：本作
2 *Nobody's Hero*（2024 刊行予定）

二〇二四年五月

訳者略歴　1970年北海道生，東京外国語大学外国語学部卒，英米文学翻訳家　訳書『ピルグリム』ヘイズ，『マンハッタンの狙撃手』ポビ，『ハンターキラー 潜航せよ』ウォーレス＆キース，『真珠湾の冬』ケストレル（以上早川書房刊）他多数

HM=Hayakawa Mystery
SF=Science Fiction
JA=Japanese Author
NV=Novel
NF=Nonfiction
FT=Fantasy

恐怖を失った男

〈NV1525〉

二〇二四年六月十日　印刷
二〇二四年六月十五日　発行

（定価はカバーに表示してあります）

著者　M・W・クレイヴン
訳者　山中朝晶
発行者　早川浩
発行所　株式会社早川書房

郵便番号　一〇一－〇〇四六
東京都千代田区神田多町二ノ二
電話　〇三－三二五二－三一一一
振替　〇〇一六〇－三－四七七九九
https://www.hayakawa-online.co.jp

乱丁・落丁本は小社制作部宛お送り下さい。
送料小社負担にてお取りかえいたします。

印刷・精文堂印刷株式会社　製本・株式会社明光社
Printed and bound in Japan
ISBN978-4-15-041525-9 C0197

本書は活字が大きく読みやすい〈トールサイズ〉です。